KB091133

페이지보이

PAGEBOY:
A Memoir
by Elliot Page

Korean translation edition is published by arrangement
with Selavy, Inc. c/o United Talent Agency
through Imprima Korea Agency.

페이지 보이

PAGE BOY

먼저 온 모든 사람들에게

차례

작가의 말

예전부터 책을 쓸 기회가 몇 번 찾아왔지만 늘 적당한 때가 아니라고 생각했고, 솔직히 말하면 불가능할 것 같다고 느꼈다. 가만히 앉아 있는 것조차 어려웠기에 책 한 권을 쓰기를 끝낼 만큼 오래 앉아 있을 수 없을 것 같다고 생각했기 때문이다. 내 두뇌의 에너지는 불편감을 숨기고 통제하느라 끝없이 새어나가며 낭비되고 있었다. 하지만 이제는 다르다. 새롭다. 드디어 나는 이 몸속에서 나 자신으로 존재하는 채로, 나의 개 모가 햇볕을 쬐는 동안 등을 더 곧게 펴고, 한결 잠잠한 마음으로 몇 시간이나 글을 쓸 수 있게 되었다. 예전에는 상상조차 할 수 없었던 이 만족감은 내가 받은 의료 서비스가 없었더라면 느끼지 못했을 것이다. 성확정 조치를 향한 공격과 우리를 침묵시키려는 시도가 갈수록 극심해지는 지금이야말로 내 이야기를 페이지 위에 담을 적절한 시기가 온 것 같다는 생각이 든다.

그래서 나는 감사하고도 두려운 마음으로 여러분을 향해 직접 글을 쓴다. 트랜스젠더가 마주하는 물리적인 폭력이 점점 심각해지고 있고 우리의 인간됨은 툭하면 '논쟁'의 대상으로 언론에 오르내린다. 또 직접 우리의 이야기를 할 기회가 생기더라도 퀴어 서사는 매번 꼬투리 잡히고, 그보다 더 심각하게는 일반화되어서 한 사람이 모두를 대표하는 격이 된다. 퀴어와 트랜스로 살아가는 방법은 무한히 많고 내 이야기는 그중 하나일 뿐이다. 지금부터 이 책에서 하게 될 이야기지만, 우리 모두는 우주를 이루는 아주 작은 먼지 하나에 지나지 않는다. 그리고 나는 진실을 털어놓음으로써 퀴어와 트랜스로 살아가는 삶에 관한 꾸준한 오해를 없애 줄 또 하나의 먼지를 더할 수 있기를 바란다. 여러분이 이 세상에 존재하는 LGBTQ+ 작가, 활동가, 개인 들의 엄청나게 많고 또 다양한 이야기들을 찾아봐 주기를 바란다. 트랜스 해방 운동은 우리 모두에게 영향을 미친다. 모두가 서로 다른 방식으로 젠더를 기쁘게, 또 강압적으로 경험한다. 레슬리 파인버그Leslie Feinberg가 『트랜스해방 *Trans Liberation*』에서 쓰듯, "이 운동은 여러분에게 숨 쉴 공간, 자기 자신이 될 공간을 내어 줄 것이다. 자기 자신으로 산다는 것의 의미를 더 깊은 차원에서 발견할 수 있는 공간이다."

이 이야기를 쓰면서 나는 내 나름의 최선을 다해 기억 속에서 매 순간들을 길어 올렸다. 자세히 기억나지 않을 때는 이 경험을 함께 한 사람들에게 연락해 좀 더 선명한 기억을 떠올렸다. 어떤 인물들의 경우 가명을 사용했고, 특정한 사람의 신원을 보호하기 위해 꼭 필요한 경우에는 몇 가지 사항을 바꾸기도 했다. 나를 과거의 이름과 성별대명사로 지칭한 부분도 있다. 과거의 나에 대해 말하는 특정 순간에는 이런 선택이 적절하게 느껴졌다. 그렇다고 해서 모두가 그렇게 해도 된다는 뜻은 아니다. 또 한 가지 중요한 것은, 내 삶에서 젠더와 섹슈얼리티가 끊임없는 대화를 주고받은 건 사실이지만 그 두 가지는 서로 별개라는 것이다. 퀴어로 커밍아웃한 것은 트랜스, 즉 타인의 기대로부터 스스로를 해방시킨 뒤 진화한 나 자신으로 커밍아웃한 것과는 완전히 다른 경험이었다. 이런 기억들은 비선형적인 서사를 이루는데, 퀴어함이란 본질적으로 비선형적인 것, 굽어지고 틀어지는 여정들이기 때문이다. 두 발짝 앞으로 나섰다가, 다시 한 발짝 뒤로 물러서는 것. 나는 내 삶의 많은 부분을 진실을 드러내기 위해 아주 조금씩 깎아나가는 한편으로 무너질까 두려워하며 보냈다. 그 과정 역시도 의도적으로 내 글에 담았다. 여러 의미에서 이 책은 내가 엉킨 실타래를 풀어가는 과정을 담은 이야기다.

우리의 다양한 경험을 쓰고, 읽고, 나누는 행위는 우리를 침묵시키려는 이들에게 맞서기 위한 중요한 일이다. 내가 할 이야기에 새롭다거나 엄청난 것은 없고, 여태 누구도 하지 않은 말이 담겨 있는 것도 아니지만, 그럼에도 책은 언제나 나를 도와주었고 때로는 나를 구해 주었기에, 어쩌면 당신이 누구든, 어떤 여정에 올라 나아가고 있든, 이 책이 당신이 덜 외롭다고 느끼도록, 비로소 다른 사람들의 눈에 보이게 되었다고 느끼게 해줄 수도 있다는 생각이 든다. 내 이야기를 읽고 싶어 해 주어서 고맙다.

세상엔 많은 끝과 시작이 있어
한 주기가 끝나면, 남은 게 있을까?
너무나 밝은 불꽃 하나가 다시 피어나겠지.

—베벌리 글렌코플랜드,
「하나의 노래와 많은 달 A Song and Many Moons」

1장 폴라

스무 살 때 폴라를 만났다. 폴라는 무릎을 가슴에 끌어안은 자세로 친구 집 소파에 앉은 채 생아몬드를 먹으며 "난 폴라야." 하고 자기소개를 했다. 그녀의 목소리에서 온기와 다정함이 배어 나왔다. 눈을 빛냈다고 표현하기보다는 그녀의 두 눈이 나를 찾아낸 것에 가까웠다. 폴라가 나를 바라보는 시선을 느낄 수 있었다.

우리는 '리플렉션스'로 향했다. 내가 처음 간, 그리고 내겐 오랫동안 마지막이 되었던 퀴어 바였다. 나는 플러팅에는 끔찍하게 소질이 없었다. 하고 싶을 때는 못 하고, 의도치 않을 때 하는 식이었다. 폴라와 나는 가까이 다가섰지만 지나치게 가까울 정도는 아니었다. 공기는 묵직했고 나는 그 속을 헤엄치고 있었다.

그해 여름 우리는 친구의 배를 타고 무인도에 캠핑하러 갔다. 모닥불 앞에 둘러앉아 환각버섯을 즐기고 알루미늄 포일에 싼 연어를 구웠다. 별들이 문장을 이루는 것처럼 고동치며 가까워졌다. 나는 버섯을 먹을 때마다 울었지만 폴라는 버섯을 좋아했기에 결국 내 불안한 눈물도 기쁨의 눈물로 바뀌었다. 폴라가 자기 몸에 대해 가진 확신이 부러웠다. 우리는 해변에서 춤을 췄다. 한 대 있는 기타로 돌아가며 엉망진창으로 커버 곡을 연주했다.

어린 시절 가장 친했던 친구 마크와 한 달간 동유럽 배낭여행을 떠났다가 막 돌아온 때였다. 우리는 프라하에서 여행을 시작해 기차를 타고 빈, 부다페스트, 베오그라드, 그리고 부카레스트로 향했다. 쭉 호스텔에서 지냈지만 부카레스트에서는 마크가 아팠던 바람에 하루는 에어컨이 있는 호텔에 묵었다. 나는 낱개 포장된 슬라이스 치즈를 사 와서 작은 호텔 방의 작은 냉장고 안에 넣어 두었다. 치즈가 차가워질 때까지 기다리면서 젖은 수건으로 마크의 목 뒤부터 척추를 따라 문질러 주었다. 치즈가 꽁꽁 얼자 마크의 열을 조금이라도 식혀주려고 온몸에 치즈를 올려놓았다. 호텔 방에는 자쿠지가 있어서, 물을 채우지 않은 자쿠지 안에 나란히 앉아 TV 채널을 이리저리 돌리다가 우연히도 자쿠지 안을 배경으로 한 포르노를 찾았다. 마크는 치즈를 먹었다.

스마트폰이 없던 시절이었다. 가이드북 한 권에 의지해 기차며 호스텔, 사람들을 찾아다녀야 했다. 두고 온 사람들에게 "안녕, 우리 살아 있어." 하고 메시지를 보내러 인터넷 카페에 가곤 했다. 그리운 폴라에게 이메일을 썼다. 끊임없이 폴라를 생각했다. 기차에 몸을 싣고 오스트리아를 횡단하며 해바라기의 바다를 바라볼 때, 우리의 첫 키스이자 마지막 키스였던 그때처럼 머릿속이 빙글빙글 도는 기분으로 베오그라드의 지하 술집에서 블루베리 맥주를 마시며 입술을 보라색으로 물들일 때도. 수십 년 만의 폭염 속에서 베오그라드에서 부카레스트까지 기차로 이동하는 동안에도. 마크와 나는 이층침대의 같은 칸에 나란히 누운 채로 열어둔 창문에 머리를 최대한 바짝 붙여 더위를 견뎠다. 열차 안에는 에어컨이 없었고, 우리에겐 물이 없었다. 이어폰을 한쪽씩 나눠 꽂고 캣 파워의 음악을 들으며 압생트를 홀짝였다. **너도 지금 듣고 있을까? 내가 널 위해 만들어 준 CD를?** 그 말이 하마터면 입 밖으로 나올 정도로 나는 궁금했다. 창밖으로 지나가는 밤을, 미동도 없는 세르비아의 시골 풍경 속 드문드문 나타났다 금세 사라지는 불빛을 바라보았다. 폴라를 생각했다.

리플렉션스라는 퀴어 공간에서 나 자신을 드러내고 즐기는 경험은 새로웠다. 아주 어릴 때부터 수치심은 내 뼛속 깊은 곳까지 스며들어 있었으므로 나는 오래 묵은 독을 품어 썩어 들어가는 골수를 내 몸에서 빼내고 싶어 몸부림쳤다. 그럼에도 리플렉션스에는 기쁨이 있었고, 설레는 마음에 내 입가에도 불가항력적으로 미소가 떠올라 사라지지 않았다. 춤을 추느라 등을 타고, 가슴을 타고 땀방울이 뚝뚝 흘렀다. 한없이 가벼운 동작으로, 혼란스럽지만 절도 있고, 관능적이며 강렬한 춤을 추는 폴라의 머리카락이 휘어지고 나부끼는 모습을 바라보았다. 나를 보는 폴라의 눈빛이 보였다. 아니, 그 반대였을까? 우리는 서로의 눈빛에 붙들리고 싶었다.

헤드라이트 불빛을 만난 사슴처럼. 흠칫 놀랐으면서도 시선을 피하지 않으면서.

"키스해도 돼?"

나는 그렇게 물으면서 나 자신의 대담함에 충격을 받았다. 일렉트로닉 음악에 담긴 해방감이 마치 내게 자제력은 바깥에 두고 오라고 명령하기라도 한 듯, 꼭 내가 아닌 다른 사람이 한 말처럼 들렸다.

그렇게 나는 다음 순간 폴라에게 키스했다. 퀴어 바에서. 모두가 지켜보는 가운데. 사랑을 노래하는 온갖 시들이, 그 야단법석이 다 무슨 뜻이었는지 비로소 서서히 이해할 수 있었다. 여태까지 온 세상은 차디차고, 미동도 없고, 무감했다. 내가 사랑한 여자들 중 아무도 그 사랑을 되돌려 주지 않았으며, 누가 나를 사랑했다 해도 그 사랑의 방식은 잘못된 것이었다.

그러나 나와 키스하고 싶어 하는 여자와 댄스플로어에 서 있는 그 순간, 내가 욕망을 느낄 때마다 내 머릿속을 가득 채우던 적대적이고 잔혹한 목소리는 침묵했다. 잠깐이라도 나 자신에게 기쁨을 허락해도 좋을 것 같았다. 우리는 서로의 입술이 스칠 만큼 바짝 얼굴을 마주한 채 혀끝을 시험하듯 살며시 맞댔고, 충격이 내 온몸을 타고 흘렀다. 우리는 다 안다는 눈빛으로 말없이 서로를 마주 보았다.

나는 절벽 끝에 서 있었다. 그토록 오랫동안 나를 떠날 줄 모르던 참을 수 없이 무거운 자기혐오 없이 내 욕망, 내 꿈에 다가가기 직전이었다. 그러나 몇 달이란 많은 것들이 바뀔 수 있는 시간이다. 그리고 몇 달 뒤, 「주노」의 최초 상영이 있을 예정이었다.

2장
섹슈얼리티 맞추기 게임

"엘런 페이지의 섹슈얼리티 맞추기 게임." 헤드라인을 읽는 내 얼굴에서 핏기가 싹 가셨다. 「주노」의 성공이 정점에 다다랐을 때 마이클 무스토가 《빌리지 보이스》에 쓴 기사였다. 나는 기사의 나머지 부분을 대강 읽었다. 갓 스무 살이 된 배우의 섹슈얼리티를 멋대로 상상한 그 글에는 이런 구절도 있었다. "그러니까, 이야기해 보자. 페이지는 그쪽인가??? 그러니까, 레바니즈 말이다! 옷 입는 것도 꼭 톰보이 같지 않나…… 다이크✦ 같은 단서들을 하나로 꿰어맞춰 보자. '주노'는 '유 노you know'일까?"

하룻밤 사이에 스포트라이트 속으로 내던져진 상황이었지만,

✦ 이 책에 나오는 동성애자 비하/혐오표현은 따로 번역하지 않았다. 다이크(dyke)는 레즈비언을 가리키는 속어로 그 기원은 '남성적인' 외양을 가진 여성을 비하하는 혐오표현이다. 패것(faggot)은 동성애자를 가리키는 극도로 차별적이고 혐오적인 욕설이다.—옮긴이

나는 캐나다에서 보내던 성장기에 이미 다이크라 불리곤 했다. 고등학생이 된 뒤 괴롭힘은 새로운 양상을 띠기 시작했다. 인기 많은 여학생들이 빈정거린다든지 하는 자잘한 괴롭힘은 남자 화장실에 강제로 처넣는 보다 극적인, 육체적 괴롭힘에 이르게 되었다. 화장실에 처박힌 나는 익숙하지 않은 오줌 냄새에 콧구멍이 뒤틀리는 기분을 느끼며 그들이 신나 하는 소리가 가라앉을 때까지, 멀어져 사라질 때까지 기다렸다. 밖으로 나오자 폭이 좁은 얼굴을 가진 영어 선생이 엄격한 표정으로 나를 똑바로 노려보고 있었다. "교무실로 따라와!" 나는 잘못했다고 했다. 강제로 처박힌 거라는 말은 하지 않았다.

괴롭힘이 심해지기 얼마 전, 나는 축구 토너먼트 시합을 위해 세인트프랜시스 자비에 대학교 기숙사에서 피오나라는 아이와 같은 방을 쓰게 되었다. 세인트프랜시스 자비에 대학교는 노바스코샤 북서쪽 끝, 케이프브레턴섬에서 엎어지면 코 닿을 곳에 있는 앤티고니시라는 마을에 있었다. 스코틀랜드를 제외하면 가장 유서 깊은 하일랜드 게임 행사가 이곳에서 열린다. 노바스코샤는 라틴어로 '새로운 스코틀랜드'라는 뜻이지만, 원래는 미크맥족의 이름을 따 미크매키Mi'kma'ki라고 불리던 곳이었다. 1만 년 전부터 미크맥족이 살아온 곳이기도 하다.

피오나의 웃음소리가 아직도 귀에 선하다. 그 애의 웃음소리는 다른 온갖 소음, 온갖 잡음을 뚫고 내 귀로 침투해 온몸을 채웠다. 나는 그 애 곁에 있고 싶었고, 그 애가 나를 원하기를 바랐다.

동작이 빠르고 몸집이 작지만 움직임이 산만하던 나는 라이트윙 미드필더였다. 피오나는 가장 뒤쪽을 방어하는 수비수인 스위퍼였고, 센터 미드필더와 함께 우리 팀 공동 주장이었다. 타고난 리더였던 피오나는 위엄 있으면서도 다정했다. 우리는 그 애가 있어 든든했다. 그 애가 공을 차는 모습이 좋았다. 강하고, 유연하며, 부러울 만큼 자신감이 넘쳤다. 나는 그 애한테 반하고 말았다.

우리는 어두운색 싸구려 목재를 붙인 마주 보는 벽면에 하나씩 놓인 딱딱한 침대에 각자 누웠다. 천장을 올려다보며 깊게 숨을 들이쉬며 생각했다. 마음속으로만 간직할까, 아니면 털어놓을까? 가능한 미래를 슬쩍 들여다보기라도 하는 듯 초현실적인 기분이 들었다.

"나 아마 양성애자인 것 같아." 여태 아무한테도 해 본 적 없는 말이었기에 나는 뜬금없는 말인 척 그렇게 불쑥 내뱉었다.

"아니, 넌 양성애자가 아니야." 피오나는 반사작용처럼 곧바로 그렇게 받아치더니 킥킥 웃었다.

이번에는 피오나의 웃음소리가 거칠고 매섭게 느껴졌다. 그럼에도 불구하고 나는 그 애와 같이 웃고 싶었다. **그러니까, 퀴어인 건 우습고 나쁜 일이잖아, 그치?** 보건 수업에서 '동성애'라는 말이 나오기만 해도 교실 안 곳곳에서 소리 죽인 웃음소리가 터져 나왔다. 방과 후 집에서 보는 시트콤도 모두 그런 편견을 강화했다. 누가 동성애자에 대한 농담을 하거나, 내가 그런 농담을 하면, 그 말은 사라지지 않고 남아 있었다. 신발 밑창에 달라붙은 개똥처럼. 스포트라이트가 무대 위 왼쪽에서 오른쪽으로 움직인다. 나는 탭댄스를 추듯 불빛을 피해 다닌다. 물에 젖은 개처럼 온 힘을 다해 털어 내고, 없애려 몸부림친다.

그다음에 무슨 말을 했는지는 기억나지 않는다. 그저 방 안에서 메아리치던 웃음소리, 딱딱하고 불편하던 침대만 기억난다.

도저히 잠이 오지 않았던 나는 오전 5시쯤 형광등 켜진 복도로 슬쩍 나갔다. 바닥에 앉아 책을 읽었다. **알 만한 그 사람에게 경멸의 제스처를 보내는.** 커트 보니것은 내가 처음으로 좋아한 작가였다. 그날 나는 도덕이 지닌 양가성을 다룬 소설 『마더 나이트』를 읽고 있었다. “우리는 우리가 흉내 내는 그 사람이 되므로, 어떤 사람을 흉내 낼지 신중히 골라야 한다.”라고 보니것은 썼다. 복도에 혼자 앉아 그 말을 곱씹었다. 끊일 줄 모르고 밀려오는 수치심에 내 온몸이 진동했다. 무언가 내 손가락 사이로 빠져나가 버렸다. 붙잡을 방법이 없었다. 해가 뜰 때까지 기다렸다.

우리는 모두 공유 공간에서 아침 식사를 했다. 팀홀튼 베이글, 그리고 어느 학부모가 커다란 봉지 가득 가져다준 오렌지가 있었다. 어른들은 커피를 마시며 우리를 지켜보았다. 나는 조용히 식사를 했다. 피오나를 어떤 눈으로 보아야 할지 알 수 없었기에 이 상황을 회피하는 게 최선이라 생각했다. 필드에 일찌감치 나가 시합 전 워밍업을 할 생각에 정강이 보호대를 챙기고 있을 때였다.

“다이크.” 그 말이 내가 이미 잘 알고 있는 잔인하기 짝이 없는 비웃음과 함께 내 얼굴을 정통으로 강타했다. 마치 ‘하, 나는 너랑은 전혀 달라.' 하며 흡족해하는 것 같던 그 말. 피오나의 친구들 중 인기 많은 애가 한 말이었다. 아팠다. 고립된 아픔. 그저 말 한마디일 뿐이지만, 사실 그 아픔은 영영 사라지지 않는다.

그 뒤로 모든 게 달라졌다. 무언가 내게서 떨어져 나간 것 같았다. 내가 나타나면 사람들은 수군거렸고, 그 공간의 에너지가 바뀌고, 날 쳐다보는 눈길이 느껴졌다. 차라리 좋은 일이었을까? 흔들리는 이는 뽑아내야 하는 법이니까.

몇 달 뒤, 아버지와 함께 노바스코샤 록포트에 있는 할머니 집을 찾았다. 록포트는 남쪽 해안가에 있는, 인구 500명이 전부인 작은 어촌 마을이다. 항구의 길쭉한 부두에는 크리스마스 전구 같은 색을 가진 고기잡이배들이 일렬로 매여 있다. 닳아빠진 노란색, 빛바랜 빨간색, 다양한 색조의 푸른색. 사진엽서에 등장할 법한 전형적인 노바스코샤 풍경이었다.

어린 시절 아버지는 내 고향에서 캐나다 데이라고 부르는 공휴일인 7월 1일이면 나를 데리고 록포트에 갔다. 7월 4일 독립기념일과 비슷하지만, 영국으로부터 독립한 걸 기념한다기보다 '캐나다의 탄생일'에 가까운 날이었다. 노바스코샤에서 백인 어린이로 살았던 나는 이 나라의 역사를 전혀 몰랐다. 집단학살의 뿌리, 체계적 인종주의, 인종분리가 어느 정도로 심각하게 자리 잡았는지 배운 적이 없었다.

나에게 캐나다 데이는 그저 불꽃놀이와 퍼레이드가 열리는 날, 교회 지하실에서 딸기 쇼트케이크를 먹는 날일 뿐이었다. 내가 가장 좋아한 행사는 '기름 막대'였다. 부두에서 바다 위로 길고 가느다란 통나무를 눕혀 놓는다. 통나무 아래는 깊은 바다다. 단단한 통나무에는 빈틈없이 라드를 발라 두고, 바다 위로 뻗어 있는 끝부분에는 라드 덩어리로 지폐 무더기를 붙여 놓는데, 참가자들은 그 돈을 손에 넣는 데 도전하는 것이다. 전략이랄 것은 두 가지가 전부다. 첫 번째는 통나무에 배를 대고 천천히 조금씩 전진하는 것이다. 보통 이 전략은 실패로 돌아간다. 필승법은 최대한의 속도로 통나무 위로 쭉 미끄러져 나간 뒤, 얼어붙을 정도로 차가운 대서양으로 풍덩 떨어지기 전에 최대한 많은 지폐를 쓸어 떨어뜨리는 것이다. 수면 위로 올라온 뒤 추위로 덜덜 떨면서 바다에 떨어진 지폐를 그러모은다. 머리 위를 맴돌던 갈매기들은 물에 떠다니는 라드를 노리며 하강한다. 물론 나는 참가한 적 없지만 말이다.

할머니는 아버지가 어린 시절을 보낸 집에 쭉 살고 있었다. 방이 세 개, 외장재는 흰색인 아담한 이층집이었다. 집 뒤로는 숲이 끝없이 펼쳐져 있었다. 길 건너편에는 할아버지가 운영하던 '페이지 상점'이라는 잡화점이 있었다. 가게는 여전히 그 자리에 있지만 이름이 무엇으로 바뀌었는지는 모른다. 주유기를 들여 놓았다는 건 알지만.

2층의 침실들은 벽장을 통해 옆방과 연결되어 있었다. 어린 시절 나는 벽장 속으로 탈출해 꼭 내 몸에 맞게 설계된 것 같은 조그만 문을 통해 상상의 세계로 나아갔다. 알전구에 달린 줄을 당기면 빛이 내가 모아 둔 보물들을 비추었다. 영화 같은 일이었다. 나는 보석상처럼 눈을 가늘게 뜬 채로 상자 속에 든 총탄들을 바라보면서, 이렇게 작디작은 물건이 숲속을 뛰어다니는 수사슴을 죽일 수 있다는 사실에 매혹되었다. 쏜살같이 달리는 근육적인 몸은 고작 이토록 조그만 총탄 하나에 쓰러지기에는 지나치게 장엄해 보였으니까.

"데니스, 엘런이 다이크라면 어떡할 거냐?" 모두가 일광욕실에 앉아 있을 때 할머니가 아버지에게 물었다. 할머니의 목소리는 인종차별적인 말을 할 때와 꼭 같이 날카로웠다. 얼래니스 모리셋의 아이러니를 빌리자면, 갓 태어난 내게 발과 귀가 무지개색인 곰인형을 선물한 바로 그 할머니가 그런 말을 한 것이다. 나는 열여섯 살이었고 얼마 전 영화 촬영을 위해 머리를 삭발한 채였다. 텔레비전에서는 블루제이스의 경기가 나오고 있었다. 할머니가 제일 좋아하는 스포츠였고 응원하는 팀은 토론토였다. 아니, 보스턴이었나? 그날은 돌아가시기 전 할머니를 만난 마지막 나날 중 하루였다. 아직 살아 계셨다면 할머니는 당신 손자를 어떻게 생각했을까? 아마도 더는 무지개를 택하지 않았을 것이다. 그럼에도 어떤 사람들은 변하기도 한다.

※

「주노」가 성공을 거두자 영화계 사람들은 내게 내가 퀴어라는 사실을 아무도 몰라야 한다고 말하기 시작했다. 나한테 해가 될 거라고, 내게 선택지가 있어야 한다고, 그게 최선이라고 나를 설득했다. 그래서 나는 드레스를 입고 화장을 했다. 사진 촬영을 했다. 폴라를 비밀로 간직했다. 그러면서 우울증과 쓰러질 정도로 심각한 공황발작에 시달렸다. 나는 거의 제 기능을 할 수 없었다. 몸속에 못이 가득 든 것처럼 무감각했고 조용한 고통에 시달렸지만, 그 고통이 얼마만큼 큰지조차 표현할 수 없었다. 특히 '꿈이 이루어지고 있는', 적어도 남들이 그렇게들 말하던 시기였으니 말이다. 나는 내가 느끼는 감정이 과한 거라고, 내가 감사할 줄 모른다고 스스로를 비난했다. 아프다고, 꼼짝도 할 수 없다고, 미래가 보이지 않는다고 말하기에는 죄책감이 너무 컸다.

마이클 무스토의 기사를 읽고 나서 매니저에게 연락했지만, 그 결과 매니저와의 통화 내용이 상세히 담긴 블로그 글이 또 하나 등장했을 뿐이다. "나는 화가 나서, 누군가가 동성애자인지 궁금해하는 건 비열한 짓이 아니라고 꽥 소리 질렀다." 맞다. 단순히 누군가가 동성애자인지 궁금해하는 건 비열한 짓이 아니다. 사려 깊지 못하며 위험천만한 일은, 젊은 퀴어의 여정을 전혀 배려하지 않고 글을 쓴 일이다.

토론토국제영화제에서 최초로 상영된 「주노」는 열광적인 반응을 불러일으켰다. 그 당시 내게는 개인 홍보담당자가 없었다. "「여전사 지나」를 본 적 있으세요?"라는 십 대다운 순진한 질문을 했더니 "아뇨, 전 레즈비언이 아니라서요."라는 반응이 돌아온 경험 때문에 혼자서 홍보에 나서는 게 낫겠다고 마음먹은 것이다. 그 홍보담당자와 더는 함께하지 않는다는 게 다행스러웠다. 그 사람이 내게 한 말들은 사람들이 경고하던 전형적인 할리우드의 언어였다. 가식적이고 공허하며 동성애혐오적이었다. 그러나 나에게는 처음 얻은 유명세를 홀로 헤쳐나갈 준비도, 경험도 부족했다.

캐나다에서 배우 생활을 하며 보낸 성장기는 할리우드와는 달랐다. 특히 나 때는 그랬다. 캐나다에서는 번지르르한 외양은 중요치 않았다. 찬란한 외모에 그다지 집착하지도 않았다. 나를 숨겨야 한다는 압박은 대부분 「주노」와 함께 찾아온 것이다.

나는 「주노」가 최초로 상영되는 자리에 청바지와 웨스턴풍 셔츠를 입고 갈 계획이었다. 내 생각에는 쿨한 옷차림인 데다가, 셔츠에는 칼라도 달려 있었다. '이 정도면 멋지지 않나?' 나는 생각했다. 내가 입으려는 의상을 알게 된 폭스 서치라이트의 홍보팀은 할리우드 시스템 특유의 난리를 피우며 나를 블루어 스트리트에 있는 홀트 렌프루 백화점으로 급히 데려갔다. 나는 수트를 입겠다고 제안했으나, 그들은 드레스와 하이힐을 고집했다. 홍보팀이 내 의상을 놓고 감독과 상의한 끝에 감독에게서 연락이 왔다. 홍보팀의 의견에 동의한다며 내게 주어진 역할을 해야 한다고 주장했다. 마이클 세라는 스니커즈를 신고 슬랙스와 칼라 달린 셔츠를 입기로 했다. 내 눈엔 멋져 보이는 의상이었다. 왜 마이클은 홀트 렌프루 백화점에 가지 않아도 되는가? 그는 숨길 게 없으니까, 그는 승인받은 존재니까. 그는 자기 역할에 적합한 사람이니까.

내가 불충분하며 잘못된 존재, 나 자신을 부정하는 대가로 칭송받는 동안 숨겨 두어야 하는 존재인 어린 퀴어라는 메시지를 듣는 건 가파른 비탈에 있는 것과 같았고, 나는 기억나지 않을 정도로 오래전부터 이 비탈을 미끄러져 내려가고 있었다. 피부에 들러붙은 막처럼 씻어낼 수 없었다. 스스로를 벌하기라도 하듯 내 살을 찢어 버리고 싶은 충동이 들었다. 그들만큼이나 나도 나 자신에게 역겨움을 느끼게 되었다.

로스앤젤레스에서 보내는 시간은 점점 늘어났다. 「주노」 기자간담회, 미팅, 실제로는 두 계절에 달하는 '시상식 시즌'. 노바스코샤에서는 마이클 무스토의 "섹슈얼리티 맞추기 게임"을 뛰어넘을 기세로 내 섹슈얼리티를 문제 삼는 기사가 또 하나 등장했다. 1987년부터 핼리팩스에서 출간된 '매거진'인 《프랭크》는 자칭 풍자 잡지이지만 실상 황색언론에 가까운 매체였다. 아버지가 샌타모니카에 있는 내게 전화를 걸어 선댄스 영화제에서 찍은 내 사진이 "엘런 페이지는 동성애자인가?"라는 큼직한 헤드라인과 함께 잡지 표지에 등장했다고 알려주었다.

미쳐버릴 것 같았다. 친구가 내준 손님용 별채 침대에 누워 눈을 질끈 감자 눈물이 뺨을 타고 줄줄 흘러내렸다. '제발 꿈이었으면 좋겠어, 제발.'

헬리팩스로 돌아가자 잡지가 사방에 깔려 있었다. 마트에 가도, 주유소에 가도, 구멍가게에 가도 그 잡지가 눈에 들어왔고…… 그것들은 전부 이렇게 묻고 있었다. "엘런 페이지는 동성애자인가?" 폴라는 잡지를 거꾸로 뒤집어 놓았다. 다른 잡지들 사이에 숨겨 놓았다. 한번은 사우스엔드에 있는 어느 주유소에서 잡지를 한 무더기 훔쳐 오기도 했다고 했다.

그해 여름 폴라와 함께 누리던 자유의 끝이 다가오고 있었다.

잡지에 실린 사진 중에는 폴라가 함께 나온 것도 있었다. 파티에서 친구들과 함께 찍은 사진이었다. 핼리팩스를 점점 잠식해 가던 칙칙한 콘도 건물 중 한 군데에 있는 누군가의 아파트에서 모였던 그날 밤이 기억난다. 기사는 떠도는 소문을 들먹이며 우리가 사귀는 사이인지 아닌지를 떠들어댔다. 폴라는 가족에게 커밍아웃하지 않은 상태였다. 사진을 빤히 들여다보다가 나는 깨달았다. '내 친구들 중 하나가 사진을 잡지에 보냈구나.' 누구인지는 도저히 알 수 없었다.

3장
소년

우리는 온라인에서 매칭된 사이였다. 데이팅 앱은 처음이었고, 트랜스로서 만남을 가지는 것도 처음이었다. 미트패킹디스트릭트에서 저녁을 먹은 뒤 나는 세라와 그 친구들을 만나러 미드타운으로 향하는 지하철에 올라탔다. 처음 있는 즉흥적인 모험을 앞두고 초조한 한편으로 활력이 솟았다.

약속 장소는 싸구려 바였지만 마음에 들었다. 세라를 찾아 두리번거리다가 여자들 무리를 발견했다. 높은 테이블을 가운데 두고 스툴에 앉아 있는 그들은 이미 술을 몇 잔 마신 채였다. 나는 높은 스툴이 싫었다. 다리가 짧아서 불편했기 때문이다. 그들은 나를 따뜻하게 맞이하고 반기면서 내가 앉을 자리를 내주었다.

모두 180센티미터쯤 되는 훤칠한 키에 화려한 외모를 가진 여자들이었다. 내가 어쩌다 세라와 매칭된 건지 의심스러워지기 시작했다. 그냥 술에 취해 앱을 켜고 아무렇게나 스와이핑하다가 키 작은 트랜스남성인 내가 등장하자 어리둥절해진 걸까? 시스✦ 남성, 섹시한 음악 프로듀서, 프로 운동선수, 의사 등을 휙휙 넘기다가 내 사진이 나온 순간 그들은 역겨워했을까, 재미있어했을까, 아니면 둘 다였을까?

라임을 넣은 테킬라 소다 온더록스를 주문했다. 텔레비전이 나오고 있었고 테이블 위에는 남은 음식이 여기저기 흩어져 있었다. 나는 술을 들이켠 뒤 다음 잔을 주문했다.

"노바스코샤요." 나는 필수 질문인 "어디 출신이에요?"에 그렇게 답하고는 "캐나다에 있는 곳이에요." 덧붙였다.

"정말요? 스칸디나비아라든지 그런 데 있는 동네가 아니라요?" 세라의 친구들 중 하나가 그렇게 반응했다.

두 잔째 술을 마신 뒤, 나는 조인트를 피우려고 바깥으로 나왔다. 세라도 따라 나왔다.

"언제 알게 된 거예요?" 바깥벽에 나란히 등을 기대고 선 채 세라가 물었다. 세라는 나보다 키가 훨씬 컸다. 잠깐이지만 그게 무슨 뜻이더라 생각했다. 숱하게 듣는 질문이지만 가벼운 데이트에서 듣고 싶은 질문은 아니었다. 퀴어여성으로 사는 동안에도 겪은 바 있지만, 트랜스남성으로 살 때는 끊임없이 듣는 질문이다. '나는 당신을 믿을 수 없어요.'를 뜻하는 암호.

✦ 시스젠더(cisgender)는 지정성별과 자신이 느끼는 성별이 일치하는 사람을 뜻한다.—옮긴이

내가 나를 알게 된 건 네 살 때였다. 핼리팩스 시내, 퍼블릭가든 건너편 사우스파크 스트리트에 있는 YMCA 유치원에 다니던 시절이었다. 짙은 색 벽돌로 되어 있던 건물 외벽은 이후에 철거한 뒤 재건되었다. 나는 내가 여자가 아니라는 걸 애초부터 알았다. 의식적으로 안 게 아니라, 오염되지 않은 순수한 의미에서였다. 그 감각은 내가 가진 가장 오래된, 그리고 선명한 기억 중 하나다.

유치원 우리 반 교실이 있는 복도 끝에 화장실이 있었다. 나는 서서 오줌을 누는 것이 나한테 더 맞는 일이라고 생각했기에 여러 번 그러려고 시도했다. 생식기를 누르고, 붙잡고, 꼬집고 쥐어짜면서 오줌 줄기를 조준하려고 애썼다. 변기 칸 안은 엉망이 되고 말았지만 어차피 화장실에선 웬만해서는 오줌 냄새가 풍겼다.

그런 경험 때문에 혼란스러웠고, 다른 여자아이들과는 시먹시먹했고, 또 그 아이들을 보고 있으면 설레는 기분이 들었다. 특히 기억에 남는 건 제인이라는 아이다. 긴 갈색 머리카락, 그 애의 그림 솜씨, 무언가에 몰입할 때 가만히 집중하던 눈빛. 나는 그 애의 예술적 재능이 탐났다. 내가 그린 사람은 머리통에서 팔다리가 뻗어 나오고, 팔은 꼭 나뭇가지 같고, 손가락 대신 가느다란 선이 달려 있었다. 닭다리처럼 생긴 조그만 다리에 너무 큰 운동화를 그리는 식이었다. 하지만 제인은 몸, 배, 배꼽을 그릴 줄 알았다. 도저히 그 애의 그림에서 눈을 뗄 수 없었다. 그 애는 내 첫사랑이었지만, 나는 내가 그 애랑 다르다는 걸 알았다.

"나 남자가 될 수 있어요?"

여섯 살 때 나는 어머니에게 물었다.

당시 우리는 예전에 살던 처칠 드라이브의 다락방 아파트에서 걸어서 몇 분 떨어진 세컨드 스트리트의 집에 살았다. 가로수가 줄지어 선 거리에 있는 지층 아파트는 방이 두 개였고, 바닥재는 하드우드였고, 큼직한 창이 여러 개 나 있는 작지만 사랑스러운 거실도 있었다. 나는 몇 시간 동안 텔레비전 앞에 앉아 「알라딘」, 「NHL '94」, 「소닉 더 헤지호그」 같은 세가 제네시스 게임을 했고, 궁지에 몰릴 때면 전지전능한 힘을 발휘해 이기게 해달라며 하느님께 기도했다. 전쟁터에는 무신론자가 존재하지 않는 법이다.

"안 되지, 얘야. 넌 여자잖아." 어머니는 그렇게 대답한 뒤, 꼼꼼하게 개고 있던 행주에서 눈을 떼지 않은 채 잠시 말을 멈췄다가 다시 입을 열었다. "그래도 남자들이 할 수 있는 일은 뭐든지 할 수 있단다." 행주를 제자리에 하나하나 반듯하게 쌓아 올리면서.

맥도날드에서 내 몫의 해피밀을 주문할 때 어머니가 짓던 표정이 떠올랐다. 나는 매번 '남아용 장난감'을 갖겠다고 우겼다. 마음에 쏙 들 만큼 갖고 싶은 뇌물이었으니까. 남아용 장난감을 달라고 할 때 어머니는 눈에 띄게 불편해하면서 창피하다는 듯 살짝 웃거나 약간의 수치심을 비췄다. 그러거나 말거나 그쪽에서 여아용 장난감을 내주는 일이 잦았다.

열 살이 되자 사람들은 나를 남자아이라 여기기 시작했다. 1년간 투쟁한 끝에 머리를 짧게 자르고 난 뒤에는 핼리팩스 쇼핑센터에서 뒷사람을 위해 문을 잡아주면 "녀석, 고맙다." 같은 인사

말을 듣게 됐다. 왜 내가 남자가 아닌지 도무지 이해할 수가 없었다. 아주 약간이라도 여성스러운 구석이 있는 옷을 입을 때면 나는 온몸을 뒤틀며 난리를 부렸다. 주위 사람들의 눈에 보이는 나는 내가 보는 나와 달랐다. 그래서 어린 시절의 나는 혼자 있는 걸 좋아했다. 오랜 시간 혼자 놀았다. 나는 그 일에 '개인적인 놀이'라는 이름을 붙였다.

"엄마, 나 개인적인 놀이 하러 갈게요." 나는 그렇게 말한 뒤 계단을 올라 내 방으로 들어가서는 문을 닫았다.

나는 액션피규어를 좋아했다. 배트맨과 로빈, 후크선장과 피터 팬, 루크 스카이워커, 해피밀 장난감으로 받아서 머리카락을 잘라 버린 바비인형 두 개. 아무리 '남아용 장난감'을 요구해도 자꾸 '여아용 장난감'을 받았다. 나는 걸어 다니는 스테레오타입이었다. 그저 어머니가 바라는 방식의 스테레오타입이 아닐 뿐.

나는 몇 시간씩 개인적인 놀이에 빠져들며 이층침대로 요새를 만들었다. 쇠로 된 침대의 위쪽 칸을 가로대 여러 개가 받치고 있었는데, 그 가로대에 담요며 수건을 걸어 공간을 나누었다. 작은 부엌, 작은 침실. 복잡하고도 열정적인 줄거리 속에는 위험이 도사리고 있었고, 나는 절벽에 매달리는 척 침대 위쪽 칸에 매달려 있는 힘껏 죽음의 위기를 피했다.

상상 속 로맨스도 피어났다. 바닥을 뒤덮은 용암 저편에 있는 상상의 여자친구에게 러브레터를 쓰고 그때마다 "사랑을 담아, 제이슨."이라고 끝맺었다. 먼 곳에서의 모험을 담은 편지에 얼마나 그녀를 사랑하는지, 아끼는지, 품에 안고 싶은지 썼다.

그 시절이야말로 내 삶에서 최고의 나날 중 하나였다. 내가…… 나일 수 있는 다른 차원으로 모험을 떠나던 그때. 그저 어린 소년이 아니라 남자, 사랑에 빠지고, 상대에게서 사랑받을 수 있는 남자이던 때. 어째서 우리는 그 능력을 잃어버린 것일까? 하나의 세계를 창조해 낼 수 있는 능력을? 이층침대는 하나의 왕국이었고 나는 소년이었다.

상상력은 내 생명줄이었다. 상상 속에서만큼은 그 어떤 제약도 없다는, 누구의 눈치도 보지 않아도 된다는, 진짜라는 기분이 들었다. 상상은 그저 눈으로 보듯 떠올리는 것이 아니라 그보다 더 자연스러운 것이었다. 소망이 아니라 이해였다. 내가 나 자신일 때마다, 나는 예외 없이 알 수 있었다. 모든 게 깜짝 놀랄 만큼 선명하게 보였다. 그때가 그립다.

개인적인 놀이는 연기와도 비슷했고, 그런 감각은 일종의 모순이었다. 상상력에 의지하던 것이 그 이후의 삶을 버티게 해 준 것이다. 어쩌면 나는 그때부터 그 느낌을 추구해 온 것인지도 모르겠다. 서맨사 모턴은 "인물을 발견하고 연기하는 것은 빙의되는 것과 비슷하다."라고 한 적이 있다. 시간이 지난 뒤, 열여섯 살 때 본 린 램지의 영화 「모번 켈러의 여행」 속 모턴의 연기는 그 누구보다 큰 영감을 주었다. 그 연기에 담긴 고요함, 섬세함, 침묵의 힘.

영화 취향이 생겨나 「쥐잡이꾼」과 「모번 켈러의 여행」 같은 영화를 찾아 보기 전까지는 재난영화에 빠져 있었다. 열한 살 생일날에는 재난영화는 아니지만 엇비슷하다고 볼 수 있는 「아나콘다」를 빌려 보았다. 같은 반의 애나라는 여자아이가 그날 우리 집에서 자고 가기로 했다. 추웠던 그날, 우리는 꽁꽁 언 잔디를 바삭바삭 밟으며 아일빌 스트리트로 향하는 대로를 가로질러 집에서 멀지 않은 비디오대여점으로 갔다. 비디오대여점은 작은 벽돌 건물에 있었다. 우리는 테이프 케이스의 표지를 살펴보며 통로를 돌아다녔다. 비디오테이프와 DVD가 사양길을 걷게 된 뒤 그 가게는 미용실로 바뀌었다. 미용실도 사라진 다음에는 어떻게 되었는지 잘 모른다. 이제는 그 건물도 없어지고 말았으니까.

우리는 테이프를 보물처럼 움켜쥐고 집으로 터벅터벅 걸으며 제이로, 아이스큐브, 오언 윌슨이 세상에서 가장 크고 치명적인 뱀과 맞서 싸울 모습을 잔뜩 기대했다.

"그놈들은 너를 후려치고 꽁꽁 감싸지. 뜨겁게 사랑하는 연인보다 더 세게 널 끌어안아. 그리고 너는 힘센 포옹에 핏줄이 폭발하기 직전, 네 뼈가 부러지는 소리를 듣는 특권을 갖게 될 거야."

남자아이들은 다들 애나를 좋아했고, 나도 마찬가지였다. 초등학교 때부터 친구였던 우리는 함께 학교에 갔고 핼리팩스 시티 셀틱스라는 같은 축구팀 소속이었다. 애나는 주로 라이트윙 수비를 맡았다. 세가 제네시스로 몇 시간이나 함께 「알라딘」 게임을 하기도 했다. 그 애의 침대 위에서 폴짝폴짝 뛰며 입을 모아 아쿠아의 노래를 따라부르기도 했다.

나는 바비 세계에 사는 바비 걸

플라스틱으로 된 삶은 환상적이야

어디서든 내 머리를 빗기고 옷을 벗길 수 있지

상상해 봐, 삶은 네가 만드는 거야

나는 종종 알라딘이 되는 꿈을 꾸었다. 하지만 마법의 양탄자나 세 가지 소원, 꼬마 원숭이 때문이 아니라, 섬세한 손길로 여자를 만지는 것이 어떤 기분인지 알고 싶어서였다. 로맨스의 작은 불꽃. 어느 날 학교가 끝난 뒤 애나와 함께 담 위에 걸터앉아 어머니가 데리러 오기를 기다리던 기억이 난다. 우리는 다리를 달랑거리며 나무가 무성한 조용한 거리를 내려다보고 있었다. 나는 엉덩이가 콘크리트에 쓸리는 걸 느끼며 몸을 옆으로 살짝 움직여 애나와 몸이 닿을락 말락 할 정도로 조금 더 다가갔다. 그다음에는 한 손을 애나의 허벅지에 올렸다.

"뭐 하는 거야?"

애나는 마치 납땜용 인두에 스친 것처럼 몸을 움츠렸다. 그리고는 움직이지도, 말을 하지도 않았고, 나도 마찬가지였다. 곧 애나의 어머니가 와서 그 애를 데려갔다. 애나와 나는 서먹해졌다. 애나는 인기가 많아졌고, 나는, 예상할 수 있겠지만, 그렇지 않았다.

오래지 않아 나는 섹슈얼리티를 탐색하기 시작했으나, 상대는 예외 없이 남자아이들이었다. 내 첫 키스 상대는 저스틴이라는 남자아이였다. 꼭 케이트 블란쳇의 엘프 아들 같은 역할로 「반지의 제왕」에 등장할 것처럼 생긴 애였다. 그 애는 자기 침대를 둘러싼 요새를 만들었고 우리는 동굴 탐험대처럼 그 속으로 기어들어 케니 지의 음악을 들으며 키스했다. 저스틴네 가족이 키우던 작고 흰 개는 성질이 최악인, 정말 못된 개였다. 나는 눅눅한 감자튀김에 제발 나를 사랑해달라는, 그게 어렵다면 적어도 참아달라는 소망을 담아 식탁 밑으로 몰래 개에게 주었다.

저스틴과 나는 학교에서 쪽지를 주고받았다. 여태껏 느껴 본 적 없는, 허리께에 느껴지는 두근거리는 느낌. 어떻게 몇 마디 문장이 적힌 작은 종잇조각이 나를 이렇게 바꿀 수 있을까? 위험천만하고 짜릿한 그 경험은 따분하던 매일에 시를 더했다. 꼭 올바르지는 않을지 몰라도, 도저히 걸음을 멈출 수 없는 길이었다. 한번은 쪽지를 주고받는 도중에 선생님이 압수한 적이 있다.

백필드 구석에서 만나면 내가 또 마사지massage를 해 줄게.

나는 창피해서 얼굴이 활활 타오른 채로 딱 굳어 버렸지만, 저스틴은 자기가 '메시지message'라고 쓰려다가 철자를 틀린 거라며 천재적인 변명을 했다. 선생님은 저스틴의 변명을 믿었다.

처음 패것faggot이라는 말을 들은 날에도 저스틴과 함께 있었다. 우리는 포트 니덤 파크의 나무들 속에 웅크리고 있었다. 그 장소가 내 기억 속에 불길처럼 선명하다. 포트 니덤은 미국독립전쟁 시기에 세워진 곳이다. 이 요새는 오늘날 핼리팩스의 노스엔드, 내가 자란 지역을 내려다보는 곳에 있었다. 지금은 언덕 꼭대기에 핼리팩스 폭발사고를 추모하는 종탑이 세워져 있다. 세상의 대부분이 잊어버린 이 재난은 그럼에도 내 어린 시절의 풍경 전체를 말 그대로 형성한 사건으로, 사고의 흔적은 내 눈이 닿는 어디에나 펼쳐져 있었다.

1917년 12월 6일 일어난 핼리팩스 폭발사고는 벨기에의 구호선인 이모호가 TNT 260톤, 솜화약 62톤, 벤졸 246톤, 피크르산 2366톤을 싣고 있던 프랑스의 군수선 몽블랑호와 충돌하며 발생했다. 화물의 총 무게는 3000톤에 달했다. 자유의 여신상 무게의 열세 배다.

존 U. 베이컨이 쓴 『핼리팩스 대폭발』에 상술된 대로라면, 유럽으로 화약을 수송하는 배는 통상 붉은 기를 달아 화물의 성질을 표시했지만 군함 수백 척을 격침한 독일 U보트로 인해 몽블랑호는 기를 달지 않은 채였다. 핼리팩스 전체에서 이 배에 실린 화물이 무엇인지 아는 사람은 다섯 명에 불과했다. 이른 새벽 몽블랑호가 은밀하게 핼리팩스 항구로 진입하던 때 이모호는 출항 준비를 하고 있었다. 석탄 수송 문제로 출항이 하루 늦어진 이모호의 선장은 지체한 시간 때문에 조급한 마음으로 출발했다. 그러다가 항구의 가장 좁은 지점에서 반대편으로 속도를 높여 진입하고 말았다. 치킨게임이 시작되었다. 마지막 순간 한쪽 배의 선장이 배를 돌리겠다는 결정을 내렸고, 다른 배의 선장도 같은 판단을 했고, 그러면서 두 배가 충돌했다.

거대한 연기구름이 피어오르자 배에 실린 화물의 정체를 까맣게 모르던 사람들은 항구나 창가로 모여들었다. 20분가량 화염에 휩싸였던 몽블랑호가 폭발하면서 2.5평방킬로미터가 넘는 노스엔드 지역 전체가 파괴되었다. 1500명 이상이 팔다리가 떨어져 나가고 옷이 찢긴 채로 즉사했다. 증발했다. 배는 하늘 높이 튀어 올랐다가 다시 떨어지며 약 10미터 높이의 쓰나미를 일으켰고 이 파도에 휩쓸린 시신들은 영영 발견되지 않았다. 수십 년간 극비리에 진행된, 핵폭탄 개발을 위한 맨해튼 프로젝트 당시 연구했을 정도로 규모가 큰 폭발이었다.

생존자들은 폭발의 잔해에 깔려 부상을 입은 채로, 또는 죽어가면서 살려달라고 외쳤다. 아침 시간이었기에 집집마다 장작 난로에 불을 붙여 놓았고, 무너진 집들의 잔해에 불이 옮겨붙었다. 폐허는 불구덩이가 되었고 시시각각 다가오는 불길 속에서 사람들은 비명을 질렀다. 생존자들에게 가장 끔찍하고 고통스러웠던 기억은 지하에 갇힌 이들이 온 힘을 다해 내지르는 고통의 비명이었다고 한다. 불이 번지면서 모두가 대피해야 했다. 부모는 자식들을 남겨 두고, 연인은 영혼의 단짝을 남겨 둔 채. 핵폭탄이 발명되기 전 인재에 의한 최대 규모의 폭발사고였던 이 사고에서 최소 2만 명이 사망했고 9000명 이상의 부상자가 발생했다.

그리고 수십 년 뒤, 나는 이 자리에 앉아 키스하고 있었다.

침엽수 아래에 나란히 앉은 우리 곁에는 다른 연인들이 버리고 갔을 빈 술병이 굴러다니고 있었다. 서로를 만졌다. 키스했다.

끌어안았다. 우리는 두 명의 소녀이었고, 두 명의 소년처럼 보였다.

"너희들 뭐야, 더러운 패것인가?" 십 대 청소년 한 무리가 우리에게 다가왔다. 패것. 패것. 패것.

그들은 우리보다 덩치가 컸고, 위협적이고, 잔인했다.

"패것이네. 실컷 패 줘야겠다."

"난 여자야." 내가 그들에게 말했다.

"그럼 넌 뭔데, 외계인?" 그들이 저스틴에게 침을 뱉었다.

그 순간 불현듯 무언가를 깨달은 우리는 도망치기 시작했다. 말뿐인 위협으로 끝나지 않을 일이었다. 언덕을 내달려 내려가는 우리의 다리가 휘청거렸다. 온몸이 감전된 것 같았다. 한 발짝 한 발짝이 마지막 시도나 마찬가지였다.

나는 우리 집보다 나를 봐 주던 아이돌보미의 집으로 가는 게 더 현명한 선택이라 여기고 그쪽으로 달려갔다. 그들의 목소리가 계속 따라왔지만 어깨 너머를 돌아볼 시간이 없었다. 우리가 아이돌보미의 집 현관까지 도달한 건 기적이었다. 그 집에서 키우던 개 라사압소인 바바가 짖는 소리가 들렸다. 따라오던 남자애들이 멈췄다. 아이돌보미가 문간으로 나오더니 공황에 사로잡힌 우리 둘을 보았다. 우리를 뒤쫓아온 남자애들 무리를 보자마자 그녀는 곧바로 상황을 이해한 것 같았다.

"썩 꺼져, 이 잡것들아!"

보호받는 기분을 느낀 경험이 드물었기에 아직도 그녀가 고함을 지르던 모습이 떠오른다.

어린 시절 나는 몽블랑호의 폭발이 '사고'이고 '실수'라고 배웠다. 두 척의 배가 충돌했고, 한 배에는 폭약이 실려 있었을 뿐이라고. 하지만 그건 사고가 아니었다. 전쟁이 불러온 결과였다.

그 폭발로 하룻밤 사이 수천 명의 고아가 생겼다. 사람들이 집을 잃고 굶주렸다. 세인트폴 교회에서는 그달에 1만 끼의 식사를 내어 주었다. 어머니가 열여섯 살 때 돌아가신 외할아버지는 오랫동안 그 교회의 목사였다. 세인트폴 교회는 분명 폭발에서 살아남았지만 유리창은 핼리팩스의 다른 유리창들과 마찬가지로 박살이 났고, 그때 수많은 사람들이 창가에 얼굴을 마주한 채 항구에서 무럭무럭 솟아오르는 연기를 보고 있었다.

그 아수라장을, 피로 붉게 물든 눈을, 세계의 종말이나 마찬가지인 학살의 장면을 상상한다. 그 모든 트라우마는 어디로 갔을까? 갑작스레 부모를 잃은 아이들이 입에 담을 수도 없는 폐허 한가운데를 걸어 다닌다. 이 비극 이후에 퀴어들은 무엇을 했을까? 비밀스러운 연인을 잃은 사람들. 벽장 속에 숨겨둔 그들의 애도.

4장
액션피규어

어머니와 나는 1994년 내 여덟 살 생일을 앞두고 하이드로스톤 동네로 이사했다. 핼리팩스 폭발사고로 인해 노스엔드가 폐허가 된 뒤 개발된 지역이었다. 폭발의 잔해가 불길에 휩싸인 덕에, 이 동네를 재건할 때 하이드로스톤을 사용하자는 아이디어가 등장했다. 북미 전역에서 그런 시도가 이루어진 것은 이 지역이 유일했다. 대리석 쇄석이 섞인 큼직한 불연성 콘크리트판으로 길이 10블록, 너비 1블록에 해당하는 연립주택촌을 조성했다. 대대적인 파괴로 인해 형성된 동네였다.

나는 그 동네에서 보낸 어린 시절이 좋았다. 한 군데를 빼면 거리마다 커다란 대로가 하나씩 있어서, 아이들은 뛰어놀고 어른들은 소풍을 즐겼다. 블록들 사이로 구불구불 이어진 뒷골목에는 빨래가 널려 알록달록한 색채를 자랑했고 조그만 뒤뜰에 늘어진 풍경風磬은 고양이들이 숨어들 때마다 딸랑딸랑 울렸다. 혼자 골목을 누비고 다니는 게 좋았다. 나는 소년다운 모험을 즐기는 한 소년이었다.

어머니가 침실 두 개, 욕실 하나인 이 집을 사던 시절까지만 해도 이 동네는 이혼한 한부모이자 교사인 내 어머니 같은 사람의 수입으로도 살 수 있는 동네였다. 어머니는 느지막한 오후, 방과 후 프로그램을 마친 나를 데리러 와서 오늘 하루를 어떻게 보냈는지, 무엇을 배웠는지, 숙제는 무엇인지 물었다. 나 역시 오늘 어머니가 학교에서 어떤 하루를 보냈는지 듣는 게 좋았다. 한번은 어머니가 어느 남학생이 반항하는 의미로 책상 위에 올라가 서서 오줌을 쌌다는 이야기를 해 주었다. 어머니가 내 목욕물을 받아 주거나 저녁 준비를 하는 사이 나는 숙제를 하지 않겠다고 뻗댔다. 어머니는 제대로 쉴 수가 없었다.

목욕 시간이 오면 나는 욕조 가장자리에 여러 동료들을 쭉 세워 놓은 뒤 어머니한테 시합을 지켜보고 심판 역할을 해 달라고 부탁했다. 배트맨의 발을 붙든 내 손이 허공을 가르다 손을 놓으면 브루스 웨인은 심판에게 높은 점수를 받을 수 있도록 아주 살짝만 물을 튀기며 물속에 퐁당 들어갔다.

"7점!" 내 액션피규어가 물속으로 사라지자 어머니는 말했다.

"8점!" 피터 팬 역시 다이빙에 성공했다.

그러면 내심 피터 팬이 이기기를 바랐던 나는 "예이!" 하고 환호했다.

"이제 됐지, 얘야, 나는 저녁 차리러 가야겠다."

"한 번만 더요! 부탁이에요, 엄마, 제발요!"

"알았다, 한 번 더."

그 말과 함께 나는 액션피규어를 또 하나 물에 빠뜨렸다.

승자가 정해진 뒤 내가 1등을 한 액션피규어를 욕조 가장자리에 자랑스레 세우면 어머니는 올림픽 주제가를 흥얼거려 주었는데, 어떤 때는 성냥을 켜서 성화 삼아 번쩍 들어 주기까지 했다.

욕조는 내가 누군가를 구하는 판타지를 실현하는 곳이기도 했다. 나는 영화 「애들이 줄었어요」를 정말 좋아했고 특히 딸인 에이미 살린스키에게 홀딱 반했다. 아름다운 얼굴, 달콤한 목소리를 가진 그녀에게서 눈을 뗄 수 없었고, 남동생을 아끼고 돌보는 모습도 좋았다.

욕조 안에서 나는 커다란 정글로 변해 버린 뒷마당에서 에이미를 구해 주는, 짝사랑으로 가슴앓이하는 이웃집 소년인 러스 주니어였다. 러스 주니어가 된 나는 공황에 빠진 상태에서도 간신히 침착함을 유지한다. 나는 머리를 물속에 담그고 에이미를 찾다가, 다시 물 위로 올라갔다가, 몸을 홱 뒤집은 다음 다시 물에 들어가는 일을 반복하면서 사랑하는 사람을 구할 때까지 포기하지 않을 거다. 에이미를 안전하게 구해 낸 다음에는 그 애가 깨어나기를 간절히 기도하는 마음으로 내 손에 대고 인공호흡을 한다. 그렇게 에이미의 의식이 돌아온 뒤에야 나는 마음을 놓을 수 있다. '내가 해냈어.' 그렇게 생각하며 영화 속에서 본 러스 주니어의 눈빛을 하고 특유의 미묘한 미소를 선보이는 나 자신을 상상했다.

어머니는 공립학교 교사 생활을 좋아했고, 뛰어난 교사였다. 어머니는 25년간 프랑스어를, 8년간 영어를 가르쳤는데, 내게 "마담 필포츠는 내가 만난 최고의 선생님이에요."라고 말한 사람이 얼마나 많은지 셀 수도 없다. 어릴 때부터 나는 여름방학이 끝날 무렵 어머니의 교실 환경미화를 도왔다. 접착식 포스터들, 장비에, 페브리에, 마스, 아브릴, 이어지는 프랑스어로 된 달 이름들, 오려 붙인 해, 구름, 눈. 나는 코팅기를 사용하는 게 좋았다. 그 냄새도, 코팅지가 무언가를 감싸 안전하게 보호하는 것도. 텅 빈 학교 복도는 으스스하고 묘한 불안감을 불러일으켰다. 빈 복도를 돌아다니고 있으면 꼭 이 세계가 아닌 것처럼, 둥둥 떠다니는 기분이었다.

서른 명의 초등학생으로 꽉 찬 교실에서 온종일을 보낸 다음 집에 돌아와 저녁을 차리고 아이가 다이빙 시합을 흉내 내는 걸 보며 심판 노릇까지 하는 건 어떤 기분이었을까? 온종일 서 있다가 이제는 차가운 타일 바닥에 쪼그리고 앉은 어머니는 분명 편안한 의자가, 따뜻한 음식이, 그리고 차가운 맥주가 간절했을 것인데, 그중 어떤 것도 마술처럼 저절로 나타나 주지 않았다. 이런 것들은 기억할 만한 중요한 순간들이다. 사소하지 않다.

토요일이면 어머니는 과자와 음료수를 챙겨왔고, 우리는 2인용 소파로 쓰고 있던 큼직한 베이지색 의자 하나에 함께 앉았다. 텔레비전 채널을 CBC(캐나다공영방송)에 맞춘 뒤 「하키 나이트 인 캐나다」를 볼 준비를 했다. 나는 펩시콜라, 어머니는 알렉산더 키스 맥주를 들고 건배를 한 다음 큼직한 케첩 칩 봉지 하나를 사이에 놓고 환호성을 질러댔다. 우리가 응원하는 팀은 토론토 메이플리프스였다.

어린 시절, 우리 둘만 있을 때 어머니는 내가 다양한 방식으로 존재하도록 내버려 두었다. 내가 드레스를 입어야 했던 것은 사진 찍는 날, 드물게 교회에 가던 날, 결혼식, 공연, 크리스마스 파티같이 우리 둘만 있는 게 아닌 특별한 곳에 갈 때였다. 머리에는 하늘색 나비가 달린 머리핀을 꽂았다. 머리카락이 뽑혀 나가도록 뜯어내 버리고 싶었다. 어머니가 나에게 옷을 차려 입힐 때면 나는 온몸으로 퍼져 나가는 배신감에 있는 대로 떼를 썼다. 내 두 다리를 조이는 타이츠의 감각은 그 시절의 나로서는 말로 표현할 수 없는 온갖 불편감을 자극했다.

이런 '한때'는 지나가기 마련이었으나 내 경우엔 그렇지 않았고, 어머니는 내가 입는 옷이나 내가 사귀는 친구들을 갈수록 더 탐탁지 않게 여겼다. 남성적인 옷을 입는다거나 남자아이들과 친하게 지내는, 톰보이(딱히 내게 맞는 이름 같지는 않았지만, 다들 나를 그렇게 불렀으므로 결국은 나 역시 스스로를 그렇게 부르게 되었다.) 시기는 흐릿한 기억으로 남아야 마땅했다. 나는 꼬마 아가씨, 적어도 어머니가 생각하는 그런 아가씨가 되어야 했다.

"나는 그저 네가 최선의 삶을 살길 바랄 뿐이야…… 널 보호하고 싶은 거란다…… 네가 힘든 삶을 살길 바라지 않아." 이런 정서는 내게 스며들지 않고 미끄러져 흘러갔다. 최선의 삶이란 사회의 기대에 깔끔하게 맞아 떨어진다는 뜻이다. 선을 넘지 않는다는 뜻이다. 내가 모르는 사이 미리 쓰여 있던 완벽한 여주인공의 여정대로.

어머니의 가족, 친구들, 축구팀 학부모들, 동료 교사들, 이웃들은 뭐라고 생각했을까? **저 사람이 뭔가 잘못한 거 아냐? 죄를 저지른 거 아닐까?** 그리고 의식적이든 아니든 간에 이렇게 생각하지 않았을까. **나도 순응했는데, 어째서 너는 안 하는 거지?**

나는 어머니가 할 수 없었던 일이, 탐험할 수 없었던 세계가 얼마나 많았을지 생각해 본다. 그런 제약들이 어머니에게 어떤 영향을 끼쳤을지도. 내가 지금의 내가 되기까지 풀어내야 했던 온갖 일들 속에서도, 그 어떤 갈등, 또는 거리를 느낀 순간에조차, 어머니가 나를 사랑한다는 걸 단 한 번도 의심한 적 없었다. 그것이 얼마나 다행한 일인지.

어릴 때 어머니는 핼리팩스에서 차로 45분 정도 걸리는 페기스코브에 나를 데려가곤 했다. 나는 바위를 타고 오르면서 지금 내가 보물과 신비스러운 존재들을 찾아 머나먼 땅에 온 거라고 상상했다. 바위틈의 웅덩이를 열심히 들여다보며 그 속에 사는 생물들을 찾곤 했다. 우리는 주먹을 얼굴에 대고 무전기 흉내를 내며 대화했다. 딸깍. 오버. 딸깍. 오버.

우리는 깜깜한 곳과 젖은 바위를 열심히 피해 다니며 오랫동안 탐험을 이어갔고, 바위 밑으로 허둥지둥 기어드는 작은 생물들을 포착했다. 큰 파도가 밀려오면 짜릿했다. 엄청난 힘으로 바위에 부딪히는 파도는 이곳의 이름난 등대 위로 높이 솟아 사진엽서에 나 실릴 것 같은 광경을 자아냈다.

그렇게 우리는 페기스코브가 내려다보이는 식당 주차장까지 갔다. 갈매기들은 관광버스 옆에 버려진 음식 찌꺼기에 달려들 태세로 머리 위를 맴돌았다. 어머니가 이 식당에서 파는 진저브레드를 좋아했기에, 나 역시 이따금 간식을 먹게 되었다.

어머니와 함께 페기스코브에서 보낸 오후들은 어린 시절 최고의 기억들 중 하나다. 거칠고, 강렬하고, 엄혹한 아름다움. 그곳에서 우리는 서로의 동반자로 함께했다. 쭉 뻗고 내민 팔다리, 디딜 땅을 찾던 발, 소금기 섞인 대서양의 차고 상쾌한 공기.

사랑해요. 오버. 딸깍.

나도 사랑한다. 오버. 딸깍.

나이를 먹으면서 우리 사이에 수많은 잡음이 끼어들었다는 사실이 정말 슬프다. 문득 발을 미끄러뜨리는 시커먼 바위가 솟아나 우리 둘을 아래로 넘어뜨린 거다. 그 순간만큼은 우리 둘 모두를 자유롭게 해 주던, 겉모습도 기대도 뛰어넘던 순수한 연결감을 느꼈다. 나는 아직도 그때의 기억들을 떠올린다.

겨울이면 눈이 오기를 기다렸다. 라디오 옆, 어머니의 침대 가장자리에 앉아 눈 요새와 눈사람을 만들 생각만 가득 품고 간절히 기도하던 순간의 서스펜스. 나는 눈을 감고 CBC 라디오 진행자가 휴교령이 내려진 학교 명단을 읊어 주던 포근한 목소리에 귀를 기울였다.

눈 오는 아침은 천국 그 자체였다. 어머니와 나한테는 이런 날마다 치르는 의식이 있었다. 보라색 플라스틱 썰매에 앉은 나를 어머니가 눈밭에서 끌어 주었다. 목적지? 팀홀튼이었다. 그곳을 향해 행군하는 내내 부츠를 신은 어머니의 발은 빠작, 빠작, 눈 속에 파묻혔고, 온 세상이 하얗게 덮여 있고 고드름은 기다란 창 같았다.

"미디엄 사이즈 더블 크림에 설탕은 많이는 말고 한 꼬집만 넣어 주세요, 고맙습니다." 나는 학교 가는 길 어머니가 차창 밖으로 고개를 내밀고 팀홀튼의 드라이브스루 스피커를 향해 목을 쭉 뻗어 하는 주문을 따라 했다. 내가 좋아하는 메뉴는 핫 초콜릿이었다.

작은 썰매가 눈밭을 쓸고 가는 소리, 황량한 풍경 속으로 한 결같이 미끄러져 가는 움직임은 평온함을, 함께라는 감각을 가져다주었다. 눈을 감으면 나는 우주를 날고 있었다.

5장
소란한 집

몽블랑호가 폭발했을 때 석탄, 석유, 화물, 배의 부품들과 사람들이 뒤섞인 불덩이가 허공 위 3킬로미터 지점까지 솟구쳐 올랐다. 무게 450킬로그램이 넘는 몽블랑호의 닻 파편은 사고 장소로부터 4킬로미터쯤 떨어진 곳에서 발견되었다. 리가타포인트 워크웨이로 접어드는, 앵커 드라이브와 스피나커 드라이브가 만나는 그곳은 내가 아버지와 살던 집에서 걸어서 2분 거리였다.

부모님이 이혼했을 때 나는 두 살이 채 안 된 나이였다. 두 분은 10년간 함께했고 그중 8년간 결혼생활을 했는데, 아버지가 먼저 핼리팩스 시내의 아파트를 구해 떠났고 그곳에서 쭉 살다가 내가 여섯 살 때 스피나커 드라이브의 집으로 이사했다. 부모님이 헤어진 다음에 나는 대개 2주에 한 번꼴로 주말에 아버지 집에 갔다. 내겐 짜릿한 방학이나 마찬가지였다. 핼리팩스 항구 바로 맞은 편,

아버지가 사는 아파트 건물에는 수영장이 있었으니까…… **무려 수영장 말이다!** 뛰어들거나 다이빙하는 것은 금지였지만 그래도 남몰래 했다. 둘 중 한 사람은 아빠가 '심술쟁이 크램'이라 불렀던 건물 관리인이 오지 않는지 망을 보았다.

미크맥족이 체북툭Kjipuktuk, 즉 '거대한 항구'라고 불렀던(핼리팩스의 첫 이름이기도 하다.) 그곳의 풍경은 이제 콘도 건물들에 가로막혀 보이지 않는다. 하지만 다섯 살이던 나는 항구의 배들을 열심히 내다보며 도대체 저렇게 거대한 배들이 무슨 수로 수면을 순탄하게 헤치고 지나가는지, 어떻게 저 쇳덩어리가 물에 풍덩 빠지지 않을 수 있는 건지 알고 싶어 작은 머리를 굴려댔다. 배들이 조지스섬 너머, 대서양을 향해 느릿느릿 나아가는 모습을 보았다. 영국 왕의 이름을 딴, 항구 정 가운데에 솟아 있는 이 섬은 1750년 영국군이 점령한 곳이었다. 섬의 요새는 18세기에서 19세기 영제국의 해군기지 중 최대 요충지였다. 복잡하게 연결된 지하 터널은 꼭 「구니스」에서 튀어나올 것 같았다. 사람들은 그곳에 유령이 떠돌아다닌다고, 조지스섬의 포로 수용소와 검역소에서 벌어진 처형과 죽음이 남긴 것이라고들 했다. 잠을 잘 때면 나는 이기적이게도 유령들이 수영을 할 줄 모르기를 기도했다.

그 당시는 아버지가 에릭 우드라는 친구와 그래픽 디자인 업체를 차린 직후였다. '페이지 앤드 우드' 사무실은 1800년대에 화강암과 철광석으로 지어진 문화유산인 브루어리 마켓이라는 널찍한 건물에 있었다. 아버지가 사는 집에서 로어워터 스트리트를 잠깐 걸어가면 있는 이곳은 매주 토요일 열리는 농산물 시장으로 유명했다. 1983년부터 열린 이 농산물 시장에서 나는 셀 수 없이 많은 토요일 아침마다 사람들 사이를 헤치며 물건을 고르고 갓 구운 시나몬번을 먹고 중앙 홀을 통해 메아리치는 바이올린 소리에 귀를 기울였다.

처음에는 아버지의 사무실이 작았다. 아버지는 상판이 기울어진 큼직한 하얀 책상에서 브레인스토밍과 스케치를 했다. 그러다 어느 시점에는 골프 퍼팅을 연습할 수 있는 기구를 들여놓았다. 친 공을 다시 이쪽으로 돌려보내 주는 기구였다. 아버지의 책상 옆에서 퍼팅을 하면서 나는 이야기를 꾸며냈다. 내가 칼라가 달린 빳빳한 셔츠를 입은 멋진 프로 골프 선수라고 말이다. 18번 홀, 이번에 이글을 기록하면 이길 수 있다. 나는 남자들이 골프채를 쥐는 모습, 손가락 위치를 조정하고 발을 꿈지럭거리는 모습이 좋았다. 굵직한 목을 쭉 빼고 홀을 바라본 다음 다시 공에 집중하고, 침착하고 가볍게 스윙을 하는 모습. 멀리건(골프에서 실수한 샷에 대해 규정에 없는 만회할 기회를 주는 것—옮긴이)에 대해서는 난 융통성 있는 입장이었다.

내 아버지 데니스는 린다라는 여자와 만나고 있었는데 훗날 내 새어머니가 된 사람이다. 린다와 데니스는 일터 동료로 만난 사이였다. 지금의 나는 남편이 다른 사람을 찾아 떠나고 난 뒤 어머니의 마음이 어땠을지를 생각해 본다. 어머니는 혼자였고 아이를 키우면서 정규 교사로 일했다. 그러다가 아버지 집에서 돌아온 내가 잔뜩 신이 나서 어머니의 감정에 대한 배려라고는 없이 수영을 했다며 자랑하고, 어머니의 아픔이나 원망은 꿈에도 모른 채 아버지의 새로운 여자와 그 사람의 물침대 이야기를 떠들어댄 것이다. 얼마나 가슴 미어지는 일이었을까.

"손바닥도 마주쳐야 소리가 나는 법이다." 어머니는 말한다. "나도 한몫했지."

늘 어머니와 아버지가 아기를 가졌다는 게 참 이상하다고 생각했다. 나 말이다. 내가 태어났을 때 두 분은 이미 사이가 나빴다. 태어난 것만으로도 감사할 일이라는 것을 알지만, 만약 내가 태어나지 않았더라면 난 내가 놓친 것이 무엇인지 알 수 없었을 테고 그 누구도 날 그리워하지 않았을 거다. 그것도 꽤 괜찮았을 것이다. 우리는 큰 그림에서 볼 때는 아무것도 아닌 거나 마찬가지인 미립자에 불과하니까.

린다는 아버지의 집에서 차로 15분가량 걸리는 핼리팩스의 클레이튼 파크에 살았다. 아파트 단지에 있는 콘도를 한 채 갖고 있었다. 2층으로 이루어진 콘도는 1층에는 부엌, 식당과 거실이 있고 2층에는 방 두 개와 욕실이 있는 구조였다. 린다는 이미 전남편과의 사이에서 스콧과 애슐리라는 두 아이를 낳았다. 스콧은 나보다 세 살 반 위였고, 애슐리는 스콧보다 세 살 위였다. 그들의 아버지도 우리 어머니처럼 교사였다

스콧과 애슐리의 방은 엄청나게 멋졌다. 나무로 된 하얀 이층 침대 위층을 스콧이, 아래층을 애슐리가 썼다. 내가 자고 갈 때는

바닥에 매트리스를 깔았다. 나는 이층침대 위층이 탐났지만 때가 오면 내 자리가 될 터였다. 그들이 쓰는 방 안에 텔레비전과 닌텐도 게임기, 그것도 1985년 발매된 원조 게임기가 있었다. 스콧과 나는 케첩이 얼룩진 손가락으로 컨트롤러를 붙들고 「마리오」와 「덕 헌트」를 했다.

린다의 방에는 앞서 말한 물침대가 있었는데 아직까지도 내가 실제로 본 물침대는 그것이 유일하다. 아버지와 내가 찾아가면 린다는 저녁 식사를 만들어 주고 나는 보통 스콧과 놀았다. 요리는 내 새어머니의 '특기'로 꼽을 만했다. 파트타임으로 푸드 스타일리스트 일을 하던 린다는 농산물과 육류를 예쁘게 매만지고 보기 좋게 받쳐 두고, 텔레비전 광고나 사진 촬영에 걸맞은 완벽한 칠면조를 마련했다. 한번은 일 때문에 엄청난 양의 아이스크림을 만들어야 했는데 진짜 아이스크림은 녹기 때문에 가짜 아이스크림이 필요했다. 간이 식탁, 아일랜드 식탁, 큰 식탁 모두 온갖 실험과 혼합물의 흔적으로 뒤덮였다. 가짜 아이스크림이라니, 지독한 농담 아닌가?

샌드라 불럭과 데니스 리리가 주연한 1996년 영화 「투 이프 바이 씨」의 배경은 뉴잉글랜드지만 실제 촬영지는 노바스코샤 남해안의 체스터와 루넌버그라는 마을이었다. 린다는 영화에 나올 호사스러운 저녁 식탁을 차렸다. 린다의 작업물이 할리우드 영화에 나온다는 사실이 두근거렸고, 샌드라 불럭을 향해서도 설레는 마음을 느꼈는데, 여덟 살이던 나는 내가 또 한 번 누군가에게 반했다는 사실은 까맣게 몰랐다. 이로부터 20년 뒤 나는 친구인 캐서린 키너, 그리고 샌드라와 함께 베벌리힐스의 유명한 식당 크레이그스에서 식사를 하게 된다. 청바지에 힙한 로커 티셔츠를 입은 샌드라는 정말 쿨했다. 여덟 살의 내가 상상한 것 그대로 친절하고, 재미있고, 단단한 사람이었다. 아, 우리가 걸어온 이 묘한 길이라니.

하지만 린다의 음식 솜씨가 아무리 좋아도 나는 도저히 린다가 만든 음식을 소화할 수가 없었다. 아버지, 의붓형제, 의붓자매는 아무 문제 없다는 듯 감탄과 칭찬을 퍼부었지만, 나한테는 그 음식이 아이스크림만큼이나 가짜 같았다.

나는 단순하지 않은 음식이 싫었다. 내 어머니한테는 여가가 얼마 없었고 새로운 맛과 냄새를 가진 호화로운 끼니를 만들어 낼 짬이 온종일 나지 않았다. 당시 어머니는 시 외곽의 두세 군데 학교에서 프랑스어를 가르치고 있었다. 해리어츠필드 초등학교, 윌리엄 킹 초등학교, 그리고 내가 좋아했던 샘브로 초등학교였다. 유령이 있다는 소문이 돌던 샘브로섬의 우뚝 솟은 등대에서 멀지 않은 곳에 있는 작은 학교였다. 전해지는 말로는 알렉산더 알렉산더(보통 더블 알렉산더라고 불린다.)라는 스코틀랜드 사람이 이 섬에 주둔했는데, 필요한 물건을 사러 섬을 떠나서는 볼일만 보고 돌아온 게 아니라 2주간 쉬지 않고 술을 마시는 바람에 결국 목숨을 잃었다고 한다. 더블 알렉산더의 유령이 걷고, 불을 켜고, 변기 물을 내리는 소리가 들린다나?

나는 어머니가 만든 음식이 좋았다. 고기와 감자, 버터와 찐 채소를 넣은 국수 같은 것들이었다. 익숙하지 않은 단맛이 도는 린다의 볶음요리를 먹으면 반사적으로 구역질이 났다. 나는 식사를 하는 대신 우유만 엄청나게 마셔댔다. 삼키는 능력이 없어진 것처럼, 근육의 기억이 갑자기 사라진 것처럼, 나는 씹고, 씹고, 끝없이 씹기만 했다. 아주 어린 아이일 때, 나는 다른 사람들이 식사를 마친 뒤 카운트다운을 하는 타이머와 함께 식탁에 혼자 남았다. 째깍, 째깍, 째깍, 째깍. 찢어지는 소리로 벨이 울리기 전 밥을 다 먹어야 했다. 이렇게 음식을 한없이 씹는 습관은 나이를 먹은 뒤에도 여전했고, 린다가 직접 만든 피자까지도 마찬가지였던 것을 보면 맛이나 향의 문제가 아닌 건 분명했다.

여섯 살 때, 우리는 모두 새집에 함께 살게 됐다. 데니스, 린다, 스콧, 애슐리, 그리고 나는 막 개발에 들어간 스피나커 드라이브, 불길하게 높다란 회색 벽들 사이에 둘러싸인 채 콘크리트 기초부 위에 섰다. 고개를 들면 보이는 건 하늘, 완공된 집 뒤편에 나란히 서 있게 될 나무들의 우듬지, 뒤뜰에서 이어지는 언덕 위 조그만 숲뿐이었다.

좁고 높다란 타운하우스는 총 4층이었다. 지하실에는 작은 서재, 그리고 세면대와 변기만 있는 화장실이 있었다. 2층에는 거실, 부엌, 식당이 있었다. 3층에는 스콧의 방 옆에 내 방이 있고, 복도 한가운데에 욕실이 있었으며, 집의 전면을 향해 난 데니스와 린다가 쓰는 침실 창으로는 미크맥족이 '온통 바닷물'이라는 의미의 웨이골티크Waygwalteech라고 이름 붙인 곳이 내다보였다. 핼리팩스 항구의 좁다란 만인 이곳은 핼리팩스 반도의 서쪽 테두리를 차지했다. 지금은 노스웨스트암이라는 새 이름이 붙은 곳이다.

의붓자매 애슐리는 제일 나이가 많았기에 제일 좋은 방을 차지했다. 꼭대기 층에 있는, 낮고 비스듬한 천장을 가진 다락방이었다. 십 대 후반, 토론토에서 11학년을 끝내고 1년간 연기를 완전히 쉬면서 핼리팩스에서 고등학교 마지막 학년을 마치러 돌아왔을 때 이곳은 내 방이 되었다.

길 건너편은 노스웨스트암에서 뻗어 나와 리가타포인트 워크웨이와 암데일 요트클럽을 갈라놓는 작은 만인 멜빌코브가 있었다. 암데일 요트클럽 역시 우연찮게도 100년 전 벽돌과 철골로 지은 감옥 건물이 있는 섬이었는데, 주로 전쟁 포로인 수백 명의 사람들이 죽음을 맞은 이곳에서도 유령이 나온다는 소문이 있었다. 감옥에 인접한, 핼리팩스 반도가 좁고 길게 뻗어 나온 곳에 있는 데드맨섬에는 1812년 전쟁에서 죽은 미국인 전쟁포로의 묘비 없는 무덤들이 200개 가까이 있다. 현판에 이렇게 쓰여 있다.

포로들이 가득한 무덤들을 보라
솟아오른 언덕에서 그들의 수를 세어라
이곳에 말 없는 유해가 되어 묻힌 이들이
누구인지 알려주는 대리석 기념비는 없어라

나는 새 방이 너무 좋았다. 이 방에 처음으로 흔적을 남긴 사람은 나였다. 씻겨 나가기를 기다리는, 벽에 묻은 조그만 얼룩. 벽의 색깔도 내가 정했고, 다행히도 이제 생일에 드레스를 입으면서도 핼러윈 날이라도 되는지, 왜 입어야 하는지 영문을 모르던 어린 나이를 지나 내가 **정말로** 원하는 걸 말할 수 있는 나이였다. 나는 스콧이 고른 짙은 색과 비슷한 진푸른색을 골랐다. 벽에는 패트릭 로이, 마이클 조던, 그리고 뉴키즈온더블록의 조이 매킨타이어 포스터를 붙였다. 린다의 예전 집에 있던 이층침대는 이제 내 것이었다. 두 칸 다 내가 쓸 수 있었으니 나는 잠자리를 수시로 바꾸곤 했다. 때로는 위층에서, 때로는 아래층에서 잤다.

데니스와 린다가 함께 살게 되고 나서 나는 두 군데 가족을 오가며 지내게 되었다. 매달 1일부터 16일까지 2주간은 아버지와 살고, 16일부터 다음 달 1일까지 2주간은 어머니와 살았다. 스콧과 애슐리 역시 나와 마찬가지로 자기들 아버지 집을 오갔다. 아버지 집에 있을 때면 나는 스콧과 함께 매일 학교가 끝난 뒤 길에서 하키를 하거나 아니면 우리가 발명한 놀이인 '방바닥 하키'를 했다. 2층의 작은 복도에서 방문을 골대 삼고 손을 하키 스틱 삼아, 손목 스냅으로 공을 굴려 보내고 정강이를 불쑥 내밀어 수비하는 놀이였다.

나보다 나이 많은 형제가 생겨서 너무 좋았다. 스콧은 운동부 소속에 운동신경이 뛰어났으며 이후에는 몇 년간 주니어 A 하키 선수로 활동하기도 했다. 어린 시절 나는 하키 링크에서 많은 시간을 보냈다. 감자튀김을 먹으면서, 승인하에 일어나는 기묘한 몸싸움을 홀린 듯 구경하곤 했다. 스콧의 친구들이 다가오면 나는 졸졸 따라다니는 귀찮은 남동생처럼 곁을 떠나지 않았다. 그들이 입는 옷, 그들이 풍기는 냄새가 좋았다. 그들이 티셔츠를 벗는 방식이 좋았다. 어깨 너머로 손을 뻗어 티셔츠를 붙들고 머리 위로 벗어 내며 상체와 달랑거리는 목걸이를 드러내는 것. 나는 스콧의 방에 몰래 들어가서는 살짝 찍어 바르는 것과 듬뿍 뿌리는 것의 차이도 모르면서 그의 향수를 꺼냈다. '이건 마법의 물약이 아닐까?' 그렇게 생각했다. '효력이 있을지도 몰라.' 나는 올드 스파이스(남성용 화장품 브랜드—옮긴이) 바다에 빠졌다 나온 것처럼 호르몬이 날뛰는 십대 소년의 체취를 풍기며 그의 침실에서 빠져나왔다.

형들이 으레 그렇듯 스콧은 나와 몸씨름하는 일이 잦았다. 우리 둘 다 그때는 WWF라고 불렸던 프로레슬링에 꽂혀 있었다. 파워슬램과 크로스라인 같은 프로레슬링 기술이 우리의 텔레비전 시청 시간을 대부분 차지했다. 우리는 레슬링을 하고, 스콧은 내게 기술을 시도했는데 대부분 내 동의하에 이루어지는 일이었다. 그는 상대적으로 안전하고 재미있는 '파워밤'을 선보였다. 나를 공중으로 번쩍 들어 빙글빙글 돌리다가 데니스와 린다의 침대에 거세게 내리꽂는 기술이었다. 하지만 한번은 스콧이 푹신하게 착지할 자리가 없는, 침대와 서랍장 사이 바닥에서 그 기술을 쓴 적이 있다. 필요한 각도만큼 회전하지 못했던 나는 머리부터 바닥에 떨어지면서 정수리를 세게 박았고 목뼈를 접질렸다. 나는 움직일 수도, 말을 할 수도 없는 채 숨만 간신히 쉬며 뻣뻣하게 누워 있었다. 자기가 큰 사고를 쳤다는 사실에 어쩔 줄 모르고 공황에 빠진 스콧이 내 위에서 목소리를 낮추고 속삭이는 사이 천장만 바라보았다. 그가 나를 내 방으로 데려갔고, 나는 아픔이 잦아들 때까지 가만히 기다렸다.

여느 형제들과 마찬가지로 스콧은 지나치게 거칠게 굴 때가 있었다. 내가 비명을 지를 때까지 팔을 비튼다든지, 슬리퍼홀드 기술로 내 목을 조이는 바람에 잠시 눈앞이 깜깜해지고 흐릿한 별들이 빙빙 돌게 만든다거나 하는 일이었다. 아니면 내 동물 인형들을 방 안 여기저기 집어던지고, 주먹질하고, 때리고, 내가 애원하면 할수록 더 신이 나서 괴롭히며 정서적으로 고통을 주기도 했다. 정서적이건 육체적이건 도를 지나치면 나는 울면서 그만하라고, 이제 가라고 빌었다.

스콧을 그렇게 우러러보면서도, 가혹하고 잔인한 그의 또 다른 면을 겪는 건 어린아이로서는 어려운 일이었다. 그러나 스콧의 잘못은 아니었다. 그 또한 아이였으니까. 아이들은 잔인할 수 있다, 거칠 수 있다. 내가 괴로웠던 건 그의 어머니가 한술 더 뜰 때였다.

"너 정말 버릇이 없구나, 버릇없는 녀석은 입 다물어라." 복도에서 린다가 외쳤다. 형제들 간의 갈등이라는 허울을 뒤집어쓴, 내게 고통을 줄 또 하나의 은밀하기 그지없는 방법을 찾아낸 데 흡족해하면서.

스콧에게 가세해 나를 놀릴 때면 린다는 소리죽여 킬킬 웃었고 때로는 고소해 죽겠다는 듯 깔깔 웃을 때도 있었다. 자기 기분이 나아진다면 그 어떤 시빗거리라도 찾아낼 기세였다. 이제 와 생각하면 그건 린다 스스로 통제할 수 없는 일이었던 것 같다. 린다가 잔인하게 굴기를 원했던 건 아니었으리라 확신한다. 그럼에도 린다의 마음속 깊은 곳에는 나를 상습적으로 괴롭히고 싶은 충동이 숨어 있었던 것 같다.

방에서 혼자 하는 개인적인 놀이가 위로가 되었다. 새 이층침대가 생기자 나는 더욱 복잡한 요새를 만드는 데 도전했다. 침대 옆 작은 책상을 몸을 숨길 작은 구석으로 삼을 때도 있었다. 나는 플레이모빌을 정말 좋아했다. 이야기, 드라마, 관계를 비롯해 세상에 도사린 도전들을 갈구했다. 어머니 집에는 해적선이 있었고, 아버지 집에는 플레이모빌 주유소가 있었다.

나는 얼른 여정에 오르고 싶어 내 방으로 탈출했다. '진짜' 모험보다 스릴이 더하면 더했지 모자라지 않은 상상의 모험이었다. 아끼던 파란 아디다스 트레이닝복을 입었다. 내가 나 그 자체가 될 수 있는 곳으로 갈 준비를 마친 그날에는 지퍼를 목 끝까지 단단히 올렸다. 그 순간과 나 사이를 방해하는 건 없었다. 기대도, 연기도, 내 속을 도려내는 것 같은 자기의심도 없었다. 모험에 필요할 것 같은 물건들을 가득 채워둔 배낭 어깨끈에 두 팔을 끼웠다. 그 안에 든 건 1달러 동전 두어 개와 현금처럼 쓸 수 있는 캐네디언타이어 지폐 쿠폰이 든 작은 지갑, 플라스틱 검이었다. 침대 위에 무릎을 꿇고 앉아 마지막으로 가방끈을 조정하며 상상의 세계에 흠뻑 빠져 있었다. 탐험을 떠날 정신적 채비를 하고 있는데, 문이 열리더니 린다가 나타났다.

린다는 박장대소하더니 이것 좀 보라며 스콧을 불렀다. 스콧이 옆방에서 나오는 소리가 들리더니, 곧 문간, 린다 옆에 다가섰다. 두 사람은 그곳에 선 채 나를 빤히 보며 조롱했고, 마치 내가 그 자리에 없는 것처럼 내 이야기를 해댔다. 나를 놀려대는 두 사람의 얼굴에 기쁨을 닮은 감정이 번져 나갔다. 내게 상처 주고 싶은 마음이 간절한 눈빛. 집 안에는 우리 셋뿐이었다. 하지만 아버지가 그 자리에 있었다 한들 별 도움은 안 되었을 것 같다.

아버지는 나와 단둘이 있을 때와 온 가족이 있을 때 참 다른 사람이었다.

"린다와 네가 물에 빠지면 나는 널 구할 거다." 아버지는 남몰래 내게 말하곤 했다. "린다는 내 평생의 사랑이 아니야. 너야말로 내 평생의 사랑이지." 그건 비밀이었다. 아버지가 대놓고 비밀이라고 말하지 않아도 알 수 있었는데, 린다 곁에 있을 때는 에너지부터 달랐기 때문이다. 아버지와 나에게는 둘만의 노래인 루스 브라운의 「참견하지 마Ain't Nobody's Business」가 있었다. 나를 학교에 태워다 줄 때면 아버지는 이 노래를 크게 틀어놓고 따라부르곤 했다.

린다 곁에 있을 때 그런 '사랑'은 증발해 버렸다. 말투도, 몸짓도, 표정도 변했다. 마치 두 사람이 하나로 뭉쳐 작당이라도 한 것 같은 차갑고 냉랭한 태도에 내 눈길은 절로 바닥을 향했다. 린다는 사람들 앞에서 내게 못되게 굴었고 둘만 있을 땐 더더욱 못되게 굴었다. 나는 아버지와 나만의 비밀을 잘 숨겼다. 이 집에서는 우리

이야기의 극히 일부분조차 나누기 힘들었다. 아버지는 아무것도 하지 않았다. 날 보호해 주지 않았다.

린다 없이 아버지와 단둘이 있는 시간이 간절했다. "넌 네 아빠를 조종하는 애야." 한번은 린다가 이렇게 내뱉었다. 혹독하고 날카로운 그 말은 델 듯이 뜨거워 내 살갗에 낙인을 찍는 것 같았다. 린다는 나와 단둘이 시간을 보내는 걸 싫어했고, 그때마다 예외 없이, 번번이, 균열이 일어났다.

두 사람은 내가 열 살 때 우리 집 거실 벽난로 앞에서 결혼했다. 나는 작은 드레스를 입고 흑흑 울었다. 그러자 린다는 마치 내가 기쁨의 눈물이라도 흘린다는 듯이 꼭 끌어안아 주었다. 마치 나를 사랑하기라도 한다는 듯이. 마치 우리가 서로 사랑하기라도 한다는 듯이. 나는 더 심하게 울기 시작했다. 고맙고 사랑한다는 말을 담아 카드를 쓸 때마다 수없이 해온 것처럼 연기를 했다. 그게 내 의무라도 되는 듯이. 나는 영영 린다를 보고 싶지 않은 마음과 그녀가 나를 사랑해 주었으면 하고 간절히 바라는 마음이 뒤죽박죽으로 뒤섞인 감정 덩어리가 되어 버렸으므로, 자동 모드가 켜진 것처럼 무빙워크 위에서 내려오지 못했다.

조금 더 나이가 들어 학교의 남학생들은 나와 친구 사이로 지내는 데 관심이 없어지고, 여학생들은 나와 서먹해지거나 더 심한 경우 못되게 굴기 시작하자 린다는 내 사회성 부족을 놀림거리로 삼았다. "왜 남들과 못 어울리니? 아예 친구가 하나도 없는 거야?" 그 목소리를 들으면 조금 남아 있던 자신감까지도 사그라져 버렸다. 보이지 않는 힘이 내 팔다리를 짓누르는 것처럼 제 기능을 할 수가 없었다. 얼어붙는다기보다는 맥없이 주저앉는 기분이 들었다.

스콧은 리그에서 제일가는 하키팀 부주장이었다. 잘생긴 데다가 경기장을 압도하는 선수였다. 그런 남학생이 약자를 괴롭히는 사람이 아니었다는 건 상상도 하기 힘들지만, 그는 실제로 아주 섬세한 남자로 성장했다. 내 영화 「로렐」 첫 상영이 끝나자 스콧은 눈이 빠져라 울었다. 애슐리는 예쁘고 똑똑하고 여성스러웠다. 이상적인 1990년대의 인기 많은 소녀였다. 스콧과 애슐리는 사교성이 뛰어났다. 언제나 집 안팎을 들락날락하고, 늘 전화기를 붙들고 지내면서 이런 계획, 저런 계획을 세우느라 여념이 없었다.

두 사람이 집에 없을 때는 내가 집으로 걸려오는 전화를 받고 메모를 남겼다. '애슐리, 톰이 4시 15분에 전화했는데 다시 전화 달래.'라든지 '스콧, 켈리가 나중에 만나자고 전화했어.' 같은 메모를 해 놓은 포스트잇은 두 사람이 부엌에 들어오면 보이도록 아일랜드 식탁 옆면에 붙여 두었다. 무도회의 댄스 파트너 명단이 적힌 노란색 카드를 전시해 놓은 것처럼.

린디의 말에 담긴 암시는 갈매기 울음소리보다도 크게 울려 퍼졌다. 내 외로움 속에 주먹으로 그 근거를 쿵쿵 박아넣는 것처럼. **어째서 너는 그 애들처럼 되지 못하니?**

6장 점프스케어

"이걸 네 몸속에 집어넣어서는 안 돼."라는 목소리를 처음 들은 것은 열여섯 살, 토론토의 퀸웨스트에 있는 한 이탈리아 음식점에 앉아 있던 때였다. 나는 클레어몬트 스트리트 바로 근처에 있는 친구 빕케의 집에서 함께 지내고 있었다. 하루가 유독 고단했던 탓에 빕케가 내 기운을 북돋아 줄 겸 저녁을 사 주기로 한 날이었다.

빕케를 만난 건 열여덟 살이 되기 직전이었다. 빕케는 자신의 첫 장편 영화인 「마리온 브리지」에 나를 캐스팅했다. 2022년 토론토국제영화제에서 최초 상영된 이 작품으로 그녀는 최우수 신인 감독상을 수상했다. 케이프브레턴섬 출신의 전설적인 배우 대니얼 매카이버가 쓴 희곡을 원작으로 한 뛰어난 영화였다.

몰리 파커가 연기한 애그니스는 가혹한 폭력으로 집을 나온 인물로, 죽어가는 어머니를 돌보기 위해 10년 만에 고향으로 돌아온다. 그녀는 자매인 테리사와 루이즈를 다시 만나고, 반쯤 딱지가 앉은 그들의 묵은 상처에서는 각자의 독특한 방식으로 피가 배어 나온다. 트라우마라는 이름의 알 수 없는 작은 도깨비가 그들의 몸속을 종종걸음으로 돌아다니므로. 영화의 배경은 시드니에서 20분 거리에 있는 시골 마을인 매리언브리지고, 나는 이곳의 선물가게 점원이자, 애그니스의 혼란스러운 집착의 대상인 십 대 청소년 조니를 연기했다.

애그니스는 자갈 깔린 주차장에 차를 세워 둔 채 운전석에 앉아 한참을 바라보기만 하다가 마침내 가게 안으로 들어갈 용기를 낸다. 조니는 그녀가 십 대 시절 출산해 입양 보낸 딸이다. 조니는 그 사실을 까맣게 모른다. 애그니스가 자꾸만 찾아오자 조니는 점점 의문을 품는다. 두 세계가 부딪치고, 비밀이 수면으로 올라오고, 진실이 백일하에 드러난다.

종업원이 음식을 가지고 오는 바람에 나는 정신을 차렸다. 내 몫의 마르게리타 피자를 빤히 내려다보았다. 빕케는 맞은편에 앉아 배와 햄이 들어 있는 자기 피자를 자르려고 나이프를 들고 있었다. 나는 내 몸으로부터 점점 멀어지는 것만 같은 느낌이 들었다.

"안 돼." 사악한 목소리가 내게 말했다. "이걸 네 몸속에 집어넣어서는 안 돼."

몇 시간 전 나는 경찰에 신고 전화를 걸었다. 내게 첫 스토커가 생긴 것이다.

처음부터 스토킹으로 시작된 것은 아니었다. 처음에 그 사람은 내 친구였다. 남들에게는 비밀이었지만 말이다. 지난 2년 정도 나와 남몰래 편지를 주고받던 사이였다. 그는 CBC에서 1999년 초부터 방영한 가족 드라마 「핏 포니」에서 나를 보았는데, 그때 나는 열한 살, 그는 이십 대 초반이었다.

「핏 포니」는 내가 처음 전문 배우가 되어 연기한 작품이었다. 그때까지 내 경력은 초등학교 연극반에서 올린 연극에 두 번 출연한 게 다였다. 첫 번째 연극에서 나는 비둘기 역할을 맡았는데, 한 마디 있는 대사를 잊어버려서 한동안 침묵하다가 "아이쿠" 해 버리고 말았다. 관객들은 웃었다. 다음 해, 나는 「찰리와 초콜릿 공장」의 찰리 역을 맡게 되었다. 내게 특별한 인물을 연기하는 짜릿함, 남자아이 연기가 주는 짜릿함은 자연스럽고 자유로웠다. 이층 침대 요새에서 하던 일을 무대에서 하는 것뿐이다. 아마도 사람들이 나를 보고 있다는 사실만 달랐겠지?

1996년, 존 던스워트라는 이 지역의 배우이자 캐스팅 담당자가 내가 다니던 학교를 찾았다. 나는 아홉 살이었다. 던스워트 씨는 같은 제목의 청소년 소설이 원작인 CBC 이 주의 영화 「핏 포니」 출연진을 캐스팅하는 중이었다. 나더러 재미로 "쉬는 시간에 남자애들을 두들겨 패지" 말라고 농담 삼아 말하곤 하던, 내가 제일 좋아하던 엘리스 선생님의 음악 시간 도중에 캐스팅 담당자가 들어온 게 기억난다.

우리는 모두 자리에서 일어섰고 던스워트 씨는 우리에게 몇 가지 과제를 시키며 테스트를 진행했다. 그렇게 나는 오디션 후보로 뽑혔다.

첫 오디션을 본 건 신나기는 했지만, 오디션의 의미를 제대로 이해하기에는 아직 어리던 때였다. “숲에서 길을 잃은 연기를 해 보겠니?” 캐스팅 담당자가 주문했다. 나는 시시각각 다가오는 밤, 차가운 어둠 속에 혼자 버려진 공포를 느끼며 고개를 좌우로 홱홱 돌리고, 빙빙 돌았다. 그건 상상 놀이와 똑같았다.

“아주 잘했다. 그러면 이번에는 몸을 움직이지 않고 다시 해 볼까? 감정 연기만으로 그 기분을 표현해 보겠니?”

무슨 뜻인지 정확하게 알 수는 없었지만 나는 시키는 대로 연기했다. 배역을 따낸 걸 보면 제대로 했던 모양이다. 믿을 수가 없었다. 내 진짜 세계보다 더 진짜 같던 거짓 세계를 또 한 번 헤맬 기회가 생기다니. 「핏 포니」 출연은 이례적이며 기분 좋은, 작은 깜짝 선물 같은 일회성 사건으로 끝날 예정이었다. 그런데 이 영화는 텔레비전 드라마가 되었고, 그렇게 내 연기 경력이 시작되었다.

나는 어린 여동생 매기 매클린 역이었다. 무릎 아래까지 내려오는 긴소매 드레스를 입고, 그 위에 헐렁한 덧옷을 또 한 겹 덧입었다. 드레스 위에 또 드레스라니 당황스러웠다. 검은 타이츠가 다리를 완전히 감쌌다. 영화 버전을 촬영할 때는 가발을 썼지만, 그 사이에 내 머리가 길어졌다. 가발은 꼭 죽은 너구리 같았던 데다가 쓰고 있으면 가려워서 견딜 수 없었다. 머리를 기르기 싫었지만 그 가발을 또다시 쓰기도 싫었다. 머리를 어깨까지 기른 뒤 양 갈래로 땋기도 하고 작은 리본을 달 때도 있었다. 어머니가 얼마나 안심했을지는 그저 상상만 할 수 있을 따름이다.

전문 배우가 되는 동시에 쇼핑몰에서 "녀석, 고맙다."라는 말을 듣는 시절도 끝이 났다. 배역을 위해 머리를 기르고, 신체의 변화를 목전에 두었던 나는 세트장에 있는 시스 남자아이들을 빤히 바라보곤 했다. 칼라 달린 셔츠, 멜빵, 반바지에 타이츠는 입지 않은 아이들. 머리에는 리본이 아닌 뉴스보이 모자를 쓴 아이들.

왜 나는 저 모습이 아니지? 나는 저들처럼 움직이고, 저들처럼 연기하는데.

어린아이 시절부터 시작되어 대상포진처럼 골수에 깃들어 있던 괴로운 느낌이 예고도 없이 닥쳐와 온몸에 퍼지며 내 신경을 노출했다.

「핏 포니」를 촬영하는 동안 나는 젠더 디스포리아에 시달렸다. 풀로 붙인 것처럼 딱 달라붙던 타이츠도, 하늘하늘 날리던 드레스도. 빌어먹을 리본은 어머니가 내 머리카락에 꽂아 주던 머리핀처럼 해소되지 않는, 내면화된 울화를 자극했다.

욕실에 혼자 들어가 학교 갈 채비를 할 때면 머리빗으로 내 머리통을 호되게 때렸다. **거울 속에 비친 저 사람은 누구지?** 아픔에 대비해 눈을 꽉 감은 채로, **쾅 쾅 쾅.** 어머니의 퀸사이즈 침대는 사방에 높다란 나무 기둥이 달려 있었고, 기둥 꼭대기는 아이스크림 콘을 거꾸로 엎어 놓은 모양이었다. 내 비밀이 남에게 드러날 염려가 없는 혼자 있는 시간이면 침대를 타고 올라갔다. 기둥을 바라보며, 뾰족한 부분이 내 배에 정통으로 꽂히도록 상체를 조준했다.

기둥 위로 몸을 끌어올려 내 몸이 꿰뚫리도록 중력과 공모했다. 아팠지만, 동시에 아프지 않았다. 내가 느끼는 자기멸시와 구역질 나는 감각을 끄집어낼 수 있는 출구가 있어서 다행이었다.

아버지의 서재에 앉아 있을 때면 탈출구, 또 다른 거짓 세상을 찾아 가족용 컴퓨터를 켰다. 중학교 컴퓨터 수업에서 HTML을 배울 때 유치한 웹사이트를 만들어 둔 적이 있었다. CBC에서 날 본 남자는 그 웹사이트를 찾아낸 뒤 사이트를 통해 내게 연락해 왔다. 몇 번의 이메일이 오고 간 뒤 우리는 친해지기 시작했고 동지애가 생겨났다. 편지를 주고받으며 우리는 슬픔, 외로움, 우리를 둘러싼 환경, 그리고 나 자신과의 사이에 느끼는 불일치성을 나누었다. 나에게는 어린아이다운 드라마였으나, 그 남자에게는 달랐던 것이다.

애플 컴퓨터의 시작음을 들으면 파블로프의 개처럼 가슴이 두근거렸다. 눈을 감고 새 이메일이 도착한 모습을 상상하며 세로토닌이 쏟아지는 순간을 간절히 기다렸다. 다이얼 접속으로 인터넷이 연결될 때는 귀에 거슬리는 불쾌한 소음이 났다.

그가 나에 대한 깊은 감정을 표현하기 시작하자 나는 극도로 불편해졌다. 역겨운 마음을 억누르면서도 나는 그와의 연락을 이어갔다. 무게가 담긴, 약속이 담긴 실재하는 사람과의 연결을 잃고 싶지 않았기 때문이다. 친구들과 함께 있을 때조차 나는 공황을 느꼈다. 부모님에게도 내 진짜 감정을 말할 수가 없었다. 사막, 생명력이 넘실거리는 황무지를 헤매던 나는 아무것도 몰랐다. 내 곁에 있는 사람은 그 하나가 전부라 여겼다.

그는 토론토 외곽 한 시간쯤 떨어진 곳에 살았다. 그가 핼리팩스로 찾아오겠다는 연락을 했다. 토론토에서 핼리팩스까지는 차로 이틀이 걸린다. 어머니가 이모들 집을 찾느라 나도 여러 번 왕복해 본 적 있었다. 어머니의 빨간색 폭스바겐 골프 속, 내 짤막한 다리 아래 바닥에는 늘 과자와 펩시콜라가 잔뜩 든 빨간색 조그만 아이스박스가 놓여 있었다. 콜라 캔을 따고 딸깍/아/쉬이익 하는 소리에 군침을 흘렸다. 콜라를 꿀꺽꿀꺽 마시고, 봉지에 든 케첩 칩을 먹으며 창밖으로 지나가는 소들의 수를 세었다. 특히 나는 건지종 소를 좋아했다. 황갈색 털과 적갈색 얼룩은 금세 눈에 띄었다. 불쌍한 어머니가 한없이 「라이온 킹」 사운드트랙을 듣게 만들었다. 어머니가 「하쿠나 마타타」를 억지로 들어야 했던 게 몇 번이나 될는지는 나도 모르겠다. 케첩 칩 기름이 묻은 손을 허공에 휘저으며 목청껏 「하쿠나 마타타」를 불렀던 나. 우리는 퀘벡과 뉴브런즈윅 경계 근처에서 하룻밤을 보내곤 했다. 나는 어머니가 프랑스어로 말할 때가 좋았다.

번쩍이는 모니터 화면 속 그가 보낸 메시지를 수도 없이 되풀이해 읽었다. 그러면 내용이 바뀌기라도 할 것처럼. 몸은 뻣뻣하게 굳었고, 피부가 팽팽해졌고, 가슴에는 벽돌이 얹힌 것 같았다. 식은땀이 나서 목 뒤가 축축했다. 땀이 흐르는데도 몸이 덜덜 떨렸고, 추운데도 타는 듯 뜨거웠으며, 귓속이 윙윙 울렸다. 이제 와 돌아보면 그때가 내 첫 공황발작이었다. 나는 그와의 만남을 피하려 최선을 다했지만, '싫다'라는 분명한 의사 표현으로는 부족하다는 걸, 무언가가 달라지고 말았다는 걸 직감적으로 알 수 있었다. 결국 나는 간신히 그가 핼리팩스에 오지 못하도록 막은 뒤 그와 연락을 끊는 과정에 돌입했다. 답장을 거의 하지 않고, 오랫동안 소식을 전하지 않았다. 마치 「데그라시」에서 에피소드 하나가 끝나고 등장인물이 소리 소문 없이 하차하기라도 한 것처럼 다시 숨을 쉴 수 있었다.

토론토로 이사하고 얼마 후, 가을에 토론토로 갈 내 계획을 알고 있던 그 남자는 다시 등장했다. 이메일이 점점 더 잦아졌다. 그는 내가 눈을 감은 사진 위에 거대한 천사 날개를 달고 내려다보는 자기 모습을 합성한 사진을 첨부하기도 했다. 내 기억에 없는 사진이니 아마 드라마가 방영될 때 그가 텔레비전 화면을 찍은 모양이었다.

천국의 구름 속에서 너에게 사정할 거야. 그는 그런 말을 써 보냈다.

실종 아동 웹사이트 링크를 보내기도 했다.

그때 나는 열여섯 살이었다.

최악인 건 그가 보낸 크리드의 노래 가사였다.

누구보다 높이 우린 날아갈 거야

그런 생각에 내 눈엔 눈물이 고이지

나의 희생

그는 그 무엇도, 그 누구도 자기를 멈추게 할 수 없다는 뜻을 점점 더 분명히 내게 전했다.

이메일의 심각성이 끓는점을 넘어 프라이팬에서 기름이 마구 튀기 시작할 정도로 뜨거운 지경에 이르렀을 때, 처음으로 그 남자에 대한 이야기를 털어놓은 상대는 빕케였다.

“좀 먹어. 꼭 먹어야 해.” 그렇게 말하는 빕케의 얼굴에 담긴 걱정이 고마웠다.

이걸 네 몸속에 집어넣어서는 안 돼. 또다시 그 위협적인 목소리가 들려왔다.

“알아요, 빕케. 먹을 수 있을지 잘 모르겠어요.”

이걸 네 몸속에 집어넣어서는 안 돼. 끈덕진 목소리.

마치 낡고 더러운 행주를 개수대 위에서 손으로 조금씩 비틀어 짜는 것처럼 위장이 뒤틀리는 기분이 들었다.

피자를 한 입 먹으려 시도했다. 아무리 씹고 또 씹어도 도저히 삼킬 수가 없었다.

이걸 네 몸속에 집어넣어서는 안 돼. 또다시 그 냉소적인 목소리가 들려왔다.

맛이 바뀌었다. 미각이 사라진 것 같았다. 나는 팔꿈치를 식탁에 올리고 몸을 앞으로 숙여 이마를 감싸 쥔 뒤 물을 마셨다.

그전까지 음식에 생각이 **전혀** 없었던 건 아니었다. 사춘기가 다가오자 터져 나온 문제였다. 몸이 둥글어지고 가슴이 나오기 시작하고 남자아이들과 여자아이들이 점점 나누어지면서 내 불편함도 극에 달했다. 여태까지는 화면 속 내 모습을 보는 데 아무 문제가 없었으나 신체가 변화하면서 그조차도 달라졌다. 사람들의 눈앞에 모습을 드러내면 드러낼수록 나는 점점 약해져 갔다.

내 몫의 피자를 그대로 남겨 둔 채 우리는 집을 향했다. 그날 저녁을 먹기 전에 있었던 일이 도저히 머릿속에서 떨쳐지지가 않았다.

"엘런!" 빕케가 비명을 질렀다.

나는 내 방에 앉아 숙제를 하는 중이었다. 침대 하나, 작은 서랍장 하나가 겨우 들어가는 크기의 그 방이 참 좋았다. 카나리아를 닮은 노란색에 가깝게 칠한 벽에는 캣 파워와 피치스 포스터를 붙여 두었다. 큼직한 낡은 창문이 하나 나 있었다. 밤에 잠들지 못하고 누워 있으면 나를 샅샅이 살펴보는 너구리들의 빛나는 눈이 보였다. 언젠가부터 다락에 너구리 가족이 들어와 살기 시작한 것이다. 너구리가 10만 마리 넘게 서식하는 토론토는 '세계의 너구리 수도'라고 불리기도 했다. 20년 전인 2002년에 토론토가 시 차원에서 진행하는 음식물쓰레기 퇴비화 프로그램인 '그린 빈'을 도입한 뒤로 너구리의 개체 수는 기하급수적으로 증가했다. 너구리 입장에서는 매 끼니가 만찬인 셈이었다.

"네?" 나는 방에서 나와 오른쪽에 있는 빕케의 사무실로 향했다. 그 시절 이미 지은 지 80년 되었던 그 집의 오래된 하드우드 바닥이 내 발밑에서 삐걱 소리를 냈다. 빕케는 의자를 빙글 돌려 새하얗게 질린 얼굴로 나를 바라보았고, 모니터 화면에는 이메일 하나가 열려 있었다.

안녕하세요, 저는 엘런의 친한 친구인데 토론토를
찾아가 깜짝 놀라게 해 줄 생각이에요. 엘런이
이사를 간 뒤로 아직 만나지 못해서…….

그때 다른 친구 하나도 같은 이메일을 받고 수상하게 생각했다며 전화를 걸어왔다. 또 다른 친구도 그가 보낸 이메일을 전달해 주었다. 그 남자가 나에게로 시시각각 다가오고 있었다.

그는 사실상 내 모든 지인에게 연락한 것이나 다름없었다. 나는 열 살부터 배우 일을 했고 샬럿타운이나 프린스에드워드섬처럼 가까운 곳, 새스커툰, 서스캐처원, 베를린, 리스본같이 먼 곳에 이르기까지 다양한 곳에서 영화 촬영을 했다. 핼리팩스의 친구가 그 사람이 온타리오에 있는 내 친구일 거라고 생각하는 것도 얼마든지 가능했다. 나는 황급히 내가 아는 모든 사람에게 그 남자의 사진을 첨부한 이메일을 보냈다. 그가 얼마 전 보낸 사진이었다. 오늘날이었으면 셀피라고 불렸을, 화면 전체를 꽉 채우는 얼굴 사진이었다. 정신적으로 온전치 않아 보이는 눈빛이 나를 음흉하게 바라보고 있었다. 빕케가 경찰에 연락했다.

여성 경찰관이 우리 집을 찾아온 순간 나는 안도했다. 경찰관은 집 안을 돌아다니면서 고개를 이리저리 움직여 구석구석을 샅샅이 살펴보고, 계단 위로도 눈길을 주었다. 먼저 무슨 말을 하지는 않았다. 나는 그 경찰관이 경찰학교에서 타인의 집에 들어가는 법을 배우는 모습을 상상했다. 딱딱하고 단호하며 목적이 분명한 몸짓 언어. 높낮이가 없는 어조. 표정 없는 얼굴. 처음에는 눈을 마주치지 않는 것. 경찰관은 집 주변도 꼼꼼히 수색해 위험요소가 있는지를 살펴보았다. 우리는 그 남자가 보낸 이메일, 사진, 링크, 노래 가사까지 경찰에게 보여 주었다. 모두 다. 경찰관은 당혹했다. 나는 어느새 창밖을 바라보며 길 건너편에 별안간 그 남자가 나타나는 장면을 상상하고 있었다. 빠른 컷 전환. 점프스케어✦.

경찰들이 내 아버지에게 전화를 걸어 상황을 설명했다. 아버지에게, 부모님에게 이 일을 알리자 안심이 되었다. 끊임없이 지속하는 불안한 상태에 나는 지쳐 있었다. 전화를 건네받아 귀에 대고, 마침내 심장 박동이 진정되기 시작하던 그때였다. "당장 토론토로 가서 네 엉덩이를 걷어차 주마." 아버지의 첫 마디였다.

아버지는 노발대발한 상태였다. 내가 저지른 짓, 어릴 때 온라인에서 성인 남자와 친해진 것 때문에 머리끝까지 화가 난 것이다. 그 말을 들은 순간 무감각해진 내 귀에서 아버지의 성난 목소리는 점점 흐릿해져 갔지만 앞으로도 그 말을 영영 잊지 못할 것이다. 당

✦ 갑자기 사물이나 인물, 동물 등이 불쑥 튀어나와 관객들을 깜짝 놀라게 하는 연출 기법—옮긴이

장 토론토로 가서 네 엉덩이를 걷어차 주마. 그 말에 비하면 여태까지 스토커가 보낸 수많은 이메일들은 아무것도 아니었다.

나중에 경찰관이 스토커의 집을 찾아가자 그는 그저 이렇게 물었다고 한다. "법정에서 엘런을 만날 수 있는 거겠죠?" 경찰의 존재 앞에서도 그는 끄떡하지 않았고, 오히려 더 자극받은 모양이었다.

그 말들, 여태껏 보내온 이메일을 비롯한 여러 자료 때문에 나는 접근금지명령을 따낼 수 있었다.

나는 매일같이 퀸웨스트 북쪽 오싱턴 애비뉴에서 63A번 버스를 타고 30분 정도 걸려 학교에 갔다. 나는 '인터랙트'라는 프로그램이 있는 본 로드 아카데미에 다녔다. 토론토로 온 주된 이유 중 하나이기도 했다.

> 우리 학교는 춤, 연극, 음악, 스포츠 활동을 하는 학생들이
> 오디션, 리허설, 공연, 시합을 중심으로 시간표를 꾸릴
> 수 있는 특별한 통합 프로그램을 제공합니다. ……
> 온타리오에서 이런 식의 유연한 프로그램을 제공하는 곳은
> 우리 학교가 유일합니다. 여러분의 외부 관심사와 병행할
> 수 있는 교육을 제공하는 것이 우리 학교의 목표입니다.

그의 환영이 자꾸만 나를 괴롭혔다. 칼을 들고 뒤에서 나타나 내 등을 찌르는 모습. 버스에 올라타 내게 성큼성큼 다가온 뒤 내

가슴을 칼날로 꿰뚫는 모습. 버스에서 내리는 나를 기다리고 있다가 학교로 걸어가는 내 머리에 총알을 박아 넣는 모습.

그의 사진을 학교에 가져가 선생님들에게 복사본을 나누어 주어야 했고, 선생님들은 꼭 끔찍한 발표회라도 하듯이 교실의 다른 아이들에게 그 사진을 보여 주었다. 그 당시에 나는 마크와 함께 「리제네시스」라는 드라마를 촬영하는 중이었다. 마크는 내게 인터랙트라는 프로그램을 처음 알려준 사람이기도 했다. 1년 전 만난 우리는 떼려야 뗄 수 없는 사이가 됐다. 그날의 촬영을 마치고 세트장을 떠나면 운전기사는 아무도 미행하지 않는지 확인하느라 애매한 경로로 차를 몰았다. 그럼에도 스튜디오 위치를 알아내는 건 어렵지 않을 터였다. 그래서 일터에서도 그 남자의 사진을 보여야 했다. 그가 내 목숨을 끝장내는 상상이 도저히 머릿속을 떠나지 않았다.

얼마 뒤, 나는 퀸 스트리트 웨스트를 따라 동쪽으로 걸어가고 있었다. 토론토에서 가장 큰 쇼핑몰인 이튼 센터 맞은편에 있는 퀸 스테이션에서 노란색 1호선을 타러 가는 길이었다. 북쪽을 향해 아홉 개의 역을 지나 이글링턴 스테이션에서 내려 마크의 집에 가기로 한 날이었다.

거리의 북쪽, 옛 머치뮤직 건물 맞은편을 지날 때였다. 캐나다인이 아닌 독자를 위해 설명을 덧붙이자면, 1984년에 생긴 머치뮤직은 캐나다의 MTV 같은 것이다. 오른쪽 어깨에 누군가가 손을 얹더니 그대로 내 팔꿈치까지 쓸어내렸다.

"익숙한 얼굴이네." 내가 돌아보자 그가 서 있었다.

내 앞에 서 있는 그는 태연하기 그지없는, 거의 희미한 미소까지 띤 얼굴이었다. 나는 칼이 내 몸에 꽂히는 장면을 상상했다. 그가 칼을 뽑았다가 재차 꽂을 때마다 햇빛을 받아 빛나는, 희생. 그는 우리 사이를, 우리 둘의 연결을, 우리의 사랑을 그 누구도 갈라놓을 수 없다는 말을 몇 번이나 분명히 했었다. 아버지도, 경찰도.

"따라와서 이야기 좀 해."

그의 발치에 작고 하얀 개가 한 마리 있는 것이 보였다. 그가 토론토에서 한 시간 거리에 산다는 걸 생각하면 이상한 일이었다.

나는 꼼짝도 할 수 없었다. 입을 뗄 수조차 없었다. '이제 난 죽는 거구나.' 나는 생각했다. '이걸로 끝인 거야.'

"어서, 따라오라니까. 이야기하자고." 그는 부드러운 말투로 나를 설득했다.

카페 크레페의 테이크아웃 창문에서 달짝지근한 메밀 팬케이크에 들어가는 정제설탕의 취할 것 같은 냄새가 풍겨왔다. 커다란 빨간색 네온 간판을 내건 특색 있는 그 카페가 내 주변시야에 포착되었다. 영화 「엔시노 맨」에서 동굴 속 냉동인간이 발견되기 직전처럼, 그렇게 얼어붙은 듯 꼼짝도 할 수 없었던 것은 처음이었다. 꽉 막혔던 가슴이 다시 열리더니 오르락내리락했다. 폐가 다시금 제 기능을 되찾은 것이다.

"여기 있으면 안 돼요." 나는 고장 난 레코드판처럼 그 말만 반복했다. "여기 있으면 안 돼요, 여기 있으면 안 돼요, 여기 있으면 안 돼요."

토론토에서도 가장 번화한 거리 중 한 군데였기에, 그의 등 뒤로 휙휙 지나가는 사람들이 보였다. 나는 카메라를 뒤로 빼 초점을 흐리듯 그에게서 시선을 거두려 애썼다. 목소리를 높였다.

"여기 있으면 안 돼요, 여기 서 있으면 안 된다고요!"

아무도 이쪽을 쳐다보지 않았다.

"그냥 따라와서 잠깐 걷자니까." 그가 한 발짝 다가오며 내 쪽으로 손짓했다.

"해치지 마세요! 해치지 마세요!" 나는 **해치지 마세요**라는 말을 들은 행인들이 이쪽을 주시하기만을 바라며 외쳤다. 한 발짝 뒤로 물러나며 양손을 번쩍 들었다. "해치지 마세요, 해치지 마세요!"

지나가던 사람들이 고개를 쭉 빼고 이쪽을 보았다. 개입한 사람은 없지만 그것으로 충분했는지 그는 물러났다. 그는 가버렸고 작은 개도 그의 발치를 따라 사라졌다.

나는 그 자리에서 도망쳤다. 골목골목을 지그재그로 들락날락하며 달렸다. 지금 생각하면 그가 내 주소를 알아냈을 테니 소용없는 노력이었을 테지만 말이다. 집에 도착하자마자 아버지에게 전화를 걸었다. 처음에 아버지는 내 말을 믿지 않았다.

경찰에도 알림이 갔다. 접근금지명령을 어긴 그 남자는 체포되었다. 나는 그를 고소하지는 않았다.

알고 보니 그는 미확진 편집증을 앓고 있었다. 우리는 일종의 합의에 도달했다. 그는 앞으로 자기 아버지와 살며 정신건강 치료를 받기로 했다. 어떤 형태나 방식으로도 내게 다가오거나 연락을 취하지 않기로 했고, 그는 그렇게 했다. 모든 사태는 갑작스럽게 끝을 맺었다. 그리고 이 일에 손톱만큼이라도 괜찮은 점이 있었다면 그것은 그가 드디어 다른 이들에게 발견되었다는 사실이리라. 그렇게 그는 자신이 겪는 고통에 대한 지원을 받을 수 있게 되었다. 어쩌면 그가 바란 건 그게 전부가 아니었을까? 그가 필요한 도움을 얻었기를 바란다. 이후로 다시는 그런 짓을 하지 않았기를 바란다.

나는 간신히 그를 용서했으나, 쉬운 일이 아니었다. 아주 어린 시절부터 자해를 시작한 나에게는 스스로를 학대할 수 있는 많은 수단이 있었다. 이 사건과 함께 그것들이 한꺼번에 나에게 밀어닥쳐 왔다. 마치 무의식 속 할 일 목록을 하나씩 수행해 가기라도 하는 것처럼.

1. 사람들은 자신의 몸에 상처를 낸다. 해 볼 것
2. 사람들은 술에 만취한다. 해 볼 것
3. 사람들은 음식 먹기를 그만둔다. 해 볼 것
4. 사람들은 스스로를 억누른다. 해 볼 것

방 안에 작은 칼을 두고 칼끝을 위팔, 어깨 가까운 곳에 댔다. 칼을 누르면서 빨간색이 보일 정도로만, 안도감이 찾아올 정도로만 살짝 아래로 미끄러뜨렸다. 안도감은 오래가지 않았다. 토론토의 집에 혼자 있던 어느 밤, 내 머리가 **사람들은 도움이 필요할 때 이**

렇게 하는 거야 하고 비밀을 속삭였고 나는 만취할 정도로 술을 마셨다. 부엌에 놓인 파란 크롬 소재의 조그만 식탁에 앉아 주스 잔에 보드카를 따라 마셨다. 마신 뒤에는 또다시 병을 기울여 술을 따랐다. 불쌍한 빕케가 집에 왔을 때 발견한 건 우울한 십 대 청소년이 브로큰 소셜 신의 「열일곱 살 소녀를 위한 송가Anthems for a Seventeen-Year-Old Girl」를 반복재생해 둔 채 고주망태가 되어 있는 모습이었다.

불행해 보았기에 네가 좋았어
이제 넌 짙은 화장을 하고 떠나 돌아오지 않아
돌아올 수 없니?

쭉 이어진 건 3번이었다. 그것이 해결책 같았기에 식이제한이 내 새로운 규범이 되었다. 이 일은 사춘기, 마크의 몸과는 자꾸만 다르게 변해가는 내 신체와 동시에 벌어졌다. 나는 현실을 자각했다. 나는 영영 거울을 똑바로 볼 수 없을 것이고, 죽을 때까지 이 역겨움을 느낄 것이라고, 그래서 나는 내 몸을 벌했다. 연구 결과에 따르면 트랜스젠더와 젠더 비순응적 청소년은 식이장애에 시달릴 가능성이 네 배 높다.

칼로리 계산, 지나가는 시간, 배를 채우지 않되 포만감을 느끼는 방법이 내 머릿속을 온통 차지했다. 최소한의 허기를 가시게 해 줄 맑은 허브티를 언제 우릴 것인지. 끝없이 껌을 씹기. 회피하기.

아침 식사로는 올브랜 시리얼과 두유를 계량해서 먹었다. 걱정하는 빕케를 무시하고 점심시간에 먹을 프로틴 바를 챙겨가서 딱 반만 먹었다. 적어도 더는 그 남자의 모습이 머릿속을 스치지 않았다. 적어도 길을 걸을 때 남아 있는 공포심이 아니라 빵 때문에 스트레스를 받았다. 등에 꽂힌 칼. 나는 두려움을 통제할 수 있도록, 잊어버릴 수 있도록 샌드위치 사이에 넣어 버렸다.

아버지를 용서하기는 그만큼 쉽지 않았다. **당장 토론토로 가서 네 엉덩이를 걷어차 주마.** 자기 자식이 보호를 필요로 했을 때, 자기 자식이 사랑을 필요로 했을 때, 그는 폭력을 가하겠다고 위협했다. 미성년자인 내가 겁도 없이 성인 남자와 인터넷으로 교류했다는 이유로 노여워했다. 그 순간에 내게 돌봄이 허락되지 않는다면, 그 순간에 내게 안전과 사랑이 허락되지 않는다면, 영영 그런 것을 얻을 날은 없지 않을까? 아버지의 그 한마디 말은 그 남자의 위협보다, 그의 집착보다, 내 팔을 훑던 그의 손가락보다 내 몸속에 더욱 오래 머물렀다.

7장
거머리

나는 일하는 현장에서 부모님과 함께할 수 없다는 걸 일찌감치 깨달았다. 어느 날, 케이프브레턴섬에 있는 매클린 가족의 집 앞마당에서 「핏 포니」 촬영을 하느라 작은 나무 그네에 앉아 있었다. 상대역은 절제되고 섬세한 연기를 하는 기민한 배우 숀 스미스였다. 함께 그네를 부드럽게 흔들며, 숀이 연기하는 인물이 양손을 석탄가루로 더럽힌 채 내가 연기하는 인물을 위로하는 장면이었다. 나는 잘생기고, 약간 무뚝뚝하지만 친절한 숀이 좋았다. 아역배우와 연기하는 일은 고될 수 있기에 그의 이해심과 참을성이 고마웠다.

아버지가 언뜻 보였다. 내 주의력은 촬영 중인 장면이 아니라 1970년대에 제조된 니콘 카메라로 흑백사진을 찍어대는 아버지에게로 옮겨갔다. 그러면 나는 또 바짝 긴장해 얼어붙고 말았다. 내가 해야 하는 일(어른들 말로는, 화면 속에 표현되는 솔직한 감정을 자아내는 일)은 아버지의 존재를 의식할 때마다 갑작스레 끊겨 버리고 말았다.

어머니가 바라보고 있을 때도 비슷한 기분이었다. 톰보이의 겉모습이 더는 귀여워 보이지 않는 나이가 되었을 무렵이었다. 변해야 한다는 압박이 사방에서 스멀스멀 찾아오고 내 모습은 줄곧 받아들여지지 못했다. 아마 어머니는 내가 동성애자가 아니기를 기도했을지도 모르겠다. 나한텐 숨 쉴 틈이 필요했다.

열한 살이 되었을 때, 나는 부모님에게 내가 촬영 중일 때는 안 보이는 곳에 있어 달라고 부탁했지만, 그걸로는 부족했다. 아무리 정서, 그 감각, 내가 사랑하는 그 충동에 몸을 내맡기려 해도 몰입은 깨져 버렸다. 결국 나는 부모님께 아예 촬영장에 오지 말아 달라고 했다. 비록 그 이유를 정확히 설명할 수는 없었으나 부모님은 기분 나빠하지 않았다. 내가 두려움을 무릅쓰고 내게 필요한 것을 부탁했고, 상대가 그 부탁에 귀를 기울였다는 것 자체가 내게는 충격이었다. 어쩌면 부모님은 안심했을지도 모르겠다. 두 분 다 종일 일을 했으므로 촬영장에 도저히 올 수 없는 날도 있었기 때문이다.

「핏 포니」 두 번째 시즌을 촬영할 때는 말지기 리와 제리, 그리고 두 사람의 열여섯 살 난 딸인 팰런이 내 보호자 노릇을 해 주었다. 그들은 친절하게도 나를 자신들의 집에 머무르게 해 주었다. 리와 제리는 방음 스튜디오와 가까운 곳에 집이 있었고, 리치스크리크의 시드니에서 차로 20분쯤 걸리는 곳에 목장도 있었다. 우리는 목장에 흐르는 강에서 헤엄을 쳤고, 나는 다른 남자아이들이 수면 위로 나올 때 하는 것처럼 젖은 머리를 오른쪽으로 터는 동작을 연습했다. 그 뒤에는 몸에서 거머리를 떼어냈다. 징그러워하지 않고 그냥 붙들고 뽑아내는 게 전부였다. 마치 영화 「스탠 바이 미」에 나오는 소년이 된 기분이었다. 다른 점은 그들은 거머리를 무서워했지만 나는 그렇지 않았다는 것뿐이었다. 용감한 기분이 들었다. 그럼 흰 티셔츠를 입은 리버 피닉스 같은 외모를 갖고 싶다는 내 꿈이 이루어질 가능성도 높아지려나?

비록 촬영 중에는 1904년의 소녀를 연기하며 그런 소녀가 입는 옷을 입어야 했지만, 그때는 실제 내 모습인 남자아이의 모습에 더욱 가까워질 수 있었다. 나는 어른들, 예전의 나를 모르는 사람들과 함께 새로운 곳에 있었다. 친구가 생겼다. 내 감정에 힘을 실어 주고, 나라는 작은 남자를 응원하며 그가 숨 쉴 수 있게 해 주는 진짜 친구들이었다. 목장을 누비는 고독하고 쿨한 소년으로 존재할 수 있었던 그때, 나는 아무것도 없는 곳에서부터 나 자신으로 존재할 수 있는 기회를 얻었다. 세트 위와 아래에서 느끼는 해방감은 내 연기에도 전해졌다. 긴장이 풀렸다. 행복했다.

그 뒤로 부모님은 촬영장에 거의 한 번도 오지 않다시피 했다. 오더라도 잠깐의 방문일 뿐이었고 나는 두 분이 세트장까지 오지 못하게 했다. 부모님이 부재했던 탓에 나는 분명 어떤 의미에서는 다른 아역배우보다 취약한 입장이었겠으나, 상상할 수 있는 최악의 아역배우 부모들을 목격한 나로서는 그 반대의 경험을 할 수 있었던 걸 다행이라 생각한다. 나는 과잉보호라는 형태를 띤 방치로 자기 아이들을 서서히 마모시키는 어른들을 보며 살아왔다. 만약 영화 시나리오에 그런 인물이 나온다면 제일 먼저 들을 평은 "과하다."였을 것이다. 그러나 그들은 정말로 바라보지도, 정말로 귀를 기울이지도 않는 사람들이다. 그들에게 가치란 일, 이미지, 추종자뿐이다. 자아를 위로해 주는 것이 아니라 자아를 해체해 버리는, 연기의 목표와의 정반대에 있는 그런 행동은 연기 경력을 끝장낼 수도 있다.

나는 내가 선택한 길을 선호했지만, 여전히 건강한 선을 지킬 줄 모른다는 건 좋은 징조가 아니었다. 사춘기가 오면서 내가 나로서는 전혀 연기하고 싶지 않은 인물로 변해 가자, 내가 느끼는 고립감, 불안감, 무지는 점점 커져 갔다. 의지할 사람이 간절히 필요했다. 아는 사람 하나 없는 낯선 도시의 호텔 방에 혼자 있는 사람은 먹잇감이 되기 쉽다. 나는 그들도 그 사실을 감지했으리라 확신한다. 내가 인터넷에서 만났던 그 남자처럼 말이다. 외로운 아이는 완벽한 목표물이었으리라.

십 대 시절, 한 영화감독이 나를 그루밍했다. 그가 자꾸만 문자메시지를 보내오고 책을 선물하자 나는 특별해진 기분이 들었다. 감독은 나를 퀸웨스트의 고급 레스토랑 스완에 데려가 저녁을 사주었고, 식탁 밑으로 내 허벅지를 쓰다듬으며 속삭였다. "네가 먼저 다가와야 해, 난 그럴 수 없거든."

그 일이 있기 얼마 전의 다른 프로젝트에서는 스태프 중 하나가 같은 행동을 했다. 그는 촬영 중간중간에 나와 예술이며 영화 이야기(당연히 큐브릭 같은 거장 이야기)를 나누었다. 어느 토요일 오후 그가 나를 불러냈다. 빗속을 함께 걷다가 그가 내 몸을 더듬으며 2층으로 올라가자고 했다. 내 몸을 끌어안았을 때 그가 단단하게 발기한 것이 느껴졌다.

열여덟 살이 되기 직전 로스앤젤레스에서 첫 영화를 찍었다. 미국에서 영화를 찍은 것도, 로스앤젤레스에 가 본 것도 처음이었다. 버뱅크의 바렴 대로 바로 옆, 언덕 위 오크우드 아파트먼트에 머물렀다. 닐 패트릭 해리스라든지 커스틴 던스트, 제니퍼 러브 휴잇 같은 유명한 아역배우들이 거쳐 간 곳으로 유명했다. 언제나 아역배우들의 부모들로 들끓는 곳이었다.

「하드 캔디」는 뛰어난 배우 패트릭 윌슨이 연기한, 제프라는 성공한 사진작가가 온라인으로 열네 살 소녀와 채팅을 하는 장면으로 시작한다. 이런 플롯의 영화를 찍게 되다니, 불과 얼마 전 벌어진 스토킹 사건을 생각하면 기가 막힌 일이었다. 두 사람은 풋풋한 수작을 주고받는 듯 대화를 나눈다. 두 사람이 만나자 제프는 소녀를 미니 차량에 태워 집으로 데려가고, 우리는 소녀 헤일리를 걱정하게 된다. 둘은 술을 마신다. 제프는 소녀를 사진에 담고 싶어 하고, 그의 말투가 불만스러운 투로 바뀌면서 그 속에서 공격성이 슬몃 들여다보인다. 그러나 판은 뒤집힌다. 뾰족한 드라이버로 위협당한 제프는 바닥에 쓰러지고, 잠에서 깨자 그는 의자에 꽁꽁 묶여 있다.

헤일리는 제프가 자기 또래 소녀가 납치 후 살해당한 사건에 연관되어 있다고 믿고, 자백하지 않으면 고환을 적출하겠다고 한다. 아너스 수업을 듣는 우등생인 헤일리에겐 독학해서 할 수 있을 만큼 충격적으로 쉬운 수술이다. 헤일리는 커다란 봉지 안에 얼음을 가득 넣어 그의 성기를 얼린다. 제프는 두 손이 파랗게 변한 채 고통스러워하며 자신은 그 사건과 아무 관련도 없다고 맹세하면서 간절하게 빈다. 비명을 지르지만 아무 소용도 없다. 헤일리는 수술을 집도한 뒤 그의 고환을 부엌 싱크대에 집어던진다. 음식물쓰레기 처리기가 자신의 고환을 갈아버리는 소리가 제프의 귀에 선명히 들린다.

알고 보니 헤일리는 실제로 고환을 적출한 것이 아니었지만, 제프는 자신과 그 사건의 관련성을 자백한다. "그냥 사진 몇 장 찍었을 뿐이야." 그가 말한다. 그냥 소아성애자라고.

우리는 그 영화의 장면 거의 전체를 오크우드 아파트먼트 근처의 작은 스튜디오에서 촬영했다. 미디어의 수도라고 불리기도 하는 버뱅크는 월트디즈니 스튜디오, 워너브라더스, 니켈로디언 애니메이션 스튜디오가 위치한 지역임은 물론 대규모 포르노 사업의 산실이기도 하다. 「하드 캔디」는 대부분 세트장에서 찍은 것이다. 제프의 집 내부는 쿨한 미드센추리 양식의 세련된 미니멀 인테리어로 이루어져 있다. 그는 힙하기 이를 데 없는 직업을 갖고 미니를 모는 감성적인 남자다. 그런 짓을 할 리 없는 남자.

영화 스태프 중에는 늘 《뉴욕타임스》 토요판 십자말풀이 중에서 제일 난이도 높다는 것들이 수록된 작은 책을 들고 다니는 남자가 있었다. 그 뒤로는 자기 영화를 만들기 시작한 사람이다. 재미있고 특이한 사람이었던 그는 내게 참 잘해줬다. 우리는 책 이야기를 나눴고, 영화라든지, 모호한 우울이 담긴 그래픽 노블에 대해 감상을 나누기도 했다. 그의 눈빛에 도는 광채 때문에 나는 그가 진정한 나를 보고 있다는, 나를 지지한다는 느낌을 받았다. 그는 다정한 면까지 있었다.

우리는 18일하고도 반나절 동안 온 감정을 쏟아내며 영화를 만들었다. 촬영이 끝날 때는 기진맥진해서 어질어질할 정도였다. 「하드 캔디」 쫑파티는 로스앤젤레스 시내에 있는 높은 빌딩의 고층에서 열렸다. 창작자들이라면 누구나 꿈꾸는, 흔치 않은 동지애를 우리 모두가 느꼈다. 우리는 술을 마시고 춤을 췄고 눈물의 작별을 했다.

십자말풀이를 즐기던 친구가 나를 오크우드 아파트먼트까지 태워다주었다. 불길하게 머리 위로 우뚝 솟은 고층빌딩투성이인 시내를 지나 달렸다. 아주 늦은 밤이었고, 101번 고속도로에 올랐을 무렵에 나는 차창에 머리를 기댔다. 나는 밤의 반짝이는 고속도로 불빛을 좋아했다.

차를 세운 뒤 그가 비밀번호를 누르는 모습을 보았고, 게이트가 서서히 열렸다. 그는 나를 집 앞까지 데려다준 다음 안으로 따라 들어왔다. 그가 신경 쓰일 정도로 내게 바짝 붙어 서자 그의 몸이 내 몸 뒤쪽에 닿았다. 그는 다정한 목소리로 속삭이며 내 양어깨에 손을 얹고 나를 침실로 이끌었다. 나는 미소를 지은 채 굳어버렸다. 내가 어쩔 줄 모르는 사이 그는 서서 안경을 벗었다. 그다음에는 나를 침대에 눕혔다. 내 바지를 벗기기 시작하며 그는 말했다. “널 먹어버리고 싶어.” 나는 얼어붙었다. 그 일이 끝난 뒤, 그는 내 옆에 그대로 누워 잠들려고 했다. 간신히 움직일 수 있게 된 나는 안 된다고, 나가라고 했다. 그는 소파에서 잠을 잤다.

열여덟 살이 되자 내가 동의한 바 없는 무언의 허락이라도 떨어진 듯 선은 점점 더 허물어졌다. 어떤 프로젝트를 시작하던 시점에 한 여성 스태프가 주말에 내가 머물 아파트를 구하는 걸 도와주겠다고 했다. 친절한 제안이었지만 어쩐지 어색했다. 그 직무에 있는 사람이 하는 일의 범위를 훌쩍 뛰어넘은 일이었기 때문이었다. 그 시점까지 나는 호텔에 머무르고 있었고, 호텔을 나가 적어도 제대로 된 냉장고가 있는 숙소를 구해야 했으므로 제안에 응했다. 그녀는 검은 아우디를 몰고 나를 데리러 왔다.

처음 도착한 곳은 한 신축건물이었다. 로비에서 누군가가 우리를 맞이하더니 우리를 데리고 엘리베이터를 통해 최상층으로 갔다. 스태프는 그 사람에게 아직 아무것도 없는 아파트에 우리 둘만 들어가서 둘러보겠다고 했다. 안내하던 사람이 바깥에서 기다리고, 우리는 안으로 들어갔다. 으스스한 기분이 들 정도로 아무것도 없는 아파트 안에 발소리가 울렸다. 딱히 둘러볼 게 없었기에 더욱 의미 없는 일처럼 느껴졌다.

내가 텅 빈 거실, 소파 앞에 서 있는데, 그 사람이 내 몸을 움켜쥐는 손길이 느껴졌다. 자기 얼굴을 내 얼굴에 들이대며 키스 비슷한 것을 퍼부었다. 이전에 느낀 그 얼어붙는 느낌이 또다시 나를 뒤덮었다. 다음 순간 나는 등에 딱딱한 바닥이 닿는 것을 느끼며 러그 위에 누워 있었다. 나는 싫다고 하지 않았다. 저항하지 않았다. 그저 굳어 버렸다. 카펫에 누워 아무 소리도 내지 않았다. 그 사람은 내 위에 올라타 처음에는 느리게, 그러더니 갈수록 빠르게 드라이 험핑을 하기 시작했고, 그 사람의 무게가 내 등뼈를 바닥에 짓누르기 시작했다. 그 사람은 눈을 감고 내게서 고개를 돌린 채 얼굴에서 땀을 쏟아내고 있었다. 헉헉거리고, 씩씩거리고, 신음했다. 나는 꼼짝하지 않은 채 천장만 빤히 올려다보다가 다시 눈을 감았고, 그 사람이 절정에 도달했을 때 다시 눈을 떴다. 내가 여자와 키스한 건 그때가 고작 두 번째였고, 여자가 절정에 오르는 모습을 실제로 본 건 처음이었다.

우리 둘 사이의 역학작용은 그 뒤로도 줄곧 이어졌다. 그녀가 나를 아파트로 데리러 온 뒤 자기 집으로 데려가고, 그다음에는 같은 상황이 다른 버전으로 펼쳐지는 식이었다. 나는 꼼짝하지 않고 얼어붙은 채 침대에 누워 있고, 그 사람이 내 위에 올라가 나를 만지고 내 안에 들어갔다. 내가 뻣뻣하게 굴자 그 사람은 언짢아했지만 나는 무감각에 압도되어 그녀를 건드릴 수조차 없었다. 다시 그 사람의 아우디에 올라타면 그녀는 내가 결국 선택한 청결한 원룸 아파트에 나를 데려다주었다. 그녀는 촬영 중일 때에도 내 트레일러에 들어와 나와 섹스했다. 나는 이유도 모른 채 그녀의 무릎 위에 앉아 있곤 했다.

2년 뒤 나는 다른 영화를 찍으러 그 도시로 돌아갔다. 내 위에서 거친 숨을 뿜어내고 땀을 흘리던 그 여자의 기억은 사라지지 않았다. 그녀가 절정을 느낄 때 휘어지던 등줄기도. 촬영이 반 이상 지난 어느 날, 나는 동틀 무렵 촬영장에 도착했다. 트레일러를 향하는 내 눈에 검은 아우디가 보이는 그 순간 심장이 멎는 것 같았다. '그럴 리가 없어.' 나는 생각했다. 하지만 그 사람이라는 걸 본능적으로 알았다.

"오늘은 대런이 없어서 대타를 구했어." 세트장에 있던 다른 스태프가 알려 주었다.

트레일러로 들어가 호흡을 진정시키려 애썼다. 누군가 문을 두드렸다. 트레일러 문을 열자 그 여자가 나타났다. 거기 서서 웃으며 나를 올려다보고 있었다.

"안녕! 들어가도 되지?" 그 여자가 물었다.

나는 그녀를 트레일러 안으로 들였다.

"정말 반갑다! 우리 재밌게 지냈잖아?"

뭐라고? 나는 그렇게 생각했지만, 입 밖으로는 아무 말도 나오지 않았다.

"우리 재밌게 지냈잖아? 그러니까, 음악 듣고, 즐거운 시간 보냈잖아?"

그녀는 눈을 커다랗게 뜨고 있었다. 미소가 속마음을 거의 숨기고 있었지만, 미소를 뚫고 그녀의 공포심이 스멀스멀 배어 나오는 걸 알 수 있었다.

"그랬죠." 나는 그렇게 대답했다.

8장 파티장의 유명한 개자식

스물일곱 살 때 힐스에 있는 친구 집에서 몇 주를 지냈다. 누군가 밤마다 내 집으로 찾아와 대문 앞에 장미 다발을 두고 가곤 했던 것이다. 내가 좋아하는 작가나 뮤지션의 말을 인용한 쪽지도 두고 갔지만, 자신의 정체를 드러낼 단서는 단 하나도 남기지 않았다. 의도를 알 수 없는 암호 같은 메시지는 내게 익숙했다. 나는 보안 카메라 설치가 끝날 때까지 집을 잠시 비워 두기로 했다. 친구 집은 도시 전체가 내려다보이는 언덕 꼭대기에 있었다. 밤이면 사방으로 뻗어 나간 불빛의 바다가 발아래에 있었다. 그 모습에 넋을 놓고 몇 시간씩 가만히 앉아 바라보곤 했다. 반짝이고 춤추는 그 붉은 빛은 로스앤젤레스의 혈관을 흐르는 혈류였다.

나는 집 밖으로 거의 나가지 않았다. 친구는 일 때문에 집을 비운 채였고 나는 아직도 실연의 상처를 극복하는 중이었다. 억지로라도 무언가를 해야 했다. 그러다가 친구의 생일을 축하하러 멀지 않은 곳으로 차를 몰고 나갔다. 독특한 구조를 가진 집에서 열리는 하우스파티였다. 층고가 극도로 높아 꼭 교회 같은 데다가, 널찍한 거실이 내려다보이는 로프트에 부엌과 식당 공간이 마련된 집이었다. 1940년대쯤에 지어진, 엄청난 힙스터가 살고 있는 오래된 인형의 집 같은 곳이었다. 거실에는 큼직한 나무 테라스가 딸려 있었는데 이곳에 붙박이로 설치된 벤치에서는 무성한 나무들과 이웃집이 내려다보였다. 수많은 사람들이 추앙하는 사교적인 친구였기에 파티에는 자꾸만 새로운 사람들이 등장하며 에너지를 끊임없이 불어넣었다. 모두가 파티의 마지막 한 방울까지 즐기느라 결국 경찰이 찾아와 조용히 하라고 명령할 정도였다.

2014년, 내가 라스베이거스에서 열린, LGBTQ+ 청소년을 중심으로 한 첫 번째 휴먼라이츠캠페인 콘퍼런스인 '타임 투 스라이브'에서 커밍아웃한 건 두 달 전이었다. 밸런타인데이 아침 매니저와 함께 라스베이거스로 날아갔다. 버뱅크 공항에서 비행기에 오를 때 내 불안지수는 완전히 다른 차원까지 치솟았다. 비행기 안에서도 집요하게 연설문을 읽고 또 읽었다. 마치 감정을 전부 다 써버리고 나면 이 연설문이 아무 이유 없이 부엌 서랍 안에서 꺼내보곤 하는 오래된 포장배달 메뉴로 바뀌기라도 할 것처럼 말이다. 호텔에 도착한 뒤 할 수 있는 일이라고는 침대에 누워 있는 게 다였다. 텔레비전도 켜지 않고, 휴대폰도 보지 않은 채로, 그저 내 몸을 꽁꽁 감싸 안은 채 거의 정체된 것처럼 느릿느릿 흘러가는 시간을 견뎠다.

백스테이지에서 대기하는 동안에는 두 손을 꼭 모아 쥐고 눈을 내리깐 채로 공황발작을 일으키지 않기만을 간절히 빌었다. '무대 위에서 쓰러지면 어쩌지?'

나는 쓰러지지 않았다. 감정에, 카타르시스에 압도되지 않은 채 연설을 마칠 수 있었다. 그다음에는 쇼크 상태로 한없이 가볍게 둥둥 뜬 기분이었다. **마침내 해냈어.** 공항으로 돌아가는 차 안에서야 완전히 무너졌다. 안도감에 흐느낌이 터져 나왔다. 드디어 그 말을 했다는 안도감이었다.

나를 영영 짓누를 줄 알았던 짐을 내려놓은 기분이었다. 아직 목적지에 완전히 도달하지는 못했지만 그곳에 점차 가까워지고 있었던, 내 삶에서 가장 중요하고 치유적인 순간 중 하나였다.

친구의 생일 파티가 한창이던 그때, 나는 몇 주 전에 느낀 그 가벼운 마음을 다시 한번 불러내려 애썼다. 뒤뜰에 있는 벤치에 앉아 혼자 테킬라 소다를 홀짝이는 중이었다. 오랜만에 만나는 친구와 지인들과 안부를 나누고, 새로운 사람도 몇 명 알게 되었다. 즐거웠다. 지인 중 한 사람이 이미 얼근하게 취한 채 도착했다. 그가 테라스로 나오기에 인사를 건넸다. 우리는 간혹 체육관에서 만나는 사이였다. 오늘 그의 에너지는 평소와는 달리 거칠었다. 첫 마디는 내 인격을 깎아내리는 말이었는데 그건 넘어갈 수 있었지만 다음 말은 완전히 다른 차원이었다.

"네가 무슨 짓을 하고 있는지 다 알아. 내가 바보인 줄 알아?

네가 무슨 짓을 하고 있는지 알아." 그는 내게 너무 가까이 다가서서 나를 내려다보고 있었다.

"무슨 짓이라니?" 나는 억양 없는 말투로 되물었다. 다른 감정을 압도하는 건 혼란스러움이었다. 그의 공격성에, 악의가 담긴 그의 미소에.

"아, 이러지 말라니까. 네가 무슨 짓을 하는지 뻔하잖아. 관심을 끌고 싶어서겠지."

위협적이지만 무심한 그 말투와 몸짓 언어는 이미 익숙했다. 힘을 과시하는 행동. 하지만 그가 암시하는 바가 무엇인지를 깨닫기까지는 잠시 시간이 걸렸다.

"내가 동성애자라는 거 말하는 거야?"

내 말에, 그는 어쩐지 동요하고 자극받은 듯 내 곁에 앉아 쏟아내기 시작했다.

"세상에 그런 건 존재하지 않아. 넌 동성애자가 아니야. 그냥 남자가 두려운 거지." 그는 소리 높여, 그러나 미소를 띤 얼굴로 그런 무자비한 말을 했다. 고소하다는 듯한 미소였다. 대답할 가치조차 없었다. 오히려 상황을 악화시킬 뿐이었다. 그는 계속해서 지껄여댔다. 사람들이 말리려 했지만 그가 멈추지 않자 다들 포기해 버렸다.

"넌 그냥 남자가 두려운 거라니까. 남자는 포식자고, 넌 남자가 두렵고."

그는 마치 자기 의견 말고는 그 누구의 의견도 중요하지 않다는 듯 말했다. 내게 지혜의 말씀을 전해주기라도 하는 투로 말이다. 내가 경계 태세로 팔꿈치를 세우고 몸을 웅크린 가운데 그의 몸에서는 술에 취한 쓸모없는 말들이 토사물처럼 쏟아져 나오고 있었다.

나는 그만 괴롭히라고, 꺼지라고, 극도로 모욕적이라고 말했다. 일어나서 안으로 들어갔다. 그는 나를 쫓아왔다. 내가 작은 소파에 앉자 그도 옆에 앉았다. 사람들은 「스프링 브레이커스」 사운드트랙에 맞추어 춤을 추고 있었고 마침 「무서운 괴물들과 착한 요정들Scary Monsters and Nice Sprites」이 흘러나오기 시작했다.

이것 봐
나도 겁쟁이인 건 마찬가지야
숨지 마, 친구
나도 너와 같으니까

"네가 동성애자가 아니라는 걸 깨달을 때까지 너한테 박아줄게. 네 똥구멍을 핥을 거야. 라임 맛이 날걸. 넌 동성애자가 아니야." 그는 술에 취해 지껄여댔다. 내 몸에 박겠다, 만지겠다, 핥겠다는 묘사를 이어갔다. 동정심으로 여자와 섹스해 주는 걸 즐긴다는 말도 했다.

내가 어째서 그에게 나가라고 명령하지 않았는지, 사람들에게 "야, 그만해."라고 말하는 것 이상의 도움을 요구하지 않았는지는 모르겠다. 내 친구 중 몇몇은 그 자리에서 이 장면을 목격하고 있었다. 권력이란 우스운 방식으로 작동한다. 그는 세상에서 가장 유명한 배우 중 한 사람이었고, 지금도 그렇다.

나는 일어나서 욕실로 갔다. 그가 따라올까 불안해져서 문을 닫고 잠갔다. 변기 위에 앉아 테라스의 불빛이 간신히 비추고 있는 나무들을 바라보았다. 혹시 누군가 내가 괜찮은지 확인하러 오지 않을까, 그런 생각을 하자 혼자라는 생각이 더욱 절실해졌다. 나는 필요 이상으로 화장실 안에 오래 머무르다가 손을 씻은 뒤 파티 장소를 떠났다.

그 사건은 긴 시간 이어져서 여러 사람이 그 장면을 보고 들었기에, 다음 날 파티에 오지 않았던 한 친구가 마찬가지로 파티에 오지 않았던 다른 친구로부터 "그 사람이 어젯밤에 엘런한테 끔찍하게 굴었대."라는 문자메시지를 받기도 했다.

며칠 뒤, 나는 체육관 2층 트레드밀을 사용하고 있었다. 트레드밀 위를 혼자 달리며 뉴스를 보고 있는데 그의 목소리가 들렸다. 내가 2층에 있다는 사실을 그가 어떻게 알았는지는 모르지만, 그는 내게 달려들다시피 다가왔다.

"사람들이 나더러 너한테 사과를 해야 한다고 난리인데 나는 아무것도 기억이 안 나. 난 원래 그런 사람이 아니야, 난 편견이 없는 사람이야. 어째서 그런 일이 생긴 건지 도저히 모르겠어. 미안해. 기억을 못 해서 미안해."

나는 달리기를 멈추지 않았다. 속도를 늦추지도 않았다.

"넌 동성애자를 혐오해. 나한테 끔찍한 말을 늘어놓았거든. 그리고 네가 치르게 될 대가가 무엇이든 나는 신경 안 쓰지만, 그래도 누가 동영상으로 찍어 놓지 않은 걸 다행으로 알아." 나는 이렇게 대답했다.

"진심이야, 난 동성애자를 혐오하지 않아."

내 발은 멈추지 않고 타닥타닥 달렸다.

"난 그렇게 생각 안 해."

그는 어안이 벙벙한 듯 가만히 그 자리에 서 있었다. 자꾸만 미안하다는 말을 늘어놓았다. 그 뒤로 그를 두어 번 본 적 있다. 그도, 나도 서로를 알은체하지 않았다.

나는 업계 사람 중 일부가 나를 향해 반감, 나아가 적대감을 품는 걸 감지했다. '농담' 속에 감추고, 술 탓이었다 변명하는 공격적인 말들, 아무도 문제 삼지 않는 성희롱.

바이스가 「게이케이션」을 제작하기로 했다는 사실에 한껏 들뜬 채로 예전 에이전트의 사무실에 앉아 있었던 게 떠오른다. 두 달 뒤 첫 에피소드를 촬영하러 일본에 갈 예정이었다. 에이전시의 주요 인사 중 한 명이 사무실로 들어오자 나는 그 소식을 전했다.

"그럴 줄 알았어, 넌 동성애자잖아!" 그는 소식을 듣자마자 이렇게 반응했다.

마치 이런 노력을 애써 사소한 것으로 일축하고자 하는 듯했다. 자신의 것이 아닌 경험을 인정하지 않으려고, 그 경험에 귀를 기울이지 않으려고. 권력을 여기저기에 과시하고 다니면서, 자신에게 아무런 힘이 없다는 사실을 좀처럼 인정하지 않으려 하는. 그때의 나는 스스로를 방어할 힘이 없었다. 나는 숙이고, 받아들이고, 그저 마음속에서 삭일 뿐이었다.

동성애자로 커밍아웃하기 얼마 전, "도움이 되지 않을 거라며" 배역을 거절하라고 설득당한 일이 있었다. 그 말에 담긴 진짜 의미는, 사람들이 너를 호모라고 생각하는데 이 배역을 맡으면 빼도 박도 못할 호모가 되어 버리니 배우로서의 경력을 계속 유지하고 싶다면 너 자신으로 존재할 수 없다는 뜻이다. 같은 대화가 끊임없이 이어지고, 상황만 달라졌을 뿐이었다. 그날 에이전트와의 통화를 끝낸 뒤 나는 울기 시작했다. 양동이가 꽉 차서 콸콸 흘러내리기 직전이었다. 나는 매니저에게 연락했다. 더는 할 수 없다고, 더는 숨지도, 거짓말하지도 못하겠다고, 내가 안에서부터 갉아먹히고 있다고 털어놓았다.

> 여러분은 자신을 숨기는 것뿐 아니라 미래에 관한 걱정도 해야 합니다. 대학 걱정, 직업 걱정, 나아가 신체적 안전을 걱정해야 할 수도 있습니다. 마음속으로 그런 미래를 그려 보는 것만으로도, 여러분에게 어떤 일이 일어날지를 상상해 보는 것만으로도, 매일 여러분은 조금씩 으스러집니다. 그건 해롭고 고통스럽고 무척이나 불공평한 일입니다.

라스베이거스에서 나는 무대에 올라 이렇게 말했다.

단 5분만 우리가 다르다는 이유로 서로를 공격하지 않고
서로의 아름다움을 인정한다면 어떨까요. 그건 어렵지
않습니다. 오히려 더 쉽고 더 나은 삶의 방식입니다. 또,
궁극적으로는 사람의 목숨을 구하는 일이기도 합니다.
하지만 한편으로는 전혀 쉽지도 않습니다. 어쩌면 그 무엇보다
어려운 일일지도 모릅니다. 타인을 사랑하기 위해 우선
자신을 사랑하고 자신을 받아들여야 하기 때문입니다.

2014년의 커밍아웃은 선택했다기보다는 하지 않을 수 없어서 한 것이었지만, 맞다, 그건 내가 나 자신을 위해 한 일들 중 가장 중요한 일 중 하나였다. 완전히 다른 방식으로 노출되고 취약해지는 일이 잇따랐다 한들, 커밍아웃은 그 모든 걸 감수할 가치가 있었다. 그만큼 중요한 한 걸음이었다. 나는 숨어서 고통받느니 살아 있으면서 고통을 느끼고 싶었다. 어깨를 활짝 펴고, 심장을 환히 드러낸 채, 나는 이전에는 불가능하다고 생각했던 방식으로, **손을 잡고** 세상에 존재할 수 있었다. 그러나 가슴 속 깊은 곳에서는 공허함이 천천히 고개를 들기 시작했다. 익숙한 낮은 목소리. 그 속삭임은 여전히 선명하게 내 귓가에 맴돌았다.

9장
핑크닷

2022년, 봄이다. 나는 친구와 저녁 식사를 하고 웨스트할리우드의 호텔로 돌아가는 중이었다. 선셋 대로를 따라 동쪽으로 걸으면서 매디슨에게 문자메시지를 보냈다. 우리는 함께 아는 친구의 소개로 한 달 전 만난 사이였다. 매디슨은 영리하고, 공감 능력이 뛰어나고, 재미있는 사람이었으며 여전히 그렇다. 우리는 자유분방하면서도 안전한 섹스를 나누었다. 내가 이전까지 경험한 그 어떤 섹스보다도 억눌리지 않은 그녀와의 섹스는 내 새로운 신체에 발 디딜 곳을, 존재를 불어넣어 주었다. 상상해 본 적 없는 것들을 즐기게 되었다. 그 어느 때보다도 더 퀴어한 기분이었다. 누군가가 내 두 가지 성기를 모두 사용해 섹스하는 걸 좋아한다는 것이, 그런 섹스를 즐겨도 된다고 나 자신에게 허락하는 것이 주는 깊은 해방감이 있었다. 얼어붙는 일도, 부정적 감정도, 도망치고 싶은 마음도 이제는 사라졌다.

매디슨이 도착하자마자 우리는 키스하기 시작했고, 자석이 딱 달라붙는 것처럼 육체적 화학작용이 우리를 압도했다. 나는 그녀의 몸을 타고 내려가 무릎을 꿇었고, 그녀는 손을 내 머리에 둔 채 아주 살짝 내 머리카락을 잡아당겼다. 몇 시간이나 섹스한 뒤 우리는 깊은 잠에 빠졌다. 나는 거의 항상 오전 6시쯤에 눈을 떠 매디슨이 깨지 않도록 슬쩍 방을 나갔다. 커피를 마신 뒤 컴퓨터 앞에 앉아 글을 썼다. 이른 아침이 가진 고요함, 일종의 건강한 고독이 좋다. 아마도 무언가를 떠올리게 만들어서?

호텔은 선셋 대로에 있었다. 엿새를 머물며 팬데믹이 최고조에 달한 기간 동안 보지 못한 친구들을 만날 계획이었다. 안녕, 잘 가, 그런 말들이 이제는 전부 새로운 의미를 띠게 됐다. 나는 3년 전부터 뉴욕에 살았지만, 그 전에 10년간 로스앤젤레스의 이곳저곳에 살았다. 핸콕파크, 비치우드캐니언, 스튜디오시티, 그리고 마지막으로 살았던 곳이 이곳에서 멀지 않은 니콜스캐니언이었다. 웨스트할리우드는 로스앤젤레스에서 LGBTQ+들이 많이 거주하는 동네로 알려진 곳이다. 샌타모니카 대로를 따라 퀴어 바가 즐비한데, 대부분은 시스 백인 게이 남성이 고객이다. 거리는 온통 무지개로 뒤덮여 있다.

나는 오전 내내 글을 썼다. 9시 30분이면 매디슨도 식탁으로 와서 합류했는데, 그녀가 입은 스웨트팬츠와 빈티지 티셔츠가 나를 흥분시켰다. 나는 스웨트팬츠에 끌리니까. 우리 둘 다 앉아서 각자의 작업을 했다. 함께 시간을 보내는 게 편했다. 강요된 것이 아닌 자연스럽고 명쾌한 흐름이었고 아무 말 오가지 않아도 좋았다.

우리는 글을 쓴 뒤 섹스하고 그 뒤에 식사를 하고 낮잠을 잤고, 나는 오후 4시쯤 처음으로 호텔을 나서서 선셋 대로의 거리 바로 맞은편에 있는 편의점인 핑크닷으로 갔다. 분홍색과 하늘색의 알록달록한 외관, 그리고 프로펠러 달린 모자와 분홍색 점으로 장식된 파란색 빈티지 폭스바겐 버그를 문 앞에 세워둔 것으로 유명한 곳이었다.

호텔 출구에서 멀지 않은, 선셋 대로와 라 시에네가 대로가 만나는 남동쪽 모퉁이로 걸어가는 길, 키 큰 남자를 지나치다가 잠깐 눈이 마주쳤다. 한 손에는 슬러시를, 다른 손에는 비닐봉지를 들고 있는 남자였다. 신호등은 빨간 불이고 차들이 선셋 대로를 질주하는 가운데, 그가 돌아서더니 모퉁이를 향해 걷고 있는 나를 향해 다가오기 시작했다.

"더러운 패것! 날 쳐다보지 마! 패것!" 그 남자는 내게 이 말을 계속해서 외쳐댔다. 패것이라는 단어는 입 밖으로 나올 때마다 더 커졌다. 주변에는 아무도 없었다.

그는 10미터쯤 떨어져 서서 나를 내려다보고 있었다. 나는 얼어붙었다. 쳐다본 적 없다고 설명할 여유 따위는 없었다. 그는 막무가내로 고함을 질러댔다. 돌아서서 달리기 시작하거나 무슨 말을 하면 그를 더 자극할까 두려웠다. 그래서 나는 그대로 가만히 서서 앞만 바라보며 최선을 다해 아무렇지 않은 척했다. 충격에 사로잡혀 있었던 그 순간에는 실제로 아무런 감각이 없기도 했다. 효과가 있었던 모양인지, 그는 다시 동쪽을 향해 걷기 시작했다. 나는 핸드폰을 꺼내 매디슨에게 전화를 걸었다. 핸드폰을 사용한다면 고개를 들고 있을 수 있는 전화가 문자보다 낫다. 나는 충격에 사로잡힌 채 상황을 설명하고 핑크닷으로 와 줄 수 있느냐고 물었다. 전화 통화는 그 남자를 자극했다. 마침내 신호등이 바뀌고 내가 연석 아래로 내려서자 남자는 다시 돌아섰다.

"나에 대해 한마디도 지껄이지 마, 패것. 내 이야기 한 거 다 알아. 두들겨 패 버릴 거다!"

그는 고함을 지르며 나를 뒤따라 왔고, 매디슨은 핸드폰을 통해 이 상황을 전부 귀로 듣고 있었다.

"때려 죽여 버린다, 패것."

그의 발걸음이 빨라졌다. 나는 그에게 붙잡히기 전 핑크닷에 도착해야겠다는 생각으로 달리기 시작했다. 공황이 밀려왔고, 저스틴과 함께 언덕에 있을 때 있었던 일, 또 몇 년 전 웨스트할리우드에서 내게 "더럽고 흉한 다이크, 흠씬 두들겨 패 줄 거다. 경찰이 오기 전에 죽여 버리겠어." 하고 고함지르던 다른 남자의 기억이 머릿속으로 스쳐 갔다. 그때 친구 앤절라와 나는 차에 타고 속도를 내어 도망쳤다. 또 열여덟 살 때, 나를 둘러싼 십 대 여자애 무리에게서 도망쳤던 기억. 그중 한 명이 내게 다가오며 "오늘은 핼러윈도 아닌데 왜 레즈비언 분장을 했어?" 하고 위협했다. 또 폴라와 내가 모닥불 앞에서 서로를 끌어안고 앉아 있을 때 잔뜩 취한 채 성이 나서 우리를 못살게 굴던 친구의 친구를 피했던 기억. 그는 "꼭 눈앞에 들이댈 필요는 없잖아!" 하고 고함쳤다. 다른 친구들이 끼어들어 그를 힘으로 떼어낸 뒤에야 그는 뒤로 나동그라졌다.

"이래서 총이 필요한 거야!" 그가 내 등 뒤까지 다가와 외치는 순간 나는 미친 듯이 핑크닷의 문을 열어젖혔다.

"도와주세요! 저 남자가 저한테 소리를 지르고 패것이라고 욕을 하고 폭행하겠다고 협박하고 있어요." 입에서 말이 쏟아져나왔다. 그러면서 나는 고개를 돌려 뒤를 바라보았다.

숨이 가쁘고 목소리가 마구 떨렸지만 힘겹게 억눌렀다. 남자는 입구 바로 바깥에 서 있었다. 카운터 뒤에는 직원이 두 명 있었다. 한 명이 문간으로 달려나가며 그 남자에게 저리 가라고 외쳤고, 남자가 떠나지 않자 출입문을 잠갔다. 그제야 남자는 자리를 떠났다. 카운터에 서 있던 여성 직원이 물을 가져다 줄까 물었고, 심호흡을 해 보라고 했다.

"여기서는 저런 일을 참을 필요 없어요." 직원이 말했다. "괜찮아요? 도와줄 일 없어요?"

나는 괜찮다고, 고맙다고 말한 뒤 심호흡을 하며 진정하라는 직원의 조언을 따랐다.

나는 이런 순간들을 대개 상자 속에 담아 치워 버리는 방법을 알게 되었다. 마음을 닫아걸기. 어깨를 으쓱하기. 불과 6개월도 지나지 않은 얼마 전, 「엄브렐러 아카데미」 시즌 3를 촬영하러 토론토에 갔다가 퀸웨스트를 걸어가는 나를 향해 누군가 집어던진 맥주처럼 그 순간이 내 등을 타고 흘러내리게 내버려 두기. 그곳 역시 퀴어 친화적인 동네였다. 친구 제너시스와 내가 한 남자를 지나치는데, 그가 돌아서더니 들고 있던 맥주를 우리 뒤통수를 향해 집어던졌다.

"패것! 패것 놈들!" 그는 그렇게 말한 뒤 가버렸다. 그의 입에서 나온 S 발음은 목구멍을 타고 넘어가는 독처럼 스스스스 하고 미끄러졌다. 그때 나는 뒤로 휙 돌아섰다. 여태 돌아서지 않았던 모든 순간들이 내게 심어 준 들끓는 분노에서 나온 반사작용이었다.

"방금 나한테 패것이라고 했어? 꺼져!" 나는 계속 그렇게 소리쳤고, 인도에 서 있던 몇 사람들이 우리를 쳐다보았다. 제너시스가 내게 진정하라고 설득했다. 그 남자는 가 버렸다.

나는 그 순간을 아주 많이 떠올린다. 그 남자가 우리에게 드러낼 자격이 있다 생각한 분노, 그리고 그 분노에 대한 나의 반응을. 우리가 사는 사회에서 분노와 남성성은 무척이나 뒤엉켜 있다. 이 점을 내 삶에서 새로이 정의할 수 있길 바란다.

핑크닷의 문을 미친 듯이 열어젖히던 순간, 매디슨에게 걸었던 전화를 끊어 버렸다는 사실을 잊고 있었다. 벌써 매디슨이 길 건너편에서 이쪽을 향해 건너오고 있는 모습이 보였다. 그 남자가 더 이상 보이지 않아서, 나는 직원들에게 고맙다고 말한 뒤 매디슨을 만나러 바깥으로 나갔지만, 그러면서도 목이 아플 만큼 이쪽저쪽을 둘러보았다. 짧은 거리를 걸어 호텔로 돌아가는 동안에도 자꾸만 주변을 둘러보았다.

내가 방금 있었던 일을 말해주는 사이 매디슨은 내 몸에 한 팔을 둘렀다. 그 손길이 전과는 다르게 느껴졌다.

10장
소규모 인디 영화

첫 타투를 한 건 서른 살이 되었을 때의 일이지만 그 타투에 담긴 의미는 배우 생활을 시작한 초기로 거슬러 올라간다. C KEENS라는 타투 문구의 위치는 위팔, 어깨 바로 아래다. C KEENS는 가장 좋아하는 친구 중 하나인 캐서린 키너에게 내가 붙인 애칭이다. 그녀를 만난 것은 「하드 캔디」를 찍은 뒤, 「주노」를 찍기 전이었던 중요한 시기였다. 바쁘지만 크게 이름을 알리지는 못했던 때다. 넓고 낯선 로스앤젤레스에서 아무런 기반 없이 머무르던 시절이다. 나는 다음 배역을 연구하고 있었고, 상대역과 내가 잘 지낼 수 있기를, 서로 신뢰할 수 있기를 간절히 바라면서 공포감을 씹어 삼키느라 밤을 지새웠다. 나는 배역과 나 자신을 분리하기 어려워했는데 이번에 맡은 역할은 특히나 더 힘들었다.

처음으로 키너를 만난 장소는 샌타모니카에 있던 그녀의 집이었고, 몇 분만 걸으면 해변이 나오는 곳이었다. 나는 열아홉 살이었고, 얼마 전 키너와 함께 「아메리칸 크라임」 주연을 맡기로 계약한 뒤였다. 나는 할리우드의 하이랜드 대로에 있는 호텔에 묵고 있었고, 이 작품의 작가이자 감독이던 토미 오하버가 나를 태워 서쪽으로 40분을 달려서 캐서린의 집을 향했다. 키너와 내가 함께 시간을 보내게 하기 위해서였다. 영화에 대해, 인물에 대해서 대화를 나누는 것뿐 아니라 무엇보다도 서로 유대감을 쌓아야 했다. 우리가 맡은 배역은 쉬운 역할이 아니었다.

키너의 집은 오래된 짙은 갈색 크래프츠먼 스타일 주택이었다. 뒷마당이 샌타모니카에서는 보기 힘들 정도로 유달리 컸다. 나무 위에 작은 오두막이 있고, 그 아래 그네가 매달려 있었다. 마당을 둘러싼 울타리 너머로 생울타리가 높이 자라 있었다. 마치 집 자체가 하나의 작은 세계인 것만 같았다.

우상이나 다름없던 캐서린 키너의 상대역으로 캐스팅되었다는 사실 자체가 초현실적으로 느껴졌다. 제일 좋아하는 배우 중 한 사람과 영화를 찍게 되다니. 캐서린의 집 뒤쪽 게이트로 들어갈 때 나는 도저히 수줍은 마음을 참을 수가 없었다. 말도 거의 나오지 않았다.

나는 그날 쿨한 차림으로 등장하려고 노력했었다. 빈티지 티셔츠, 검은 재킷, 찢어진 컨버스까지. 키너는 환한 미소와 익숙한 목소리로 우리를 맞이하러 다가왔다. 찢어진 청바지와 헐렁한 흰 티셔츠를 입은 키너는 온기와 진심을 뿜어내고 있었다. 그녀는 직설적이고, 독특하며 육감적인 멋을 지닌 사람이었다.

우리는 데크에 난 발코니로 올라간 뒤 다시 지붕 위로 올라갔다. 우리는 유머 코드가 잘 맞았고, 그녀는 자꾸만 웃음을 터뜨렸다. 우리는 태평양을 바라보며 우리 앞에 놓인 일에 관해 대화를 나누었다. 어린 사람을 내려다보거나 무시하는 듯한 어조는 전혀 없었다. 그 대신 무언의 편안함이 있었다. 이런 사람을 만나는 건 처음이었다.

수줍어하던 나는 점점 나 자신의 모습을 찾아갔다. 벌써 그녀가 나를 아끼고, 지켜 주고 싶어 한다는 게 느껴졌고, 그럼에도 어른 행세는 전혀 하지 않았다. 우리는 금세 친구가 되었다. 그렇지만 우리의 친밀함은 그 영화를 촬영한 경험이 열아홉 살의 내 자아에 미친 영향을 아주 약간 완화해 준 데 그쳤다.

「아메리칸 크라임」은 1965년 인디애나주 역사상 한 명의 희생자가 겪은 최고 수위의 학대를 경험한 열여섯 살 소녀 실비아 리킨스의 실화에 바탕을 둔 영화다. 잔인한 영화지만 실화의 끔찍함에 비하면 자제한 편이다. 나는 실비아 역을 맡게 되었다.

서커스단에서 일하는 실비아의 부모는 먼 곳으로 갈 때마다 거트루드 배니체프스키에게 두 딸을 맡겼다. 일곱 아이를 혼자 키우는 싱글맘인 거트루드 역은 캐서린이 맡았다. 빈곤에 시달리던 거트루드는 인디애나폴리스 이웃들의 빨래를 도맡아 해 주며 근근이 입에 풀칠했다. 음식을 거의 먹지 않아 얼굴이 뾰족하고 각져 보일 정도로 수척했고 몸 역시 갈퀴처럼 깡말랐다. 거트루드는 직접 처방한 진정제를 작은 병에 담긴 술과 함께 들이켰고 감정 기복이 양극단을 오갔다. 실비아의 부모는 실비아와 여동생 제니를 거트루드에게 맡기는 값으로 일주일에 20달러를 주었다.

처음 돈이 제때 들어오지 않자 거트루드는 실비아와 제니에게 분풀이를 한다. 두 아이를 지하실로 끌고 가서는 엎드리게 하고 난폭한 태형을 가한다. 학대의 수위가 높아지고, 거트루드는 자기 자식들까지 학대에 가담하게 한다. 영화 속 가장 끔찍한 장면에서 거트루드는 자식들이 보는 앞에서 실비아가 자기 질에 콜라병을 쑤셔 넣게 강요한다.

우리는 실제로 아동 배우들 앞에서 그 장면을 연기하지는 않았다. 아동 배우들은 세트장에서 자신들이 등장하는 장면만을 촬영했고, 카메라 밖에서 우리는 거트루드가 그저 실비아의 팔을 비틀기만 했던 것으로 입을 맞추었다.

콜라병 장면의 마지막에서 실비아는 지하실 계단으로 질질 끌려 내려온다. 실비아는 비명을 지르고 울부짖으며 계단 아래로 구른다. 시멘트 바닥에 머리를 세게 부딪친 실비아는 둔기에 의한 심각한 타박상을 입는다.

예전에 찍은 영화들 중에서도 촬영하기 힘든 장면이 있었다. 폭력적이고, 성적이고, 육체적으로 힘든 장면들이었다. 하지만 이번은 달랐다. 이 영화 속 순간들은 말로 표현할 수 없을 정도로 잔혹했다. 십 대였던 나는 지금 할 수 있는 것처럼 쉽고 빠르게 영화 안팎을 드나드는 기술이 없었다. 일은 그저 일이라 치부할 수 없었다. 그 장면들은 사라지지 않았고, 감정도 내게 남았다. 그 감각이 몸을 떠나기까지는 더 오랜 시간이 걸렸다.

살아 있던 마지막 나날 동안, 실비아에게는 낙인이 새겨진다. 거트루드는 자기 자식 중 하나에게 실비아의 양손을 머리 위에서 붙들고 있게 시킨 뒤 실비아의 몸 위에 걸터앉는다. 2007년 선댄스 영화제에서 최초 상영되었을 때, 이 장면을 보던 관객 하나가 기절하기도 했다. 그럴 만도 하다. 실비아는 얼마 뒤 죽었다. 고문이 살갗에 새겨진 채로.

실비아의 몸은 서서히 희미해지다가 부서진다. 실화라는 것을 알았기에 더 끔찍했고, 낱낱이 파헤치면 더욱더 역겨웠다. 나는 실비아에게서 벗어날 수 없었고, 그 나날은 줄곧 나를 따라왔다.

머무르던 아파트에 혼자 있을 때면 집 안을 서성거렸다. 걷다가 앉았다. 또 일어서서 걸었다. 창밖을 보다가 빙글 돌아 욕실을 향했다. 다시 창가로 가서 앉아 담배를 피웠다. 담배가 다 탔다. 그러면 배낭을 집어 들고 밖으로 나갔다. 그칠 줄 모르는, 근원적인 탈출 욕구가 당연해졌다. 멈추는 건 너무 위험했다. 그러면 감정들이 솟구치니까. 아사하다시피 죽은 인물을 연기한다는 것이 내가 스스로를 벌하고 없애고자 하는 충동에 몸을 맡길 수 있도록 허락했다.

"영화 촬영 때문이에요." 내가 음식을 새 모이만큼 먹는 걸 보고 누가 이의제기라도 하듯 걱정이 담긴, 짜증 나는 말투로 한 소리 할 때마다 나는 그렇게 대답했다.

나한텐 아무것도 필요하지 않다는 걸 증명해 주지. 내 머릿속 작은 목소리가 슬몃 미소를 흘리며 빼겨댔다.

극한의 고통에 시달리던 실비아는 손끝이 다 닳을 때까지 콘크리트 바닥을 긁고, 강박적으로 입술을 씹어대며 고통을 삼킨다. 사람들에게 발견되었을 때 실비아의 시체는 마치 입이 두 개인 것 같은 모습이다.

배고파.

두 시간 더 기다려, 그럼 먹을 수 있어.

뭘 먹지?

찐 채소랑 현미…… 절반만.

얼마나 더 기다려야 해?

한 시간 사십오 분.

밤이면 샤워를 해 화상 흉터와 상처를 씻어내며 내가 불평해서는 안 된다는 사실을 되새겼다. 실비아와는 비교도 할 수 없는 유치한 고통을 감히 불평하다니.

패툴러 클라크의 「다운타운Downtown」을 끊임없이 들었다. 실비아가 살해당한 1965년 가장 유행하던 곡 중 하나였다.

널 도와주고 이해해 줄

다정한 사람이 나타날 거야

너를 닮은, 따스한 손을 필요로 하는 사람

길을 걸으며 그 곡을 들었다. 선셋 대로를 달리는 버스 안에서 들었다. 집에서, 창가에 앉아 담배를 피우면서 들었다. 나는 강박적으로 늘 음악을 들었고 그 이유는 남들과는 다른, 좀 괴상한 것이었다.

선셋 대로를 향해 언덕을 내려와서 서쪽을 향하는 버스에 올라 할리우드에 갔다. 바인 근처에 내려 신품과 중고품 레코드, CD, DVD를 파는 로스앤젤레스의 대형 음반매장인 아메바 레코즈에 갔다. 음반을 사려는 사람들이 단단한 플라스틱 케이스를 탁 탁 탁 하고 넘기는 소리는 메트로놈 박자처럼, 매장 안에 틀어 놓은 힙한 최신곡만큼이나 크게 울려 퍼졌다. 시간을 때우는 데 도움이 됐다.

내가 맡은 배역들은 나에게 다양한 방식으로 영향을 주었다. 그러지 않을 도리가 있을까? 연기란 다른 인간의 경험을 탐구하는 일이다. 공감하고, 마음을 열고, 모든 것을 충분히 이해하고자 바라는 마음으로, 감정이 솟구쳐 오르기를 기다리는, 결코 끝나지 않는 연습이다. 눈을 감으면 상상도 할 수 없는 깊은 절망이 내게 닥쳐왔다. 실비아는 어떻게 그토록 오래 버틴 걸까? 어떻게 포기해 버리지 않을 수 있었을까. 아마도 고문이란 사람을 끝까지 끌고 갔다가 다시 끌어당기는 일을 되풀이하고 또 되풀이하는 것이리라.

나는 실버레이크에 있는, 아파트로 개조한 이층집의 위층에서 지내고 있었다. 큼직한 창문들이 달린 방 하나짜리 아파트에서는 도시의 아름다운 전망이 내려다보였다. 선셋 대로에서 가까운 루실 대로에 있었지만, 가파른 절벽 같은 언덕 위에 외따로 떨어져 있는 곳이었다. 나는 혼자였다. 그 시절에는 로스앤젤레스에 친구가 없는 거나 마찬가지였다.

키너가 나를 검은 세단에 태워 한때 버스터 키튼이 살던 집 뒷마당에서 열린 독립기념일 바비큐 파티에 데려갔던 게 기억난다. 내가 아무에게도 말할 수 없는 고통을 겪고 있음을 감지하고 도와주고자 했던 것 같다. 우리는 키너의 친구이자 내가 숭배하던 캐런 오의 맞은편에 앉았다. 「쇼 유어 본즈*Show Your Bones*」는 그 당시 내게 완벽한 앨범이었다. 하지만 음식을 먹는 것이 스트레스가 됐고, 마시는 것도 스트레스가 되었고, 나는 시선을 이리저리 던졌고 머릿속으로 그 어떤 계산도 제대로 되지 않았다.

당시 나는 어떤 남자를 가볍게 만나고 있었다. 저녁 식사를 하러 가면 그저 메뉴를 멍하니 쳐다보고만 있었다. 어떤 것도 먹고 싶지 않아서였다. 한번은 파스타만 파는, 열차를 개조한 식당에 갔다. 우리는 아무것도 주문하지 않은 채 나왔고 그는 나를 집까지 태워다 주었다.

"난 내 문제들을 이미 다 해결했어." 그는 그 말을 남기고 떠났다.

"난 동성애자인 것 같아." 한번은 섹스 중에 그렇게 말했다. 마음을 닫은 채로, 분리된 채로, 아무것도 수행하지 않으면서.

"아니, 그렇지 않아." 그는 그렇게 말한 뒤 펌프질을 계속했다.

나는 거의 먹지도, 자지도 않고 세트장에서는 의식이 혼미했다. 강박적으로 담배를 피웠다. 생각들을 전부 날려 버릴 수 있기만을 바라며. 아니면 커트 보니것 주니어가 말한 대로였을지도 모른다. "공공보건당국은 수많은 미국인들이 과도한 흡연을 하는 주된 이유를 언급하지 않는다. 담배는 상당히 확실하고 상당히 명예로운 자살 방식이라는 이유 말이다."

촬영은 점점 더 힘들어졌다. 특히 더 힘든 날이면 키너의 집으로 달려갔다. 그곳에서는 돌봄 받는 기분이 들었다. 우리는 테킬라를 마시고 키너의 집 벽난로 앞에 앉았다. 음악을 크게 틀어 두고, 알 수 없는 커다란 모험을 앞둔 채 춤을 추고 또 췄다. 우리가 만나게 된 계기인 이 영화에서는 키너가 나를 살해한다. 실제 세계에서 키너는 내 하나뿐인 구원자였다.

촬영을 끝냈을 무렵 나는 체중이 상당히 줄었다. 그때까지도 간간이 머무르던 핼리팩스로 돌아갔을 때도 체중은 급감하고 있었다. 내 체중은 38킬로그램까지 떨어졌다. 팔이 너무 가늘어져서 테이크아웃 커피컵의 슬리브를 손목에 끼우면 팔꿈치를 지나 어깨까지 올릴 수 있을 지경이었다. 나는 점점 여위어갔다. 그해 핼러윈에는 검은색 마커로 굵게 "음료가 뜨거우니 주의하세요."라고 쓴 커피컵 슬리브로 분장했다.

사람들의 걱정하는 말과 표정도, 내게 먹이려 애쓰는 기름진 빵도 내 눈에는 보이지 않았다. 그러기를 거부했다. 내 몸을 극한까지 해치는 건 분명 도와달라는 비명이었을 테지만, 막상 도움이 찾아오면 화가 나고 분했다. **여태까지는 뭐 하다가?** 정말이지 부당한 질문이다. 나는 어떤 고통에 시달리고 있는지 그 누구에게도 말한 적 없었으니까.

처음 집으로 돌아가자 어머니의 얼굴은 공포에 질렸다. 여태 한 번도 본 적 없는 비통함이 담긴 어머니의 걱정스러운 눈빛이, 그리고 그 비통을 안긴 장본인이 나라는 사실이 내 마음을 산산이 무너뜨렸다. 나는 저체중의 경계를 넘어가 누가 봐도 수척한 몰골이 되어 있었다. 쏙 들어간 두 뺨은 내가 봐도 겁이 났다.

어머니의 걱정을 덜어 주고 보호해 주고 싶다는 생각이 들자 내 식이 문제는 다른 방향을 향했다. 이제는 **정말** 음식을 먹고 싶었다, 간절히 바랐다. 어머니가 그런 기분을 느끼게 만들고 싶지 않았다.

마침내 음식을 먹겠다는 의욕이 생겼지만, 먹을 수 없었다. 샌드위치처럼 단순하고, 전혀 대단치 않은 음식을 한 입 먹어 보려고 마음의 준비를 했다. 그러면 목구멍이 꽉 닫히고, 목덜미가 축축해지고, 깊은 공포심이 가슴을 가득 채웠다. 순식간에 공황발작에 사로잡혀 음식을 삼킬 수 없었다. 통제를 잃지 않아야 한다는 데 집착한 나머지 이제는 통제력을 잃고 말았다. 너무 꽉 조였던 것이다. 내 몸이 말을 듣지 않는 것도 당연한 일이었다.

안 들어갈 거야. 안 들어갈 거야. 안 들어갈 거야.

매일이 음식을 삼켜야 하는 순간들을 중심으로 반복되었다. 핼쑥해진 얼굴, 뼈와 거죽만 남은 몸 때문에 더는 내 문제를 숨길 수 없었다. 어디서나 쏟아지는 걱정이 주는 스트레스를 벗어날 수 없었다. 또, 실비아를 떨쳐 버릴 수 없었다. 나는 실비아를 줄곧 생각했다. 그렇게 나를 떠나 주지 않는 배역은 처음이었다. 지하실의 모습이 주마등처럼 스쳤다. 굶주림. 자신의 토사물을 강제로 먹었던 것. 아무도 들어 주지 않는 비명.

"브로콜리에 치즈 소스를 뿌려 보는 건 어떨까요?" 선의로 무장한 심리치료사의 말이었다.

댈하우지 대학교 캠퍼스 근처에 있는 심리상담소는 액자에 든 자격증이 걸려 있는 흰 방이었고 심리치료사는 밝은색의 긴 곱슬머리에 안경을 쓴 사람이었다. 심리치료사의 얼굴엔 언제나 미소가 걸려 있었다.

"견과류 같은 간식을 가지고 다니면 좋아요."

우리의 대화는 내가 아침 식사를 언제, 무엇으로 먹어야 할지, 간식을 언제, 무엇으로 먹어야 할지, 내 저녁 식사 접시 위에는 무엇이 올라가야 할지에 관한 것이었다. 팔굽혀펴기는 물론 어떤 운동도 해서는 안 되었다. 음식보다 중요한 것은 없었다. 그리고 모든 것이 음식보다 중요했다.

핼리팩스에 있는 몇 없는 친구들을 피해 다녔다. 부끄러웠다. 고향을 떠났다가 남들과 마찬가지로 돌아온 '여배우'. 나는 지독한 클리셰였다. 내 삶에는 이미 사회불안이 팽배했고 정신건강 문제를 겪으며 고립감은 더욱 심해졌으며 친구에게 문자메시지를 한 통 보내는 것조차도 엄두가 안 났다. 계획을 세운다는 건 생각할 수도 없는 일이었다.

선천적으로 주변과 단절되어 있는 것 같은, 근본적인 해리 같은 외로움이 내 삶에는 늘 함께했다. 마치 내 존재로부터 떨어져 나온 것만 같았다. 나를 둘러싼 사람들이 내가 사라지기를 원할 것 같고, 내가 환영으로 남는 쪽을 더 좋아할 것 같았다.

한동안은 일을 할 수 없었다. 심리치료사도, 부모님도 휴식을 권했다. 어차피 지금은 연기를 하고 싶지도 않았다. 너무나 약해지고 감정 기복이 심해져서 큰 소리만 나도 소스라치게 놀랐다. 누가 어깨를 살짝 건드리기만 해도 움츠러들었다. 떠난다는 것, 혼자 있는다는 것이 처음으로 불가능하게 느껴졌다. 예전에는 간절히 혼자이고 싶었지만 이제는 무엇이라도 좋으니 붙잡고 매달리고 싶었다. 내게 주어지는 그 어떤 관심이라도 간절했다.

나는 대체로 심리치료사가 짜 준 식사 스케줄을 따랐다. 식사 시간에 느끼는 스트레스는 그대로였고 내가 얼마나 위험한 상황인지 알게 되자 불안감만 더 커졌을 뿐이다. 다른 사람들이 걱정하기를 그만두기를 바랐다. '대화'에도, 감시에도 지쳐 버렸다. 그럼에도 불구하고 그 당시 나는 간절히 얻고 싶은 배역이 있었다. 임신한 십대 역할이었다. 나는 「주노」에 집중하며 문제의 핵심을 회피하기로 했다.

나는 간식을 먹는 법이 없었고, 자기 전에 무엇을 먹는다는 것은 상상도 할 수 없는 일이었지만 그럼에도 억지로 간식을 삼켰다. 체중이 서서히 늘기 시작했다. 블루베리와 아보카도, 프로틴 파우더를 넣은 스무디를 마시면 속에 가스가 찼다. 나는 간식을 먹으면서 몸이 다시 씹고 삼키고 음식을 소화할 수 있도록 간신히 훈련하는 중이었다. 침착할 수 있도록, 먹기 전에 취할 필요가 없도록. 이상적이지는 않았지만 적어도 체중은 돌아오고 있었다.

스크린 테스트에 가까운 「주노」 최종 오디션을 보러 로스앤젤레스에 가야 했다. 나는 내가 무언가에 어울리지 않는다는 것을 가장 먼저 인정하는 사람이지만, 그럼에도 「주노」는 다섯 페이지쯤 읽었을 때 이 배역을 맡지 않는다는 건 도저히 상상도 할 수 없었던, 그저 본능적으로 알 수 있었던 드문 경우 중 하나였다. 핼리팩스의 내 방바닥에 앉아 디아블로 코디의 각본을 읽어내려갔다. 코디의 각본은 완전히 새로운, 유기적이고도 솔직한 언어를 열어 주었다. 나는 배우로서, 또 관객으로서 여태까지 이런 작품, 그리고 이런 인물을 갈구하고 있었던 것이다. 이 배역을 해낼 수 있을 것 같았다.

아직 너무 말랐지만 예전보다는 훨씬 나아진 나는 어머니와 함께 로스앤젤레스로 갔다. 아주 어린 나이부터 독립적이었고 열여섯 살에 이미 부모님 집에서 나왔던 나는 간데없고, 이제 어머니를 달고 여행하는 아이가 되어 있었다. 혼자서 기능하는 것은 생각만 해도 위험부담이 컸으므로 운에 맡길 수 없었다. 최선의 선택지라고 생각하지는 않았던, 선의로 가득한 심리치료사의 조언이었다. 내가 나의 퀴어함에 당당해지면 당당해질수록 어머니의 거부감도 점점 커졌으니까.

어머니는 교사가 되기 전 에어 캐나다에서 일했다. 승무원이 아니라 여객담당자였다. 어머니는 비행공포증이 심했다. 이륙할 때는 눈을 감고 마음의 준비를 단단히 했다. 난기류가 생기면 어머니의 심장이 펄쩍 뛰고 온몸이 벌벌 떨리는 모습이 눈에 보일 정도였다. 나는 어머니에게 괜찮다고, 다 지나갈 거라고 했다. 어머니가 두려워하는 모습을, 어머니의 고통이 들여다보이는 창을 보고 있으면 마음이 미어졌다. 어머니의 삶에는 그런 일이 너무 많았다.

비행기 고도가 높아지자 나는 불안감에 동요했다. 도망칠 곳이 없는 비행기 안에서는 좌석에 딱 달라붙어 앉아 있는 것 말고는 아무런 선택지가 없다. 나는 강박적으로 오디션 대본을 읽어댔다. 머릿속에서 대화를 쓰고 또 썼는데, 그게 내 암기 방법이었다. 어머니도 마침내 진정한 뒤 영화를 보기 시작했다.

핼리팩스에서 토론토로 간 우리는 마이클 세라와 그의 아버지와 합류해 로스앤젤레스로 가는 비행기에 탔다. 오디션에서 나는 30페이지짜리 대본을 대부분 마이클과 함께 읽어야 했는데 지금까지 본 오디션 중 가장 긴 것이 될 예정이었다. 그러나 얼마 전 「못 말리는 패밀리」를 열심히 본 나는 그의 독창적이고 현실적인 유머 감각과 감정을 솔직하게 드러내는 연기에 완전히 빠져 있었다. 우리는 비행기 중간 부분에 앉았다. 마이클과 그의 아버지는 통로 반대편 좌석이었다. 우리는 사교적인 인사를 나누었다. 마이클은 말이 없었지만 친절한 기운을 풍겼다.

비행기가 이륙하자마자 마이클이 트레이를 내리더니 그 위에 엎드려 자기 시작했다. 비행기가 하강을 시작할 때까지 깨지 않았다. 나는 존경심과 믿을 수 없는 감정에 휩싸인 채로 그를 계속 쳐다보았다. 어떻게 저렇게 마음 편할 수 있지? 나는 의자 등받이를 밀어 뒤로 좀 더 기댄 채, 어머니가 불안하게 무릎을 떠는 모습을 지켜보았다.

비록 그 배역을 맡게 되리라는 걸 스크린 테스트 전부터 넌지시 알고 있었음에도, 배역이 확정되었다는 연락을 받았을 때는 기뻐서 심장이 터질 것 같았다. 내 가슴을 기쁨으로 가득 채우는 인물을 연기하게 되는 건 흔치 않은 일이었다. 꿈꾸던 배역에 캐스팅된 것이다.

애초의 계획대로라면 스크린 테스트가 끝나고 두 달 뒤 촬영을 시작할 예정이었지만, 결국 촬영이 밀렸고, 회복할 시간이 생겼으니 내게는 다행한 일이었다. 자기억제는 여전했지만 음식을 먹는 게 훨씬 더 편해졌고 일은 내게 도움을 주었다. 「주노」 세트장에 있으면 치유받는 기분이었고, 고문의 장면들이 나를 집까지 따라오지도 않았고, 나는 내 몸에 연료를 공급하는 것을 잊지 않았다. 완벽하지는 않았지만 엄청나게 나아졌다. 그 어떤 의미도 없다는 기분으로 지내다가, 드디어 무언가 의미 있는 일에 집중할 수 있었다. 그전까지는 우울감이 나를 껍데기만 남기고 빨아들여 버렸는데 말이다.

「주노」는 내가 편안한 기분으로 임할 수 있는 작업이었고, 내 몸이 아닌 안정적인 공간에서 시작해 다시금 서서히 내 몸에 깃들 수 있는 작업이었다. 보통 촬영을 위한 머리, 의상, 메이크업은 내겐 악몽과 마찬가지였다. 아이러니하게도 임신한 십 대 청소년을 연기했던 「주노」는 내가 세트장에서 처음으로 약간의 자율성을 느낄 수 있었던 작업 중 하나였다. 가짜 배를 달고 있어야 했지만 그럼에도 과도하게 여성화되지는 않았다. 내게 「주노」는 이분법 너머의 공간이 가능하다는 것을 보여주었던 상징적인 작업이었다.

밴쿠버에서 촬영하는 동안에는 업계 사람들이 '슬러튼slutton 플레이스'라고 부르기도 하는 서튼플레이스에 머물렀다. 예스러운 인테리어의 휑뎅그렁한 이 호텔은 밴쿠버 시내에 있었고 보통 배우들이 머무르는 장기숙박 객실을 갖춘 곳이었다.

어머니와 나는 침실 두 개짜리 스위트룸을 함께 썼다. 1954년 뉴브런즈윅 세인트존에서 성공회 목사의 딸로 태어난 어머니와 함께 지내는 동안, 내가 누군가를, 처음으로 합의된 성적 관계를 맺은 여자를 만나는 바람에 일은 복잡해졌다.

처음 올리비아 설비를 만났을 때 놀랐다. 자신의 신체에 충족감을 느끼는, 대담한 그녀의 긴 갈색 머리는 슬로모션으로 휘날렸다. 나와 동갑이었는데도 올리비아는 나보다 훨씬 성숙하고, 유능하고, 중심이 잡혀 있는 사람 같았다. 당시의 나와는 딴판으로 성적으로 개방적이었다. 그러나 우리 사이에는 뚜렷한 케미스트리가 있었고, 나는 그녀에게 이끌렸다. 올리비아와 있으면 창피할 정도로 숫기가 없어졌다. 그녀는 나보다 경험이 훨씬 많았다. 나는 폐쇄적이었다. 내가 무언가를 받아들이는 일은 거의 없었지만, 올리비아와 있으면 마음이 편했기에 서서히 껍데기 바깥으로 고개를 내밀기 시작했다. 우리는 금세 친해져 많은 시간을 함께 보냈다.

우리는 그녀의 호텔 방에 섰다. 빌리 홀리데이의 음악이 나오고 있었다. 점심 식사를 준비하려던 그녀가 나를 똑바로 쳐다보더니 단도직입적으로 말했다. "나 너한테 정말 끌려."

"어, 나도 너한테 정말 끌려."

그 말과 함께 우리는 키스하기 시작했다. 그것이 시작이었다.

나는 올리비아를 향한 완전한 욕망을 느꼈고, 그로 인해 새로운, 기대감을 주는 욕망을 알게 되었다. 처음으로 내가 절정에 오른 것, 처음으로 솔직해진 것이 올리비아와 함께일 때였다. 그렇게 우리는 온종일 섹스를 하기 시작했다. 그녀의 호텔 방에서, 일터의 우리 트레일러에서, 한번은 레스토랑의 작은 별실에서. **대체 무슨 생각이었을까?** 우리는 우리가 이 관계를 잘 숨기고 있다고 생각했다. 올리비아와 친밀한 관계를 맺으며 내 수치심은 사라졌다. 그녀의 눈빛 속에서 수치심 같은 것은 한 점도 읽을 수 없었고, 나도 그렇게 되고 싶었다. 스스로에 대한 비참한 생각을 끝내고 싶었다.

어머니가 우리 사이를 눈치챘는지 아닌지는 모른다. 그저 올리비아와 내가 빠른 속도로 친해졌다고 생각했을 것이다. 그건 사실이었다. 그래도 나는 올리비아와의 사이를 숨겼다. 아마 내가 묵던 방에 올리비아가 찾아온 적은 한 번 정도 있었을 것이다.

때로는 마이클의 방에서 함께 어울리기도 했고, 한번은 조나 힐이 놀러온 적도 있었다. 마이클과 조나가 「슈퍼배드」를 찍은 뒤였지만 아직 영화가 개봉되기는 전이었다. 마리화나와 진을 즐겼다. 마이클이 키보드를 꺼내와서 조나와 함께 연주했다. 언제나 완벽한 데다가 짜증 날 정도로 쿨한 마이클은 촬영할 때를 제외하면 음악을 만들었다. 우리는 함께 밴쿠버의 태양 빛에 몸을 그을리며 돌아다녔다. 입이 떡 벌어질 정도로 커다란 초록 오아시스인 스탠리파크까지 트래킹을 하기도 했다. 그곳의 거대한 나무들을 보면 절로 무릎을 꿇고 싶은 심정이 된다. 더글러스전나무, 미국삼나무…… 높이가 76미터에 달하는 나무들도 있었다. 그런 순간들 전부가 완전히 새로운 모험이었다.

「주노」를 만들면서 나는 다시금 활기를 얻었고, 영감을 얻었고, 강해졌다. 컬링 링크에서 열린, 무척이나 캐나다다운 쫑파티에서 우리는 슬픈 작별을 나눴다. 집으로 돌아오는 내 마음은 욱신거렸다. 토론토에서 핼리팩스행 비행기로 환승했다. 구름을 가르고 비행기가 착륙하는 동안에는 몰디 피치스의 음악을 들었다. 창밖을 내다보자 아래에 보이는 것이라고는 숲과 호수, 강이 전부였다.

'이 소규모 인디 영화는 어떻게 될까?' 비행기가 활주로에 착지하는 사이 생각했다. 기체가 급격히 흔들리는 바람에 소스라치게 놀랐다.

11장 그냥 농담이었어

나는 열한 살 이래로 스물여덟 살, 그러니까 동성애자로 커밍아웃하고 몇 달 뒤까지는 토한 적이 없었다. 친구 집에서 열린 독립기념일 파티에서 우리는 지붕 위에 올라가 불꽃놀이를 구경했다. 뻥! 팡! 하늘을 올려다보자 강 너머로 폭발하는 색채를 배경으로 달이 우리 우스운 인간들이 하는 우스운 짓거리들을 어리둥절한 듯 내려다보고 있었다. 머리가 어질어질하더니 귀가 울리기 시작했다.

'나 진짜 토하려는 건가?' 나는 생각했다. '「사인필드」에서 제리가 쿠키가 토하는 에피소드처럼, 이대로 기록이 깨지는 걸까?'

메스칼과 디저트가 내 입에서 쏟아져 나와 가슴팍을 온통 뒤덮었다.

그 순간이 오기까지, 내가 토할 수 없다는 건 가슴 사무치는 일처럼 느껴졌다. 열한 살은 내가 나의 동의 없이 남자아이에서 여자아이로 변한다는 사실을 알아차린 나이다. 어른이 된 나는 디스포리아가 약을 올리듯, 가사를 다 알지만 왜 아는지 모르는 히트송 같은 노래를 고래고래 부를 때마다 "그저 열 살짜리 소년이 되고 싶어요."라고 말한다. 젠더 디스포리아를 경험하지 않는 사람에게 그것을 설명하기는 쉽지 않다. 그건 남들에게도 다 들릴 것 같지만 들리지 않는, 머릿속에서 울리는 지독한 목소리다.

열한 살은 내가 내 몸속에 온전히 깃들어 있다고 마지막으로 느꼈던 시절이다. 그 뒤로 나는 허공에 뜬 것처럼 일시적인 상태에 머무르며 돌아가려 허둥거렸다. 그것은 마치 일종의 결별과 같았다. 나는 위장된 껍데기를 뒤집어쓴 거짓 정체성을 입고 증인보호 프로그램 속으로 들어간 셈이다. 어린 나는 너무 많은 걸 알았으므로.

나는 천천히 껍데기를 허물어뜨리고 겹겹의 미세한 막에 금을 가게 해 새롭게 만들고자 했지만 그럴 때마다 모든 것이 산산이 부서질 뿐이었다. 히트송은 20년 넘게 반복재생되었다. 지금은 그 노래가 아주 드물게, 무작위로 재생되어 그때마다 흠칫 놀라게 된다. 다행히도 나는 노래 가사를 대부분 잊어버렸다.

토할 수 없었다는 게 아프지 않았다는 뜻은 아니다. 열네 살, 노바스코샤주 축구 대표팀 연습 전날 식중독으로 크게 아팠던 적이 있다. 아버지의 집 화장실로 달려갔다. 나는 화장실 벽에 걸린 작은 장식용 핸드타월에 고개를 댄 채 뇌까지도 배출하는 느낌으로 변기에 앉아 있었다. 그대로 빨려 나가 변기 물과 함께 사라져 버릴 것만 같은 기분으로 현실을 들락날락 오갔다. 대장균 감염이 뉴스를 장식하고 있었고 농산품과 육류의 대규모 리콜이 이어지던 시기여서 나 역시 대장균에 감염된 게 아닌가 하는 생각이 들었다.

마침내 설사가 멎자 나는 세면대에 손을 짚고 힘겹게 몸을 일으켰다. 한 발짝, 두 발짝. 거울에 비친 건 사람 같지 않은 텅 비고 창백한 모르는 사람의 얼굴이었다. 눈앞이 흐렸다. 어질어질한 머리로 욕실을 나가 불을 끄는 순간 세상이 옆으로 스르륵 기울어지면서 깜깜한 어둠이 찾아오더니 다음 순간 쾅! 나는 기절했다. 바닥에 세게 부딪치면서 대부분의 충격이 턱에 가닿는 바람에 뇌까지 덜컹하는 느낌이었다. 데니스와 린다의 방에서 고작 몇 미터 떨어진 곳이었다. 나는 도와 달라 외치지도, 아버지의 이름을 부르지도 않았다. 그들의 잠을 방해한 죄로, 또는 먹지 말아야 할 것을 먹은 죄로 질책받고 싶지 않아서였다.

머리가 지끈거렸다. 내 방까지 기어가 힘겹게 침대 위로 몸을 끌어올렸는데, 그때 린다가 문간에 나타났다. 쿵 소리를 들은 게 분명했다. 린다는 혼자였다.

"뭐 하는 짓이냐?" 린다가 차갑게 웃으며 말했다. 내가 더듬더듬 대답하자 린다는 차가운 수건과 물 양동이를 가지러 자리를 떠났다.

다음 날 아침, 어머니는 그래도 축구 연습에 가야 한다고 고집을 부렸다. 노바스코샤주 대표팀에 소속된 이상 모든 연습은 적격시험이나 마찬가지였다. 팀에는 노바스코샤 최고의 선수들이 넘치게 많았으므로 언제든 퇴출될 수 있었다. 축구는 다른 무엇보다도 중요한 일이었으므로 출석은 결정적이었다. 아마 어머니는 내가 다른 여자 선수들과 달리는 모습을 보며 안도의 한숨을 내쉰 건지도 모르겠다.

16번은 내 등번호였다. 내가 제일 좋아하는 숫자였다. 어른이 되어서야 나는 16이라는 숫자가 매달 어머니의 집으로 돌아가는 날짜이기도 했다는 걸 깨달았다. 처음에 닌텐도 게임을 하고 의붓형제와 놀 수 있는 린다의 집에서 지내는 건 대체로 즐거웠다. 그러나 같이 산다는 느낌은 들지 않았고, 나에 대한 린다의 무관심은 점점 더 커져 갔다. 남편이 첫 결혼에서 남긴 짐 덩이를 짜증스러워한다는 게 느껴졌다. 린다는 나를 치워 버릴 수 있을 터였다. 나는 어른이 될 때까지 아버지에게 린다가 나를 어떻게 취급하는지 한 번도 말한 적 없었고, 단 한 번도 린다에게 대든 적이 없었다. 어쩐지 그런 취급을 받아 마땅하다는 생각이 들었다. 아버지는 상황을 알면서도 아무런 행동도 하지 않았다.

“우리가 싸우는 이유 중 90퍼센트는 너 때문이다.” 오래전 아버지는 이렇게 말하며 자신은 나를 보호한 게 맞다고, 그러나 내가 협조해 주지 않은 거라고 주장했다.

내 생각엔 린다만이 나를 싫어한 게 아니었던 것 같다. 아버지도 나를 싫어한다고 느꼈다. 함께하고 싶지 않은 상대와 헤어지기 직전에 아이를 만드는 바람에 그 보잘것없는 인간이 두 사람 사이의 끈을 강하고 팽팽하게 잡아당기고 있다는 사실에 짜증스러워

했던 것 같다.

그 집에서 나는 자라고 있다는 기분이 들지 않았다. 어른이 된 뒤에는 어쩔 수 없이 집으로 돌아가야 할 때마다 불안감이 들불처럼 번지고 가슴이 활활 탔다. 나는 아버지의 오두막 앞에 피운 모닥불 주변에 둘러 놓은 단단하고 굳건해서 꿈쩍도 하지 않는 테두리처럼 커다란 돌들을 모아 내 마음을 둘러싸고자 애썼다. 그러나 내 몸은 나를 배반하며 넘쳐나는 에너지를 뿜어냈다. 맥박이 상승했고, 에너지를 너무 많이 써 버린 나머지 기분을 나아지게 하려는 노력을, 숨겨 놓은 것들을 숨기려는 노력을 할 기력이 남아 있지 않았다. 바닥에서 3센티미터 떠 있는 상태로 춤을 추느라 딛고서 있던 살얼음판이 산산조각 났다.

들어가자마자 풍겨 오는 어린 시절 집의 냄새에 구역질이 났다. 신발을 벗으면서 2층에 대고 “안녕하세요!” 외치는 순간에도 돌아서고 싶었고, 그 이유를 알 수 있을 만큼 길게 머무르고 싶은 생각은 전혀 들지 않았다.

그 집 식구들은 모두 나를 놀렸다. 린다가 내게 붙인 별명은 ‘스키드마크’였다. 우리는 아버지가 1980년대 초반 세이블강 근처에 지어 둔 오두막에 있었다. 오두막집은 숲 한가운데로 거의 1킬로미터쯤 들어가야 나오는 작은 공터에 있었다. 화장실 말고는 눈에 보이는 다른 건물은 아무것도 없었다. 수돗물도, 전기도 없었고, 물은 가느다란 노란 줄에 묶인 은색 양동이로 우물에서 길어 왔는데, 양동이가 깊숙한 우물 속 수면에 부딪치면 요란하게 텅텅 울리는 소리가 났다.

오두막 근처에는 비버 가족이 진흙과 작대기로 지어 놓은 인상적인 집이 있었다. 오래된 강줄기는 거대한 들판 위를 구불거리며 흐르다가 특정 지점부터 좁고 곧게 흘렀다. 조류가 빨라지면서 작은 여울들이 비버 가족이 만든 댐을 비집고 지나갔다. 숲속에서 놀다 보면 그 증거물인, 노란 자작나무가 비버의 이빨에 쏠린 흔적이 종종 나타나곤 했다.

물 바깥에서 비버를 제대로 본 것은 딱 한 번뿐이었다. 형제자매와 함께 '수영 바위'에 앉아 있다가 강 건너편을 바라보는데 비버가 뭍으로 기어 나왔다. 상상보다 더 길고 두툼한 몸을 물갈퀴가 있는, 바바둑의 손처럼 넓적한 발이 달린 짤막한 뒷다리가 지탱하고 있었다. 비버는 몸무게가 최대 30킬로그램, 길이는 120센티미터에 달하는 북미대륙에서 가장 큰 설치류다. 그 당시의 나보다 더 컸을지도 모른다.

나는 어린 시절 내내 땅거미 내릴 무렵이면 강 속에서 드러나는 그들의 미끈한 몸을 관찰하며 자랐다. 크고 강하고 납작한 꼬리가 수면을 철썩 때렸다. 반향을 일으키는 힘이었다. 자신들의 자리를 요구하는 비버들. 잉글리시 브렉퍼스트 티처럼, 아주 약간 노란빛이 감도는 짙은 갈색의 몸으로 강물을 헤엄치다가…… 철썩! 나는 충격에 빠져 뭍을 향해 마구 개헤엄을 쳤고 두 다리가 부러지기라도 할까 봐 겁이 났다. 정처럼 뾰족하고 튼튼한 이빨이 내 대퇴골을 자작나무처럼 콱 물어서 우직 부러뜨릴 것 같아서다. 비버는

5분 만에 2.5미터 높이의 나무를 먹어치울 수 있다.

오두막은 전체를 나무로 지은 이층집이었다. 부엌에는 작은 크롬 식탁이 있었다. 부엌, 그리고 조그만 소파와 의자 두 개가 놓인 들판이 내다보이는 창가 사이, 오두막 한가운데에 장작 난로가 있었다. 나는 무릎은 소파에 대고, 팔꿈치는 창턱에 괸 채로 숲속을 폴짝폴짝 달려가는 사슴을 바라보곤 했다. 그리고 딱 한 번, 아주 먼 곳에서…….

"곰이다!" 데니스와 린다가 2층, 두 사람의 방에 딸린 작은 발코니에서 고함을 질렀다.

나와 스콧, 애슐리는 창가로 달려갔다. 그러자 저 멀리, 춤을 추듯 온몸을 출렁이며 달리는 곰이 보였다. 그 모습이 상대를 겁주는 쪽은 우리라는 사실을 떠올리게 했다.

거실에서 다 함께 쉬고 있을 때면 의붓어머니는 나를 살펴보며 내가 저지른 잘못이나 창피한 짓들을 찾아내서는 보란듯이 캔버스 위에 펼쳐 놓곤 했다. 세월이 흐른 뒤 린다가 그려서 우리에게 선물로 주곤 했던 추상화처럼.

"스키드마크." 린다가 그렇게 말하면 모두가 웃었다. 나를 괴롭히는 무리들처럼 모두가 나를 그렇게 불렀다. 별명의 유래는 뻔했다. 내 팬티에 묻은 피 얼룩 이야기를 하는 거였다. 나는 나 자신을 이 상황과 분리한 채 입을 다물고 아무 반응도 하지 않았다.

한번은 말없이 느릿느릿 접이식 사다리를 올라 그 자리에서 벗어난 적이 있었다. 윤활제가 필요한 사다리 경첩에서 나는 찢어지는 것 같은 소음이 나에게 더 큰 수치심을 안겼다. 마치 그 소음도 전부 내 잘못이기라도 한 것처럼. 그들이 비웃는 소리에 내 어깨는 아까보다 더 축 처졌다.

나는 내가 잠을 자던 접이식 매트리스 위에 누웠다. 침낭 속으로 들어가면서 고개를 돌려 기울어진 천장이 바닥과 만나는 지점을 바라보았다. 눈을 감고 그들에게 들리지 않을 만큼 작은 소리로 울기 시작했다. 이런 일이 내 의붓형제나 의붓자매에게 일어난 적은 한 번도 없었다. 가족 모두가, **우리** 모두가 누군가에게 초점을 맞추고 헐뜯는 바람에 그 사람이 작은 몸을 일으켜 그 자리를 떠나야 할 정도로 수치심을 느끼는 일은 없었다. 아주 작은, 상처의 퍼레이드.

사다리를 오르는 터벅터벅, 삐걱삐걱 소리가 나더니 아버지가 들어와 내 옆 바닥에 앉자 나는 얼굴을 찌푸렸다. 아버지가 내 등에 손을 얹자 내장이 꼬이는 기분이 들었다.

"그냥 농담이었다." 아버지는 내 등을 문지르며 속삭였다. "장난이었다고."

미안하다는 말은 하지 않았다. 미안하다는 말은 절대 하지 않았다. 그만두지도 않았다. "괜찮아?"라는 말도 없었다.

"알아요." 나는 훌쩍임을 감추면서, 미소를 짓는 척 대답했다.

나이가 들면서 괴롭거나 두려울 때는, 그 자체로 연기인 평소의 '행복한' 내 모습을 벗어나는 그 어떤 부정적이거나 파괴적인 감정을 느낄 때는 데니스와 린다의 집에 가기 싫어졌다.

나는 그 감정들을 억지로 쑤셔 넣었다. 숨을 참으면 감정은 쉴 곳을 찾아 내 몸속으로 스며 들어갔다.

⊛

1990년대 후반에 나는 리가타포인트 근처에서 롤러블레이드 타는 걸 좋아했다.

“롤러블레이드를 탈 때 제일 어려운 점이 뭔가요?”

“부모님한테 동성애자라고 밝히는 일이요.”

내가 이 농담을 좋아하는 게 좀 못된 일인가?

나는 진입로에서 왼쪽으로 돌아 스피나커를 향했다. 힘차게 두 다리를 움직이며, 까마귀의 세레나데에 갈매기가 코러스로 가세하는 거친 까악 까악 까악 소리 속에서 혼자 공원과 평행한 길로 달렸다. 정박한 채 흔들리는 배에 달린 딸랑거리는 종소리도 음악의 일부가 되었다.

폭발의 추모비, 언제나 그 자리에서 기다리는 닻을 오른편에 두고 지나쳤다. 앵커 드라이브에서 돌아 왼편에 줄지어 선 타운하우스들을 지나쳐 한 블록을 빙 둘러 다시 스피나커로 돌아갔다. 롤러블레이드가 가져다주는 속도가, 환상이, 바깥에서 즐기는 개인적인 놀이가 좋았다. 적으로부터 탈출하는 스파이처럼. 진정한 사랑을 찾아 달리는 소년처럼. 금메달을 노리는 올림픽 선수처럼.

스피나커 드라이브는 처음에는 평평하고 고르지만 나중에는 굽어지면서 내리막으로 바뀌었다. 스릴 넘치지만 너무 공포스럽지는 않게, 언덕을 빠른 속도로 내려오는 일이 좋았다. 어느 날은 발을 헛디뎠는데, 바퀴 사이에 보이지 않을 정도로 작지만 나를 허공으로 날려 버릴 정도로는 큰 잔돌이 끼었던 것 같다. 턴을 할 수도, 멈출 수도 없어서, 최고 속도로 도로 연석에 부딪치고 말았다. 바닥에 넘어지는 순간 두 다리가 서로 반대쪽으로 벌어졌다. 다리가 쭉 늘어나서 찢어지는 고통은 다른 어떤 아픔과도 빗댈 수가 없었다. 사타구니에서 아픔이 번져 나왔다. 입을 열자 여태 한 번도 들어본 적 없는 걸걸한 신음이 새어 나오며 온몸에 물결쳤다. 성대 아래 어딘가에서부터 나오는 동굴 같은, 짐승 같은 소리였다.

나는 쇼크 상태에 빠졌고, 내 몸은 충직한 보호구였다. 일어나려 했지만 잘되지 않았다. 조용한 동네였기에 바깥에는 아무도 없었다. 일어서려고 할 때마다 타는 듯한 아픔이 내 다리를 타고 내려가는 바람에 다시 주저앉았다. 나는 맨 무릎이 콘크리트에 쓸리는 아픔을 참으며 집을 향해 느릿느릿 기어갔다.

집에 도착한 나는 진입로를 지나 문으로 다가갔다. 그날 집에는 린다뿐이었다. 몸속에서 공포심이 요동쳤다. 이런 때에 린다를 필요로 하고 싶지 않았으니까.

나는 힘겹게 롤러블레이드를 벗었다. 이제는 공포에 사로잡혀 아무 말도, 아무 생각도 할 수 없었다. 나는 린다의 눈과 귀를 피하려 애쓰며 조심조심 2층으로 올랐다. 2층에 도착하자마자 곧바로 몸을 돌려 3층을 향했다. 린다는 부엌에서 식사 준비를 하고 있었다. 나는 한마디도 하지 않았고, 린다도 마찬가지였다. 마침내 방에 도착해 문을 닫은 뒤에야 나는 바지가 젖어 있고, 사타구니가 완전히 피투성이라는 사실을 알았다. 바지를 내리자 피에 푹 젖은 팬티가 비트처럼 붉은색으로 변해 있었다. 공황에 손을 떨며 조심스레 팬티를 벗자 피 묻은 팬티가 허벅지를 쓸며 길게 자국을 남겼다. 흰 팬티는 이제 짙은 벨벳 색이었다.

고작 방 안팎을 들고 나는 것만으로도 숨이 가빠왔다. 욕실로 가서 몸을 씻어냈다. 시뻘겋게 물든 팬티는 욕실에 그대로 두고 부엌으로 내려왔다.

"린다?"

침묵.

"왜?" 나에 대한 그칠 줄 모르는 짜증이 담긴 그 말투였다.

이미 정신은 몸을 떠나 있었기에, 입은 반사작용인 듯 움직였다. "롤러블레이드를 타다가 넘어졌는데 팬티에 피가 묻었어요." 나는 간단하게 말하기로 했다.

린다는 어깨를 으쓱했다. 꾸지람을 당할까 봐 공포에 질린 내 목구멍은 그대로 얼어붙어 더는 아무 말도 나오지 않았다. 나는 최면에 걸린 것처럼 다시 내 방으로 올라갔다. 그러나 피 묻은 팬티를 보고 있자니, 사소한 일이 아닌 것이 분명했다. 나는 린다에게 보여주려고 팬티를 들고 다시 내려갔다. 린다는 부엌의 아일랜드 식탁과 오븐 사이에 서 있었다. 나는 팬티를 양손으로 들어 보였다. 아이의 속옷이 피에 흠뻑 젖어 있는 그로테스크한 모습 앞에서 자신의 반응을 통제하지 못한 채 눈을 휘둥그레 뜨던 린다의 표정이 아직도 생생하게 기억난다.

린다는 얼른 전화기를 집어 아버지에게 전화를 걸었고, 다행히 아버지는 이미 귀가하는 중이었다. 우리는 차에 올라타고 가까운 병원으로 갔다. 내가 뒷좌석에 앉아 있는 사이 두 사람은 공포에 질린 속삭임을 주고받았고, 중간중간 고개를 돌려 내게 눈길을 주었다가 다시 도로를 보았다.

긴 갈색 머리를 가진 의사가 우리를 맞이하더니 신속하지만 차분하게 움직였다. 나는 이제 꿈속으로 미끄러져 들어가 허공에 둥둥 뜬 채, 현실에서 분리된 채, 의식이 희미해진 기분이었다. 의사와 단둘이 남은 나는 상의만 입고 하의는 벗은 채로 검사대에 올라갔다. 의사가 내게 다음 단계가 무엇인지를 말해주며 장갑 낀 손을 움직이는 사이 나는 천장에 달린 조명과 의사를 번갈아 보았고, 점점 시야가 흐려지고 초점이 비껴갔다. 의사가 내 질 속에 손가락을 집어넣기 시작하자 턱에 힘을 주고 숨을 참느라 온몸에 힘이 들어갔다. 무슨 일이 일어난 건지 자세한 설명을 듣기는 했지만 기억나는 것은 "무언가 찢어졌다."라는 말, 그리고 무언가가 내 안에 있었다는 차디찬 깨달음뿐이다. 다행히 찢어진 상처가 크지 않아서 꿰매는 대신 녹아 없어지는 테이프로 봉합할 수 있었다. 의사가 처치를 끝내자 나는 여전히 충격에 빠져 있는 데니스와 린다에게로 돌아갔다.

몇 년 뒤, 나는 그 사고로 인해 내 질이 어딘가 잘못된 게 아닌가 걱정했다. 처음 그런 생각이 든 건 열여섯 살, 케네스라는 다정한 남자애와 사귀고 있을 때였다. 우리는 핼리팩스의 퀸 엘리자베스 고등학교 10학년 때 만난 사이였다.

케네스는 밴드에 소속된 기타리스트였다. 전 연령을 대상으로 하는, 주로 펑크 콘서트가 열리는 공공 공연장인 파빌리온에서 연주하기도 했다. 사춘기의 페로몬이 날뛰는 공간이었다. 케네스의 집은 학교에서 걸어서 15분 정도 걸리는 거리에 있었다. 밴드는 그의 집 지하실에서 연습을 했고, 드러머는 케네스의 형인 스카일러였다. 나는 밴드 연습이 너무 시끄럽다고 생각했지만 내심 쿨해 보이고 싶은 마음이 간절했기 때문에 아무렇지 않은 듯 굴었다.

케네스는 다정하고 섬세하며 귀여웠다. 광대뼈가 우뚝 솟고 이글거리는 눈빛을 지닌 독특한 얼굴에, 축 늘어진 짙은 갈색 머리를 지닌 소년이었다. 보통은 내가 그의 집으로 갔다. 나는 케네스의 어머니를 참 좋아했는데, 그분은 집에 거의 없었고, 있을 때도 우리가 뭘 하든 신경 쓰지 않았다. 케네스의 어머니는 따뜻했고 우리와 대화를 할 때는 우리가 그저 십 대 청소년이 아니라 진짜 인간인 것처럼 대해 주었다. 어른들은 우리의 경험이 얼마나 충만한 것인지 쉽게 잊어버리곤 했다.

케네스와 나는 2층에서 노닥거렸다. 그러는 게 썩 좋지는 않았지만 그렇다고 못 참을 정도인 것도 아니었다. 키스, 그건 별로였다. 드라이 험핑, 그건 괜찮았다. 나는 절정을 느끼는 척했는데, 케네스가 침대에서 별로여서 그런 건 아니었다. 그 애는 분명 사랑을 할 때 이타적이고 줄 줄 아는 사람이라고 생각한다. 하지만 우리가 섹스를 하려고 했을 때, 그의 고추는 내 몸에 들어가지조차 않았다. '젖는' 일 자체가 일어나지 않았던 것이다. 우리는 시도하다가 그만두고, 시도하다가 그만두고, 시도하다가 그만두고, 그러다가 시도 자체를 그만두었다. 상대가 케네스처럼 다정한 사람이었으니 다행이었다. 그렇지 않았으면 결말은 완전히 달랐을지도 모르니까.

나는 롤러블레이드 사고에서 내 질에 무슨 일인가가 벌어져서 내 몸이 삽입을 거부하게 된 게 아닌가 하는 생각을 하게 되었다. 모두가 섹스, 원나잇, 첫 경험, 오르가슴을 이야기하는데, 나는 이해가 안 됐다. 다들 나처럼 좋은 척하는 걸까?

나는 남자들과 섹스하는 일을 피하고, 누군가를 진심으로 좋아하는 감정은 억눌렀다. 섹스에 관심이 없고, 하고 싶은 마음이 없다는 건 아무런 문제가 없는 감정과 반응임에도, 내 머리는 그런 가능성을 도저히 이해하지 못했다.

처음으로 여성의학과에 가서 이 상황을 설명했을 때, 의사는 내 첫 검진과 함께 자궁경부암 검사를 해 보자고 했다. 레지던트 과정의 의대생이 의사 옆에 따라붙어 검사 과정을 따라 하고 관찰했다. 두 다리를 들어 활짝 벌리자 차가운 금속 질경이 내 몸을 활짝 열어젖혀 질 내벽을 서로 벌려 놓았다. 그러자 골반을 타고, 몸속 깊숙한 곳까지, 희열이 섞인 두려움의 감정이 짜릿하게 퍼졌다. 아픔이 아니라, 익숙하지 않은 몸이 느끼는 새로운 불편감이었다. 의사가 내 몸속을 쑤시자 새로운 감각 때문에 몸이 움찔거렸다. 꿈지럭거리다가 뻣뻣해지고, 꿈지럭거리다가 뻣뻣해졌다.

의사는 내 질에는 아무런 이상이 없다고 안심시켜 주었다. 전부 깨끗하다고. 그 당시에 그 답변은 막막함만을 주었다. 탓할 대상이 사라져 버린 셈이었으니까. 나는 일어나 앉아 옷을 입으며 생각했다. '섹스를 계속 하다 보면 내가 그 일을 즐긴다고 스스로를 설득할 수도 있으려나?'

그렇게 첫 번째 산부인과 방문이 마무리될 무렵, 의대생이 나를 바라보더니 말했다.

"「하드 캔디」에서 진짜 잘 봤어요."

나는 찌푸린 얼굴로 간신히 미소를 짓고, 고맙습니다, 안녕히 계세요, 한 다음에 병원을 떠났다.

12장 롤러 더비

2008년 「주노」로 처음 아카데미 시상식에 갔을 때, 이제 곧이라는 걸 느낄 수 있었다. 곧 상을 받게 되리라는 것이 아니라, 몇 달이나 계속된 「주노」 홍보 캠페인의 끝이 곧 다가올 터였다. 온갖 파티에 참석하고, 미소를 띤 채 인터뷰에 응하고, 몸짓언어와 목소리를 바꾸고, 나를 위해 선택된 역할에 맞게 연기하는 일. 어서 끝났으면 했다. 이 시기가 아니라 연기 자체가 끝나기를 바랐다.

시상식 시즌이 마무리되고 나는 영국에서 영화를 찍게 되었다. 유명한 책을 원작으로 한 영화였고 많은 이들이 바라는 배역이던 주연이 내게 오게 됐다. 이 프로젝트 이야기가 나올 때마다 에이전트들은 들뜬 어조로 그 기회에 대해 말하고 새 소식과 새로운 캐스팅 논의를 내게 알려 주고는 했다. 나는 19세기 중반의 여성 복식을 차려입은 나를 상상해 보았다. 드레스, 신발, 머리 모양이 눈앞을 스쳤다. 시상식 시즌 내내 가면을 써야 했던 나에게 그 배역은 너무 부담스럽게 느껴졌다. 이 배역을 맡으면 죽고 싶어질 게 분명했다.

의상 때문에 배역을 맡을 수 없다고 에이전시에 설명하기는 쉽지 않았다. 상대는 얼굴을 구기고 고개를 갸웃하며 묻는다. **하지만 당신은 배우잖아요?** 영화 때문에 의상 피팅을 할 땐 내면이 갈기갈기 찢어지고 갈고리발톱이 내 내장을 할퀴는 기분이었다. 사진 촬영이며 시사회 때면…… 나는 깊은 우울 속으로 소용돌이를 그리며 급강하했고 난폭한 불안감이 나를 괴롭혔다. 내 괴로움은 말로 표현할 수 없을 정도로 깊었고, 조금이나마 전달해 보았자 그들의 어조에 담긴 가스라이팅만 더 심해졌다. 동정이었을까?

옷은 내 허벅지에, 가슴에, 거머리처럼, 1990년대에 유행하던 슬랩 팔찌처럼 철썩 달라붙었다. 여성스러운 옷을 입었을 때 마치 내가 기적 같은 승리라도 거두었다는 듯 환해지는 사람들의 표정을 보면 내 얼굴은 일그러졌다. 내가 칸 영화제에서 「엑스맨: 데이즈 오브 퓨처 패스트」 프리미어 시사회를 위해 몸에 딱 붙는 금빛 드레스를 차려입었을 때 기뻐하던 얼굴들을 앞으로도 영영 잊지 못할 것이다.

"하지만 너무 예쁘잖아."

"그냥 게임을 한다고 생각해."

나 개인의 삶에서 하고 있는 연기가 이미 나를 숨 막히게 하고 있는데 스크린에서도 연기를 한다는 것은 너무 큰 압박이었다.

영화계에서 추방당할지 모른다는 두려움 때문에 진실을 떨쳐버리려 스스로를 채찍질하는 와중에도 나는 칙칙한 가장 속에 갇힌 채 실의에 빠져 있었다. 텅 빈, 목적 없는 껍데기. 그리고 나는 늘 그래왔듯 음식에 집착하거나 주먹으로 내 머리를 내리치며 나 자신에게 화풀이했다. 내 머리를 자꾸 때리면 나를 따라다니는 보이지 않는 힘을 때려눕힐 수 있기라도 한 것처럼.

결국 나는 그 영화에서 빠지게 되었다.

그 대신 내가 붙잡은 배역은 드루 배리모어의 첫 감독작 「위핏」의 블리스 캐번더였다. 텍사스의 작은 마을에 사는 열일곱 살 소녀는 롤러 더비와 사랑에 빠진다. 천재 배우 마샤 게이 하든이 연기하는 어머니의 기대에 어긋나고, 어린 시절 내내 미인대회에 억지로 참가해야 했던 블리스는 이곳에서 빠져나가기를 꿈꾼다. 블리스는 부모님께 거짓말을 하고 롤러 더비 팀에 들어간다. 롤러 더비의 세상은 블리스를 있는 그대로 받아 주고, 응원하고, 블리스의 더비 이름인 베이브 루슬리스가 자기 자신이 될 수 있도록, 탁월한 배우 크리스틴 위그가 연기하는 매기 메이헴의 말대로 **자기 자신의 영웅**이 될 수 있도록 힘을 준다.

나는 블리스와 나를 동일시했고, 번쩍번쩍 빛나는 할리우드에 대해 품는 적대감이 아무리 크더라도 벽장 속 퀴어가 롤러 더비를 배울 기회 앞에서 느끼는 이끌림에는 비할 바가 아니었다. 카메라 앞에 서거나 메이크업 트레일러에 들어가는 대신 몇 달간 역동적인 새로운 스포츠를 배우는 그 일은 내게 생명줄 같았다. 나는 어린 시절부터 운동을 즐겼지만 이제는 체력이 그때만 하지 못했다. 내 삶에서 사라진 그 육체성을 다시금 찾고 싶었다.

하지만 롤러 더비를 배우는 건 만만한 일이 아니었다. 내 코치, '액슬스 오브 이블'이라 불리던, NPR의 유명한 진행자 알렉스 코언은 따뜻하고 용기를 북돋아 주는 사람이기는 했지만 또 한편으로는 냉정하기 짝이 없는 사람이었다. 우리는 LA 더비 돌스가 과거에 사용하던 공간에서 훈련했다. 외관이 흰 벽돌로 된 크고 오래된 공장 건물이었다. 넘어지기라도 하면 동굴처럼 널찍한 내부에서 메아리가 울렸다. 캐나다에서 어린 시절을 보내면 필수적으로 배워야 하는 아이스 스케이팅을 나도 했었고, 게다가 몇 년간 롤러블레이드를 타기도 했으니 도움이 될 것 같았다. 웬만큼은 도움이 되긴 했다. 롤러 더비 트랙은 경사져 있어서 처음은 트랙에 오르고 내리는 것조차 쉽지 않았다. 트랙을 쏜살같이 내려오고, 빙글 돌고, 올라갔다 다시 내려오면서 힙 체크(아이스하키 경기에서 몸을 낮추고 엉덩이를 이용해 상대 선수의 움직임을 방해하는 수비 동작—옮긴이)를 당하고, 넘어지고, 바닥을 데굴데굴 구르는 내 모습을 상상하자 두근거렸다. 그게 내 눈앞에 있는 운명이었던 것이다.

그때 나는 여전히 폴라와 사귀는 중이었고 그렇게 오랫동안 떨어져 있을 생각을 하자 괴로웠다. 봄 내내 롤러 더비를 배운 뒤에는 미시간으로 가서 여름 내내 영화를 촬영할 예정이었다. 폴라는 노바스코샤에 살고 있었기에 충동에 이끌려 나를 만나러 먼 길을 올 수 없는 상황이었다. 나는 곧장 로스앤젤레스로 가서 일주일에 닷새는 체력 트레이너와 운동하고, 사흘은 액슬스와 훈련하는 일정이었다. 잠깐씩 고향에 돌아가기는 불가능할 터였다. 폴라를 잠깐 만나기 위해 먼 거리를 왕복하면 내 외로움, 스트레스, 슬픔만 더 커질 것 같았다.

아직 로스앤젤레스는 내게 낯선 곳이었으므로 그곳에서 나는 자꾸만 갑갑함을 느꼈다. 「주노」 시상식 시즌에 경험한 혼자라는 감각이 여전히 나를 떠나지 않았기에, 아주 약간만 그런 기분이 들어도 공황을 일으킬 수 있었다. 한때 독립적인 사람이 되기를 갈구했던 나는 이제 혼자가 되는 것이 극도로 두려웠다. 수치스러웠다. 이만큼이나 멀리 왔는데도 결국은 불완전하고, 제대로 기능할 수 없는 내가.

우리는 내가 훈련을 받는 동안 폴라가 로스앤젤레스에 와서 살아야 한다고 결론 내렸다. 우리는 1년간 사귀었고 핼리팩스에서 함께 살았으며 또다시 장거리 연애를 하고 싶지 않았다. 폴라도 소득이 있어야 했으므로 폴라가 내 어시스턴트 노릇을 하면서 나를 훈련 장소에 데려다주고, 끝나면 다시 집으로 태워가기로 했다. 여름이 끝날 무렵 폴라는 노바스코샤로 돌아가는 계획이었다. 그때 우리는 갈색과 흰색이 섞인 털을 가진 패티라는 치와와를 함께 키웠고, 내가 훈련을 하는 사이에 내키지 않아 하는 개를 산책시키는 것은 폴라의 몫이었다. 패티는 이 세상을 딱히 좋아하지 않았으며 폴라와 나 말고는 모두를 싫어했다. 그저 우리의 무릎에 폭 파고들어 가까이 다가오는 모든 사람을 향해 으르렁거리며 평생을 살아가는 데 만족하는 개였다. 우린 패티를 사랑했지만 그 애한테는 분명 우리가 모르는 과거가 있었던 게 분명했다. 폴라가 내 어시스턴트가 되면 우리는 누구보다 현명하게 이 세상을 헤쳐나갈 수 있을 거라 생각했다.

'우리 사이를 비밀로 하면서도 계속 함께할 수 있어. 우린 해낼 수 있을 거야.' 나는 그렇게 나 자신을 설득하려 애썼다.

우리는 할리우드 북쪽 101번 도로 근처에 있는 언덕 위 기묘한 집에서 살았다. 우리 두 사람이 각자 살아 본 그 어떤 집과도 달랐다. 이 집은 그 위험성 면에서도 모양새 면에서도 어처구니없는 건축물이었다. 《드웰》 잡지 속에 나올 것 같은, 대담하고도 현대적인, 번지르르한 집이었다. 벽장 속 커플이 할리우드에 오는 내용의 영화가 있다면 촬영지로 손색없는 집이었고, 이제는 드라마가 펼쳐지기만 하면 되었다.

더비 트랙을 날아다니다 집으로 돌아오면 나는 의욕을 찾으려고 무진 애를 썼다. 책은 한 단락도 읽을 수 없었다. 여태 좋아했던 그 어떤 것도 내게 자극을 주지 못했다. 즐거운 척했지만 사실, 내면은 죽어 버린 기분이었다. 하룻밤 사이에 유명해져서 모두가 나를 알아보게 된 데 부담감을 느꼈다. 싫었다. 주노를 만나 들뜬 사람들이 내게 다가와 명랑하게 말을 걸면 구덩이를 파고 들어가 영영 나오고 싶지 않았다. 많이 아팠던 패티를 데리고 폴라와 내가 동물병원에서 나왔을 때는 파파라치들이 바깥에서 기다리고 있었다. 우리가 홀푸즈에 들어갈 때도 따라왔다. 한번은 흰색 혼다

차량을 탄 여자가 하루 종일 우리를 따라다니며 사진을 찍어댔다. 그런 일을 겪을 때마다 '우리가 연인 사이라는 걸 그들이 알 수 있을까?' 하는 불안한 생각이 떠나지 않았다. 나는 집 밖으로 나가고 싶지 않았고, 로스앤젤레스에 아는 사람이라고는 하나도 없는 폴라 역시 내 곁에 붙어 있어야만 했다.

폴라는 이곳에서 내가 내 정체성을 꽁꽁 숨긴다는 사실에 불만을 품었다. 그렇게 다투다 보면 나는 결국 방어적으로 변해서 폴라가 자기 가족에게도 커밍아웃하지 않았다는 사실을 지적할 수밖에 없었다. 적어도 나는 어떻게든 해내려고, 우리가 함께할 수 있는 방법을 알아내려고 애썼으니까. 노바스코샤에서는 우리가 방 한 개짜리 아파트에 같이 살고 있었는데도 폴라의 부모님은 우리가 사귀는 사이라는 걸 몰랐다. 그렇다고 우리가 폴라의 부모님과 서먹하게 지낸 것도 아니다. 나는 틈만 나면 폴라의 부모님 집에 들렀다. 폴라의 어머니와 아버지는 좋은 분들이었지만 동시에 동성애혐오가 심한 이들이었다. 신앙심이 깊었으니 하룻밤 사이에 그분들이 달라질 수도 없는 노릇이었고, 특히 성경 말씀에 관한 문제라면 더 그랬다. 그리고, 맞다, 내 어머니는 **알고 있었지만** 무척 실망했고 그 슬픔 역시 폴라의 부모님과 똑같은 성스러운 원천에서 솟아난 것이었다. 그러나 어머니도 결국은 변하기 시작했고, 어머니의 오래된 서사는 조금씩 무너지며 새로운 이야기가 들어설 공간을 만들었다. 내가 동성애자로 커밍아웃했을 때 폴라는 휴먼라이츠캠페인 콘퍼런스에서 내가 연설한 장면을 자기 부모님에게 보여 주었다. 아버지는 일어나서 방을 나가버렸고, 어머니는 폴라를 바라보며 이렇게 물었다고 했다. "엘런이 동성애자인 거 넌 알고 있었니?"

로스앤젤레스에서 우리가 가장 많이 싸운 이유는 누가 누구를 더 숨기고 있느냐 하는 문제였다. 하지만 사실 더 힘든 건 폴라였다. 나는 이 관계를 이어가려고 절박하게 노력한 나머지 그 사실을 부정했다. 가족 문제는 상처를 주기는 하지만 그래도 감당할 만했다. 그러나 자꾸만 변하는 혼란스러운 규칙투성이인 할리우드는 차원이 달랐다. 또, 나 역시 변했다. 나는 이곳에서 다른 사람이었지만, 폴라는 아니었다. 이곳에서 나는 거짓말을 해야 한다는, 자신을 숨겨야 한다는 말을 들었다. 시스 이성애자 배우들이 퀴어나 트랜스 인물을 연기하고 추앙받는 모습을 보면 혼란스럽다. 그들이 수상 후보로 지명되고, 상을 받으면, 사람들은 "정말 용감하네요!" 하고 감탄했다.

"사생활은 드러내지 마, 이건 내가 **모든** 고객들에게 하는 말이야." 매니저는 내게 그렇게 말했지만, 매니저의 다른 고객들은 배우자와 함께 레드카펫 위를 걷거나 인터뷰에서 자신이 이성애자라는 사실을 드러냈다. 연인과 팔짱을 끼고 길을 걷는 모습이 파파라치 사진에 담기는 것은 자연스러운 현상인 건 물론 유명세를 위해 권장되기까지 했다. 여성적인 모습을 해야 한다는 압박도 그치지 않았다. 행사장에 갈 때는 드레스와 하이힐을 갖추고, "모자는 벗으라"는 말. 그건 내 커리어를 구축하기 위한 매니저의 노력이었다.

나를 아끼는 마음으로, 내가 할리우드의 일원으로 변신할 수 있도록 코치해 주면서 아직도 내가 어떤 기회든 잡을 수 있다고 확인해 주었다. 나는 이 배역 속에서 헤맸고, 인물에 완전히 몰입하지 못했으며, 그러면서 나 자신의 갈피조차 잡지 못했다. 한계공간에 갇힌 셈이었다.

할리우드의 바탕은 퀴어함을 지렛대처럼 활용하는 데 있다. 필요한 순간에는 치워버리고, 이익이 될 때는 끄집어내면서 자기들끼리 뿌듯해하는 것이다. 할리우드는 선도하는 것이 아니라 때늦게, 한참 뒤처져 반응하고 따라간다. 할리우드라는 깊숙한 벽장은 수많은 비밀을 묻어 버리고 그것이 불러오는 결과에 대해서는 무심하다. 내가 퀴어라는 것 때문에 벌을 받는 와중에도 어떤 이들은 사람들을 대놓고 학대하면서도 보호받으며 승승장구했다.

"뒤틀린 체계에서 잔혹성은 보편적이며 평범하게 보이고, 이를 해소하고 전복하고자 하는 욕망이 도리어 이상해 보인다." 꼭 읽어 볼 만한 책인 세라 슐먼Sarah Schulman의 『끈끈한 유대감: 가족 내의 호모포비아와 그 결과*Ties That Bind: Familial Homophobia and Its Consequence*』에 나오는 구절이다.

폴라와 나의 관계는 십자포화에 사로잡혀 있었고 나는 어떻게 해야 이 관계를 유지할 수 있는지 도저히 알 수 없었다.

퀴어함과 롤러 더비라는 스포츠가 얼마나 밀접한 연관을 맺고 있는지 생각하면, 벽장 속에 있는 와중에 롤러 더비를 배우는 건 특별한 아이러니였다. 그러나 이 새로운 기술을 배우는 데 몰입한 덕분에 나는 그 당시 삶에서 꼭 필요했던 작은 기쁨을 얻을 수 있었다.

드루 배리모어 역시 영화의 프리프로덕션 작업을 하지 않을 때면 롤러 더비를 배우고 있었기에 우리는 함께 신나는 시간을 보냈다. 더 많은 사람들이 합류했는데, 환상적인 배우인 조이 벨은 롤러 더비를 5분 만에 익히다시피 했다. 용감무쌍하고 유머가 넘치는 조이는 늘 기분 좋고 너그러운 에너지를 뿜어냈다. 우리는 함께 속도를 높여 트랙을 돌며 겨루기도 하고, 부딪치기도 하고, 웃고, 넘어지고, 다시 일어났다. 사실 내 두려움을 누그러뜨려 준 건 바로 넘어지는 순간들이었다. 몇 번 세게 넘어진 다음에 그게 별일 아니라는 걸 알게 되고, 보호장구가 할 일을 하고 있다는 것을 알게 되면, 마침내 성공인 것이다.

줄리엣 루이스가 합류했고, 곧 이브와 크리스틴 위그도 합류했다. 모두 열심히 노력했다. 모두가 똑같이 집중했고, 서로에게 도움을 아끼지 않았다. 함께 새로운 것, 특히 더비처럼 힘든 것을 배우자 유대감이 빠른 속도로 생겨났다. 덕분에 우리의 케미스트리도 영화 속에 그대로 담겼다. 정말 멋진 출연진들과 함께했다. 그 시절에 감사한다.

우리의 실력이 충분히 늘고 난 뒤에는 실전에서의 몸싸움이 어떤 기분인지 느낄 수 있도록 실제 더비 돌스가 훈련에 참여했다. 그들과의 연습 경기는 공포 그 자체였다. 진짜 스타 더비 선수들과 연습하게 된 첫날, 스케이트 끈을 묶는데 손이 벌벌 떨렸다. 트랙을 도는 것만으로도 힘든데 이제는 덩치가 내 두 배나 되는 여자들이 나를 노리며 힙 체크를 하게 된 것이다. 헬멧과 마우스가드가 내 두려움을 숨겨주기를 바랄 뿐이었다. 생각할 시간이 없었다. 우리는 빠른 속도로 방향을 틀고, 부딪쳤고, 초조함이 사라지자 희열감이 나를 이끌었다. 더비 돌스와 함께 경기하면서 내 실력은 극적으로 늘었다. 내 두 발을 믿고, 더는 시선을 떨구지 않고 고개를 꼿꼿이 들겠다고 다짐하는 그 순간에서부터 몰입이 시작되는 것이다. 생각이 아닌 본능이 몸을 지배한다. 그 당시에는 잘 모르는 사이였던 타인들과 함께 두려움을 이겨내고, 노력이 빛을 보며 전우애가 생겨나는 걸 목격하는 건 정말이지 특별한 기회였다. 그러나 아무리 가깝고 믿을 수 있는 존재라 해도 그때까지 나는 폴라가 내 친구이자 어시스턴트 이상이라는 사실을 밝히지 않았다. 그들이 눈치채지 못했다는 뜻은 아니지만 말이다.

여름이 시작되자 우리는 영화 촬영을 위해 미시간으로 이사했다. 영화의 배경은 텍사스였지만 대부분의 촬영은 디트로이트, 앤아버, 입실랜티, 프랑켄머스에서 이루어졌고 텍사스주 오스틴에서의 촬영은 고작 하루나 이틀뿐이었다.

점점 더 캐스팅 인원이 늘어났고 훈련은 이어졌다. 요가 아니면 맨몸운동 수업으로 하루를 시작했다. 모두가 완전히 몰입하고, 웃고, 피곤해하지만 즐거워하는, 아주 친밀한 수업이었다. 그럼에도 나는 본질적으로 이들과 이질적이라는 기분이 들었는데, 아마도 축구를 하던 고등학교 때를 연상시켜서였을까? 그저 신체적으로 조화되지 않아서뿐 아니라, 에너지 면에서도 그랬다. 언제나 환영 받았음에도 나는 그들과 완전하게 연결되지 못한 채 변두리를 떠돌았다.

온종일 스케이트를 신고 촬영하느라 기진맥진해 정신을 가누지 못할 때면, 크리스틴과 나는 촬영 사이사이에 우리가 어쩌다 만든 「정체불명의 야수」라는 뮤지컬 작업을 했다. 온라인에서 본, 몬턱의 해안으로 떠밀려 왔다는 정체불명의 생물을 다룬 기사를 바탕으로 고안한 것으로, 기사에서는 그 생물을 "정체불명의 야수"라고 지칭했다. 우리는 스케이트를 타면서 극적인 몸짓을 했고, 감정이 고조되자 자연히 안무가 생겨났다. 너무 힘들어서 넋이 나간 채로 빙빙 돌다가 즉흥적으로 노래를 지어내기도 했다. 그중에서도 주로 우리가 부르는 가사는 상당히 직설적인 것이었다. "정체불명의 야아아아아수우!" 우리는 양팔을 번쩍 들고 목청껏 노래했다. 아무리 해도 지겹지가 않았다. 적어도 우리 생각에는 그랬다. 우리 주변의 다른 출연진과 스태프들은 어떻게 생각했을지 모르겠지만.

크리스틴과 내가 쭉 연락을 이어 온 건 아니지만 특정한, 중대한 순간, 내게 누군가가 필요하면 크리스틴은 늘 그 자리에 있었다. 크리스틴과 대화를 나누면 모든 것이 명확해졌다. 내가 로스앤젤레스에서 힘들어한다는 걸 처음 말한 상대가 크리스틴, 그리고 블리스와 제일 친한 친구인 패시를 연기한 에일리아 쇼캣이었다. 그 말은 부지불식간에 내 입에서 튀어나왔다. 촬영을 모두 끝내고 몇 달이나 지난 뒤, 드루의 집에서 열린 파티에서 두 사람과 함께 있었을 때였다.

우리는 서서 대화를 나누고 있었다. 사람들은 모두 신이 나서 떠들어대고 있었다. 나는 해리 상태로 멍하니 서 있었다. 집을 거의 떠나지 않던, 심지어 집 안에서도 제대로 기능하지 못하던 시기였다. 보지도 않는 텔레비전을 켜 놓은 채 소파에 누워 있었다. 음식만을 뚫어지게 쳐다보던 때다. 내 존재 자체가 짐스럽게 느껴져 친구에게 문자메시지를 보내 약속을 잡는 것조차도 겁이 났다. 나는 비명을 질러도 아무 소리가 나오지 않는 악몽처럼, 슬로모션으로 서서히 침잠하고 있었다. 입을 크게 벌리고, 두 입술이 열리고, 간절히 바라고, 또다시 시도하지만…… 침묵뿐. 그렇게 아래로, 아래로 떨어진다.

내 앞의 멋진 두 사람을 바라보았다. 에일리아를 만난 건 에일리아의 오디션을 위해 카메라 바깥에서 대사를 읽어 주었을 때였다. 이미 「못 말리는 패밀리」 전편을 보고 에일리아의 팬이 된 뒤였던 나는 직접 그녀를 만났다는 사실만으로도 가슴이 벅찼다. 진실하고, 위험을 두려워하지 않고, 타고 난 유머감각을 갖춘 에일리아는 물 흐르듯 연기했다. 우리 두 사람의 케미스트리에서 불꽃이 튀더니 곧바로 모든 것이 유쾌하고 자유로워졌다. 에일리아는 실제 삶에서도 내 가장 가까운 친구 중 한 사람이 되었다.

"나 너무 힘들어." 마치 다른 사람이 한 말 같았다. 새로운 파티 손님이 다가와 내 어깨 너머에서 한 말인 것만 같았다.

"뭐라고?" 두 사람이 내게 관심을 집중했다.

모든 것을 털어놓은 건 그때였다. 고통스럽고, 벽장 속이 너무 답답하고, 연애는 서서히 망가지고 있고, 집을 나설 수조차 없다고. 나는 내게 커밍아웃이란 영원히 이룰 수 없는 일일 거라고 생각했다. 지금 내가 있는 자리에 있게 될 거라고는 상상조차도 할 수 없었다. 누가 내게 이런 미래가 올 수도 있으리라 말했다면 난 아마 웃어넘겼을 것이다. 어째서 그 순간 내 감정이 솟구쳤는지는 정확히 모르겠다. 내가 아는 건 내가 그들을 믿었고, 그들이 나를 아끼고 또 보호한다는 느낌을 받았고, 또 절대 나를 재단하지 않을 것임을 알았다는 사실뿐이다. 크리스틴과 에일리아는 내가 나 자신으로서 함께할 수 있는 사람, 적어도 그럴 수 있도록 함께 노력할 수 있는 사람이었다. 두 사람은 내 진실을 지지해 주었고 진짜 나를 덮고 있는 거짓들을 치워 버릴 수 있도록 도와주었고 내가 자유롭기를 바랐다. 그러나 나를 돕고 싶어 하는 사람들의 간절한 마음에도 불구하고 오랜 시간이 걸릴 터였다. 잘못된 끝과 잘못된 시작, 스스로를 속이고 억제와 자해를 합리화하는 나. 거짓말의 대가로 상을 받고, 비밀을 나눈 대가로 벌을 받고.

"나를 떠날지, 이곳에 남을지는 네가 선택해. 하지만 이게 내 현실이고, 내 인생이고, 나는 영영 커밍아웃하지 못할 거야. 달리 무슨 말을 해야 할지 모르겠다." 공식적으로 로스앤젤레스로 터전을 옮긴 뒤 처음 얻은 집인 핸콕 파크의 원룸 아파트에서 나는 폴라에게 말했다.

나는 실제로 그렇게 믿었다. 두어 해가 지난 뒤에도, 여전히 똑같이 믿었다.

불안감은 사라질 줄 몰랐다. 무언가가 나를 자꾸만 짓눌렀고, 공황발작 때문에 도저히 집 밖으로 나갈 수가 없었다. 운전을 해서는 안 될 것 같다는 기분이 드는 날들도 많았다. 걱정스러울 정도로 아무런 의욕이 없었으며, 바라는 것도 없었다. 처음으로 제대로 된 심리치료사에게 나를 데리고 가서 삶을 구하는 조언을 얻게 해준 건 매니저였다.

"진짜 당신을 드러낼 수 있는 장소로 가야 해요." 스물세 살에 만난 새로운 심리치료사가 말했다.

"안 돼요, 그건 불가능해요." 나는 반사적으로 그렇게 대답했다. 내 퀴어다운 걸음걸이와 마찬가지로 자연스럽게 내 입 밖으로 나온 말이었다.

젠더에 관한 이야기가 나오면 나는 아무 말도 하지 못하고 울기만 했다. 너무 뜨거워서 건드릴 수도 없는 주제였으니까. 내가 젠더 문제를 제대로 해결할 수 있게 되기까지, 내가 나 자신에게 충분히 귀를 기울이게 될 수 있기까지 이로부터 10년이라는 시간이 더 걸리게 된다. 극한에 몰린 나머지 더는 선택지가 없어질 때까지. 길 위의 마지막 갈림길에 놓일 때까지.

13장
양동이

「위핏」 촬영이 끝나갈 때쯤엔 곧 이 비눗방울을 터뜨리고 폴라와 로스앤젤레스로 돌아가야 한다는 생각이 나를 괴롭혔다. 최대한 할리우드에서 멀리 떠나고 싶었다.

나는 오늘날의 환경, 그리고 우리가 환경에 미치는 파괴적인 효과를 쭉 생각해 오고 있었다. 할리우드에 점점 단단히 자리 잡으면서 나는 일을 위해 끊임없이 전 세계를 돌아다니며 호화 호텔에서 묵고 한 번 쓴 수건도 세탁해 달라고 욕조 안에 집어넣으며 살았다.

인간이 자연환경과 조화를 이루어 존재한다는 것이 어떤 의미인지 알고 싶었다. 지속가능한 삶을 배우러 갈 만한 곳이 없는지 온라인 검색에 나섰다. 그러다가 오리건주 유진 외곽의 로스트밸리라는 곳을 알게 되었다. 웹사이트에는 이렇게 쓰여 있었다.

> 로스트밸리는 청소년과 성인에게 지속가능한 삶의
> 기술을 실제 적용할 수 있도록 교육하는 배움의 장입니다.
> 우리는 학생들이 생태적, 사회적, 개인적 성장을 실천할
> 수 있도록 지속가능 교육에 전인적 접근법을 취합니다.

다양한 프로그램을 훑어보다가 나는 퍼머컬처permaculture 설계 자격증 코스를 택했다. 폴라도 함께 갈 계획이었다. 한 달 동안 영화계에서 멀리 떠나 국제적 공동체에서 살아가고 배우면서, 입고 싶은 옷을 뭐든지 입을 수 있을 터였다.

오리건으로 출발하기 일주일 전 폴라는 함께 가지 않기로 마음먹었다. 폴라는 한 달이나 떠나 있고 싶어 하지 않았다. 고향으로 돌아갈 생각이었고, 안락하면서 공동체적이고 익숙한 핼리팩스에 정착하는 게 폴라에게는 더 좋은 일이었다. 여태까지 폴라는 스스로 결정 내리지 못하고 나를 졸졸 따라다니는 신세에 처해 있었다. 이 지긋지긋한 일과를 떠나 다시 고향으로 돌아가고 싶어 했다.

이제 폴라 없이 로스트밸리로 간다고 생각하니 두렵기 이를 데 없었다. 전혀 모르는 사람들로 가득한 곳에 혼자 들어가게 된 것이다. 알 수 없는 상황을 혼자 맞이하는 것도 문제지만, 내가 만난 적도 없는 사람들이 나를 이미 아는 새로운 현실은 도저히 감당할 수 있을 것 같지 않은 불안감과 불편감을 한 겹 더 얹어 주었다. 물론 로스트밸리처럼 당시 내 평소 생활과 완전히 단절된 공간을 나는 간절히 바랐으므로, 바보 같은 사소한 두려움은 무시하고

밀어붙이기로 했다.

"열쇠는 내 주머니 속에 있어, 내가 나 자신한테 늘 하는 말이지." 드루 배리모어가 한 말이었다. "확신이 없고, 망설여지고 겁이 나는 순간이면, 나는 열쇠는 내 주머니에 있고, 언제든 떠날 수 있다는 사실을 떠올려. 그냥 **떠나면** 돼."

상당히 직설적인 조언이었지만 여태 생각해 본 적 없는 일이었다. 지금까지도 나는 스스로에게 그 말을 되뇌고, 여전히 도움이 된다.

비행기를 타고 포틀랜드로 가서 다시 비행기를 바꿔 탄 뒤 유진을 향했다. 로스트밸리에 입소하기로 한 날보다 하루 먼저 도착한 탓에 그날은 모텔에 묵었다. 여행을 마치자 신경은 어느 정도 누그러졌지만 스트레스가 스멀스멀 찾아오기 시작했고 혼자 있는데도 사회불안은 점점 더 커졌다. 침대에 벌러덩 눕자 얇은 침대보 때문에 팔꿈치가 까슬까슬했다. 나는 리모컨을 집은 뒤 돌아누워 텔레비전을 켰다. 「E.T.」가 나오고 있었다. 나는 씩 웃었고, **무슨 뜻인지 알겠어**라는 뜻으로 눈을 찡긋할 뻔했다. 나는 그게 무슨 의미이건 간에 우연들의 맞물림을 사랑하고, 이를 알아차리고 받아들이는 사람이다.

「E.T.」는 내가 제일 좋아하는 영화 중 하나다. 심지어 팔에 "EP Phone Home"[+]이라는 타투까지 있다. 아마 일 년에 한 번은

+ 주인공 엘리엇에게 언어를 배우던 E.T.가 고향과 교신하고 싶다는 의미로 처음 말하는 문장인 "E.T. Phone Home"에서 주어를 자신의 이니셜인 EP로 바꾼 것이다.—옮긴이

이 영화를 보는 것 같은데, 그때마다 눈이 빠져라 울지 않을 때가 없다. 어린 소년이었을 때 나는 간절히 이 영화의 주인공인 엘리엇이 되고 싶었다. 트랜스로 커밍아웃하고 나서 처음 맞은 핼러윈에서 나는 빨간 후디를 입었고, 우연히도 영화 속 엘리엇의 것과 거의 똑같이 생긴 운동화를 이미 가지고 있었다. 그날 밤 나는 엘리엇으로 분장한 채 친구들 몇 명과 맨해튼의 거리를 돌아다니며 태어나서 최고의 핼러윈을 보냈다. 소원은 이루어지기도 한다.

다음 날 아침 모텔에서 눈을 뜨자 공기는 습했고 침묵 속에서 안개가 배회했다. 나는 그 모든 것을 흠뻑 받아들였다. 짐은 많지 않았다. 배낭 하나만 달랑 메고 한 달 동안 동유럽을 돌아다닌 경험이 있었기에 짐을 단출하게 싸는 법을 알았다. 택시가 도착하자 뒷좌석에 가방을 밀어 넣고 올라탔다.

오리건에 온 건 처음이었다. 다행히 「E.T.」를 본 뒤부터 초조함이 가라앉은 덕에, 고속도로를 달리는 내내 창밖을 바라보았다. 교회, 주유소, 관개시설, 정비소를 차례차례 지나치고 있자니 노바스코샤가 떠올랐고, 시골 특유의 미감이 문득 나를 집으로 돌려보낸 느낌이었다. 택시운전사는 고속도로에서 우회전해 래틀스네이크 로드로 접어들었다. 그렇게 우리는 완전히 새로운 세상에 당도해 숲속에 삼켜진 채로 활강했다. 나무, 온통 나무들이 무성한 가운데 시냇물 줄기가 콸콸 흐르고 만났다가 다시 갈라졌다. 택시운전사는 또 한 번 우회전해 로스트밸리 레인에 들어섰다. 로스트밸리 시설 부지 앞에 나를 내려주었고 나는 고마워요, 안녕히 가세요, 했다.

모두가 환하게 웃으며, 따뜻하게 눈을 맞추며 나를 맞이해 주었다. 그 뒤에는 내가 묵을 곳으로 안내를 받았는데, 한때 이곳에서 열리던 남자아이들 전용 여름 캠프의 숙소로 쓰이던 건물이었다. 나무로 된 이층침대들 사이사이에 천장까지 닿지도 않는 얇은 가벽들이 세워져 있었다. 침대 아래쪽 칸에는 협탁이 하나 있었고, 문 대신 커튼이 달려 있었다. 짐을 풀면서 핸드폰은 전원을 끄고 내버려 두었다. 샤워실은 공용이었다. 변기는 오줌은 누지 않고 똥을 누는 용도였다. 소변은 변기 옆에 놓인 양동이에 누었는데, 양동이 안에는 악취를 최소화하기 위해 대팻밥(탄소원이었다.)이 가득 들어 있었다. 악취가 코를 찌를 지경이 되면 양동이를 들고 나가 바깥에 있는 거대한 퇴비 더미에 쏟아버린다. 소변은 뛰어난 질소원이다. 당연히 대변도 퇴비화할 수 있지만 그건 약간 복잡하고 계획이 더 필요하다.

수업을 듣는 다른 학생들도 그날 속속 도착했다. 자기소개를 나누고 서로를 알아갔다. 오리건주에서부터 말레이시아, 한국에서 인디애나주와 노바스코샤까지 사람들의 출신지는 다양했다. 같은 수업을 듣는 사람은 여남은 명 정도였다. 로스트밸리라는 곳 자체도 그 당시 수십 명의 사람들이 살고 있는 영구적인 공동체였다. 이른바 '에코 빌리지'에 가본 건 그때가 처음이었는데 로스트밸리는 여러 가지 면에서 내 상상 그대로였다. 생물다양성이 유지되는 울창한 밭들이 구불거리는 모양으로 넓게 펼쳐지며 서로 겹쳐졌고 그 중 단일재배가 이루어지는 밭은 하나도 없었다. 밭들은 작았지만 풍요로워 내가 상상할 수 없을 만큼 다양한 식량을 생산했다. 서로 다른 식물들이 함께 자라나며 서로를 지켜 주었다. 닭들이 닭장 속을 뛰어다니며 모이 삼아 던져 준 음식물 찌꺼기를 부리로 찍고, 먹고, 땅을 파고, 긁어대고, 똥을 쌌는데, 그러고 나면 닭장은 다시 몇십 미터 떨어진 다른 곳으로 옮겨지고 원래 닭들이 있던 흙은 신선하게 무르익어 순환을 마쳤다.

로스트밸리에서 먹는 음식은 대부분 로스트밸리 부지에서 생산된 것이거나 근처 지역에서 온 것이었다. 신선하고, 알록달록하고, 좋은 향기가 나는 것이 마치 핼리팩스 농산물시장에 살고 있는 기분이었다. 그곳에서 먹는 채소는 내가 먹어 본 것들 중 가장 맛이 좋았다. 몇십 미터 떨어진, 내가 직접 갈퀴로 고른 밭에서 난 코끼리마늘과 함께 구워 입에 침을 고이게 만드는 단호박을 한 입 먹으면 절로 눈이 감겼고…… 흙의 기운이 물씬 풍기는 단맛이 내 입 속을 가득 채우며 살살 녹았다. 나는 차분해졌고, 이곳의 생활은 나를 누그러뜨려 주었다. 불과 30미터 떨어진 곳에서 수확한, 모든 면에서 영양이 넘치는 음식들. 음식을 먹을 때마다 몸속의 모든 세포들이 **고마워요!** 하고 아우성을 치는 게 느껴졌다. 첫날 저녁 식사 전(그리고 그 뒤로 매일 점심 식사와 저녁 식사 전), 우리 모두 쌓여 있는 음식들을 둘러싸고 둥글게 모여앉아 서로 손을 마주 잡고 눈을 감았다. 잠시 시간을 들여 모두 함께 서로가 있어서, 지구가 있어서, 이렇게 함께 앉아 우리에게 생명력을 불어넣는 식물과 곡물과 물을 먹을 수 있어서 얼마나 다행하고 감사한지를 표현했다. 숨을 쉬고, 서로와 연결되고, 땅과 접촉하고, 서로에게 상기시켜 주는 시간. 우스꽝스럽다며 눈을 굴리는 사람도 있겠지만 나는 그 시간이 좋았다. 식전기도와 비슷하지만 다른 방식이었다. 나는 앞으로도 이 의식을 이어가기로 마음먹었지만, 안타깝게도 이런 에피파니는 다시금 사회로 밀려 들어가는 순간 쉽게 우리를 떠나 버린다.

편안했다. 아무도 「주노」에 대해서 신경 쓰지 않았다. 오히려 그들이 내 직업 때문에 나를 덜 좋아할 수도 있고, 따라서 내 직업에는 관심을 두지 않을 거라는 사실을 알게 되었다. 할리우드는 퍼머컬처와는 그리 어울리지 않는 곳이다. 그런데 첫날 저녁, 모두 식사를 마치고 서로를 알아가며 시간을 보낸 뒤 누군가 음악을 틀었다. 「주노」의 엔딩곡인 몰디 피치스의 「오로지 너만이Anyone Else but You」가 스피커에서 흘러나왔다. 활활 타오르는 것 같은 수치심을 느껴서 부지불식간에 눈을 질끈 감았다. 그 순간 사람들이 나를 바라보는 시선을 피하고 싶은 마음만이 간절했지만, 어쩌면 서먹함을 가시게 하기 위해서 필요한 일이었는지도 모른다. 우리는 영화 이야기를 짧게 나누었고, 그다음에는 연기에 대해서 조금 더 긴 이야기를 나누었는데, 그것으로 끝이었다. 그게 무슨 의미이건 간에 나는 그냥 내가 될 수 있었다.

이곳에는 따뜻하고, 힘이 되어 주고, 열정적이며, 지구와 우리 모두의 미래에 신경을 쓰는 사람들이 잔뜩 있었다. 로스앤젤레스의 친구들 사이에서 이런 주제로 이야기를 하거나 그들이 영영 읽지 않을 책을 사 주면 대체로 무시당하곤 했다. 자원 이용, 기후위기, 기후위기가 얼마나 빠르게 다가오고 있는지, 그것이 가장 취약한 이들부터 영향을 미칠 것이며, 그 대가는 상상하기도 힘들 만큼 클 것이라는 이야기, 얼마 남지 않은 사회의 붕괴와 그 속에서의 우리의 역할 같은 주제로 논의를 하려 들면 그들은 **너무 드라마틱한 거 아니야?** 하며 나를 향해 킥킥 웃었다.

대부분은 "너 오버하는 거 같아."라는 반응을 보였다.

"넌 레즈비언 히피야." 이렇게 말한 친구도 있었다.

그러면 나는 답답했고, 무시당한 기분이 들었으며, 관심과 공감을 얻지 못해 기운이 빠졌다. 부유함은 자격이 있다고 여기게 되는 마음을 부추기고, 자격을 얻으려면 무지가 필요하다. 그러나 독선적이며 타인을 재단하는 나의 성정은 로스앤젤레스에서 불필요한 소비를 하며 살아가는 나 자신의 죄책감을 경감시키기 위한 수단이었다.

로스트밸리에서 지내면서 풍부한 대화에 둘러싸여 공통의 관심사에 흠뻑 빠지고, 지식을 얻고 겸손해지자니 다시금 기운이 났다. 한 달이나 일을 쉬고 오리건으로 가서 수업을 들을 수 있는 사람은 많지 않으니 나는 운이 좋았던 셈이다.

늘 해가 뜨는 시간에 일어났다. 알람 소리 대신 수탉이 울고, 새들과 벌레들이 입을 모아 세레나데를 부르면 멍하게 눈을 떠도 정신이 차려졌다. 나는 이층침대 아래층에서 잤고 위층에는 아무도 없었다. 보통 제일 먼저 눈을 뜨는 쪽이었던 나는 옷을 갈아입고 살금살금 욕실로 갔다. 양동이 위에 쪼그리고 앉아 오줌을 누었고, 커피를 마시고 나면 변기를 사용해야 할 터였다. 손과 얼굴을 씻었고, 쳐다볼 거울이 없어 귀찮은 일에서 해방될 수 있었다. 아침 식사는 하루 중 사람들이 다 함께 둘러앉는 의식 없이 먹는 유일한 끼니였다. 덕분에 각자가 잠에서 깰 시간을 충분히 보내고, 필요한 경우 침묵을 즐길 수 있었다. 나는 보통 어딘가, 주로 작은 도서관에 틀어박혀 혼자 오트밀과 사과를 먹으며 사람들과의 대화가 시작되기 전 잠깐의 침묵을 누렸다. 보통 이곳의 하루는 강의실에서 시작했다. 수업에서는 중수도 용수 시설에서 취수, 정원 설계에서 약용 팅크, 발효, 오두막 짓기에 이르기까지 온갖 것들을 배웠다. 정보의 양은 압도적이었지만, 어쩌면 내가 아는 것이 거의 없다는 깨달음에 압도당한 건지도 모르겠다. '이런 건 이미 알고 있었어야 하는데.'라는 생각 때문에 서글프기까지 했다. 그럼에도 이 수업을 통해 내 정신은 새로이 형성되고 우리가 지구를 아프게 만들수록 우리도 아파지는 시스템과 연결되었다.

이런 연결을 통해 배움을 얻었지만, 새로운 지식을 배우면 배울수록 마치 사회와의 연관을 포기하는 기분이 들었다. 나는 내 몸이 거부하는 걸 무시하고 시스템 속에 비집고 들어가려 상당한 시간을 보냈다. 나 자신으로부터, 그리고 나를 둘러싼 세계로부터 멀리 떨어진 지금, 이 배움은 나에게 단단한 기반을 만들어 주고, 희망을 주었다.

희소성 콤플렉스(어떤 재화가 희소하다는 이유로 객관적 평가 기준을 잃고 이에 집착하는 심리 상태—옮긴이)도, 지속적인 선형적 성장이라는 환상도 없는 곳이었다. 이곳에는 세계를 관찰하고, 보살피고, 세계와 연관을 맺는 진정한 방법이 존재했다. 이곳은 자아와 이상을 뛰어넘은 꿈이 있는 공간이었고, 그 꿈은 사실 초등학교에서 배운 것과 전혀 다르지 않았다. 친절하라, 협력하라, 지구를 아끼고 돌보아라, 나누어라. 우리가 사는 자본주의 체계와는 어우러지지 않는, 그들이 우리에게 잊으라 강요하는 개념들이었다.

우리는 1970년 탄생한, '영속적인permanent'과 '농업agriculture'을 합성한 조어인 퍼머컬처의 원칙들을 살펴보았다. 자연과 재생 가능하며 상호적인 관계를 구축한다는 핵심 원리는 토착민의 과학과 지혜에서 유래한 것이다. 퍼머컬처는 우리의 상호연결성, 그리고 우리가 땅과 지구의 자연스러운 순환과 협동해 살아가는 방법을 알려 준다. 무엇보다 중요한 것은 속도를 늦추고, 바라보고, 귀를 기울이고, 무슨 일이 일어나는지를 목격하는 것이다. 땅이 우리에게 지시를 내리게 만들고, 우리의 생각이나 기대를 밀어붙이는 대신 의미 있는 결정이나 조율을 하는 것이다. 심호흡을 한 다음에 합의점을 찾는 것이다. 모든 성장이 그렇듯 자연에게는 시간이 필요하다. 우리의 행동이 어떤 영향을 미치는지 안다면 그런 관찰에 바탕을 둔 더 나은 결정을 할 수 있을 것이다. 순환주기를 거스르지 말고 순환주기와 함께 일하라. 퍼머컬처에서 중요한 것은 순환주기를 마무리하는 것이다. 그 어떤 낭비도 없이 양보하는 것이다. 퍼머컬처에서는 우리의 행동은 지구의 행동을 반영한다. 그리고 인간인 우리는 개인으로서 어떻게 우리의 에너지를 활용하고 비축할 수 있을까? 어떻게 하면 가장 잘 지키고, 포용하고, 나눌 수 있을까? 그 순환을 계속해서 유지하려면?

사흘째 되는 날, 맨 마지막 참가자가 뒤늦게 도착했다. 수업이 시작되기 전 한 달가량 로스트밸리에 머물렀던 사람이었다. 사람들이 그가 돌아온 걸 기뻐하는 게 느껴졌다. 처음에 그는 1971년에 생겨난, 농가들과 자원봉사를 연결해 주는 풀뿌리단체인 우프 WWOOF 참가자들과 함께 이곳에 왔다. 바이오디젤 스쿨버스를 타고 뉴욕에서부터 전국을 가로질러 온 이들이었다. 그는 다른 우프 참가자들과 함께 로스트밸리를 떠나 포틀랜드로 갔다가, 그들과 헤어져 다시 남쪽으로 돌아와 퍼머컬처 수업을 듣기를 택한 것이다.

나는 우리 둘 사이를 연결하는 끈이 있다고 느꼈다. 그를 본 순간 첫눈에 일종의 사랑에 빠졌다고 할까? 이언은 덩치는 작았지만 존재감은 컸고 매력이 흘러넘쳤으며 모든 걸 알고 있는 것 같은 눈빛을 가진 사람이었다. 머리에는 비니를 썼는데, 그 속에는 커다랗게 틀어 올린 붉은 갈기 같은 머리카락이 감춰져 있었다. 풀면 엉덩이까지 내려오는 길이의 머리였다. 말을 할 때면 손동작을 곁들이는 그의 움직임은 독특하고, 부산하고, 야단스러웠다. 위트 있고, 날카롭고, 신랄한 말을 구사했다. 함께 있을 때면 웃음을 멈출 수가 없었다. 나는 이미 그와 연결되어 있는 것처럼, 아주 조금만 풀어내면 더 가까이 다가갈 수 있을 것처럼 그에게 끌렸다.

“이번 주말에 같이 포틀랜드에 갈래?” 나는 충동적으로 그렇게 물었다.

우리는 컴퓨터실에서 인구 밀집 지역의 사람들이 어떻게 퍼머컬처를 실천하는지를 함께 찾아보고 있었다. 그래서 도시의 퍼머컬처 예시를 찾아가 직접 살펴보고 싶었다. 또, 그때 짝사랑하던 여자를 만나고 싶기도 했다.

"좋아, 같이 가자." 이언이 대답했다.

나는 흰색 세단을 빌렸고, 그렇게 우리는 출발했다. 이언과 나는 거의 모르는 사이나 마찬가지였지만 상관없었다. 우리는 편안하게 공존했고, 그것은 번거로운 일들은 다 건너뛰고 곧장 뛰어들겠다는 무언의 합의였다.

이 여행에서 우리의 사랑과 우정은 더욱 단단해졌고, 같은 차 안에 오래 타고 있어서일지도 모르겠지만 더욱 친밀해졌다. 아직 우리는 우리의 트라우마조차 미처 알지 못했지만 대화를 하면서 서서히 알아가기 시작했다. 특정한 종류의 수치심을 이해하는 누군가와 그토록 강렬한 유대감을 느낀 것은 그때가 처음이었다. 우리는 어린 시절, 가족, 보답받지 못한 사랑, 고향 이야기를 나누었고, 각자 다른 시스템에 속해 있었음에도 양육 과정에서 겪은 비슷한 괴로움과 조숙함이 우리를 연결해주었다. 맞다, 마치 우리가 함께 고통의 장에 들어선 기분이었지만, 그것은 전우애와 치유의 장이기도 했다. 그를 알아가며 나는 어딘가 달라졌다. 지지받고, 존재를 인정받는다는 기분이 들었다. 진정한 친구 앞에서 방어를 내려놓고 편안한 마음이 될 수 있었다.

우리 둘 다 단순한 유예가 아니라 세상을 새롭게 바라볼 수 있는 눈이 필요했다. 위로를 구하는 한편 우리의 불편감 역시 받아들일 수 있기를 바랐다. 휴식을 원하는 동시에 우리의 퀴어함과 연결된 공동체에 대한 열망이 있었고, 겹겹의 층을 파고들어 그것을 찾아내고자 위험을 감수했다. 우리는 다른 세계들로부터의 패러다임 전환을 갈망했고, 우리를 낡은 서사에 묶어 두지 않는 또 다른 시각이 필요했다.

포틀랜드에 도착했을 때 우리는 우선 작은 부지에 있는 크래프츠먼 스타일의 집을 퍼머컬처의 안식처로 변신시킨 한 여성을 만났다. 그녀는 쓰레기를 전혀 배출하지 않으며 살았고, 오로지 먹을 수 있는 다년생 식물만이 자라고 있는 마당은 압도적이었다. 닭과 토끼를 키웠고, 취수 시설과 중수도 용수 시설도 갖추고 있었다. 그녀는 우리에게 집을 둘러보게 해 주면서 대변을 퇴비화하는 법을 설명해 주었다. 한 양동이에 오줌을 누고, 다른 양동이에 똥을 눈다. 내 기억이 맞다면 2년에 하나씩 퇴비 통을 번갈아서 쓰는데, 한 통은 6개월 동안 닫아 두어 자연이 마법 같은 화학작용으로 폐기물을 새로운 것이 자랄 수 있는 신선하고 비옥한 토양으로 변신시킬 수 있게 한다. 그녀의 지하저장고는 저장음식을 담은 통조림과 유리병이 넘칠 정도로 가득 차 있었다. 정말 대단한 곳이었다.

포틀랜드에 가 본 건 그때가 처음이어서 어디에서 묵어야 할지 알 수 없었다. 짝사랑 상대에게 숙소를 추천해 달라고 문자메시지를 보낼 완벽한 핑계였다. 우리는 호텔에 체크인한 뒤 배낭을 내려놓고 하나뿐인 퀸사이즈 침대에 누웠다. '귀엽네.' 나는 그렇게 생각하면서, 이언이 무슨 생각을 하고 있을까 궁금한 마음으로 그를 바라보았다. 애정, 맞다, 하지만 그보다 호기심에 가까웠다. 종종 갑작스러운 친밀함이 두 사람을 하나로 만들어 준다는 건 참 이상하다.

우리는 와인 바로 가서 내 짝사랑 상대와 그 파트너를 만났다. 우리 넷은 창가의 높은 테이블에 앉았다. 나는 내 맞은편에 앉아 있는 짝사랑 상대에게서 눈을 뗄 수 없었다. 그녀는 영리하고, 재미있고, 다재다능했으며, 섹시했다. 슬리터 키니의 「엔터테인Entertain」 뮤직비디오를 강박적으로 보던 시절부터 나는 그녀의 입술에 완전히 홀려 있었다.

캐리 브라운스틴을 처음 만난 건 2008년 내가 SNL 호스트로 출연했던 날의 애프터파티에서였다. 나는 예전부터 슬리터 키니를 좋아했다. 12학년 때, 학교가 끝나면 어머니가 퇴근하기 전 스포츠브라와 브리프만 입은 차림으로 블라인드를 내리고 거실에 있던 어머니의 오디오로 「더 우즈*The Woods*」 CD를 들었다. 극장 바닥을 뚫고 나온 숲, 나무로 된 무대를 둘러싼 채 거의 활짝 열려 있는 묵직한 붉은 커튼이 나와 있는 앨범 재킷도 마음에 들었다. 재생 버튼을 누른 뒤 볼륨을 높이, 더 높이, 더 높이 올렸다. 듣는 사람을 밀물처럼 실어가는 재닛 바이스의 드럼이 등장하는 순간이면 내 몸이 아래로 떨어지고, 차오르고, 흔들리면서 다른 세계로 들어섰다.

오리가 태어난 날

줄곧 지켜보고 있던 여우가 말했지

랜드 호!

랜드 호!

코린 터커의 이 세상 것이 아닌 것 같은 거칠고 우렁찬 목소리를 들으면 나도 모르게 헤드뱅잉을 하고 펄쩍펄쩍 뛰면서 엉망진창으로 춤을 추게 됐다. 그렇게 CD 한 장이 다 끝날 때까지 멈추지 않고 온 힘을 다해 팔다리를 쭉쭉 뻗고, 늘리고, 미친 사람처럼 에너지를 분출하며 집을 돌아다녔다. 땀이 뚝뚝 떨어졌다. 나는 바닥에 엎드려 팔굽혀펴기를 스무 번 하고 계단을 달려 올라갔다가 달려 내려온 뒤 또다시 팔굽혀펴기를 했다. 「엔터테인」은 슬리터 키니의 곡 중 내가 제일 좋아하는 곡으로, 캐리의 울부짖는 듯한 목소리를 들으면 의욕이 생기고 어딘가 다른 세계로 갈 것만 같았다. 뼛속 깊은 곳에서부터 느낄 수 있었다.

이봐! 주위를 돌아봐, 그들은 네게 거짓말하고 있어!

그들은 거짓말하고 있어, 하, 거짓말하고 있다고!

그저 바보 같은 계략에 불과하다는 걸 모르겠어?

그들은 거짓말을 해, 나 역시 거짓말을 하지!

네가 원하는 것은 그저 즐거움일 뿐,

나를 찢어버려, 정말 자유롭거든, 예

학교에서 돌아온 뒤 거의 매일 이렇게 춤을 추곤 했다. 나는 슬리터 키니의 「더 우즈」와 피치스의 CD를 번갈아 듣곤 했는데, 내가 가장 즐겨 들었던 음악들이다. 귀여운 어린 퀴어 시절이었다. 이 음악으로 보호받고 있을 때면 나 자신을 해방시키고 몸 밖으로 밀어내어 연결성을 번쩍 깨우고자 시도했다. 더 좋은 표현이 떠오르지 않아 아쉽지만, 내가 자유롭게 뛰어다니는 동안 음악이 나를 꼭 안아 주는 것은 영적인 경험이었다.

2층으로 올라간 나는 잠시 어머니의 방에 들렀다. 침대 왼쪽에는 전신거울이 있었다. 팬티와 스포츠브라 차림으로, 땀에 젖어 들러붙은 앞머리를 하고 거울 속의 나 자신을 들여다보았다. 몸을 오른쪽으로 돌리며 고개는 왼쪽으로 젖힌 채 내 옆모습을 유심히 뜯어보았고, 그럴 때마다 놀라곤 했다. 언제나 짓눌려 있던 그 불쌍한 것들은 숨을 들이쉬면 부풀어 올랐다.

캐리와 나는 좋은 친구가 되었고 아직도 그렇다. 그 시절의 수치심이, 인지된 고통과 내적 갈등이 우리를 하나로 이어 주었다. 우리가 공유하는 자기혐오는 우리를 더 가깝게 만들어 주었다.

"자기를 존중하는 사람이라면 누구나 스스로를 혐오하지." 한번은 캐리가 그렇게 말해서 웃음을 터뜨리기도 했다.

아웃팅이 두려웠고, 준비되지 않았을 뿐 아니라 무슨 말을 해야 할지 깨닫기도 전에 우리를 억지로 열어젖힐 자격이 있다는 듯 행세하는 욕망에 화가 나 있었다. 사랑이 실제로 찾아왔다는 것을 안다는 공통의 기쁨도 존재했다. 그렇게 우리의 이어짐은 수치심에서 치유로 바뀌었다.

캐리에게서 좀처럼 눈을 뗄 수가 없었다. 테이블 위에는 빈 와인 잔들이 놓여 있었고, 나는 마지막 한 모금을 들이켜는 그녀의 입을 쳐다보았다.

그날 밤 이언과 나는 쿨쿨 잤다. 한 침대에서 자는 데 아무 문제도 없었고 어색하지도 않았다. 다음 날에는 집에서 퇴거된 사람들이 모여 꾸린 작은 공동체를 찾아갔다. 철물점들의 기부금과 자원봉사 활동으로 인해 번창하는 듯 보였던 이곳에서 퍼머컬처는 주된 관심사 중 하나였다. 이곳으로 실려 오는 목재와 물자를 통해 작은 집들을 지었다. 온 사방에서 식량이 자랐고, 취수 탱크가 우뚝 서 있었고, 퇴비를 만드는 곳도 있었다. 이곳에서 환영받고, 이 공동체의 진화를, 퍼머컬처의 원칙이 어떻게 활용될 수 있는지를 그들과 공유할 수 있었던 건 정말 운 좋은 일이었다.

이언은 내게 시를 닮은 새로운 영감을 주었고, 가슴을 활짝 열 힘을 불어넣어 주었고, 여태까지는 내게 필요한지조차 몰랐던 방식들로 나를 제자리에 서게 해 주었다. 우리는 내가 아직 잘 모르는 예술과 문학에 관해 토론했다. 나는 왕성한 책 읽기를 통해 지식을 얻고 싶었고, 언제나 빌 맥키번에서부터 데이비드 스즈키, 나오미 클라인에 이르기까지 추천 도서를 찾아다녔다. 12학년 때 대학에 가야겠다고 생각하고 토론토 대학교에 지원하려 했었다. 하지만 무엇을 공부해야 할지 몰랐고, 그게 명확하지 않다는 건 잠시 시간을 가져야 한다는 뜻이었다. 그러고 나서 일을 쉰 지 일 년도 넘은 뒤인 몇 주 후 「엑스맨」에 캐스팅되었고, 그 영화는 결국 내가 쉬지 않고 일을 하게 되는 도약대가 되었다. 나는 배우는 것을 좋아했다. 음, 내가 관심 있는 주제라면 그랬다는 뜻이다. 관심 없는 분야에는 꿈쩍도 하지 않았다. 나는 내 무지함이 드러나기를 바랐고, 새로운 관점들이 어린 시절의 나와 함께했던, 편견과 백인 우월성에 뿌리를 둔 지배적 서사의 자리를 대신하기를 바랐다. 고등학교 졸업이 학업의 마지막이었기에 나는 책을 열심히 읽었고 거의 논픽션만 읽었다. 성장과 확장을 멈추고 싶지 않았고, 멈추게 될까 봐 겁이 났다. 더욱 성장하려고 애썼고, 독선을 버려야 한다고 스스로를 설득했다. 언제나 배워야 할 게 더 있었다.

여행이 끝날 무렵 우리는 잠시 레코드숍에 들러 집으로 가는 길에 들을 CD를 샀다. 그곳에는 새로 발매된 CD들을 들어볼 수 있는 청음 스테이션이 마련되어 있었다. 나는 큼지막하고 힙한 헤드폰을 머리에 쓰고 에밀리아나 토리니의 「미 앤드 아르미니*Me and Armini*」 앨범에 수록된 「파이어헤즈Fireheads」를 들었다.

갈 길이 멀어
너는 더는 전화기 옆에 앉아 있지 않지
전화기를 집어 들어 바위에 던져 부숴버릴 거야
그렇게 네 삶을 살 수 있도록.

노래의 도입부는 이렇다.

우리는 흰색 포드에 타고 다시 남쪽 유진을 향했다. 이 앨범 속 에밀리아나 토리니의 목소리, 몽롱하면서도 희망찬, 깊이와 감정이 뒤섞여 가슴이 미어지는 아름다움을 발산하는 사운드에 우리는 완전히 사로잡혔다. 그것은 우리가 함께할 미래의 여행, 긴 이야기를 시작하는 배경음악이 되었다. 포틀랜드로의 주말여행은 우리 공통의 호기심을 따르는 방법, 한 팀이자 창조적 파트너가 되는 방법을 이해하고 실험하는 일이었다. 우리 둘 모두, 우리가 영영 느낄 수 없을지도 모른다고 생각한 체현의 감각을 갈망했던 것 같다. 비록 우리 각자의 수치심의 폭풍 속에 갇혀 있다 해도 함께 있으면 많은 것들이 가능하게 느껴졌다.

우리가 가장 많이 들은 노래는 「미 앤드 아르미니」 앨범의 마지막 수록곡인 「피 흘리는 사람Bleeder」이었다. 거대한 가문비나무와 전나무 사이로 구불구불한 길을 달리는 동안 토리니의 목소리가 우리를 씻어 내렸고, 로스트밸리에 도착했을 때 잦아들더니 차를 세우기 직전 노래가 끝났다. 우리는 잠시 정적과 숙연함으로 이루어진 마법 같은 순간을 보냈다. 음악을 함께 듣는 일이 가져다주는 친밀함. 불꽃이 튀듯 상상력이 다시금 깨어나는 것을 느꼈다. 희망을 느꼈다.

한편, 폴라와 나의 연락은 점점 뜸해지고 있었다. 내가 전화하는 일이 부쩍 줄었으니 대체로 내 탓이었다. 나는 신호가 잘 안 잡혀서 그렇다고 변명했지만 일부만 사실이었다. 이유가 불분명한 분노는 수동공격의 형태로 발현되었다. 혼자만의 자유를 누리자니 짐을 내려놓은 것만 같았다. 존재하는 것이 이렇게 좋은 기분인 건 오랜만에, 아주 오래간만에 처음 있는 일이었다. 이기적이게도, 나는 폴라와의 관계를 돌보는 것보다 지금 하는 모험, 새로운 우정에 더 마음을 썼다.

로스트밸리에서 가장 소중한 기억 중 하나는 아주 단순한 것이다. 자우어크라우트를 만들었던 기억. 각자의 고통과 기쁨, 트라우마와 치유를 안고 뒤틀리고 굽어진 여정 끝에 이곳에서 서로를 찾아낸, 진지하고 진심으로 가득한 사람들과 함께 셀 수 없이 많은, 갓 수확한 양배추를 하염없이 썰었던 일.

우리는 길게 또는 네모나게 썬 양배추를 큼직한 양동이에 담았다. 소금을 더한 뒤에는 잘게 썬 양배추를 주먹으로 끝없이 치대고 짓이겨 즙이 빠져나오게 했다. 음악을 들으면서, 서로와 연결된 채로, 우리는 적어도 몇 달은 갈 음식을 만들고 있었다. 통조림으로 만들면 몇 년은 거뜬할 터였다. 솟아오른 즙이 양배추 바로 윗부분까지 고이자 나는 접시를 가져와 수면에 대고 눌렀고, 그러자 장갑처럼 꼭 맞아떨어졌다. 무게를 더하려 접시 위에 돌을 하나 얹었다. 이대로 저장해 몇 주간 발효시키면 자우어크라우트가 완성되었다. 사람들과 함께 시간을 보내는 숭고한 방법이었다. 목적이 뚜렷하고, 영양을 주는 방법.

퍼머컬처 수업이 끝났을 때 우리는 장기자랑을 곁들인 작은 졸업식을 열었다. 투표를 통해 이언이 진행자를 맡게 되었는데 사교적인 그의 성격과 딱 맞아떨어졌다. 그는 그날 밤의 행사를 코트니 러브로 드랙 분장을 한 채 진행하기로 했고 모두에게 드랙 테마에 참여해 달라고 부추겼는데, 대부분 동참했다. 다들 드레스, 긴 셔츠, 가발이 넘쳐나는 옷상자를 뒤졌다. 이언은 부스스한 금발 가발로 긴 붉은 머리를 감췄고 무릎 위까지 오는 흰 슬립을 입었다. 섹시하고, 자신의 몸에 전적으로 깃든 그의 모습을 보는 것이 좋았다. 나는 커트 코베인으로 차려입었지만 의상을 빌릴 필요는 없었다. 이미 찢어진 청바지와 흰 티셔츠, 큼직한 체크무늬 셔츠를 입고 있었기 때문이다.

이언은 흐름을 한 번도 놓치지 않고 공연을 근사하게 이끌어 갔다. 그의 카리스마와 발칙함 앞에서 우리는 웃었고 사람들은 취약함과 기꺼움이 공존하는 시간을 나눴다. 맥주와 테킬라, 와인이 차례차례 등장하는 가운데 사람들은 노래를 부르고 시를 낭독했다. 나는 직접 작곡한, 단순하지만 진심을 담은 노래를 기타로 연주했다. 그 공간에 감돌던 부드러움은 이름을 붙이기 어려운 것, 우호적인 관계 이상으로 나아간 낯선 사람들 간의 유대였다. 마법 같았다.

다음 날 아침, 우리는 숙취로 초췌해진 채 바깥에 둥글게 섰다. 다들 서로 손을 맞잡고 차례대로 이곳에서 보낸 시간을 돌아보며 작별 인사를 건넸다. 처음에는 차분하고, 평온하고, 고마운 마음이었지만, 문득 도저히 감당할 수 없는 엄청난 슬픔이 내 몸을 사로잡았다. 나는 울기 시작했고 콧물이 얼굴과 턱을 타고 뚝뚝 흘렀다. 말을 하는 내내 바람막이 자락으로 콧물을 훔쳐내야 했다.

로스트밸리에서의 시간은 나 자신과 동떨어진 기분으로 오랜 시간을 보낸 끝에, 가장 나 자신에 가깝다 느끼며 보낸 시간이었다. 오해는 하지 말길, 어디를 가더라도 정신은 나를 따라오고, 두뇌는 여전히 나를 조롱해댔다. 하지만, 알 바 아니다, 여기는 훨씬 더 조용했으니까.

이곳에서 나는 다시금 나를 찾아내 더 바짝 다가섰다. 새로운 의미의 힘을 느꼈고, 아주 조금이나마 더 내 고통을 표현하는 법을 배웠고, 그래도 된다고 스스로에게 허락해 주었다. 그러나 로스트밸리라는, 거울이 하나도 없는 숲속을 벗어나 도로에는 차가 끝없이 지나가고 사방으로 정원이 뻗어 있는 로스앤젤레스로 돌아간 뒤에도 그러기를 고수하기는 쉽지 않았다.

이언과 나의 듀엣 공연으로 파티는 끝을 맺었다. 나는 접이식 의자에 앉아 기타를 집어 무릎 위에 놓았다. 촛불이 모두의 얼굴을 환히 비추었고, 사람들의 친절하고 힘을 주는 눈빛이 보였다. 내가 이언을 바라보자, 이언도 나를 바라보았고, 서로의 초조함이 잠깐 엿보였다. 내가 미소를 짓자 그는 **나만 믿어**라고 말하기라도 하는 듯 미소를 지었다. 우리는 코트니 러브가 쓴 곡 「돌 파츠Doll Parts」를 함께 불렀다. 분명 그 공연을 찍은 영상이 있었지만 복원하지 못했다. 그러나 오히려 더 좋은 일이다. 모든 것이 시작된 그 순간들이 우리가 공유하는 기억 속에 살아 숨 쉬니까.

14장
동거

어머니에게 처음으로 섹슈얼리티 이야기를 꺼냈을 때, 그 대화는 실패로 돌아갔다. 열다섯 살, 내가 여자들에게 끌리지만 혼자 있을 때만 감히 그들을 생각할 수 있던 시절이었다.

온라인 검색: 제가 동성애자일까요?
자기가 동성애자인지 아닌지
알아내는 방법은?

또래 남자들에게서 시선을 돌릴 필요는 없었다. 그들은 내게 그 어떤 성적인 흥분감도 주지 않았으니까. 어떤 여자애들 곁에 있으면 온 신경이 떨리는 기분이었으니, 그 애들을 피해야 했다. '너무 티 날 거야.' 그런 걱정이 들었다.

그날 나는 조수석에 앉아 고개를 푹 수그린 채 용기를 끌어내고 있었다. 어머니를 바라보았다. 어머니는 도로를 똑바로 바라보고 있었다. 턱선에 닿지 않는 길이의 은귀걸이가 차의 움직임을 따라 달랑달랑 움직이고 있었다.

"엄마, 나 아마 동성애자인 것—"

"세상에 그런 건 존재하지 않아!" 내가 채 말을 끝마치기도 전에 어머니가 고함을 질렀다.

나는 숨 막히는 기분으로 다시 조수석에서 몸을 움츠렸다. 고개를 숙였다. 어머니는 다시 앞을 보았고, 우리는 그 뒤로 그와 관련된 이야기를 한마디도 입 밖에 내지 않았다.

나이가 들수록 내가 예쁘장한 이성애자 여자가 되지 않을 거라는 사실이 점점 분명해졌다. 학교에서의 괴롭힘에 더해 겉모습을 바꾸라는 어머니의 압박도 갈수록 심해졌다. 나는 노력했다. 그러나 곧 원래 모습으로 돌아올 때마다 어머니의 기쁨과 안도감은 금세 실망감으로 변해버렸다.

어머니는 내가 더는 남자애들과만 어울려 다니지 않았으면 했다.

"너 티나 좋아하잖니, 주말에 티나랑 같이 노는 게 어떠니?" 어머니는 무뚝뚝한 어조로 묻곤 했고, 나는 그게 그저 무심코 던지는 친근한 질문이 아닌 걸 알았다.

고등학생이 되자 어머니는 내가 친한 친구들보다는 축구팀 여자애들과 보내는 시간을 늘리기를 바랐다. 내가 온몸을 시커먼 옷으로 도배하고 후드나 비니 밑으로 보라색에서 청록색에 이르는 온갖 색깔의 머리칼이 비어져 나오는 그런 애들과 어울려 다니는 걸 원치 않았던 것이다. 괴짜들, 예술가들…… 대놓고 말하자, 그러니까 퀴어들 말이다. 한때 어머니는 우리가 몰려다니며 대마초를 피운다고 의심하며(그 의심은 맞았다.) 그 애들과 어울리지 말라고 했다. 운동팀에서는 술을 부어라 마셔라 한다는 걸 잘 알면서도 말이다. 우리도 술을 안 마신 건 아니었지만 그래도 인기 많은 애들만큼 마시지는 않았다. 조 버든의 「펌프 잇 업Pump It Up」을 들으면 지금도 순식간에 2003년으로 돌아가 사우스엔드의 거실에서 알코올과 땀과 성적 흥분의 냄새에 흠뻑 젖어 있는 것만 같은 기분이 든다. 아메리칸 이글 티셔츠 겨드랑이에 땀 자국이 난 채로, 여자애들은 텔레비전에서 나오고 있는 뮤직비디오를 흉내 내 남자아이들의 엉덩이에 자기 엉덩이를 비벼댔다. 아무도 위세척을 받지 않아도 되는 일은 흔치 않았다.

결국 중요한 건 이미지였던 것 같다. 중요한 건 내가 지옥에 가느냐가 아니라 어머니의 자아감이었다. 어머니는 다른 축구팀 엄마들이 가진 그것을 원했던 것이다. 딸 말이다.

스무 살이 되어 폴라를 사랑하게 되기 전까지 어머니에게 다시는 내 섹슈얼리티 이야기를 꺼낸 적 없었다. 사실, 그때도 섹슈얼리티 이야기를 한 건 아니다. 그저 이렇게 말했다. “어떤 여자와 사랑에 빠졌고 걔 이름은 폴라예요.”

스물네 살에 나는 다시 한번 시도했다. “난 동성애자예요, 엄

마. 알고 계시잖아요? 난 동성애자고 남자를 만날 일은 영영 없을 거예요." 여자와 동거를 시작한 뒤에야 그 말을 할 수 있었다.

두 번째 여자친구를 만난 건 내 스물네 살 생일이 가까울 무렵, 드루 배리모어를 위해 열린 깜짝 생일 파티에서였다. 장거리 연애를 더는 이어갈 수 없었던 폴라와 내가 헤어진 지 2년이 되었을 때였다. 우리는 곧바로 마음이 통했고, 그날 밤 내내 그 사람 옆을 떠나고 싶지 않아 부끄러운 줄도 모르고 졸졸 따라다녔다. 정말 재미있는 사람, 완벽한 냉소를 곁들여 무표정한 얼굴로 농담을 잘도 하는 사람이었다. 그녀가 눈앞에서 사라지면 나도 모르게 그녀를 찾아다니게 되었다. 나는 악동 같은 섹시한 미소를 짓는 그녀의 두 눈에 사로잡혀 어쩔 줄 몰랐다. 너무나도 자연스럽고 쿨한 몸짓. 그녀는 퀴어였고 자신감이 넘쳤으며 내가 좋아하는 영화에 나온 배우이기도 했다. 누군가와 번호를 교환한 건 그때가 처음이었다.

그날 밤의 파티는 새벽이 와서 바를 닫을 때에야 끝났다. 그러나 나는 그녀에게 메시지를 보내거나 약속을 잡기에는 너무 수줍음이 많았다. 성인이 된 뒤 이런 식으로 여자에게 다가가고 먼저 관계를 시작해본 적이 없었던 것이다. 시간이 흘러갔지만 자꾸만 그녀가 생각났다. 나도 모르게 커맨드 키와 N을 눌러 새 창에서 그녀의 이름을 검색했고, 일을 미뤄두고 스크롤을 하며 빤히 바라보았다. 한 달 가까이 지났는데 아직도 "안녕, 다음에 언제 밥 한번 먹을래?" 정도 질문을 할 용기조차 나지 않았던 것이다. 대신 나는 영화 시사회를 핑계 삼아 그녀와 그녀의 친한 친구를 초대했다. 부담은 덜했지만 그래도 빤히 들여다보이는 수인 건 마찬가지였다.

「인셉션」 바로 다음에 찍은 영화 「슈퍼」의 시사회였다. 레인 윌슨이 DIY 슈퍼히어로로 나오고 나는 그의 '어린 조수' 리비였다. 내가 슈퍼히어로 의상을 입고 문간에 서서 레인을 유혹하는 장면이 가까워지자 나는 얼굴을 찡그렸다. 내가 연기한 인물은 짧은 치마 아래 자기 성기를 어루만지며 "줄줄 흘러내린다고요." 한 뒤 자기 몸을 그에게 밀어붙였다. 젠장, 나는 생각하면서 그 장면을, 그리고 짝사랑 상대를 초대한 것 둘 다를 후회했다. 짝사랑 상대에게 보여주고 싶지는 않은 영화라는 사실을 간과했던 거다. 그러나 그녀는 친구와 함께 애프터파티에 참석했다. 내가 긴장해 덜덜 떨고 있다는 사실을 두 사람이 알아차렸는지 아닌지는 잘 모르겠다.

다음 날, 서투르게나마 내 작전이 먹힌 덕에 우리는 문자메시지로 연락하기 시작했다. 데이트 약속을 잡았지만 2주 뒤라 초조했다. 그래서 나는 오로지 그녀를 초대할 목적으로 에일리아 쇼캣에게 파티를 열어달라고 설득하는, 또 한 번의 서투른 수를 썼다. 블랙진, 컨버스, 빨간 체크 셔츠 차림으로 나타난 그녀를 보는 순간 나는 폴라와 헤어진 이후 처음으로 설렘을 느꼈다. 파티에 참석한 우리는 다들 와르르 웃어대며 제스처 게임을 했다. 나는 그녀에게 깊은 인상을 남기고 싶어 안달이 나 있었다. 이 기회를 망치고 싶지 않았다. 게임 중에 가진 쉬는 시간, 나는 완벽한 은신처에 가까운 짧고 좁은 복도에 그녀와 함께 서 있었다. 벽에 등을 기댄 채 나란히 서 있는데, 그녀가 내게 가까이 다가서며 우리 두 사람의 어깨가 마주 닿았다. 우리는 미소를 지으며 바닥만 내려본 채로 그렇게 서로 바짝 붙어 있었다.

그렇게 나는 급속도로 깊은 사랑에 빠졌다. 천천히 나아가려 했지만, 오래지 않아 우리는 거의 매일 밤을 함께 보내며 클리셰를 향해 나아가고 있었다. 그 당시 나는 비치우드캐니언에 살았고 그녀는 101번 고속도로로 이어진, 조금 떨어진 밸리에 살고 있었다. 내 집에는 제대로 된 가구가 없었다. 거실 벽 쪽에 망가진 접이식 매트리스와 베개 몇 개를 기대 놓고, 딱딱한 의자 두 개를 놓아둔 게 전부였다. 심지어 컵도 딱 하나인 데다가 냉장고는 텅텅 빈 날이 대부분이었다. 그래서 우리는 주로 그녀의 집에서 시간을 보냈다. 거실에는 안락한 가구가 있고, 침실에는 TV가 있었다. 워크인 벽장 속은 꿈에서나 나올 것처럼 깔끔하게 정리되어 있었다.

그녀와 사귀면서 나는 처음으로 퀴어 친구들과 어울리게 되었다. 고등학교 시절에는 누가 이쪽이라는 둥 소문이 도는 게 전부였지만, 그 사람이 누군지 안다 한들 나는 벽장 안에 스스로를 꽁꽁 감춘 상태였다. 폴라와 리플렉션스에 갔을 때, 그리고 에일리아와 파리의 어느 바에서 안절부절못하는 경험을 했던 때(이 일만으로도 책 한 권을 더 쓸 수 있을 것이다.)를 빼면 나는 퀴어 바에 발을 들여본 적도 없었다. 나는 퀴어 공동체의 일원이 아니었고 이런 곳에 속해본 적도 없었으며, 그런 공동체에 접근하는 방법은 수수께끼일 뿐 아니라 불가능한 일처럼 느껴졌다. 공동체가 없다는 것이 주는 상실감은 엄청났다. 괴로운 고립감, 오로지 나 혼자만 겪는 줄 알았던 수치심과 고통. 어린 시절의 나를 생각하면 가슴이 미어진다. 뒤집어 놓은 주스 컵 속에서 기어 나오려고 고군분투하는 작은 벌레. **나도 같은 기분이야, 나도 그 기분 알아. 우린 이런 기분을 느끼지 않아도 돼. 너는 이런 기분을 느끼지 않아도 돼.** 그렇게 말해주는 퀴어와 트랜스 친구들이 있었더라면 모든 것이 얼마나 달랐을까. 수치심을 마법처럼 싹 지워 주지는 않았겠지만 내 기분은 훨씬 나아졌을 것이다.

내 비밀의 무게가 이번에도 우리 관계를 숨 막히게 했다. 그녀에게는 힘든 일이었지만, 나는 **미안해, 나는 커밍아웃을 못 하겠어**라는 다섯 마디 말고는 도저히 아무런 변명도 할 수 없었다.

어느 날 아침 나는 그녀를 리허설 장소에 데려다주었다. 내가 은색 미니쿠퍼를 세우자 그녀는 차에서 내려 핸콕 파크의 연석 위로 올라섰고 나는 PJ 하비의 「렛 잉글랜드 셰이크Let England Shake」 볼륨을 낮추었다. 벌써부터 이글이글 내리쬐는 햇빛 때문에 그녀는 검은 선글라스를 끼고 있었다.

"사랑해." 그녀가 말했다.

"나도 사랑해." 내가 대답했다.

미니쿠퍼에서 내리는 그녀를 배웅하는 내 모습을 한 동료가 목격했지만, 내 얼굴은 보이지 않았다. 그 동료가 나에 대해 묻자 그녀는 사생활이라고 답했다. 동료는 미니를 몰던 사람이 그녀의 비밀 여자친구라고 말했고, 다른 동료들도 그 뒤로 나를 그렇게 지칭했다.

어느 날 저녁, 본 이베어 콘서트를 좌석에 앉아 관람하다가 그녀가 한 팔로 내 몸을 감쌌다. 나는 몸을 널빤지처럼 굳힌 채 고개를 빳빳하게 앞으로 내밀었고, 마치 내 두 눈이 공연을 펼치는 당사자이기라도 한 것처럼 사방으로 눈을 굴려댔다. 격렬한 말싸움과 드라마틱한 손짓이 오가는 밤을 보내지 않으려면 팔을 치워달라고 하지 않는 게 나을 것 같았다. 내가 콘서트에서 누군가가 나를 끌어안게 둘 수 있기까지는 그 뒤로 3년이 넘는 시간이 걸렸다.

어머니에게 전화로 그녀 이야기를 전했다. 어머니가 남자를 사귀라거나 과거에 내가 사귄 사람 이야기를 언급하기에, 나는 여자를 사귀고 있다고 말했다. 어머니는 낙심한 어조로 "그럴 줄 알았다." 했다. 내가 어머니의 실망감을 여태 알아차리지 못하기라도 했다는 듯이. 폴라와 헤어지고 2년 동안 나는 남자를 사귀어 보려고 노력했다. 고등학생 때와 마찬가지로 그게 가능한 일이라고, 그 일을 즐기거나 최소한 참을 수는 있을 거라고 스스로를 설득했다. 벽장 속에 있는 것이 고통스럽고 숨 막혔으니까. 수치심에 마음 졸이느라 지치고, 외롭고, 우울했던 나는 수많은 사람들이 내게 바라는 모습이 되고 싶었다. 그것이 유일한 선택지라는 생각이 들었다.

「인셉션」을 촬영할 때 레오나르도 디카프리오의 친구가 세트장을 찾아왔고 우리는 친해졌다. 피터는 모두에게 따뜻했고 애정이 가득 담긴 눈빛을 지닌 사람이었다. 다음번에 레오를 만났을 때 그에게 피터가 마음에 든다고 말하자 그는 피터도 나를 마음에 들어 했다고 전해 주었다. 레오, 그리고 레오의 어머니와 함께 유니버

설 스튜디오를 찾은 것이 우리의 첫 데이트였다. 피터와 나는 허벅지가 닿을 정도로 나란히 앉아 놀이기구를 탔다.

어머니는 행복해서 어쩔 줄 몰랐다. 드디어 기도에 응답을 받은 것이다!

그러나 피터와의 관계는 오래가지 않았다. 한 달, 길어 보았자 두 달, 고등학교 시절이 되풀이되는 것만 같았다.

여자친구와 나는 너무 빨리 동거를 시작했다. 음, 말하자면 그렇다는 것이다. 그녀가 첫 집을 팔던 시기와 내가 첫 집을 사려던 시기가 겹쳤다. 정말 이상한 타이밍이었다. 내가 이사를 하려는 순간 그녀 집의 조건부 승인이 완료되었다. 그래서 우리는 생각했다. 임시로 함께 살아 보면 어떨까? 그녀가 다음 단계를 구상하는 동안, 함께 살면 어떤 기분인지 알아보면 되지 않을까? (그런 숨은 맥락을 통해 우리 자신을 설득해 보려는 시도였다.) **이건 보통의 동거와는 다른 거야.**

물리적으로, 무엇보다 정서적으로 살림을 합치자 우리의 사랑은 더욱더 타올랐다. 그러나 나는 아직 내 감정을 표현할 이름이나 단어나 수단이 없었고, 적어도 내 관점에서 보았을 때 그녀 역시 딱 맞는 것들을 찾지 못한 건 마찬가지였다.

나는 우리 관계를 최악으로 끝맺었다. 나를 차 달라고 상대에게 강요한 것이나 다름없었다. 이 관계를 끝내야 했지만 내겐 그럴 능력이 없었다. 떠나고 싶은 욕망을, 목까지 차오른 토할 것 같은 감정을 나도 알 수 없는 곳으로 쑤셔 넣었다. 심장이 덜컹덜컹 뛰는 채로 침대 위에서 웅크리고 상대를 밀쳐내는 내 몸은 크고 분명한 소리를 냈다. 그녀 역시 그 소리를 들었다. 나는 내 사랑을, 미래에 대한 열망을 열정적으로 전할 수도 있었지만, 그런 말을 입 밖에 낼 때면 혼란스러웠다. 내 몸인 것 같지 않은, 커다란 발을 달고 뒤뚱뒤뚱 걸어 다니는 작은 플라스틱 태엽 장난감 같은 입. 내 목표는 평온이었고 나는 평온을 지키려고 할 수 있는 모든 일을 했다.

그러다가 다른 누군가를 좋아하게 되었다. 그다음에는 앞서 말한 마음에 대해 거짓말을 했다. 그러다가 앞서 말한 거짓말을 들켜 버렸다. 크리스마스 직전이었다. 내가 모든 걸 완전히 망쳐 버린 것이다. 사태는 마치 드라마 「L 워드」 크리스마스 특별편 같은 국면에 접어들었다. 다음 장면은 엉망이 된 관계를 더 엉망으로 망쳐 버릴 엄청난 아이디어를 떠올리는 나. 그녀와 다시 만나기 시작했지만, 의식적이었건 무의식적이었건 그건 내 죄책감에서 비롯한 행동이었다. 지금은 분명히 보인다. 그런 상태로 우리는 한 달을 더 만났다. 적어도 그때는 이 관계를 끝내도록 상대를 조종하는 대신 내가 직접 끝을 맺었다. 당연하게도 그녀는 무척이나 화가 났다.

나는 그녀를 깊이 사랑했다. 조금 더 신중하게 관계를 끌고 나갔더라면, 진실을 꺼 버릴 때까지 스스로를 억누르지 말고 더 나아갔더라면 좋았을 텐데. 나는 불꽃을 손가락으로 이리저리 만지다가 검지 끝을 핥은 뒤 엄지에 비벼 한순간에 눌러 꺼 버렸다. 미세한 쉭 소리가 났다.

내 몸은 엄밀히 살펴보지 못한 감정, 감각, 욕망, 필요로 꽉 차 있었다. 머릿속에 준비된 쉬운 문장들은 그 자리에 그대로 갇혀 있었다. 그 말들은 내 눈에는 보이고, 내 귀에는 들렸지만, 내 입은 협조해 주지 않았다. 그저 태엽 장난감처럼 틱 틱 틱 소리를 내거나 침묵했다.

스물두 살, 「인셉션」을 찍는 동안 등줄기를 따라 대상포진이 번졌다. 시스 남성들로 가득한 출연진들 사이에서 내 역할을 이해할 수가 없었다. 모두가 함께 일하기 좋은 동료들이었음에도 내가 이곳과 어울리지 않는다는 기분이 들었다. 촬영을 시작하고 첫 2주 동안 나는 내가 캐스팅에서 빠지고 그 자리에 키라 나이틀리가 들어가게 될 거라고 농담했고, 그래야 마땅했다. 대상포진은 몸이 받고 있는 스트레스를 언어로는 할 수 없는 방식으로 표현했다.

그녀를 만나면서 나는 마침내 편안한 느낌, 목적지에 도착한 느낌, 곤경이 모두 사라진 느낌을 받을 것이라 기대했었다. 그녀는 커밍아웃한 상태였고 퀴어 여성들의 공동체에 둘러싸여 있었으며 나 역시 그들 중 일부가 되었으니까. 그러나 그러면서 내 디스포리아는 점점 더 악화했다. 정착하기는커녕 여전히 자리 잡지 못한 채 먼지만 일으키고 있는 기분이었다. 핀볼처럼 예상이 빗나가면서 나는 혼란을 내면화했다. 그러자 희망을 모두 빼앗긴 기분이 들었다.

"도대체 어째서 이런 기분을 느끼게 되는 거죠?" 또다시 심리치료사 앞에서 울음을 터뜨렸다. "어째서 이 공허함은 사라지지가 않느냐고요."

우리는 에너지가 어디에서 새어 나가는지를 찾기 전까지는 우리가 얼마나 많은 에너지를 잃어버리고 있는지 알지 못한다. 마침내 눈에 보일 때까지는 보이지 않는다. 손이 닿지 않는 곳에 있는 생각. 지금에 와서야 나는 그 당시가 얼마나 소모적이었는지, 절박하고 채워지지 않은 통제욕에 내 머리가 얼마나 사로잡혀 있었는지를 안다. 통제욕은 감시탑처럼 나를 더더욱 고립시켰다.

어머니는 열다섯 살 때 차 안에서 있었던 일을 나와는 다르게 기억한다. 어머니는 가끔 뜬금없이 그 이야기를 꺼냈는데, 아마도 내가 이야기의 틀린 점을 고쳐 주며 대화를 시작하게 만들고 싶어서였던 것 같다. 심지어 어머니의 기억 속에서는 대화의 장소마저도 폭스바겐 골프 안이 아니라 공원이었다.

"우리가 포인트 플레전트 파크를 산책하고 있었을 때였지. 넌 어릴 때 너무 귀여운 아이였단다, 그곳을 파크 플레전트 파크라고 불렀지…… 아무튼, 산책을 하고 있었는데 네가 나한테 그 말을 하려고 잔뜩 겁을 집어먹더니, 그 말을 했고, 나는 슬픈 마음으로 아무 대답도 못 했어. 그러다가 말했지. '네가 인생을 힘들게 살지 않았으면 좋겠어.' 네가 이 사회에서 어떤 취급을 받을지가 걱정되어서였어. 그 말을 하고 참 마음이 안 좋았다."

마침내 내가 어머니의 기억을 고쳐 주고 진정한, 치유의 대화가 시작될 공간을 만든 것은 최근에 와서다. 트랜스라는 사실을 밝히고 몇 달 뒤, 오프라 윈프리 쇼에 나가 대화를 나눈 뒤에 있었던 일이다. 어머니와 이런 대화를 나누는 날이 올 거라고 상상조차 하지 못했었다. 솔직히 말하면 어머니가 받아들일 수 있을 거라고 생각지 못했고, 어머니에게 상처를 주거나 어머니가 슬퍼하는 모습을 보고 싶지 않았다. 그러나 사람이란 얼마나 놀라운 존재인가.

결국 대화를 시작한 건 어머니였다. 어머니는 준비를 마친 상태였고 나도 마찬가지였다. 우리는 그 어느 때보다도 가까운 사이가 되었고, 불편함을 감수하고라도 변화하고, 성장하고, 움직이려는 어머니의 의지는 강력하고도 감동적이었다. 어머니는 나의 지지자가 되었다. 어머니는 자신의 아들을 끝없이 사랑한다. 그렇게 깊고 진실한 사랑을 받을 수 있다는 건 정말 큰 행운이다. 그중에서도 가장 아름답고 의미 있는 것은 낡은 서사와 원칙들을 버리며 만개하고 있는 어머니를 바라보는 일이었다.

무언가가 열린 것만 같았다. 어머니는 덜 두려워하는 사람이 되었다. 어머니는 늘 자기비판적이었고 어린 시절 나는 어머니가 끝없이 스스로를 "바보 같다"거나 "멍청하다"라는 말로 비난하는 소리를 듣고 자랐다. 그런 말들은 점차 잦아들고 부드러워졌다. 그리고 더불어 자기반성, 변화, 자신의 가치에 대한 깨달음이 찾아왔다. 낡은 구조가 계속해 무너지면서 어머니 역시 새로운 무언가를 쌓아 나갈 수 있게 된 것이다. 어쩌면 나에 대한 어머니의 무조건적인 사랑이 어머니 당신에게로도 확장된 것인지도 모르겠다.

15장
'라이언'

스물여섯 살, 나는 웬만한 사람들은 모두 내가 퀴어라는 사실을 안다고 여겼고, 사적인 영역에서는 예전보다 훨씬 스스로를 많이 드러냈으므로 마침내 대중 앞에서 커밍아웃하는 단계만 남아 있다고 여겼다. 하지만 그때 나는 또다시 누군가를 지독하게 사랑하게 되어 아무에게도 밝힐 수 없는 연애를 시작했다. 이번에는 내 파트너가 정체성을 나보다도 꽁꽁 숨겼다는 점이 달랐지만. 모든 것은 정도의 문제이며, 사람들은 각자의 여정을 가다가 각기 다른 지점에서 서로 만나므로 때로는 같은 길을 갈 수 없다. 우리는 거의 2년 가까이 사귀었지만 나의 가장 친한 친구 중에도 내가 연애 중인 걸 모르는 사람들이 있었다. 그녀의 부모님도 몰랐다. 그분들에게 나는 크리스마스에 찾아오는 친구일 뿐이었다. 우리 사이를 아는 것은 그녀의 자매와 친구 두 명이 전부였다. 우리는 바깥에서는 신체 접촉을 전혀 하지 않았고 밖에서 저녁 식사를 하는 일도 드물었다. 내 핸드폰에 그녀의 번호는 '라이언'이라는 이름으로 저장되어 있었다.

우리는 뉴욕의 바워리 호텔에 머물고 있었다. 길 건너편에 파파라치들이 잠복해 유명인들이 지나가기를 기다리는 일이 왕왕 있는 곳이다. 외출할 때면 그녀가 먼저 바깥으로 나가 택시에 탔고, 모퉁이를 돌아 이스트 3번 스트리트에 접어들었을 때 내가 옆문으로 나와 택시에 올라타는 식이었다. 유럽에서 일하고 있는 그녀를 찾아가 지낸 적이 있었다. 그녀가 묵던 곳은 대형 체인 호텔로, 세련되고 모던한 분위기가 감도는, 회색 인테리어로 도배된 곳이었다. 룸서비스를 주문했는데, 음식이 도착하자 나는 말 그대로 벽장 속에 숨었다. 문 밑으로 빛이 새어 들어왔다. 테이블이 객실 안으로 굴러들어오는 소리, 금속 덮개가 쩔렁거리는 소리, 고맙다고 말하는 그녀의 따뜻한 말소리가 들렸다. 어떤 기억들은 무시무시할 정도로 일상적이다.

때로 그녀는 퀴어함 자체에 대한 의문을 제기할 때가 있었다. 퀴어라는 것은 정말 존재하는 걸까, 아니면 그저 그런 생각을 할 여유가 있다는 특권이 낳은 일인가? 퀴어로 사는 게 불가능하게 느껴질 때, 배우로 사는 한 영원히 커밍아웃할 수 없을 거라 믿었을 때, **제발 제가 남자를 좋아하게 해 주세요** 하고 누군지도 모르는 신에게 빌었을 때 내가 했던 생각과 비슷했다. 지금 돌아보면 나 역시 그녀의 섹슈얼리티에 대해 가혹하고 부당한 방식으로 의문을 제기하고 아직 준비되지 않은 그녀에게서 답을 억지로 얻어내려 했던 것 같다. 나는 그녀에게 화가 났지만, 그러면서도 그녀 곁에 있고 싶었다. 사실대로 말하자면 나는 여전히 내 모든 게 혐오스러웠으므로 내가 화가 난 대상은 다름 아닌 나였다.

파티에 가면 우리는 서로를 거의 쳐다보지도 않았다. 실수로 눈을 마주치는 것만으로도 퀴어인 게 들통날까 두려워하기라도 하는 것처럼.

“뭐야, 그럼 사람들 앞에서는 눈도 안 마주친다는 거야?” 친한 친구가 이렇게 물은 적도 있다.

어떤 파티에서의 일이 기억난다. 집에 가고 싶었던 나는 그녀가 갖고 있던 열쇠를 받아야 했다. 우리는 마치 비밀 작전을 하는 것처럼 열쇠를 손안에 숨긴 채 주고받았다.

“우리 둘 다 남자친구를 만들어야 하지 않을까?” 어느 날 저녁 침대에 누운 채 그녀는 사람들의 관심을 물리칠 수 있도록 그런 제안을 했다. 마치 그렇게 하면 수치심과 경계심을 누그러뜨릴 수 있기라도 한 듯이. 우리 관계는 오픈 릴레이션십이었기에 따지자면 말도 안 되는 질문은 아니었다.

“난 못하겠어, 하지만 네가 원하면 그렇게 해야지.” 내 입 밖으로 나온 “그렇게 해야지.”라는 말은 마치 수류탄에서 뽑혀 나온 핀처럼 날카로웠다. 터지는 건 시간문제였다.

극도로 비밀스러운 커플치고 우리는 무척 즐거운 시간을 보냈고 남들 눈에 띄지 않게 모험적인 섹스를 즐겼다. 퍼시픽 코스트

고속도로 바로 아래의 바위 위에서, 조슈아 트리 국립공원의 바위 틈에서, 비행기 안에서. 어쩌면 무의식적으로 남들에게 들켜서 다른 선택지를 잃어버리고 싶었던 건지도 모르겠다. 억지로 벽장 밖으로 밀려나고 싶던 것인지도.

우리는 함께 영화를 만들다가 만났다. 이동하던 밴 뒷자리, 담요 아래에서 손을 맞잡았다. 본능적으로 서로를 향해 손을 뻗었다. 미리 상의한 행동이 아니었다. 그럴 필요가 없었다.

처음 그녀를 보았던 순간이 기억난다. 나는 실버레이크 대로에 있는 카페 라밀에 앉아 기다리고 있었는데 그녀가 안으로 들어왔다. 그녀가 입은 드레스도, 그녀의 미소도, 얼굴을 가린 머리카락을 걷어내는 손동작까지 모든 것이 반짝였다. 간결하고, 독특하고, 지적이고, 감성적인 그녀의 사고방식에도 마음이 움직였다. 그녀는 두려워하지 않는 것 같았다. 그녀와 가장 친한 친구도 옆자리에 앉아 있었지만 내 눈에는 들어오지 않았다. 우리는 책, 액티비즘, 집단 의식, 자연의 심오한 지성을 놓고 토론했다. 선셋 대로에서 로럴캐니언을 따라 남쪽으로 차를 달리다 보면 그녀가 출연한 최신 영화의 포스터 속 그녀의 거대한 사진을 지나치게 되었다. 교통사고를 일으킬 정도로 위험한 미모라고 생각했다.

나는 커밍아웃하고 싶지 않았다. 그녀와 함께하고 싶었고, 서로 사랑했고, 서로를 많이 아꼈고, 함께 의미 있는 시간을 보냈다. 그것만으로도 좋은, 심지어 치유가 되는 관계였다. 그녀의 생일에는 노바스코샤까지 긴 여행을 떠났다. 남쪽 해안, 아버지의 고향에서 그리 멀지 않은 세이블강까지 갔다. 우리는 북쪽으로 여행해 퍼그워시 외곽에 있는 친구의 오두막에서 머물렀다. 하이킹을 하고, 모닥불을 피워 음식을 만들고, 폭포 아래에서 헤엄쳤다. 늦은 오후 잠들었다가 하루 중 그녀가 가장 좋아하는 시간인 어스름이 내릴 무렵에 눈을 떴던 것이 기억난다. 그녀는 가슴 위에 내 머리를 둔 채 잠들어 있었고, 나는 침묵과 그녀의 체취를 한껏 들이마셨다. '병 속에 담아 영원히 간직하고 싶어.' 그런 생각을 했다. 사랑에 빠지면 찾아오는 그 모든 위험을 안은 조용한 고통을 느꼈다. 우리는 노섬버랜드 스트레이트를 따라 케이프브레턴섬까지 갔다. 그녀는 다른 사람들에게는 메인 주로 명상을 하러 떠난다고 했다. 나는 가족을 만나러 고향에 간다고 했다.

우리는 핼리팩스에서 비행기를 타고 토론토로 온 뒤 에어 캐나다 라운지에서 갈아탈 비행기를 기다렸고, 우리 사이의 공간은 벽으로 가로막혀 있었다. 정확히 기억나지는 않았지만 우리의 행선지는 서로 달랐다. 내가 공짜 에스프레소를 마시는 사이 그녀는 내가 읽고 있던 책 『왜 결혼과 섹스는 충돌할까』를 가져가 뒷날개에 글을 쓰기 시작했다. 사랑이 꾹꾹 눌러 담긴, 내가 받아 본 그 어떤 것보다도 아름다운 편지였다. 우리의 사랑이 계속될 수 없었다는 것은 얼마나 슬픈 일인가.

상대를 비밀로 감추는 관계가 늘 그렇듯, 그녀와의 관계도 지속될 수 없었다. 거짓말, 불안감, 역겨움. 사람들은 "그녀가 퀴어라고 생각하지" 않았지만 분명 내가 퀴어라고는 추측했고, 나는 그녀가 그 수치심을 감당할 수 없을 것이라 생각했다. 결국 그녀는 자신이 할 수 있는 최선의 일을 했고, 안타깝게도 그 결과 내 마음은 산산이 부서지고 말았다.

그녀가 우리 관계를 끝내고 얼마 뒤, 라이언에 대해 아는 몇 안 되는 친구 중 한 사람이 실연의 슬픔에 젖은 나를 밖으로 끌어냈다. 에일리아의 친구 샘이 소규모로 게임의 밤을 연다고 했다. 가고 싶었냐고? 아니. 하지만 억지로라도 자기연민에서 벗어날 필요가 있다는 생각이 들었다.

"라이언이 거기 오는 거 아냐?" 내가 농담처럼 물었다.

"아니, 아니야. 걘 그 사람들 친구 아니잖아."

그 말대로였다.

나는 A자형 거실의 푹신한 러그 위에 에일리아와 함께 앉았다. 테킬라를 홀짝이면서, 목소리를 밝게 하려고, 처진 어깨를 끌어올리려고, 실연의 상처를 잊을 수 있는 에너지를 끌어내려고 애썼다.

15분쯤 뒤 문이 열렸고, 라이언의 얼굴이 보이기 전에 그녀의 목소리, 그 목소리에 담긴 반짝이는 온기가 먼저 내 귀에 들어왔다. 그리고 다음 순간, 그 남자의 목소리도 들렸다. 그는 아티스트였고, 키가 크고 잘생겼으며, 금빛이 도는 텁수룩한 머리에 스타일이 좋았다. 나는 자리에서 일어섰고, 그녀와 눈이 마주치는 순간 방 안이 녹아내리면서 무릎이 금방이라도 꺾일 것 같았다. 그녀는 내게서 시선을 돌려 다시 자신의 파트너를 바라보았다. 그의 손이 그녀의 등에 놓여 있었다. 나는 그쪽을 쳐다보지 않으려 온 힘을 다했다.

나는 그대로 나선형 계단으로 성큼성큼 직진해 철제 난간을 붙들었다. 에일리아가 따라왔다. 밖으로 나가 언덕 위 콘크리트 패티오를 향했다. 담뱃불을 붙이고 마음을 진정시키려 했지만, 심장이 빨리 뛰고 두 손이 덜덜 떨렸다. 잠시 후, 두 사람이 다른 사람들과 함께 바깥으로 나왔다. 새로운 게임 규칙을 설명하는 시간이었기에 모두 한자리에 모이게 됐다. 나는 그녀를 슬쩍 보았고, 그 남자와 함께 있는 그녀가 편안하기 그지없어 보인다고 생각했다.

도저히 버틸 수 없었던 나는 속이 안 좋은 척했다. "뭘 잘못 먹었나 봐." 하면서 손으로 입을 막았다.

간신히 화장실로 들어간 뒤, 시간이 흐르기를 기다리면서 거울에 눈길을 주지 않은 채 얼굴에 물을 끼얹었다. 거실로 돌아간 뒤에는 식탁에 앉아 양팔로 가슴 앞에 팔짱을 낀 채 고개를 비스듬히 숙여 위팔에 기댄 채로 옆을 바라보았다. 에일리아가 내 등을 문질러 주고 있는데 라이언의 파트너가 코코넛 워터를 내게 가져다주었다. 당연한 일이지만 그는 우리의 관계에 대해 까맣게 몰랐다. 친절한 행동이었지만 나는 코코넛 워터를 받아 들어 그대로 그에게 쏟아붓고 싶었다. 에일리아가 나를 막았다. 결국 나는 일어나서 밖으로 나가 차에 탔다. 나는 비밀을 지켰다.

게임의 밤에 함께 참석하는 것조차 꿈도 못 꾸던 연애를 끝내고, 그 남자의 손이 그녀를 만지는 모습을, 그녀가 그의 손길을 즐기는 모습을, 내 곁에서는 불가능했던 방식으로 존재하는 모습을 바라보는 것. 그녀에겐 잘된 거야. 그렇게 생각하려 애썼다. 그러고 싶었다, 그럴 수 있는 사람이 되고 싶었다. 하지만 너무 힘들었다. 그 일은 무참하게 나를 파괴해 버렸다.

누군가 우리의 마음을 아프게 하겠지만, 우리 역시 다른 사람의 마음을 아프게 한다.

16장
스피도

아홉 살, 아니면 열 살 무렵 혼성 축구팀에서 활동하던 시즌이 끝나갈 때 나는 심장이 찢어지는 것 같은 괴로움을 느꼈다. 부모님은 내가 불가피하게 여자 팀으로 옮겨가는 시점을 미룰 수 있게 1년 더 혼성 팀에서 뛸 수 있느냐고 리그 측에 문의했다. '친구들과 떨어지지 않도록'이라는 것이 사람들이 그 문제를 바라보는 시선이었다. 물론 그 말도 맞지만, 내가 느끼는 과도한 괴로움은 그 이유 때문만은 아니었다. 리그에서는 내게 한 시즌을 더 허락했다. 하지만 그 뒤로는 여자 팀에서 뛰어야 한다고 했다.

나를 샅샅이 살피는 주심의 눈길은 수치스러웠다. 머리를 짧게 깎은 내가 공을 차려고 제자리에 두면 주심이 끼어들었다. "남자는 이 팀에서 뛸 수 없어."

"난 여잔데요." 나는 이렇게 대답했다. 완전한 진실은 아니었지만, 달리 무슨 말을 하겠는가?

그러면 주심의 얼굴에는 거짓 미소가 퍼져나갔다.

그럼에도 내가 느끼는 그 수치심, 내가 원래는 이 팀에 있어서는 안 된다는 감각, 남자와 여자가 더는 한 팀이 되어서 겨룰 수 없다는 사실을 알게 되는 순간 느끼는 그 내재적인 감정이 그다음에 일어난 일보다는 나았다.

가슴이 자라기 시작했고, 그에 따라 청소년용 브라에 대한 어색한 대화들이 오고 갔고, 나는 어쩔 수 없이 가슴을 완벽하게 숨길 수 있는 큼직한 티셔츠를 찾아 입게 됐다. 자세가 구부정해지고 어깨가 말려 들어갔다. 자신감이 사그라지는 동시에 자기혐오는 커졌다. 그러다가 초경이 시작되었다. 핼리팩스에서 한 시간 반쯤 떨어진 곳에 있는, 수직으로 248미터에 달하는 스키 언덕인 웬트워스에서 아버지와 스노보드를 타고 있을 때였다. 로봇에서 체액이 새어 나오는 것처럼, 쇠 비린내 같은 피 냄새. 아버지가 가게에 가서 생리대를 사 왔다. 나는 생리대를 속옷에 제대로 붙이느라 한참을 고생했다. '앞으로 매달 이딴 기저귀를 차야 하는 거야?' 그런 생각이 들었다. 생리대에 살이 쓸리지 않도록 탐폰을 쓰고 싶기도 했지만, 몸에 탐폰을 집어넣을 시도를 할 마음은 죽어도 없었다.

체중은 내가 이해할 수 없는 방식으로 재분배되었고, 갭의 남자아이용 코너에서 산 옷들은 나를 배신했다. 이제는 나 자신을 도저히 알 수가 없었다. 다른 남자아이들처럼 나로, 내가 아는 나로 변하지 않았다. 이 나쁜 꿈에서 깨기만을 간절히 바랐고, 거울에 비친 내 모습은 점점 더 견딜 수 없어졌다. 눈을 감고 나 자신을 발견하던 기억을, 그 환희의 순간을 되찾을 수 있기만을 기도했다.

그러다 생각지 못한 곳에서 희망이 생겨났다. 여자 팀에 들어가기 전까지 같이 축구를 하던 팀이라는 친구가 있었다. 팀의 부모님은 팀이 태어날 때쯤 독일에서 핼리팩스로 이민을 왔다. 두 분 모두 엔지니어로, 홀리 크로스 공동묘지 맞은편 사우스 스트리트에 살았다. 스톰 포치(악천후에 대비하기 위해 집 현관 바깥에 설치한 지붕 달린 구조물—옮긴이)가 달린 낡고 높다란 빨간 집이었다. 실력도 힘도 넘치는 축구 선수였던 팀의 아버지 펠처 씨는 우리에게 여러 조언을 해 주었다. 빈 공간, 움직임, 작은 턴, 결정적인 한 번의 터치, 고개를 치켜드는 것, 미지의 공간을 향해 밀고 나가는 동작의 쓸모와 중요성을 설명해 주는 사람이었다.

바깥 날씨는 숨 막히게 더웠다. 뭐, 그 당시에 내가 생각한 숨 막히는 더위가 그 정도였다는 뜻이지만 말이다. 노바스코샤의 여름 기온은 섭씨 20도에서 25도 언저리지만 습도 때문에 30도에서 32도까지 올라가기도 한다. 나를 비롯한 남자아이들 몇 명은 팀의 집에 있었다. 우리는 뒷마당에서 축구공을 차며 놀고 있었는데, 곧 우리 모두 지쳐 나가떨어질 거라는 기대에 부모님들은 기뻤했지 싶다. 팀의 아버지가 어린이용 수영장을 끌고 나왔다. 기억 속 그 수영장은 보통 쓰는 작디작은 어린이용 수영장보다 좀 더 큼직한 것이었는데, 아마도 그 시절 내가 작디작아서 그렇게 기억하는 것이리라. 그가 수영장에 물을 채우기 시작했을 때에야 내가 수영복을 가져오지 않았다는 사실이 떠올랐다. 눈에서 보이지 않으면 마음에서도 멀어지는 법인데, 나는 내 수영복이 싫었기 때문이다. 나는 반바지 수영복이 좋았다. 내 아버지가 스윔 트렁크라고 부르는 그것. 두 개의 음절을 가진 그 직설적인 단어를 발음할 때면 환희가 느껴졌다. **스윔 트렁크**. 만족감을 주는 소리.

"여분이 있단다." 내가 걱정스러워하는 것을 알아차린 팀의 아버지가 말했다. "팀이나 벤의 수영복을 입으면 돼."

내 얼굴에서 걱정이 싹 걷혔다. '팀이나 벤의 수영복?'

나는 그를 따라 담배 냄새로 가득한 집 안으로 들어갔다. 그가 계단을 올라가더니 작은 빨간색 스피도 수영복을 들고 부엌으로 돌아왔다. 그가 내 앞에 수영복을 들어 보이자 하얀색 허리끈이 손을 흔드는 것처럼 대롱대롱 흔들렸다.

'앞으로도 수영복을 챙기지 말아야겠어.' 나는 생각했다. 나는 내 온몸을 꽉 조이고 배를 덮는 어깨끈 달린 수영복이 징글징글하게 싫었다. 벗을 때마다 젖어 몸에 들러붙는 것도 싫었다. 잘 벗겨지지 않는 수영복이 **넌 이 안에 갇힌 거야** 하는 것 같아 얼굴이 절로 일그러졌다. 남자애들은 젖어 물이 뚝뚝 흘러내리는 트렁크를 그저 두 손가락으로 집어 허벅지에서 떨어뜨리기만 하면 되는데 말이다. 그중에는 슈퍼맨의 수영복처럼, 미끈하고 딱 달라붙는 조그만 스피도를 입은 몸에 반짝반짝 햇빛을 받는 아이들도 있었다.

"자, 이거 입으렴."

스피도를 받아들면서 나는 마치 성스러운 부적을 받아들 때처럼 떨어뜨리지 않으려 조심했다. 절대 얼룩 하나도 묻히면 안 된다는 사실을 절실히 느꼈다. 욕실에 들어와 문을 닫자 의도한 게 아닌데도 세찬 쾅 소리를 내며 문이 닫혔다. 나는 나일론과 엘라스테인 소재로 된 이 귀중한 보물에 흠뻑 취해 있었다. 구멍에 급히 두 다리를 집어넣고 스피도를 당겨 올렸다. 그다음에는 변기 위였는지 욕조 가장자리였는지 높은 곳에 올라가 거울에 내 전신을 비추어 보았다. 허리끈을 조여 묶은 뒤 입이 찢어져라 길게 미소를 지으며 의기양양하게 고개를 들었다.

다시 돌아간 뒷마당은 예전과 하나도 다를 바가 없었다. 한 겹의 수영복이 내 가슴을 숨기지 않아도 상관없었다. 나는 친구들과 신나게 장난을 치며 놀았다. 달라진 것이라고는 나의 행복감, 깨달음의 순간, 그리고 모든 색깔과 소리를 더욱더 선명해지게 만드는 예리한 집중력이었다. 기쁨이 쏟아졌다.

스피도 수영복을 직접 본 것은 그때가 두 번째였다. 처음 본 것은 여덟 살 때, 프린스에드워드섬에 갔을 때였다. 우리는 세 시간 반이나 차를 달려 뉴브런즈윅과 프린스에드워드섬을 잇는 컨페더레이션 브리지를 건너 어머니의 친구인 브렌다의 집으로 갔다. 섬 북쪽의 노스러스티코에 그분의 농장이 있었다. 브렌다의 집에는 우리 외에도 어머니의 또 다른 친구 샌디, 그리고 비슷한 또래지만 나보다는 조금 어린 그분의 두 아이가 있었다. 아이들의 삼촌이자 샌디의 동생인 카일도 섬으로 건너와 우리와 함께 지냈다.

카일은 내가 어린 시절 (일방적으로) 알았던 단둘밖에 없는 동성애자 중 한 사람이었다. 그는 때로 텔레비전에 나오는 그런 종류의 게이였다. 시선 처리도, 말투도, 몸짓도…… 게이 같은 사람. 나도 모르게 카일을 쳐다보고, 알아보고, 인식하게 되었다. 두꺼비집을 서투른 손길로 만지작거리는 것처럼 뇌에서 미세한 불꽃이 튀었다.

그 농장이라는 것은 50에이커 너비의 비옥한 평지였다. 하얀 지붕널을 가진 낡고 커다란 집 한 채가 위풍당당하게 서 있었고, 오른편 뒤쪽에는 닭을 치는 헛간이 있었는데, 나는 매일 아침 동이 트자마자 침대에서 기어 나와 닭에게 모이를 주곤 했다. 나이 많고 거대한 돼지인 메이블은 꼭 친구처럼 느껴졌다. 나는 메이블과 친해지고 싶어서 누가 시키지 않아도 찾아가곤 했지만 튼튼한 덩치가 무서워서 너무 가까이 가지는 않았다. 이 친구를 논리적으로 설득한다는 게 불가능하다는 걸 알았으니까. 헛간 맞은편에는 가지가 불쑥 튀어나오고 구부러지고 휘어진 나무들이 몇 그루 있었다. 완벽한 공간이었다. 나는 몇 시간이나 밖에서 혼자 요새를 만들었고 코요테의 침입을 막을 수 있도록 낡아 버려진 휠캡을 끌고 와 요새의 조그만 입구 앞에 세워두었다. 자연 속에서 지내는 게 좋았다.

방학 동안 우리는 캐번디시에 있는 작은 놀이공원 겸 워터파크인 레인보우 밸리에 갔다. 나는 수영이나 워터파크를 좋아하지 않았는데 지금 생각하면 수영복이 문제였던 것 같기도 하다. (워터파크에게 기회를 한 번 더 주는 게 좋겠다. 트렁크 수영복을 입고 다시 시작하는 거다.) 가장 유명하고 높은 워터슬라이드 꼭대기에서 줄을 설 때, 스피도 차림의 카일이 내 뒤에 서 있었다. 매끈한 피부가 물에 젖어 반짝반짝 빛났다. 그의 그을린 탄탄한 몸, 그의 상체는 꿈처럼 근사했다. 몸에 딱 붙는 스피도를 내려다보지 않으려고 애썼지만, 어쩔 수 없이 그쪽으로 눈이 갔다. 우리 뒤에 서 있던 십 대 남자애들도 그랬던 모양이다.

"패것……." 그들이 수군거리는 소리가 들렸다. 왜, 가까스로 귀에 들릴 크기의 중얼거림 있잖은가. 더러운 겁쟁이들 같으니.

그 순간 카일의 몸이 위축되고, 그의 어깨가 앞으로 말리고, 고개가 아주 살짝 아래로 떨어지며 뒷목이 팽팽하게 늘어나는 모습이 내 눈에 들어왔다. 기다란 트렁크 수영복을 입은 남자애들은 킬킬 웃고 그를 놀려댔다. 카일 같은, 나 같은 퀴어를 업신여기면서. 무슨 일이 벌어지는 것인지 알 수 없는 동시에 알 수 있었다. 카일은 아무 말도 하지 않은 채 오로지 나에게만 집중한 채로 미소를 지었고, 우리는 우리 차례가 되자 슬라이드 꼭대기로 올라가 휙 하고 아래로 미끄러져 내려갔다.

알고 보니 나는 딱히 스피도를 입는 그런 남자가 아니었지만, 처음으로 흉터가 보이는 가슴을 드러낸 채 트렁크 수영복을 입었던 순간은 말로 표현할 수가 없었다. 토론토에서의 그 순간은 아마 내가 인스타그램에 올린 사진에 가장 잘 포착되었을 거다. 커다란 기쁨만큼이나 얼굴에 한가득 미소를 짓고 있었다.

30도가 넘는 날씨에도 몸을 꽁꽁 싸매고 수영장 주변에서만 어슬렁거리던 나는 이제 내 것이라는 느낌이 드는 몸을 가지고 당당하게 서 있는 사람이 되었다.

예전에 한번은 뜨거운 로스앤젤레스의 태양 아래, 친구가 사는 아파트 옥상에 앉아 있을 때 그 친구가 "수영 청바지는 가져왔어?" 하고 농담한 적도 있었을 정도다.

토론토의 뒷마당에서 수영을 하면서 두 다리로 물을 차고, 팔을 쭉 뻗으면서, 온몸 구석구석을 느낄 수 있었다. 물 밖으로 나와, 허벅지에 달라붙은 젖은 수영복 트렁크를 두 손가락으로 집어 떨어뜨리면서 물이 내 가슴을 타고 뚝뚝 흘러내리는 모습을 내려다보았다. 수영장 밖으로 나온 나는 비치 의자에 등을 대고 편안하게 누워 햇빛을 온몸으로 한껏 빨아들였다.

17장
충돌

어른이 된 뒤 집에 갈 때마다 마음의 준비를 하곤 했다. 직업이 연기하는 것이다 보니, 어느 순간 나는 사생활에서조차 연기를 할 수는 없다는 걸 깨닫게 됐다. 연기할 필요가 없어야 했고, 린다와 아버지하고 잘 지내기 위해 애쓸 필요도 없었다.

좋아, 이번에는 말하는 거야. 이번만큼은 내 목소리를 내는 거야.

"그런 말은 하지 마세요."

"왜 저한테 그런 식으로 말씀하세요?"

연습했다. 이것도 연기인가?

그러나 당연하게도 집에 도착하자마자 온 힘을 다할 수가 없었다. 문을 열고 들어가서, 계단 위아래를 향해 인사를 건네고 나면, 스니커즈를 채 벗기도 전에 등이 아프고, 불안해지고, 배 속에는 가스가 차고, 가슴 속이 벽돌을 품은 것처럼 무거워졌다. 본능적인 기분, 재단하는 눈길들. 그 기분은 여태 한 다짐을 낚아챈 뒤 린다가 크럼블에 넣는 피칸처럼 가루로 만들어버린다. 끈을 당겨 자동적인 반응만 되풀이하는 인형처럼, 진짜조차도 아니었다. 이제와 돌아보면 나는 린다에게 사랑받고 아버지를 흡족하게 하려고 내가 소진될 때까지 온 힘을 다했다. 아버지가 내 편을 들어 주지 않는다면 분명 **내가** 문제일 테니까, 또, 아마도 언젠가는 방법을 찾아낼지도 모르니까, 그러면 안전한 기분을 느끼게 될 수도 있다고 생각하면서. 결국 나는 집에 발길을 끊게 됐다.

그 대신 아버지가 나를 만나러 로스앤젤레스로 오게 됐다. 나는 스물다섯 살이었고 캔턴 드라이브의 내 집에 혼자 살았다. 주로 젊은 가족이나 나이 든 사람들이 많이 사는 조용한 동네였다. 그 동네가 마음에 들었다. 내 집은 침실이 두 개 있고 가파르게 기울어진 널찍한 뒷마당이 있었다. 정원엔 온통 재스민 향기가 진동했다. 라이언이 공기에 온통 배어나는 재스민 향기를 정말 좋아했기에 울타리를 따라 내가 심어 놓은 것이었다. 캘리포니아의 태양 아래 반짝이는 강낭콩 모양의 중간 크기 수영장도 있었다. 밤이면 정원은 밝은 보랏빛으로 빛났다. (최근에 만났던 전 애인이 색 전구를 좋아했기 때문이었는데, 내가 자꾸 전구 교체를 잊어버리는 바람에 결국은 전부 타 버렸다.)

이 집에는 적당히 넓은 거실도 있었고 거실의 큰 창들로는 거리가 내려다보였다. 가구라고는 소파 하나, 그리고 흰 페인트를 칠한 벽돌 벽난로를 마주 보게 놓아둔 미드센추리 양식 의자 두 개가 전부였다. 작지만 세련된 갤러리 키친(양쪽에 주방 설비가 배치된 좁은 복도식 부엌—옮긴이) 왼편에 자리한 욕조 없는 욕실, 그리고 아늑한 침실이 두 개 있는 집이었다.

나를 찾아오기 전, 아버지는 이번에 만나면 나의 어린 시절과 관련해 하고 싶은 이야기가 있다고 했다. 내 머릿속에 처음 떠오른 생각은 어린 시절 내가 린다와 함께 지내며 느낀 적대감, 그리고 그것을 막아 주지 못한 아버지의 무능력에 관해 이야기를 나누려나 하는 예상이었다. 아니면 우리뿐이던 시절에 비해 린다를 만난 뒤 아버지가 애정을 표현하는 방식이 바뀌었다는 사실을 마침내 알아차린 건지도 몰랐다. 데니스에게는 린다를 연상시키는 힘이 있었지만 발현되는 방식은 달랐다. 린다처럼 분노에 활활 타는 눈빛 없이도 부드러운 말투로 사람을 조종해서 원하는 것을 얻어냈다. 나를 온통 자기의심에 사로잡히게 하는 아버지의 말투는 얼핏 다정하게 들려도 온몸에 오한이 들게 만들었다. 그러면 이유 없이 아버지가 시키는 대로 하게 됐다.

전화로 그 이야기를 들었을 때는 너무 놀라 무슨 말이냐고 되물을 수 없었지만, 공항으로 아버지를 데리러 가는 동안 가슴 속에서 두려움과 희망이 마구 뒤섞였다. 아버지로부터 사과를 받고, 그 모든 지난 일에 대한 진짜 대화를 나눌 수 있을지도 모른다는 가능성을 떠올리자니, 기다리던 그날이 마침내 다가온 것 같았다.

아버지가 온 지 하루 이틀쯤 지났을 때, 함께 식료품 장을 본 뒤 홀푸즈 주차장에 세워둔 차 안에 앉아 있을 때였다. 아버지가 숙고로 가득한 얼굴로 나를 돌아보았다.

"내가 너한테 하고 싶었던 말은, 음, 한참 생각해 보았던 이야기다……." 아버지가 입을 열었다. "정말 오랫동안 죄책감을 느끼며 살았는데, 이제야 그걸 내려놓을 때가 온 것 같구나."

기대했던 그 말은 아니었지만, 나는 그때까지도 이 이야기가 우리가 앞으로 나아갈 수 있는 사과의 말로 이어질지도 모른다는 희망을 붙잡고 매달리고 있었다.

"네가 어릴 때 네 엄마를 떠난 일에 대해 늘 죄책감을 안고 살았다." 내 머릿속이 혼란으로 마구 뒤엉켰다. "하지만 그러지 않았더라면, 난 린다와 함께할 수 없었을 거야." 아버지가 왜 그 말을 하는지, 왜 내게 이 마음을 털어놓는지 도저히 이해할 수 없었다. 그 집에서 린다와 함께 지내던 어린 시절, 나는 나 자신이 정말 작고 힘없는 존재라 느꼈었다. 아버지는 말을 이었다. "린다와 함께하는 지금의 삶을 살 수 없었을 거다. 지금의 이 사랑과 행복을 결코 얻지 못했을 거야. 린다를 정말 사랑한다."

린다와 함께하는 지금의 삶을 살 수 없었을 거다. 아버지가 한 말을 머릿속으로 되풀이했다. 이 멋진 삶. 그 순간 한 가지 사실만큼은 분명해졌다. 아버지는 아무것도 몰랐던 거다. 아버지는 나한테는 아무런 관심도 없었던 거다.

숨을 쉴 수 없었고, 가슴속에 불덩이가 떨어진 것 같았지만 지금은 차 안에 갇혀 있는 신세였다. 마지막으로 집에 갔을 때 나는 마침내 내 경험을, 그 집에서 살면서 느낀 고통과 내가 받은 영향을 어느 정도 털어놓을 수 있었다. 그런데 지금, 내 감정이 또다시 한쪽으로 밀려나고, 지워지고, 정서적으로 배를 세게 얻어맞는 것만 같은 기분이었다.

나는 얼어붙어 입을 다문 채 앞만 바라보았고, 그다음에 이어진 대화를 내 머리는 도저히 따라잡을 수가 없었다. 말을 안 한 것이 아니라, 말을 할 수가 없었다. 평생을 따라다니던, 감지할 수 없는 재갈처럼 예고 없이 내 입을 막는 그 감각 때문이었다. 정신적인 불안은 일터에서도 지장을 초래할 정도였다. 거울, 내 얼굴, 타이트한 의상. 진심으로 죽고 싶었지만 죽을 생각은 없었다. 적어도 의식적으로는 말이다. 가장 편리하면서도 죽음과 가까운 대안은 모든 것을 닫아 버리고 정지시켜 버리는 것이었다. 그렇게 정지 상태가 될 때면 기억에 빠져들어 스트레스 위에 스트레스가 쌓이기 마련이었다.

어느새 나는 과거의 어느 순간으로 돌아가 있었다.

"좀 크게 말할 수 없어요?!"

여기는 각광받는 유명한 포토그래퍼와 함께하는 호화롭고도 명망 높은 화보 촬영장. 나는 디렉터스 체어에 앉아 머리 손질과 메이크업을 받고 있었다. 여태까지 와 본 화보 촬영장 중 가장 고급스러운 곳이었다. 음악이 울려 퍼지고, 시야 주변에서 테스트 중인 플래시가 펑펑 터지고, 힙스터 중에서도 가장 힙한 사람들이 수도 없이 많았다. 꼭 영화에나 나올 법한 장소였다.

촬영장에 들어가 스타일리스트와 인사를 나눌 때부터 나는 이미 주눅이 들어 말이 없었다. 의상 피팅은 생략했는데, 선택지가 하나뿐이었으므로 그 옷을 입을 수밖에 없었기 때문이다. 타이트한 나머지 등의 지퍼가 끝까지 올라가지도 않는 푸른색 드레스는 내게 남아 있던 한 줌의 자신감마저도 쥐어짜 없애 버렸고, 그때 그 일이 벌어졌다. 알아들을 수 없는 웅얼거림만 간신히 입 밖으로 나오는 사태.

세계적으로 유명한 포토그래퍼는 내가 앉아 있는 것과 똑같이 생긴 의자를 끌고 와서는 자기소개를 했다. 메이크업 아티스트가 하던 일을 멈추자 포토그래퍼는 인사를 건네며 내게 처음 만난 사람에게 하는 질문들을 던졌지만, 나는 대답을 할 수 없었다. 내 몸은 통제권을 빼앗긴 것처럼 뻣뻣하게 굳어 반응하지 않았다. 포토그래퍼는 짜증이 난 티를 숨기지 않았는데, 당황스러움으로 해석할 여지가 있던 눈길은 금세 악의로 변했다.

"말을 할 줄 알긴 해요?" 포토그래퍼가 날카롭게 쏘아붙였다.

그 말과 함께 그 사람은 한 다리를 들고 살짝 몸을 뒤로 기울였다. 한쪽 무릎을 접어 올린 다음 자기 몸쪽으로 당겼다. 그다음에는 세차게 내가 앉아 있던 의자 옆 부분을 걷어찼다. 포토그래퍼가 신은 부츠 바닥이 의자의 나무 틀에 부딪쳤다. 세게. 심장이 쿵 내려앉았다. 순식간에 일어난 일이었다. **방금 대체 무슨 일이 일어난 거야?**

너무 놀라 몸을 낮췄다. 포토그래퍼가 자리를 떠나자 나는 메이크업을 망치지 않으려 온 힘을 다해 눈물을 참았다. **제발, 아이라이너가 번지면 안 돼.** 그 사람이 내 의자를 발로 찼을 때 내가 대답을 했는지 아닌지는 기억나지 않는다. 기억나는 건 오로지 나는 그 상태로 메이크업을 받고, 머리카락을 매끈하고 곱슬거리게 다듬었고, 의상을 걸친 채 사진 촬영을 했다는 것이다.

아버지를 태운 내 차는 우리 집 진입로로 들어왔다. 공황이 온몸을 휩쌌지만 그 이유가 무엇인지는 스스로에게조차 설명할 수 없었다. 이제 와 돌아보면 아버지의 눈으로 바라본 진실에 반박해야 한다는 생각 자체만으로도 내가 공황에 빠졌다는 걸 알겠다. 불안이 뼛속까지 파고들었다.

장을 본 식료품을 정리한 뒤 나는 핸드폰과 지갑, 선글라스를 챙겨 상담을 받으러 가야 한다고 말하면서 아버지에게 상담 시간을 미리 이야기해 놓은 것을 후회했다. 우리 사이에는 숨겨진 긴장, 과장된 친절함이 감돌았다. 우리는 연극을 하고 있는 배우들이었고, 벽난로조차도 그저 소품에 불과했으며, 그 무엇도 진짜가 아니었다.

"상담 시간까지 두 시간은 남지 않았냐?"

"그건 그렇지만 이 시간대엔 차가 많이 밀리는 데다가 커피도 한 잔 마시고 싶어서요."

로럴을 지나 벤투라 대로를 향해 차를 모는 내내 온몸이 덜덜 떨렸다. 의도치 않았는데 오른쪽 다리가 떨리면서 무릎이 미세하게 덜그럭거렸다. 나는 발을 가만히 두려고 정신을 집중했다. 흐릿한 눈으로 앞유리창 너머를 바라보면서, 빨간 불, 초록 불, 아주 살짝 가속페달을 밟으면서, 그렇게 좌회전을 해 무어 파크로 접어들었다. 두유를 약간 추가한 얼음 넣은 에스프레소 스리샷을 미니쿠퍼의 컵 홀더에 끼워 넣었다. 벤투라 대로로 올라가 콜드워터캐니언을 타고 밸리에서 베벌리힐스로 가 윌셔 대로에 있는 오래된 상담소로 갈 생각이었다. 일찍 도착할 테니까 차에서 커피를 마실 생각이었다.

몸이 점점 더 떨려오는 바람에 내 요란한 생각을 진정시켜 줄 목소리를 찾아 NPR을 틀었다. 중간중간 커피를 한 모금씩 마셨지만 카페인이 불안감을 진정시키려는 내 노력에 도움이 안 되는 건 분명했다. 진땀이 흘렀지만 오한이 났고, 속이 뒤틀리는 바람에 속에 있는 것들이 튀어나올 것만 같았다. 점프스케어 장면 같았지만 나는 그대로 버텼다. 도로에 두 눈을 떼지 않고 집중하려 애썼다.

빨간 불에 멈춰선 나는 앞차를 추월하려 차선을 변경했다. 로스앤젤레스의 도로에서 수도 없이 했던 간단한 조작이었다. 그러나 앞차의 우측 후미등을 들이받는 바람에 내 차의 전면 왼쪽은 박살 났고, 다행히도 상대 차량에 입힌 피해는 훨씬 적었다. 앞차인 검은 세단을 따라 벤투라 대로를 벗어나 주차장으로 향하는 사이 죄책감 때문에 욕지기가 일었다. 운전을 하면서 이런 적은 처음이었다. 앞차의 운전자인 여성은 큰 충격을 받았고 나는 미친 듯이 사과를 늘어놓았다.

"운전하면서 문자메시지라도 하고 있었던 거예요?!" 그 사람은 성을 내며 물었는데 그럴 만도 했다.

"아니에요, 그러지 않았어요. 어쩌다가 그랬는지 모르겠어요. 정말 진심으로 죄송해요."

우리는 연락처를 주고받고 사진을 찍었다. 보험사는 할 일을 했고, 의심의 여지 없이 내 잘못이었다.

다시 차에 올라 시간을 확인했다. 수치심과 괴로움으로 뒤범벅된 채 심리치료사에게 전화를 걸었다.

"엘런, 살다 보면 그런 일도 생겨요. 가벼운 접촉사고야 매일 같이 일어나는걸요. 나도 그런 적 있었어요."

심리치료사의 말 덕분에 뒤틀리던 속도 가라앉았다. 마음이 안정되고 나면 상담 시간에 크게 지각하지 않을 터였다.

죄책감으로 욱신거리는 기분으로 상담소의 소파에 앉아 몸을 웅크리고 고개를 두 손에 묻었다. 심리치료사가 나를 진정시키는 말을 했지만 그 말들이 도저히 와닿지 않았다. 어쩌다 보니 대화는 아버지 이야기로 흘러왔다.

"아버지가 여기 계시는 동안, 함께 상담을 받으러 오실 생각이 있나요?"

나는 상담사의 말이 채 끝나기도 전에 말을 끊었다. 조용한 말 끊기.

"뭐라고요? 안 돼요." 날카롭게 대답했지만, 그게 무슨 소리냐는 헛웃음도 함께 터져나왔다. 일할 때를 대비해 비축해 두었던, 예기치 못한 반응이었다.

심리치료사는 왜냐고 물었다. 절대 안 된다는 말 말고는 딱히 대답할 말이 없었다.

아버지와 맞선다는 것, 선을 긋는다는 건 생각만 해도 감당이 안 됐다.

적어도 교통사고를 해결해야 했던 바람에 집에 돌아왔을 땐 적절한 기분전환이 됐다. 전화 통화를 하고 차 수리를 위해 자동차 대리점까지 운전해 가야 했다. 아버지는 자동차에 빠삭한 사람이었다. 삼촌도, 사촌 두 명도 정비사였다. 그래서 아버지가 당신이 잘 아는 영역을 해결하기로 했고 나는 아버지에게 전권을 떠넘긴 뒤 내 영역에 머물렀다.

그날 내내 나는 같은 문장을 여러 가지 다른 버전으로 머릿속에서 끝없이 되풀이하면서 기운을 냈다. 어쩌면 시간을 끌었던 건지도, 잘 모르겠다. 하지만 할 수 없었다. 도저히 입에서 말이 나오지 않았다. 단단히 걸어닫힌, 언제나 내면으로 도로 밀려 들어가는 감정.

경계를 모호하게 만들다 보면 그 사이에서 길을 잃게 된다. 내가 바라던 것, 이해, 최소한 설명, 그 무엇이라도 들을 날은 영영 없다는 사실을 깨달은 것은 그 순간이었다. 내가 마침내 입을 열기까지는 그 후로도 몇 년이라는 시간이 걸렸다.

18장
직관

열두 살 때, 화장실에 앉아 있다가 **알았다.** '연기하는 일'이 내 미래가 되지는 못할 거라고 부모님이 내게 다시금 알려 주었던 날이었다.

"영원히 계속하지는 못할 테니까 너무 큰 꿈을 품지는 말길 바란다." 부모님은 늘 그렇게 말했다.

그도 그럴 것이, 우리는 영화 제작과는 무척 동떨어진 곳에 살고 있었다. 할리우드는 실제 장소보다는 신화에 가까웠다. 부모님이 내 실력을 나쁜 의미로 의심한 것은 아니지만, 현실적으로 내가 지나치게 앞서 나가거나 너무 들뜨지는 않기를 바랐다. 당분간은 재미있는 경험이 되겠지만, 성적도 유지해야 하고 축구도 해야 했다. 연기가 내 직업이 될 수는 없을 테니까.

하지만 나는 **알았다.** 그 순간의 명징함은 영영 잊지 못할 것이다. 변기 위에 지나치게 오랫동안 앉아서, 아무것도 보고 있지 않은 동시에 모든 것을 보고 있었다. 나 자신이 활짝 열리는 것만 같은 설명할 수 없는 기분을 느꼈다. 수많은 배우들 중 갑자기 떠오른 건 줄리아 로버츠였는데, 나중에 내가 「플랫라이너」 리메이크에 출연하게 된 걸 생각하면 기분 좋은 우연이다.

'분명 줄리아 로버츠도 누군가에게는 절대 배우로 성공할 수 없다는 말을 들었을 거야. 비현실적이라고, 너무 힘들 거라고, 불가능하다고. 하지만 줄리아 로버츠는 해냈고, 지금도 그렇잖아. 난 내가 배우가 될 거라는 걸 알아, 보이거든. 느껴지거든.'

그건 누구에게도 말하지 않은 나만의 작은 비밀이었다. 내 안 깊은 곳에서 그 사실을 감지한 그 순간부터 나는 연기를 평생 할 것이라는 사실을 단 한 번도 의심한 적이 없었다. 거절당하는 데 익숙해지면서도 동요하지 않았다. '어떤 배역을 내가 맡아서 나른 배우들이 실망하게 될 거야. 어떤 배역은 다른 배우가 맡아서 그때는 내가 실망하게 될 테고.' 물론 그렇다고 해도 언짢을 때가 있고 때로는 가슴이 아플 때도 있었지만, 그래도 대처할 수 있었다는 뜻이다. 어쩌면 어린 시절부터 그저 그런 일에 신경 쓰지 않게 된 것인지도 모르겠다. 다른 수많은 일이 그렇듯, 익숙해진 거다.

나는 그 시절 제일 친했던 친구와 함께 대사를 연습하곤 했다. 초등학교 시절부터 알고 지낸 사이지만, 처음 둘이서만 시간을 보내게 된 건 십 대 초반 과학 박람회 프로젝트에서 짝이 되었을 때였다. 잭과 나는 금세 떼려야 뗄 수 없는 사이가 되었다.

잭은 나와 장면 연습을 같이 해 주면서 필요한 대사를 전부 외웠는지 확인해 주었다. 우리 집에는 비디오카메라가 없었기에, 대면 오디션이 아닐 때면 나는 잭과 함께 시내에 있는 스튜디오에 가서 셀프 테이프를 만들었다. 캐스팅 담당자가 나에게 '사이드'라고 불리는 오디션용 대본을 팩스로 보내주면 내가 VHS로 내 연기를 녹화해 다시 우편으로 보냈다. 나중에는 비디오테이프가 CD로 바뀌었지만 말이다.

잭과 나는 함께 다니는 괴짜 친구였다. 우리는 나무 뛰기라는 놀이를 발명했는데, 잭의 집 뒷마당에 있는 둥근 나무토막 위에 앉은 다음 거대한 나무에서 늘어진 밧줄을 붙잡고 허공에 매달리는 것이었다. 두 발이 다시 떡갈나무에 닿기 전에 최대한 많이 빙빙 도는 것이 이 놀이의 목표였는데, 때로는 등이나 옆구리를 단단한 나무에 부딪치는 일도 많았다. 고통이 있어야 얻는 것도 있는 법. 심지어 우리는 '비둘기당'이라는 이름의 둘만의 정당도 만들었다. 우리 당의 공약을 꼬집어 말하기는 좀 어려웠지만, 우리는 비둘기의 권리를 지지했고 거리를 돌아다니며 마주치는 새마다 인터뷰를 시도했다. 물론 새들은 대체로 인터뷰 요청을 거절하고 뒤뚱뒤뚱 떠나 버렸지만 말이다.

잭은 학교에서 심하게 놀림 받는 아이였다. 그 애는 종종 들떴고, 심각하게 들떠서, 어떤 사람들을 짜증 나게 했다. 그중에서도 잭을 사물함에 밀치고 그 안에 쑤셔 넣으려고 하면서 매일같이 괴롭히는 아이가 한 명 있었다. 그 애는 나를 쓰레기통에 집어넣은 적도 있다. 학교 아이들은 악랄했고 잭을 자극해서 폭발하게 만들었다. 그러고 나면 그들은 잭을 더 심하게 괴롭혔다. 나는 잭에게 힘이 되어 주고 싶었다. 그 애도 나에게 힘이 되어 주었으니까. 우리에게는 서로가 필요했다.

잭의 아버지는 그 애가 세 살 때 돌아가셨고, 새아버지는 그렇게 온화한 사람이 아니었다. 또, 내가 내 상황을 투사한 것인지도 모르지만, 잭의 새아버지가 자기 친자식에게 더 잘해 주는 게 티가 났다. 그 때문에 나는 무척이나 성이 났지만, 그렇다고 할 수 있는 일이 있었겠는가? 잭은 그저 갈 곳 없는 슬픔을 안고 고립된 아이일 뿐이었다.

"잭이랑 같이 놀지 않으면 너도 쿨한 애가 될 수 있을걸." 타워 로드에 있는 또 다른 친구의 집에서 함께 테니스를 치다가 그 친구가 말했다. 그 애와 나는 초등학교 때부터 가장 친한 친구였지만, 중학생이 되고 난 뒤 우리의 우정은 어긋나기 시작했다. 그 애는 인기 많은 애들과 어울렸고 나는 '쿨한 것들'에는 관심이 없었다. 내 관심사는 잭과 이상한 놀이를 만들어 내는 것, 그리고 팩스 기계에서 무작위로 전해지는 대본을 읽는 내 모습을 녹화하는 것이었다. 나는 가식을 부리지 않는 사람과 어울리고 싶었다. 잭과 함께 있을 때면 가능한 만큼 최대한의 나 자신이 될 수 있었다. 아마 내가 '쿨함'과 '인기'에 거부감을 느꼈던 것은, 그 사실을 완전히 의식하고 있었건 아니건, 내가 이미 나 자신을 극도로 숨기고 있었기 때문, 그리고 인기란 궁극적인 가면이기 때문이었던 것 같다. 너무 딱 맞는 틀. 나는 이미 충분히 심하게 짓눌리고 있었으니까.

열네 살 때 처음 영화 주연을 맡을 수 있도록 도와준 사람이 바로 잭이었다. 우리가 시내에서 만든 셀프 테이프 덕분에 그 배역을 맡게 된 것이다. 바닥에 사이드를 아무렇게나 펼쳐 놓은 채로, 잭이 나를 위해 다양한 배역을 연기하는 동안 나는 실컷 웃었다. 우리 둘뿐이었다. 그때면 나는 잠깐이라도 내 몸에서 벗어나 사라질 수 있었고, 역설적으로 더욱더 내 몸과 연결될 수 있었다. 영화 촬영을 하러 갔을 때도 그런 일이 일어났다. 의상이나 머리 모양은 언제나 즐겁지는 않았지만, 연기를 하면서 느끼는 즐거움, 나 자신을 떠나도 된다는 허락이 떨어지면 나는 숨을 쉴 수 있었다. 잭에게 너무나 고마운 일이 많다.

그 영화의 제목은 「나는 유령을 다운로드했다*I Downloaded a Ghost*」였는데, 영화 속에 등장하는 십 대 청소년은…… 뭐, 말 안 해도 알겠지만, 인터넷에서 유령을 다운로드한다. 지금은 「르노 911!」로 스타가 된 카를로스 알라스라키가 유령 역할이었다. 그는 성대모사를 엄청나게 잘했다. 나는 그에게 성대모사를 해보라는 부탁을 수도 없이 많이 했고, 특히 호머 심슨 흉내를 많이 부탁했다. 그는 유쾌하고, 친절하고, 나를 인내심 있게 대해 주었다. 아역과 함께 일하는 게 언제나 쉬운 일은 아니다.

영화 촬영지는 서스캐처원의 새스커툰으로, 그때까지 내가 가 본 가장 먼 곳이었다. 나를 괴롭히는 역할을 맡은 배우는 십 대가 아니라 십 대를 연기한 이십 대 초반 여성으로 아름답고 진지했으며 나에게 잘해 주었다. 나는 그녀가 너무 좋아서 마치 그녀를 빛이 둥그렇게 둘러싸고 있는 것처럼, 온몸이 덜덜 떨릴 정도로 압도되었다. 핼리팩스의 학교로 돌아온 뒤에는 그녀가 교실로 들어오는 상상을 했다. 정말 그럴 수도 있다고 믿었다. 얼마나 자의식 과잉이었으면 그런 생각을 했을까? 나는 내가 그녀를 짝사랑한다는 사실을 알았던 동시에 완전히 이해하지는 못했다. 내가 아는 것이라고는 도저히 그녀 생각을 멈출 수 없다는 것, 그녀가 보고 싶다는 것뿐이었다. 그녀는 내 짝사랑을 알았을까? 그건 잘 모르겠다.

세트장에서의 강렬한 유대감이 갑작스레 끊어지는 일에 아직 적응하지 못했던 나는 영화 촬영이 종료되자 마음앓이를 했다. 일은 내게 힘을 불어넣어 주었다. 내가 현재에 존재하도록, 무언가를 느낄 수 있도록 만들었다. 그 시절 학교에 못 가는 날이 많았으니 아마 여러분은 내 성적이 떨어졌을 거라고 생각하겠지만, 그렇지 않았다. 나에게만 집중하고 돌보는 개인 교사와 일대일로 공부할 기회 덕분에 학교 수업에서의 자신감 부족이 촬영 대기 트레일러나 교과서가 이리저리 흩어진 사운드 스테이지의 사무실까지 이어지지 않았다. 그저 공부에만 집중할 수 있었다.

「나는 유령을 다운로드했다」 이후 일이 계속 들어오면서 눈에 띄게 내 입지가 생겼다. '뭔가 되고 있어, 이 일이 진짜로 될 수 있는 거야.' 나는 생각했다. 나는 어느 정도의 자율성이 허용되는 공간, 학교와는 다른 현실을 반영하는 공간을 원했다. 매번 영화를 시작할 때마다 새로 시작하는 기분에 중독되었다. 그 세계 속에 내 전부를 쏟아부었다. 나는 괴상한 아이라는 사실이 긍정적인 것으로 받아들여지는 공간에 있었다. 돌아보고 싶지 않았다.

그다음에 「고스트 캣*Ghost Cat*」이라는 영화 주연으로 캐스팅되었다. 가족영화로, 내용은 이번에도 제목에서 예상할 수 있는 그대로다. 로튼 토마토가 적절하게 요약해 놨는데, "한 남자(마이클 온트킨)와 십 대 딸이 오래된 집으로 이사한 뒤 유령 고양이가 소동을 일으키"는 내용이다. 영화에서 주연을 맡은 것은 고작 두 번째였는데 우연히도 둘 다 제목에 '고스트'가 들어간다.

마크와는 「고스트 캣」 세트장에서 만났다. 나는 막 열여섯 살이 되었고, 마크는 열네 살이었으며 그때는 나보다 키가 작았다. 마크는 어린 시절 내가 정말 좋아했던 프로그램 속 땅돼지 아서의 목소리 연기를 몇 년이나 했고 불과 얼마 전 「마이클 크로의 심문*The Interrogation of Michael Crowe*」에서 그의 엄청난 연기를 보았던 터라 마크를 만날 수 있어 설렜다. 내가 맡은 인물은 새로 이사 온 아이였고 마크는 나와 친구가 되는 착한 이웃 아이였다.

감독 돈 맥브레어티는 함께 일하기 좋은 사람이었다. 친절한데다가 우리의 연기를 잘 살펴 주었다. 여러 의미에서 영화는 새로운 환경으로부터, 또 자기 자신으로부터 분리된 한 소녀가 깊은 슬픔과 변화를 받아들이는 과정을 담아내고 있었다. 촬영이 시작되기 전 사진액자에 비친 내 모습이 눈에 들어왔다. 긴 머리가 내 얼굴을 감싸고, 이마가 반들거리는 모습. **저건 누구지?** 밀려오는 욕지기. **액션.** 사라진다.

마크와 친해진 건 두 달 뒤 몬트리올에서 다음 프로젝트를 촬영할 때였다. 델타 버크가 주연인 라이프타임 채널의 「고잉 포 브로크」라는 영화였다. 이때 우리는 처음 마음이 통했고 그 마음은 영원히 이어졌다. 우리는 계속 연락을 이어가고 있었고 마크 역시 몬트리올에서 영화 촬영 중이었기에 만나자는 이야기를 했지만 아직 약속을 잡지는 않았다.

나는 악보집을 넘기며 퀘벡에서 제조한 어쿠스틱 기타인 아트 앤드 루더리를 서투르게 연주하고 있었다. 간단한 곡을 연주하며 낮게 노래했다. 밥 딜런, 캣 스티븐스, 비틀스, 심지어 내가 지은 노래까지도 몇 곡 연주하고 있는데 호텔 전화가 울렸다.

"여보세요?"

"안녕!" 마크였다.

산책을 나왔다가 호텔을 보는 순간 그는 **엘런은 저곳에 묵고 있는 거야** 하고 곧바로 알았다고 한다. 자동문이 열리자 그는 들어온 뒤 데스크에 가서 "엘런 페이지의 방에 연결해 주세요." 하고 자신 있게 말했다. 그런데 몬트리올 시내의 수많은 호텔 중 나는 정말 그 호텔에 묵고 있었다. 마크는 그때 자신이 느낀 감정이 아주 이상하면서도 강력한 직관이었다고 말했다. 확신했다고 했다.

마크와 둘이서 시간을 보낸 건 그날이 처음이었다. 학교 친구도, 개인 교사도, 부모님도 없는 곳에서 그는 이전과는 다른 방식으로 진심을 털어놓았는데 그 애한테서는 슬픔이 비어져 나왔다. 늘 다정하고, 생각 깊고, 참을성 있는, 정말 완벽하던 마크 역시 그런 모습으로부터 휴식이 필요했고, "어떻게 지내?"라는 질문을 진심으로 해 줄 사람이 필요했다. 그는 힘들어하고 있었다. 친구들로부터 소외되어 있었다. 집에서도, 학교에서도, 일터에서도, 외톨이가 된 것 같고 공허했지만 정확히 왜 그런 감정을 느끼는지는 알 수 없었다. 연기를 하는 데는 엄청난 압박이 따랐고 거기서 나오는 기쁨은 너무나도 적었다. 마크에게는 균열이 있었고 나는 그 균열이 점점 커지는 것을 눈앞에서 목격했다. 좋은 균열, 꼭 필요한 균열이었다. 마치 콘크리트를 뚫고 자라는 풀처럼.

때때로 그는 너무 많이 말해서 미안하다고, 자신의 감정을 수치스러워하기도 했다. 나는 그가 감정을 거르지 않고 솔직하게 표현할 수 있는 공간을 주고 싶었고, 마크에게 내 앞에서는, 또 자신 앞에서는 아무것도 검열하지 않아도 된다고 응원해 주었다. 나에게도 마크의 긴장이 느껴졌기에 그가 팽팽하게 긴장한 이마에 힘을 풀고 편안해질 수 있기를 바랐다.

몬트리올에서 마크와 내가 보낸 시간은 주로 음악으로 기억에 남는다. 우리는 끝없이 라디오헤드를 들었고 나보다 기타를 훨씬 잘 치던 마크는 내가 「가짜 플라스틱 나무들Fake Plastic Trees」을 엉성하게 커버하는 것을 도와주었다. 그러나 그 시간이 오로지 톰 요크의 독특한 목소리만으로 기억되는 건 아니다. 우리 두 사람 사이의 깊은 연결감, 정직함, 서로에 대한 인정 역시 그 시간과 엮여 있다. 두 아이가 공유했던 그 순간들은 우리 둘에게 평생의 우정을 선물했다.

나에게 토론토에 있는 인터랙트라는 교육 프로그램을 처음 알려준 것은 마크였고 나 역시 1년 뒤 그곳에 다니게 된다. 그곳에서도 나는 비슷한 역할을 했던 것 같다. 마크가 완전한 자기 자신으로 존재할 수 있는 공간을 만들어 주면서, 그럼으로써 나 자신에게도 가능한 한 그만한 공간을 내어 주는 일이었다. 부모님의 성향 덕분에 마크는 나보다 훨씬 과잉보호를 받으며 지내는 편이었다. 학교에서도, 일터에서도 마크는 늘 부모님에게 둘러싸여 있었다. 소외되어 지내면서도 결코 혼자 있을 수는 없는 그런 아이들은 아역배우 세계에 흔히 존재한다.

어머니가 나를 데리고 다니던 아주 어릴 때 이후로 나는 토론토의 지하철을 타 본 적이 없었다. 처음으로 혼자서 토론토의 대중교통을 탐험해 본 것은 열다섯 살 여름 이토비코에 있는 이모의 집을 찾아갔을 때였다. 노란색 소니 휴대용 CD 플레이어로 콜드플레이의 「패러슈트*Parachutes*」 앨범을 들으면서 그날 예정된 오디션을 위한 사이드를 훑어보았다. 그때의 경험에 더해, 토론토로 간 지 고작 한 달 만에 나는 마크보다 이 도시의 지리를 더 잘 알게 되었다. 아마 마크의 부모님은 혼자 결정할 수 있는 힘을 실제 원하고 또 갈망하던 그 애한테 독립심을 심어준 내가 미웠을 거다.

마크와 나는 서로가 진실을 찾을 수 있도록, 두려움과 에고, 의미 없는 타인의 기대를 이겨낼 수 있도록 도와주는 사이였다. 우리는 서로의 정직성을, 안전하게 존재할 수 있는 공간을 지켜 주었고, 아무리 숨기려 해도 진정한 자신을 봐 주는 사람이 되어 주었다. 여러 면에서 마크와 나 사이에 생겨난 깊은 이해는 그 전에 내가 잭과 맺었던 관계를 거울처럼 반영하는 것이었다.

전학을 간 뒤로 잭과 나는 멀어졌다. 각자의 관심사가 달라졌고, 나는 영화 촬영을 위해 오랫동안 고향을 떠나 있었으니까. 그렇게 새로 생긴 친구들은 나에게 여러 가지로 영감을 주고, 나를 더 대담하고 의식 있는 사람으로 만들어 주었으며, 내 무지함을 드러내 주었다. 처음 시위에 나간 것은 10학년 때 이라크전 반대 행진에 참여한 것이었다. 또 나오미 클라인과 아룬다티 로이의 책을 함께 읽기도 했다. 내 안 깊은 곳에서 자기인식이 서서히 생겨나고 있다는 걸 느낄 수 있었다. 그러면서 관심사도, 영화 취향도 확장되었다. 그 시기, 연기 역시 전환점을 맞았다. 내가 맡는 배역, 출연하는 영화 들이 점점 성숙해지면서 감정을 끌어내고, 분출하고, 파고들게 되었던 것이다. 나는 더 많은 것들을 원했고, 그 안에 풍덩 뛰어들고 싶었다. 그래서 나는 10학년을 마친 뒤 핼리팩스를 떠나 토론토로 갔다. 도전해 보겠다는 생각이 들었던 거다. 아마 잭은 내게서 버려진 기분이 들었을 것이다. 떠나는 사람이 나였는데도, 나 역시 그런 기분이 들었으니까. 잭과의 우정은 내가 살면서 맺은 가장 깊은 관계 중 하나였다.

스물두 살쯤 되었을 때 잭과 아주 오랜만에 다시 만났다. 그 사이 연락을 몇 번 하기는 했다. 우리의 생일은 이틀 간격이었다. 나는 2월 21일, 잭은 2월 23일. 그래서 그즈음이 되면 우리는 서로 연락해 짧게나마 안부를 나누곤 했다. 우리가 다시 만난 곳은 사우스 파크 스트리트, 내가 유치원 시절에 다녔던 YMCA에서 건물 두 개 떨어진 곳에 있는 잭의 아파트였다. 잭은 길 건너 퍼블릭 가든스가 내려다보이는 발코니가 달린 고층에 살고 있었다. 잭은 성공한 삶을 살고 있었고, 또 행복해 보였다. 우리 둘 다 여행을 자주 다니는 편이니 그때 만날 수 있어서 정말 다행이었다. 아주 오랜만에, 어른이 되어 다시 만나 대화할 수 있어 기뻤다.

19장 올드 네이비

'올드 네이비' 간판을 보면 어머니는 빛을 잃어가는 전등에 날아드는 나방처럼 이끌렸다. 남은 힘을 힘껏 끌어모아 고작 몇 미터 떨어진 그곳까지 다가가곤 했다. 나는 끝없는 평가에 지치고 낙심한 채, 그러나 어머니를 위해 '여자아이'의 모습을 하고 나타나겠다는 생각으로 버지니아 리치먼드 외곽 어딘가의 올드 네이비 매장 문으로 들어서곤 했다.

어머니의 삶은 쉽지 않았다. 싱글 맘, 워킹 맘이자, 상실에 익숙한 어린 시절을 보낸 사람이었다. 어머니는 1954년 뉴브런즈윅 세인트존에서 글래디스 진과 성공회 목사인 고든 필포츠의 딸로 태어났다. 조부모님은 어머니가 어린 시절 세인트존에서 토론토로, 또 핼리팩스로 여러 번 옮겨 다녔다. 이모들이 애정을 담아 조부모님 이야기를 할 때면 그들의 목소리와 침묵 속에서 슬픔이 엿보인다. 외할아버지는 어머니가 열여섯 살 때 심장마비로 갑작스레 세상을 떠났다. 장례식은 캐나다에서 가장 오래된 개신교회인 세인트폴에서 열렸다. 문상객이 너무 많이 와서 좌석 뒤, 문밖까지 인산인해를 이루었으며 그분에게서 감동을 얻은 이들의 사랑과 존경이 넘쳐나는 자리였다고 한다. 어머니는 외할아버지는 쾌활하고 힘찬 설교를 했던 분이라고 한다. 세인트폴의 목사로 재직할 때는 성단 위에 서서 비틀스의 노래 가사를 인용하고 그 가사들을 예수가 남긴 말과 교훈과 엮어 설교했다고 했다.

외할머니는 남편과 사별하고 깊은 슬픔을 느끼는 와중에도 아이들을 위해 꿋꿋이 버텼다. 네 아이를 홀몸으로 돌보아야 하니 선택의 여지가 없었던 셈이다. 그래서 어머니 앞에서는 슬픔을 내보이지 않았다. 할아버지가 돌아가시고 2년 뒤 할머니의 유방에 혹이 만져졌는데, 혹은 점점 더 늘어났단다. 그 시절에는 유방암 생존 가능성이 작았으므로 할머니는 의사에게 그 사실을 숨기고 치료를 받지 않기로 했다. 자식들에게도 말하지 않았다. 종양이 발육하면서 암이 전개되자 탤컴 파우더와 클리넥스, 향수로 그 사실을 숨겼다. 아마 아직 아버지를 잃은 슬픔이 생생한 자식들에게 그런 모습을 보여 주고 싶지 않으셨던 게 아닐까.

할머니는 어머니가 유학 생활 중일 때 세상을 떠났다. 어머니는 학위 과정의 일환으로 프랑스 유학 중이었다. 프랑스어의 흐름을, 또 익숙하지만 새로운 지형을 배운다는 모험을 사랑했던 어머니는 프랑스어 교사가 되고자 했다. 파리에서 어머니는 새로운 문화에 흠뻑 젖어 파리 방언을 공부했다. 어머니가 자갈 깔린 길 위, 분수 앞에 혼자 서 있는 사진이 있다. 몇 년 후 아버지가 어머니에게 청혼하게 될 로맨스의 도시였다. 사진 속 어머니는 정강이까지 오는 시크하고 우아한 연갈색 롱코트 차림이다. 어머니는 부드러운 미소를 짓고 있고, 짧고 단정한 머리카락이 어머니의 광대뼈를 돋보이게 만든다. 눈부시게 아름다운, 프랑스의 뉴 웨이브.

어머니는 외할머니의 장례식에 참석하지 못했다. 1970년대였으니 그저 전화를 집어 들어 소식을 알릴 수는 없는 노릇이었다. 팩스도 없던 시절이다. 어머니의 가족은 온갖 방법을 강구했다. 학교를 통해 연락하기도 하고, 심지어 학생들이 자주 찾는다는 바 여기저기에도 전화했지만 어머니에게 연락이 닿지 않았다고 한다. 어느 날 어머니는 시내를 걸어 다니다가 우체국을 발견하고 집에 전화해야겠다는 생각을 했다. 전화를 받은 것은 뉴저지에 살고 있던 형부였다.

“어머, 안녕하세요, 존! 다들 잘 지내요?” 어머니가 물었다.

무슨 말을 해야 할지 몰랐던 그는 베스 이모에게 수화기를 건넸고, 베스 이모 역시 무슨 말을 해야 할지 몰라 헤더 이모에게 수화기를 건네서, 결국 어머니에게 소식을 전한 것은 헤더 이모였다. 글래디스 진 필포츠가 사망했고 장례식이 이미 끝났다는 소식이었다.

엄청난 충격, 참을 수 없는 고통, 악몽이었다. 친구들이 어머니를 기숙사까지 데려다주어야 할 정도였다.

"동생들한테 전화해 줄까? 너를 집으로 데려가야 하지 않겠어?" 친구들이 물었다.

어머니는 프랑스에 남아 공부를 끝마치기로 했다. 할머니라면 그러길 바랐을 것임을 가슴 깊은 곳에서부터 알고 있어서였다.

어머니가 마침내 지옥 같은 기분으로 담배 연기로 꽉 찬 비행기 속에서 천식 발작을 일으키며 집을 향했을 모습을 생각하면 가슴이 미어지는 것 같다. 홀로 쓸쓸하게. 그 아픔은 상상조차 할 수 없다. 비행기 바퀴가 쿵 하고 착륙하며 현실로 돌아갈 때의 그 감각을.

스무 살에 어머니는 부모를 모두 잃었다.

프랑스에서 돌아온 어머니는 핼리팩스의 마운트 세인트 빈센트 대학교에서 한 해를 더 다녔다. 두 여동생은 노바스코샤를 떠나 미국인 엔지니어와 결혼해 뉴저지의 바인랜드에 정착한 큰언니 헤더 이모의 집으로 가서 살게 되었다. 헤더 이모는 활기가 넘치고 부모처럼 동생들을 잘 돌보는 성격이었는데, 아마 힘든 어린 시절에 생겨났을 성향이었다. 이모는 자기도 슬픔을 느끼면서도 그런 돌봄을 타인에게 내주었다. 있는 힘껏 그런 힘을 끌어냈을 것이다. 절대 쉬운 일이 아니었으리라. 세월이 흐른 뒤 헤더 이모도 대장암에 걸려 세상을 떠났을 때 어머니의 슬픔이 얼마나 깊었을지는 상상조차 할 수 없다.

헤더 이모는 버지니아로 이사했고, 어머니와 나는 이모를 만나러 가곤 했다. 이런 여행들은 어머니가 생기 넘치고 쾌활하던 특별한 기억으로 남아 있다. 나는 헤더 이모의 침대에 올라가서 옆에 딱 붙어 누운 채로 이모가 좋아하던 영국 코미디를 봤다. 셋이서 코미디를 보다가 어머니가 웃느라 콧소리를 내면 우리는 더 심하게 웃곤 했다. 즐거웠다. 두 분이 그렇게 환하게 웃으며 행복해하는 모습이 보기 좋았다.

헤더 이모의 집은 리치먼드 외곽이었다. 이모의 집에 가면 사촌들과 함께 바깥에서 뛰어놀고 근처 호수에서 헤엄을 쳤다. 한번은 쓰레기장에 갔다가 낡아 망가진 고카트를 발견했는데, 그 물건은 고작 15분 작동했지만 나는 그 짧은 시간을 평생 잊지 못할 것이다. 고카트가 고장 난 뒤 우리는 쓰레기장에서 멀쩡해 보이는 테더볼 세트를 발견했다. 한 어른이 테더볼 세트를 조립해 땅에 세워주었고, 우리는 신나게 놀다가 모닥불 앞에서 스모어를 먹는 것으로 그날 밤을 마무리했다.

나는 흙바닥에 앉아서 내 손바닥 위로 기어올라 조그만 다리로 기어 다니는 개미를 보면서 몇 시간이나 보낼 수 있었다. 정글에서 개미를 먹던 모글리처럼 되고 싶었다. 개미들은 내 손바닥 옆면을 빙 돌아와서 내 손마디에 닿았고, 다시 방향을 잡은 뒤 손목에 찬 시계 쪽을 향했다. 그러면 나는 손목을 향해 기어드는 개미를 한 마리씩 핥아 먹었다. 그 모습을 본 사촌이 얼른 달려가서 어머니에게 일러바쳤다. 마사 필포츠가 성큼성큼 내게 다가오더니 거칠게 내 입안에 손가락을 집어넣어 죽거나 꿈틀거리는 개미들을 끄집어냈다. 어머니가 내 입안에서 끄집어낸 검지가 검은색과 피로

범벅이 되어 있었던 게 기억난다. 역겹지만, 그래도 이모 집 냉장고에 들어 있던 크라프트 치즈보다는 개미가 더 영양이 풍부했을 것이다.

사춘기가 찾아오고, 이모 집을 마지막으로 방문할 때쯤에 버지니아는 전과 다르게 느껴졌다. 헤더 이모의 시댁 쪽 사촌들도 그 집에 와 있었다. 어머니와 내가 리치먼드를 자주 찾을 수는 없었으니 자주 보는 사이는 아니었지만, 헤더 이모의 집은 돌아가시기 직전까지도 언제나 온갖 활동과 손님들이 모이는 중심지였다.

"그 티셔츠는 대체 어디서 산 거야?" 나보다 나이가 많은 사촌이 쏘아붙이듯 물었다. 내가 자신들과는 다르다는 사실을 그들이 알아차린 순간부터 시작된 균열이 또 한 번 진동했다. 그 티셔츠는 내가 가장 자주 입는 것 중 하나인 가느다란 줄무늬 티셔츠로, 미묘하게 그러데이션 된 흙빛이었다. 하의로는 농구 할 때 입는 짙은 초록색의 번들거리는 반바지를 입었다. 아디다스 운동화 위로는 스포츠용 흰 양말이 자랑스럽게 비죽 나와 있었다. 손목에는 투박한 카시오 시계를 차고 있었다.

알고 보니 사촌은 티셔츠를 어디서 샀는지가 진짜 궁금했던 게 아니라 그 옷이 자기 마음에 안 들고 내가 옷을 괴상하게 입는다고 지적하고 싶었던 거였다. 아메리칸 이글이나 올드 네이비에서 산 탱크톱, 후디, 청바지를 입은 사촌은 나를 싫어하게 된 여자애들을 그대로 베껴 놓은 것만 같은 모습이었다. 나를 보기만 해도 얼굴을 일그러뜨리는 애들 말이다.

내가 느끼던 소외감과 외로움이 2000킬로미터나 떨어진 버지니아까지 따라온 거나 마찬가지였다.

"캐나다에는 쇼핑몰도 없어?" 사촌이 물었다.

나는 할 말이 없어 고카트를 생각했다. 따뜻하던 호수도 생각했다. 성이 난 오리들. 해변에서 마신 차가운 펩시콜라. 정말 맛있던 꽁꽁 언 초콜릿 바.

'어째서 여기선 다를 거라고 생각했지? 여기라고 해서 열네 살 '톰보이'가 남들과 잘 어울릴 수 있을 리가 없잖아?'

우리가 버지니아에 있을 때 사촌은 열여섯 살 생일을 맞았다. 이모의 집에서 차로 조금 떨어져 있는 사촌네 어머니의 집에서 파티를 했는데, 나도 초대받았다. 사촌은 인기가 많았고 그에 걸맞은 외모였기에, 이 파티가 지금까지 가 본 것 중 가장 쿨한 파티일 거라는 사실을 알았다. 놀림 받고 싶지도 않았고, 어린 소년의 모습을 없애 버리고 싶었다. 어머니를 기쁘게 해 주고 싶었다.

"엄마, 여자 옷 사게 올드 네이비에 데려다주실래요?" 내가 물었다. 평소 우리 집에는 갑작스레 옷을 사 달라고 부탁할 정도의 돈이 없었지만, 이번은 달랐다. 어머니의 꿈이 이루어지는 셈이었으니까. 어머니의 목소리가 생기로 가득 차자 나도 마음이 편해졌다. 어머니가 웃는 모습을 보는 게 좋았으니까.

"어머, 그래, 엘런, 당연하지!" 어머니가 환하게 웃었다.

어머니의 열정은 꼭 두 번째로 취할 때 봉(대마초를 피우는 도구—옮긴이)에서 나오는 연기처럼 뿜어져 나왔다. 피부에 끈끈한 막처럼 달라붙어 도저히 적응되지 않는, 벽돌처럼 우리를 후려치는 습기 속에서 우리는 버지니아 고속도로를 달렸다. 핼리팩스 외곽과 똑같이 생긴 공업 단지에 차를 세웠다. 불완전한 사각형 모양으로 완벽하게 재단된 주차 공간들이 쇼핑객들을 기다리고 있는 곳이었다. 페인트를 칠한 시멘트 건물 위로 내가 아는 거대한 상점들 이름이 줄줄이 늘어서 있었다. 갭, 아메리칸 이글, 올드 네이비. 할인이나 신제품 광고가 유리 위를 가득 메우고 있었고, 자동문을 통해 세이렌의 노래 같은 팝 음악이 새어 나왔다.

주차를 한 뒤 올드 네이비를 향해 다가가는 어머니는 마치 신이 난 개미처럼, 주차장에서 천국을 발견하기라도 한 사람처럼 춤을 추듯 걸었다. 핼리팩스의 산업단지에는 아직 올드 네이비가 없었던 데다가, 이곳의 할인율이 꽤 높았던 것이다. 금방이라도 뛰어들 것 같은 어머니의 활기찬 걸음 앞에서 자동문이 열렸다. 마사에게도 기회가 온 것이다.

분홍색, 하늘색, 반짝이, 탱크톱, 크롭톱, 로라이즈 청바지가 한데 모인 여자아이용 코너로 들어가자 기가 죽는 기분이 들었고 팝 음악이 자꾸만 내 머리를 두드려댔다. '걸 파워'의 탄생에서 영감을 받은 문장들이 그래픽 티셔츠를 장식하고 있었다.

어머니는 엄청나게 빠른 속도로 말을 하면서 판매대에서 옷가지들을 끄집어댔다. 나는 저쪽 남자아이용 코너를 쳐다보면서 건성으로 고개만 끄덕였다. 어차피 내가 할 수 있는 일은 없잖아?

몸에 딱 맞는 옷으로 갈아입은 나는 몸을 돌려 탈의실 거울을 바라보았다. 낯선 사람, 어쩌면 예전에 만난 적 있는 것 같기도 한 사람이 보여서, "만나서 반가워."라고 인사하고 싶었다. 그 사람은 내 앞에서 똑바로 내 눈을 들여다보고 있었다. 내가 그 애의 몸을 이리저리 견주어 보자, 그 애도 똑같이 했다. 작은 레이스 패턴이 들어간 하늘색 탱크톱. 온 세상 사람들에게 엉덩이 윤곽을 드러내 보이는 스키니 진. 자수로 올드 네이비라는 글자를 새긴 티셔츠를 입자 땀이 송골송골 배어난 가슴에 딱 달라붙었다.

그렇게, 나는 액자 속 포스터가, 진열장에 서 있는 마네킹이 됐다. 이제 나도 가치 있는 사람이 됐다. 까다롭고 이기적인 아이로 사는 건 이쯤에서 그만두고 혼자 힘으로 서서 성장할 필요가 있었다. 꼬마 숙녀가 되어서 어머니를 자랑스럽게 해 드려야 했다.

이모 집으로 돌아올 때까지도 마사의 들뜬 상태는 가라앉지 않았다. 나는 어머니의 표정을 살폈다. 어머니는 내 발치에 놓인 쇼핑백을 볼 때마다 다시 기분이 좋아졌고, 한껏 숨을 들이쉬었다가 천천히 내뱉었다. 꿈이 아니니, 드디어 안심할 수 있었던 거다. 빙글빙글 돌던 팽이가 마침내 넘어진 셈이었다. 올드 네이비에서 들려오던, 그해 여름을 강타한 노래가 라디오에서도 흘러나왔다. 기치 기치 야야, 다다(다다다) 기치 기치 야야, 히어(우, 예, 예).

파티는 조용하게 시작했지만 빠른 속도로 제니퍼 러브 휴잇이 주연한 영화에서나 보았을 법한 파티로 변해갔다. 술을 마시면 안 되는 나이인데도 사방에 술이 있어서 충격이었다. 나는 아직 제대로 술을 마셔 본 적이 없었다. 부모님의 맥주를 홀짝이거나, 새해 전날에 허락을 받고 샴페인 칵테일을 마신 뒤 신나게 집안을 뛰놀다가 평화롭게 곯아떨어진 정도가 고작이었다. 파티를 즐기던 고등학교 시절은 아직 오기 전이었지만, 술 마시기 역시 축구만큼이나 스포츠처럼 느껴질 날이 조만간 올 터였다.

사촌의 친구가 취한 채 내 곁에 와 앉아서는 캐나다에 관해 물어보기 시작했다.

"이글루에서 살아?" 그는 진심인 듯 그렇게 물었다.

나는 이글루에서 살지 않는다고 대답했다. 그는 캐나다가 얼마나 별로인 곳인지 계속 늘어놓았다.

부모님들도 집에 있었지만 아이들을 존중한다며 멀찍이 떨어져 있었다. 손님들이 자꾸만 나타났다. 음악 소리가 자꾸만 더 커져서 서로의 말소리조차 듣기 힘들었다. 활기로 넘치는 집이 힙합 베이스 음으로 진동하기 시작하자 나는 고개를 숙여 내 가슴에 솟아오른 작은 굴곡을 내려다보았다. 새 옷은 내가 생각한 것처럼 마법처럼 나를 바꿔 주지 못했다. 옷은 더 가벼웠지만, 불편함은 더 무거웠다.

'성공할 때까지 계속 노력하고 시도하면 되지 않을까? 그래, 그저 노력, 그리고 선택의 문제일 뿐이라고.'

그러나 핼리팩스로 돌아와 학교로 가는 순간, 짠, 성공이었다. 즉각 인기 많은 여자애들이 내 옷을 칭찬해대기 시작했다. 올드 네이비 청바지는 다리에 딱 붙었고, 탱크톱은 여학생 탈의실에서를 제외하면 여태까지 내가 학교에서 입은 그 어떤 옷보다도 살을 더 많이 드러내는 것이었다.

"그 셔츠 진짜 멋지다."

'성공할 줄 알았다니까.' 나는 자랑스러운 마음으로 생각했다. 이 게임에서 이길 수 있을 터였다.

"너 엉덩이 되게 괜찮다." 복도에서 우연히 만난 케이티가 말했다. 그 애가 은밀한 미소를 지으며 고개를 돌리자 머리카락도 따라 출렁였다. 나는 그 애가 그냥 남자애들 엉덩이에나 관심을 가졌으면 했다.

"이젠 듣는 음악만 바꾸면 되겠다." 포니테일로 머리를 묶은 같은 축구팀 여학생이 시합하러 가는 차 안에서 말했다. 나는 라디오헤드와 비외르크 같은 '괴상한 음악'을 좋아했다. 나 자신은 버릴 수 있지만 내 음악은 버릴 수 없었다.

버지니아 리치먼드 외곽 산업단지의 올드 네이비 거울 속에서 만난 그 여자애에게 사람들이 보인 반응은 내가 바라던 것이 맞았다. 그러나 그런 관심에 대한 내 반응은 나의 바람과는 달랐다. 오히려 아픔은 더 커졌고, 상처를 길게 늘여 그로테스크한 모습을 더 눈에 띄게 드러내는 것만 같았다.

그럼에도 어머니의 미소, 기쁨, 수없는 고통 끝에 어머니가 느꼈을, 드디어 모든 게 괜찮아진 것만 같은 기분을 쉽게 외면할 수가 없었다. 나는 어머니에게 그런 것들을 선사하고 싶었지만, 내 새로운 겉모습은 점점 더 예전으로 돌아가기 시작했다. 두 개의 선이 엎치락뒤치락 싸우는 그래프처럼 말이다.

20장
그냥 몸을 뻗어

니키는 다른 아이들과는 달랐다. 진실했고, 상냥했고, 대담했다. 그 애의 미소, 그 미소를 보면 환영받는 기분이 든다. 굵게 물결치는 빨간 머리가 그 애의 얼굴을 감싸고 있었다. 그 애를 보려고 몸을 돌릴 때마다 속에서 뭔가 톡톡 터지는 것 같은 기분이 들었다. 목소리가 떨리고 무슨 말을 해야 할지 알 수 없었다. 그 애의 녹색 눈 속에 퐁당 빠졌다가 나중에야 내가 했던 말을 모조리 후회하고는 했다. 나는 10학년이고, 사랑에 빠져 있었다.

니키는 영어 수업에서 내 뒷자리에 앉았다. 나는 중학교 시절 농구를 하다가 그 애를 보고 기억하고 있었다. 그 애는 내 의붓남매가 다니던 커너드 중학교에 다녔다. 스콧과 애슐리의 아버지가 커너드 중학교 교사였는데, 니키는 그 사람을 정말 좋아했다.

코트에 있던 니키의 모습을 기억했던 건 도저히 그 애한테서 눈을 뗄 수 없어서였다. 나는 그 애한테서 전자기장같은 강력한 이끌림을 느꼈다. 어떤 여자애들한테서는 이렇게 혼란스러운 감정이 느껴지곤 했다. 인간은 모두 방사선과 주파수를 분출한다. 이게 바로 그렇게 뻗어져 나오는 보이지 않는 진동일까?

탬 헌트가 《사이언티픽 아메리칸》에 쓴 기사는 다음과 같이 설명한다.

> 진동하는 다양한 사물들/과정들이 서로 인접했을 때
> 흥미로운 현상이 발생한다. 종종 얼마간의 시간이
> 흐른 뒤 이들은 같은 주파수로 진동하기 시작한다.
> 그들은 때로 신비로워 보이는 방식으로 '일치'된다.

"너, 수비할 때 너무 밀어붙이지 말라고 했던 걔잖아? 하하!" 그러면서 니키는 내게 매력적인 미소를 지어 보였다.

심장이 쿵쿵 뛰었다. 그 순간, 그 시합이 나한테만 생생한 것이 아니었던 것이다. 나만의 기억이 아니었다. 그 애도 기억하고 있었다.

그때부터 나는 늘 그 애 근처에 앉았다. 그다음에는 그 애를 쳐다볼 구실을 자꾸만 찾았다. 그 애는 양말에 버켄스탁을 신고, 편안한 스웨터를 입고, 주변 사람 모두에게 전염되는 아주 멋진 웃음소리를 갖고 있었다. 그 애의 유머 감각이 내 마음에 쏙 들었다.

"스웨터 조끼는 아주 오래된 문제를 해소해 준다고. 뜨거운 팔이랑 차가운 가슴 말야." 그 애는 자기가 입은 풍성한 조끼를 가리켜 무표정으로 이런 농담을 했다.

나는 꺽꺽거리며 웃어댔다. 통제할 수 없는 열정적인 감정이 벅차오르는 바람에 활활 타 버릴 것만 같았다. '대체 나한테 무슨 일이 벌어지고 있는 거지?'

'아, 너무 수선을 떤 것 같아. 그 애가 나를 짜증 난다고 생각하면 어쩌지? 다음에는 좀 더 차분하게 굴어야지. 더. 차분하게. 굴자고.'

나는 니키를 더 알고 싶었다. 그 애의 옆자리로 책상을 옮기고 싶었다. 최면에 걸리고, 주술에 걸린 것만 같았다.

이런 감정을 느끼면서도 나는 남자애들을 따라다녔다. 나는 더티 블론드 머리카락에 강렬한 눈빛, 날렵한 턱선을 지닌 귀여운 남자애를 만났다. 그 애와 키스하는 게 그렇게 좋지는 않지만 그 모험이, '어쩌면 내가 남자애를 좋아할 수도 있지 않을까?'라는 가능성이 좋았다. 중학교 때는 별로 친하지 않았지만 고등학교라는 새로운 세계로 나아가며 잔뜩 긴장한 탓에 우리는 서로 의지하게 되었다. 어쩌면 그는 그저 내가 자기 고추를 빨아 주기만을 바란 건지도 모르고.

우리는 학교의 은밀한 구석에서 만나곤 했다. 같은 팀 여학생들과 내가 연습 전 준비를 하는 여자 축구부 전용 부실에서 뒹굴기도 했다. 끈적끈적한 정강이 보호대, 빨지 않은 연습복 때문에 퀴퀴한 땀 냄새로 뒤덮인 곳이었다. 한쪽에 엄청나게 커다란 두꺼운 파란색 안전 매트가 놓여 있는, 혼돈 그 자체인 방이었다.

우리는 푹신한 매트에 누워 키스하고 서로의 몸을 만지고 드라이 험핑을 했다.

그와 나는 프랑스어 수업을 함께 들었다. 어머니가 이중언어 구사자인데도 나는 프랑스어를 가장 못했다. 어머니가 어린 시절의 나에게 프랑스어로 말을 걸어 주지 않은 것이 살짝 원망스러울 정도였다. 언어에 큰 재능이 없어 고생했기에, 빠져나갈 핑계가 있다는 게 기뻤다. 그것도 비밀 작전이 벌어질 때는 말이다. 그는 내 뒷자리에 앉아 쪽지를 건네곤 했다. "남자화장실에서 만나자."

그가 손을 들면 선생님은 고개를 끄덕였다.

"Est-ce je peux aller aux toilettes(화장실에 가도 될까요)?"

"Oui(그러렴)."

내 연인이 일어나 교실을 나가면 나는 잠시 시간이 지나가길 기다렸다가 손을 번쩍 들었다.

"Est-ce je peux aller aux toilettes(화장실에 가도 될까요)?"

"Oui(그러렴)."

나는 교실을 나선 뒤 아무도 없는 복도에서 오른쪽으로 돌았다. 그는 자신감을 뿜어내면서도 초조함을 채 숨기지 못한 채 '레 토일렛' 앞에 서서 나를 기다리고 있었다. 텅 빈 화장실 안에서는 아무 소리도 나지 않았다. 우리는 목소리를 낮추고 슬쩍 안으로 들어간 뒤 화장실 칸 안에 얼른 숨어들어 장난기 어린 미소로 서로를 바라보았다. 입술을 부딪치며 그가 내 가슴에 손을 올리면 젖꼭지가 단단해졌다. 그다음에는 그가 바지 지퍼를 내려 딱딱하게 힘이 들어간 고추를 꺼냈다. 그는 손에 침을 뱉어 고추를 문지른 뒤 나에게 쓰다듬게 했다.

"빨아 줄래?" 그가 간절히 애원하는 눈빛으로 물었다.

나는 무릎을 꿇었다. 그의 성기를 손에 든 채, 치아와 나란히 놓고 입을 크게 벌려 물었다.

우리의 과외 활동은 주로 그의 쾌락에 초점을 맞춘 것이었다.

그다음에는 비틀거리며 그가 먼저, 내가 뒤따라 교실로 돌아갔다.

나는 니키의 친구 무리에 들어가고 싶었지만 아직 성공하지 못한 채였다.

프랑스어 시간의 모험은 점점 빈도가 줄어 갔다. 스릴도 시들해졌고, 그 쾌감이 위험을 넘어서는 것도 아니었다. 또, 매 수업마다 똑같은 시간에 화장실에 가면 '르 프로페쇠르'에게 들킬 터였다. 축구부 부실에서 하는 드라이 험핑 역시 그 매력을 잃어 갔다. 지루하고 무감각해졌다. '왜 더 이상 아무 느낌도 없지?' 그때의 나는 궁금해했다. 충동과 욕망으로 가득한 다른 남자애들, 여자애들…… **혹시 그 애들도 좋은 척하는 걸까?**

니키와 나는 점점 더 서로가 편해지기 시작했다. 가까워지고 싶은 마음을 똑같이 품은 채로 우리는 그저 아는 사이에서 친구로 나아갔다. 그 애에 대한 내 마음도 점점 더 깊어졌다. 그 애가 가까운 자리에 앉으면 '일부러 그런 걸까?' 하는 생각이 들었다. 그 애가 웃다가 내 팔죽지를 꽉 붙들면 '나도 웃으면서 그 애의 등에 손을 올려 볼까?' 생각했다. 그렇게 낄낄 웃으며 살짝 그 애의 어깨를 건드려 보기도 했다. 마치 모스부호로 위장한 새로운 의사소통 방식 같았다. 아직 내 마음을 표현할 단어가 없었기에 내 몸은 그 말을 옮길 방법을 찾아 헤맨 것이다.

니키의 열여덟 살 생일, 나는 그 애한테 카드를 건넬 생각에 터질 것 같은 가슴으로 자전거에 올라 도시를 가로질렀다. 카드 앞면에는 두 여자가 무언가 야릇한 이야기를 주고받고 있는, 레즈비언을 풍자한 삽화가 그려져 있었다. 무슨 말이었는지 정확히 기억나지는 않는다. 시내에서 제일 힙한 옷가게 중 한 곳인 비스킷 제네럴 스토어에서 산 카드였다. 우리는 그 가게를 좋아했다.

내 의도가 정확히 무엇이었는지 말할 수 있느냐고? 모르겠다. 그 모든 일은 그저 무심결에 벌어진 일 같았다. 카드를 산 것도, 카드에 편지를 쓴 것도, 선물과 함께 그 애한테 카드를 주려고 자전거의 속도를 낸 것도. 나는 두툼한 노키아 핸드폰으로 가는 중이라고 문자메시지를 보냈다. 허벅지에 힘을 주어 페달을 밟자 또다시 그 진동이 느껴졌다. 전력을 다해 그 애의 집을 향했다.

니키를 찾아 카드를 건넸다. 그 애는 하얀 봉투를 두 손으로 받아들고 내려다보았다. 내 가슴 한가운데에서는 땀이 뚝뚝 떨어져 내렸다. 니키가 봉투를 열고 카드를 보며 웃자, 나는 내가 제일 좋아하는 책 중 하나였던 헤르만 헤세의 『싯다르타』를 주었다.

그 애는 나를 안아 주고 선물이 고맙다고 인사를 하더니 다시 하던 일로 돌아갔다. 그 자리를 떠난 순간 나는 부끄러워 죽을 것만 같았다. 마치 내가 열여섯 살 때 영화 촬영을 하다가 만난 삼십 대 여자에게 반했던 때와 비슷했다. 나는 그녀를 위해 믹스 CD를 만들어서 토론토의 고급 호텔인 드레이크 로비에 맡겨 두었다. 15분을 걸어 나의 작고 조용한 노란 방으로 돌아가자마자 온몸이 갈기갈기 찢기는 기분이 들었다. '대체 무슨 일을 저지른 거야?' 곧장 계단을 달려 내려가 신발 끈을 묶고 달려갔다. 비가 오고 있었지만 부끄러운 감정에 뒤덮인 채로 달려갔다. '안 돼, 안 돼, 안 돼.' 나는 숨을 헐떡이며 달렸다. '괜찮아, 뛰어 들어가서 CD를 다시 가져오기만 하면 문제없어.'

나는 체크인하는 사람 뒤에서 초조하게 기다렸다. '어서, 제발.'

"안녕하세요, 아까 물건을 하나 맡겼는데 다시 가져가려고……."

"아, 그분이 돌아와서 가져가셨는데요." 멋진 모양으로 머리를 자른 데스크 직원이 대답했다.

지금쯤 그녀는 「열일곱 살 소녀를 위한 송가」를 들으면서 내가 자신을 짝사랑하는 걸 귀엽다고 생각하고 있겠지. 차라리 죽고 싶은 기분이었다. 심장이 내 몸을 빠져나와 변기 속에 떨어지는 기분이었다.

"CD 고마워. 정말 마음에 들더라." 다음번에 만났을 때 그녀가 말했다. 다정한 미소로 나를 내려다보는 모습이 마치 **정말 귀엽**

네 하면서 머리를 쓰다듬어 주는 것 같았다.

이번에는 다르기만을 빌었지만 그다지 확신은 없었다.

니키와 나는 우리 두 사람 사이의 케미스트리를 이리저리 피해 가며 지냈다. 계속 같이 다녔고, 때로 로맨틱한 기분이 들기도 했다. 나 혼자만의 감정은 아니라고 거의 확신했지만 어쩌면 그럴지도, 퀴어인 건 나뿐인지도 몰랐다.

니키와 함께 딩글 파크에서 그 애 어머니의 베이지색 도요타 캠리를 세워둔 채 아직은 집에 돌아가기 아쉬워하던 때가 기억난다. 곧 있으면 해가 넘어가고 밤이 올 해 질 녘이었다. 우리는 조용히 앉아 바다를 바라보았다. 어쩌면 우리가 키스할지도 모른다는 생각이 들었다. 마침내 해가 마지막 인사를 건네고 지평선 너머로 사라졌다. 내가 그 애를 향해 미소짓자, 그 애도 나를 보며 미소지었다. 그때 니키가 얼마나 아름다웠는지 지금도 기억한다. 내 심장 소리가 귀에 들릴 정도였는데, 그 애한테는 들리지 않기만을 바랄 뿐이었다. 잠시 후, 우리 둘 다 숨을 토해 낸 뒤 또 한 번 그 감정을 피해 앞을 보았다. 우리는 그렇게 밤이 찾아올 때까지 차 안에서 기다렸다.

우리 우정 속에는 이름 붙일 수 없는 이런 순간들이 구석구석 숨겨져 있었다. 한번은 니키의 집 뒷마당에 있는 작은 나무집에 함께 올라갔다. 나무로만 만들고 뚜껑 문이 달린 고전적인 나무집으로, 니키의 아버지가 그 애한테 만들어 준 것이었다. 니키의 아버지는 니키가 여덟 살 때 돌아가셨다.

우리는 조인트를 피운 다음 귀뚜라미 소리가 합세할 때까지 대화에 빠져 시간 가는 줄 몰랐다. 거실에서 새어 나오는 빛만 제외하면 집 안은 깜깜했다. 그 애의 어머니는 텔레비전 화면에서 번득이는 빛을 보느라 우리의 존재를 잊은 참이었다. 우리의 얼굴이 바짝 붙었다. 니키가 나를 빤히 바라보자 나도 그 애를 마주 보았다. 시간이 멈추고, 우리의 입꼬리가 아주 조금씩 미소를 지으며 올라가기 시작했다. 우리는 그대로 움직이지 않았다.

몸을 뻗어. 나는 생각했다. **그냥** 몸을 뻗기만 하면 돼.

하지만 나는 그러지 않았고, 그 애도 마찬가지였고, 그 순간은 지나가 버렸다. 우리는 나무에서 다시 내려왔다.

내가 할 일은 그냥 몸을 뻗는 것, 그 애를 향해, 나 자신을 향해 몸을 뻗는 게 전부였던 때가 그토록 많았는데도, 나는 그럴 수가 없었다. 그러다가 결국은 기회를 완전히 잃어버렸다. 어느 날 저녁 우리는 그 애의 침대에 함께 누워서 이야기하고 있었다. 니키가 한 팔로 나를 감싸고 있어서 내가 그 애한테 꼭 붙어 누울 수 있었는데, 여태까지의 그 어느 때보다도 더 가까이 있는 순간이었다. 나는 새로운 각도에서 니키를 올려다보았다. 천장을 바라보는 그 애의 목은 쭉 뻗었고, 턱은 당당하게 뾰족 나와 있었다. 눈을 아래로 깔면서 고개도 함께 젖힌 니키 역시 새로운 각도에서 나를 내려다보고 있었다. 도톰한 분홍색 입술. 그 입술이 내 입술에 닿았으면 했다.

"니키?" 문이 열렸다.

그 순간 우리 사이의 연결은 깨지고 우리는 얼른 서로에게서 떨어져 나왔다. 소용없는 일이었다. 벌써 들켜 버렸으니까.

그렇게 우리는 서서히 멀어지기 시작했다.

얼마 후 학교 뮤지컬 단장이 니키에게 졸업 무도회의 파트너가 되어 달라고 청했다. 키가 크고 잘생기고 인기가 많으며 모두와 친한, 자기 모습을 바꿀 필요 없이 여러 무리를 드나들 수 있는 그런 남학생이었다. 재능 있고, 똑똑하고, 재미있는…… 참 괜찮은 남자애.

니키는 그의 부탁을 승낙했다. 그 사실을 알았을 때 심장이 쪼개지는 것 같았다. 그해 초, 우리는 졸업 무도회에 같이 가자는 이야기를 별 뜻 없는 척 주고받았는데, 이 역시 다른 순간들과 마찬가지로 덧없이 사라져 버린 숨겨진 순간 중 하나였음에도, 나는 내심 정말 그럴 수 있을지도 모른다고 생각했었다. 나는 고함을 지르고 싶었다. 나와 함께 가자고, 사랑한다고 말하고 싶었지만 아무 말도 할 수 없었다. 그 애의 입술에 다른 사람의 입술이 닿는 모습을 상상하자 또 다른 감정이 일어났다. 심장 박동과 함께 질투심이 솟아나 온몸을 돌아다니기 시작했다.

그 이후로도 니키와 나는 완전히 연락을 끊지 않았다. 오랜 시간이 지난 뒤, 그 애는 자기도 같은 마음이었다고 말해 주었다.

우리의 사랑을 우리가 속이고 있었다는 사실이, 그토록 아름답게 솟구치는 감정을 우리 자신으로부터 빼앗았다는 사실이 화가 난다. 우리의 동의도 없이 뿌려진 씨앗이, 진실로 다가가는 우리의 길을 불필요하게 잔혹한 것으로 만들어 버린 목소리와 행동 들이 너무나도 노엽다.

니키는 아직도 내가 준 『싯다르타』를 가지고 있다. 그 안에 내가 써넣은 글과 함께.

니키에게

나는 글로 감정을 표현하고 생각을 나누는 데 서툰 편이야. 열여덟 살이 된 네게, 내 눈에 넌 정말 멋진 사람이라는 말을 해 주고 싶어. 너를 엄청나게 사랑하고 또 존경해. 너 자신에게 친절하게 대해 주기를, 그리고 네가 무슨 말을 하고 싶건, 또는 하고 싶지 않건, 내가 네 옆에 있다는 걸 알아주기를 바라. 이 책을 좋아해 줬으면 좋겠다. 내 삶에서 큰 역할을 해 준 이 책이 너의 마음에도 가닿았으면 좋겠어. 내가 아는 사람 중에 너 같은 사람은 별로 없어. 너처럼 너그러우면서도, 친절하고, 정말 웃긴 사람 말이야. 온 세상의 평화와 사랑을 빌어 줄게. 넌 정말 많은 걸 가질 자격이 있으니까.

키스를 담아 엘런이

21장
헬시웨이

여자와 첫 키스를 했을 때, 상대는 핼리팩스 쇼핑센터 푸드코트 내에서 스무디, 샐러드, 샌드위치를 파는 헬시웨이라는 가게에서 일하던 사람이었다. 토론토에서 연기를 하다 잠시 휴식기를 가지며 고등학교를 마치려고 핼리팩스로 돌아갔을 때였다. 그녀의 이름은 제시카였고, 늘 검은 옷을 입었으며, 캐나다 레즈비언 신에 등장한 신인 밴드인 티건 앤드 세라와 비슷한 짧은 검은 머리였다. 그녀 옆에 있으면 초조한 흥분감으로 정신을 차릴 수가 없었다. 그 애한테 반했다기보다는, 그녀가 퀴어라는 것을 알았고 그 사실 때문에 그녀 옆에 있고 싶었다는 것에 가까웠다. 나도 모르게 그녀를 자꾸만 찾고 있었다.

혼자 자전거를 타고 쇼핑센터에 가서 랩을 주문한 다음 그것을 만드는 그녀의 손놀림을 바라보았다. 어색하게 인사를 건넨 뒤에는 아무 말도 하지 못했지만, 피클을 집으면서 그녀가 살짝 웃는 미소를 알아차렸다. 나는 애써 미소를 숨겼다. 빈자리를 찾아 앉아 음식을 먹은 뒤에는 아무 말 없이 나갔다. 그저 그녀를 보러, 그리고 그녀의 퀴어함 옆에 있고 싶어서 이곳에 온 것이기 때문이었다. 가게에 갔는데 그녀가 일하고 있지 않을 때는 실망감과 안도감이 뒤섞인 감정을 느꼈다. 이건 강박일까? 나는 자꾸만 랩을 사 먹으러 갔다.

그러다가 결국 우리는 둘이 따로 만나게 되었다. 아마 내가 너무 겁에 질리고 초조한 나머지 덜덜 떨고 있어서 제시카가 먼저 제안했던 것 같다. 스프링 가든 로드를 걸어 항구 쪽으로 가는 동안 해가 졌고, 내가 내내 뭐라고 떠들었는지는 도저히 기억나지 않는다. 우리는 배링턴 스트리트로 접어들기 바로 전, 북아메리카에서 가장 높은 대리석 첨탑을 가진 유명한 석조 교회인 성모 마리아 바실리카 대성당 앞에 멈춰 섰다.

제시카가 뒤로 돌아섰고 우리는 서로를 마주 보았다. 우리는 서로 바짝 다가서 있었다. 머리 위로는 고딕 양식의 높은 성당이 우뚝 서 있었다. 침묵. 그녀가 내게 키스했다.

입술과 입술이 닿았을 때, 지금 벌어지는 일을 아직 이해하지 못한 내 뇌는 잠깐 단선되는 것 같았다. 나는 곧장 몸을 홱 떼어 내서 그녀에게서 멀어졌다. 숨이 가빠 왔다.

"나 이만 갈게." 내가 말했다. "정말 미안해……."

나는 우스꽝스러울 정도로 뻔한 핑계를 댔다.

"아, 알겠어." 그녀가 대답했다. 그렇게 나는 곧장 그 자리를 벗어났다.

그러니까 여자와의 첫 키스에서 말 그대로 도망쳐 버린 것이다. 오늘날까지도 그 순간을 떠올릴 때마다 절로 얼굴이 찌푸려진다. 그녀가 내 샌드위치에 조심스레 피클을 올려놓는 모습을 보려고 매일같이 푸드코트를 찾아간 건 나였는데, 단 한 번의 키스에 이렇게 겁을 먹고 내빼다니. 나는 그녀를 바실리카 성당 발치에 혼자 두고 도망쳤다. 신앙심이라고는 눈곱만큼도 없었지만, 혹시 하느님이 그 모습을 본 것은 아닐까 하는 의구심이 약간은 들었다. 혹시 내가 죄를 저지른 것은 아닌지.

그해 말, 샌드위치를 사러 가던 발길도 끊고 어떤 말도 없이 몇 달이 지난 다음, 학교 친구의 집에서 열리는 파티에 갔다. 십 대들이 잔뜩 모여 술을 마시고 춤을 췄다. 그곳에서 제시카를 만났다. 살짝 취해 있었던 나는 이번에는 겁쟁이처럼 굴지 않기로 마음먹었다. 우리는 거실 한구석, 큼직한 의자 하나에 함께 앉아 있었다. 덩치 큰 노란 래브라도 한 마리가 자꾸 인사하러 다가왔다. 무언가가 달라졌다. 내가 달라졌다. 이번에는 무너지지도, 떨지도 않았다. 그리고 이번에 우리의 키스는 짧게 끝나지 않았다. 나는 그녀의 입술에서 물러나는 대신 그녀를 향해 다가갔다. 내 혀가 그녀의 혀를 찾아내고, 탐색했고, 입속에서 음악과 함께 춤을 추었다. 그녀의 손이 내 청바지 단추를 찾는 것이 느껴졌다.

"괜찮아?"

“응.” 나는 고개를 끄덕이며 대답했다.

그녀가 내 바지 안에 손가락을 집어넣어 만졌다.

“너 엄청 젖었어.” 그녀가 말했다.

그 말대로였다. 새로운 방식으로 흥분한 나는 여태까지는 오로지 혼자서만 느낄 수 있었던 감각을 느꼈다. 몸이 덜덜 떨렸고, 우리 둘만 있었다면 좋겠다고 생각했지만, 방 안에 다른 사람들이 있었기 때문에 우리는 그 순간에서 나와야 했다.

제시카 옆에 있으면서 나는 변했다. 동네에 퀴어라고는 없는 어린 시절을 보낸 내 앞에 그녀라는 사람이 나타난 덕분에 나는 나 자신을 찾을 수 있었고, 두려움과 수치심을 극복하고 당당히 존재할 수 있게 되었다. 걷다가 마주칠 때, 파티에서 그 애를 볼 때, 그 애가 쇼핑센터에서 만드는 샌드위치를 먹을 때, 나는 그 애한테 반한 것이 아니라 그저 가능성과 가까운 곳에 존재하고 싶었던 거다. 그녀라는 존재가 내 눈에 보인다는 사실만으로도 나에게는 너무나 큰 의미였다.

지금도 나는 세상을 걸어 다니며 그 일을 생각한다.

22장
임사체험

"괜찮을 거예요." 스턴트 진행자가 우리에게 말했다.

"스트랩을 사용하지 않으면 더 좋을 텐데요." 누군가가 키어시에게 말했다.

우린 그 자리를 떠나거나, 누군가를 부르거나, 무슨 말을 했어야 하리라. 그러나 우리는 길들여져 있었고, 영화 촬영에는 굉장히 큰돈이 들고, 시간은 제한되어 있고, 특히 이 영화처럼 심야의 액션 장면이 많은 영화라면 그렇다. 곧 해가 뜰 테니까.

무시무시한 미국 대선이 있기 직전, 2016년 여름이었다. 나는 1980년대의 컬트 클래식 영화인 「플랫라이너」 리메이크 작품을 촬영 중이었다. 영화 속에서 다섯 명의 의대생은 위험한 실험을 수행한다. 임사체험을 유도하기 위해 일시적 심정지 상태, 즉 '플랫라이닝'에 놓였다가 동료들이 소생시켜 주는 것이다. 당연한 일이지만 실험은 엉망이 된다. 원작의 주연들은 줄리아 로버츠, 키퍼 서덜랜드, 케빈 베이컨이었는데, 나는 운 좋게도 디에고 루나, 니나 도브레브, 제임스 노튼, 키어시 클레먼스라는 환상적인 캐스트와 함께 리메이크 작품에 출연하게 되었다.

호화 캐스팅에 컬트 클래식 작품이니 당연히 성공해야 마땅한 영화였다. 그러나 이 영화는 처음부터 완전히 엉망이 된, 엉뚱한 데로 가 버린 작품이었다.

카 스턴트 장면을 준비하던 키어시와 나는 우리만 빼고 모두가 굵직한 내장형 안전벨트를 착용하고 있다는 사실을 알아차렸다. 스턴트 팀 사람들이 다른 이들에게 안전벨트를 해주는 모습을 혼란스러운 표정으로 바라보면서, 도대체 왜 우리는 이 장면을 위해 안전장치를 해 주지 않는지 의문을 품었다. "어째서 다들 안전벨트를 하는데 우리는 안 하는 거죠?" 우리는 물었다.

키어시는 뒷자리에서 디에고에게 기대 누워 있었고, 나는 제임스의 무릎에 앉아 있었다. 안전장치는 없었다. 신중하게 구성되고, 비싸고, 정교하지만 충분한 생각을 거치지 않은 스턴트를 하려면 기본적으로 갖춰야 하는 안전 조치인데도 말이다.

그러나 키어시와 나는 무슨 조치를 하는 대신 그저 순응하고 차에 올랐다. 그 뒤에도 아무 말도 하지 않았다. '까다로운' 배우로 보일지도 모른다는 걱정 때문이었다.

이 장면은 병원 경비들과 격렬한 추격전을 벌이며 패닉에 빠져 탈출하는 것으로 시작하는 장면이었다. 가까스로 그들에게 붙들리지 않은 우리는 묵직한 문을 지나 지하 주차장에 나타난다. 빨간 미니를 향해 전속력으로 달려가 안에 꽉꽉 탄다. 마를로(니나)가 가속페달을 밟는다. 제이미(제임스)는 조수석에 앉고, 내가 그의 무릎에 앉았다. 레이(디에고)는 뒷좌석에 앉고 그 위로 소피아(키어시)가 드러눕는다.

그 장면에서 보인 우리의 반응은 진짜였다. 미니는 스턴트 연기자가 차 지붕에서 고카트 같은 방식으로 조종했다. 차 안에는 우리 모두를 담을 수 있도록 카메라가 사방에 매달려 있었다. 또, 감독은 우리가 그 스턴트 장면을 촬영하기 전까지 보지 못하게 했다.

"여러분에게 그 장면에 관해 말해 주고 싶지 않아요. 진짜 반응을 담아낼 수 있게, 여러분이 깜짝 놀랐으면 좋겠어요." 감독이 말했다. 처음에는 신났다. 지금까지 사람이 차 위에 매달려 펼쳐지는 스턴트를 본 적이 없어서였다. 그리고 아직까지도 대체 어떻게 그게 가능한지 모른다.

나는 스릴을 정말 좋아한다. 제일 좋아하는 롤러코스터를 탄 사람의 시점에서 찍은 영상을 찾아볼 정도로 롤러코스터의 열렬한 팬이기도 하다. 어떤 친구들은 나를 '식스 플래그스 매직 마운틴 놀이공원의 시장'이라고 부르기까지 할 정도다. 나는 친구들을 놀이동산으로 불러서 어떤 놀이기구를 탈지 순서대로 미리 정리한 다음에 가이드 노릇을 하며 친구들을 데려가곤 했다. 하지만 놀이동산에 가면 안전장치를 착용한다. 직원들이 좌석 사이를 돌아다니며 다양한 벨트와 가슴띠를 밀고 당기며 확인해 본다. 이상이 없다는 신호로 고함을 지른 뒤에야 놀이기구가 출발한다. 이런 조치들이 있기 때문에 우리는 스릴에 몸을 맡기고 경험할 수 있게 된다. 올라갔다가 내려오고, 거꾸로 뒤집히고, 뒤로 갔다가, 갑자기 뚝 떨어지고, 세상이 윙윙 울리고, 몸이 사라지는 것 같은 경험 말이다. 롤러코스터의 평균 체험 시간인 2분간의 유예를 경험한다. 그 시간 동안 나는 모든 것을 잊을 수 있다.

하지만 이건 달랐다.

액션이 시작되자 자동차는 폐소공포증을 유발하는 지하 차고에서 충격적인 속도로 달려 나와 두 개의 차단 바 사이로 튀어 나갔다. 차단 바는 올라가는 대신 앞유리창에 쾅 부딪쳐 산산조각 났다. 심장이 터질 것 같아 턱을 꽉 다물었다. 차의 속도 때문에 몸이 이리저리 흔들렸고, 차가 빠른 속도로 경사로를 올라갈 때는 몸이 뒤로 확 밀렸고, 오른쪽으로 급커브를 그리며 도로로 뛰어들자 다른 차 한 대가 쏜살같이 지나갔다. 미니가 선회하면서 왼쪽 바퀴 두 개가 중앙 연석 위로 올라갔다. 차가 기울어지자 우리 모두 오른쪽으로 쏠렸다. 나는 대시보드를 꽉 붙잡고 진정하려 애썼다. 키어시도 나도, 통제를 완전히 잃고 이리저리 휘둘리는 중이었다. 우리는 그렇게 반쯤 길을 벗어난 채로 달려갔다. 다시 차가 도로 위로 쿵 떨어지는 순간 우리의 몸이 이리저리 흔들렸다. 중앙분리대가 끝나는 곳에서 미니는 시속 180킬로미터까지 속도를 높였다. 빠른 속도로 빙글빙글 돌며 우리는 손에 잡히는 것을 아무렇게나 붙잡고 관성의 법칙에 굴복했다.

그때 감독이 고함을 질렀다. “컷!” 우리는 충격에 사로잡힌 채 가만히 앉아 있었다. 첫 번째 테이크는 우리가 전혀 예상하지 못한 강도의 소용돌이였다. 키어시와 나는 말을 잃고 서로를 바라보며 떨리는 손을 내려다보았다. 그때라도 곧바로 목소리를 내는 것이 옳았을 테지만, 우리는 그러지 않았다. 세트장에서는 압박이 느껴졌고, 마치 영영 멈추지 않을 것처럼 온갖 부품들이 움직여댔다.

두 번째 테이크를 위해 우리는 차에 올라탔다. 이번에는 제임스가 내 허리를 단단히 감쌌다. 다른 이들은 전부 가슴띠를 두 번이나 확인했다. 액션. 또다시 빨간 미니가 경사로를 올라가 토론토의 거리를 향해 우회전했고, 연석 위로 올라갔을 때 스턴트 운전자가 예상치 못하게 브레이크를 세게 밟는 바람에 우리의 몸은 앞으로 홱 쏠렸다가 다시 등을 뒤로 세게 부딪쳤다. 여러 대의 차량이 등장하는 카 체이싱 장면을 밤새 촬영하기 위해 폐쇄해 놓은 토론토의 도로 세트장에 차 한 대가 진입한 것이다. 누군가가 들어온 것이다. 그저 어쩌다가 끼어든, 그냥 차였다.

다행히 다친 사람은 아무도 없었지만, 지금 생각하면 얼마나 무모하고 위험한 일이었던지. 어떻게 키어시와 내가 그토록 경솔하고 무례한 취급을 받았는지. 폐쇄된 카 체이싱 세트장에 낯선 사람의 차가 등장한 건 그렇다 치고, 그때 무언가가…… 잘못되기라도 했다면?

그 뒤로도 키어시와 나는 그 이야기를 여러 번 끄집어내면서, 어째서 우리가 더 일찍, 더 강하게 목소리를 내지 못했는지 따져 보곤 했다.

이제 와 돌아보면, 나는 그 촬영이 엉망진창으로 돌아갈 걸 미리 눈치 챘어야 했다. 촬영 첫 주, 누군가가 세트장에서 키어시에게 찾아와 테이크 사이사이에 이런 말을 했다고 한다. **잘 알겠지만 네가 이 역할을 맡게 된 건 네가 흑인이라는 이유밖에 없어.**

내 경우에는 첫 번째 의상 피팅 날에 감이 왔다. 순식간에 그들이 추구하는 바가 무엇인지 알 수 있었다. **더 여성스럽게.** 내 눈앞에는 하이힐이며 치마가 펼쳐져 있었는데, 나는 이해할 수 없었다. 영화가 중환자실에서 일하는 레지던트 의대생들의 이야기인 이상 도무지 이해가 되지 않았다. 영화 속에서 며칠이 흘러가는 동안 내가 맡은 배역은 옷을 거의 갈아입지 않는다. 나는 내게 주어진 과제를 이해했고 그에 순응할 작정이었지만 그 인물이 하이힐이나 치마를 입기에 합당한 이유는 절대 없었다. 나는 고급스러운 블라우스, 달라붙는 청바지, 굽이 달린 부츠를 받아들였다. 그렇게 이 사안은 해결됐다. 문제는 해결됐다, 그리고 그 문제란, 내가 나 자신으로 존재하는 거였다.

하루 이틀 뒤 키어시, 니나, 제임스, 디에고, 그리고 나는 테이블 리딩을 위해 만났다. 우리가 모인 곳은 기업용 스위트룸에 부엌이 있다는 이유로 영화계 사람들이 자주 찾는 호텔의 작고 아무것도 없는 회의실이었다. 우리는 대본을 샅샅이 읽고 장면을 분석하며 서로 유대감을 만들어갔다. 프로젝트를 시작하는 순간에는 늘 아드레날린이 쏟아진다. 이제 돌아갈 수 없다는 감각.

그날의 자리를 마무리하는데 제작사 책임자 중 한 사람이 내게 물었다. “엘런, 잠시 남아 이야기 좀 할까?”

“그럴게요.” 나는 그 사람의 목소리에 당황한 채 이렇게 대답한 뒤 다른 배우들에게 작별 인사를 했다.

아무런 장식 없는 벽으로 둘러싸인, 무균실을 연상시키는 회의실 안에서 책임자와 책상을 사이에 두고 마주 앉았다.

“있잖아, 엘런. 난 급진적인 동네에서 자랐어.” 그가 입을 열었다. “개방적인 곳이어서 어린 시절부터 동성애자들을 많이 알고 지냈지.”

‘아, 안 돼.’ 나는 생각했다. ‘시작부터 불길하네.’ 그 말은 마치 연습을 거친 말처럼 흘러나왔다. 그 사람이 이 순간을 머릿속으로 구상하고 단어와 미소를 연결하며 연습하는 장면이 눈에 그려졌다. ‘친절’하다는 위장.

“엘런, 이 인물이 동성애자가 아니라서 기분이 나쁜 거니?” 그가 내게 물었다.

나는 그를 빤히 바라보았다. 충격을 받았다기보다는 오히려 놀라서 입을 다물었다. 그는 지금까지 내게 친절하고 안정적이며 열정적인 사람, 어서 같이 일하고 싶은 사람이었다. 테이블 리딩에서도 그의 열정은 분명했고 그 에너지가 존경스러울 정도였다. 놀라움은 곧 조용한 분노로 변했다.

“치마를 입기 싫다는 말 때문에 이런 질문을 하시는 건가요?” 그의 표정은 변함이 없었다. 눈에 반짝이는 생기가 어린, 짜증 나는 미소. 하지만 나는 계속 밀어붙였다. "내가 그 빌어먹을 치마를 안 입겠다고 한 것 때문에, 제가 이 인물에 대해 화가 났냐고 진짜 물어보는 거냐고요?"

그는 읽을 수 없는 표정으로 나를 빤히 바라보았다. 마치 유쾌한 태도를 유지하는 것만으로도 퀴어혐오가 없다는 걸 입증할 수 있다는 듯이.

"터무니없을 정도로 협소한 여성관을 가지셨네요." 나는 그렇게 말하면서 레즈비언도 치마를 입는다는 사실을 그에게 상기시켜 주었다.

그는 대답을 찾아 어물거렸지만 자꾸만 말이 막혔다. 사태를 수습하려 했지만 하지 못했다.

나는 그를 회의실에 남겨 둔 채 스튜디오로 돌아갔다. 곧바로 경영진의 사무실로 갔다. 참고로 이후 그 경영진은 촬영 현장에서 한 여성에게 원치 않는 신체 접촉을 했다. 그 뒤에는 키어시에게 저녁 식사를 하자며 역겨운 문자메시지도 보냈다.

그의 이름이 문에 쓰인 방으로 들어가서 그의 책상 앞에 놓인 의자에 앉았다. 그다음에는 양손을 들고 손가락을 구부린 채 한데 모아 아주 작은 터널을 만든 다음 그 사이로 그를 들여다보았다.

"당신의 여성관은 **이 정도로** 협소해요." 성이 나서 곧 쓰러질 지경이던 나는 그 구멍을 통해 그를 보면서 말했다. "이만큼이나 작다고요."

그는 얼빠진 표정으로 나를 마주 보았다. 나는 계속해서 그의 관점이 가진 한계, 여성혐오, 퀴어혐오에 대해 말했다. 내가 수년간이나 삼켰던 온갖 말들을 그의 앞에 마음껏 쏟아 놓았다.

그런 노력에도 불구하고 나는 계속해서 다른 모든 이들의 필요를 나의 필요보다 앞세웠다. 더 이상 '까다로운' 사람이 되지 않기 위해 삭제를 허용했고, 환멸에 찬동했다. 책임자들이 내게 전하려는 숨은 의미가 무엇인지 알았다. 그들이 내가 '덜 퀴어하게' 보이기를 바란다는 것을 알고 있었다. 나는 알아서 하게 해 달라고 했다. 그리고 당신들이 원하는 옷을 입으면 우스꽝스러워 보일 거라고, 대본과 어울리지 않을 거라고, 미션이 무엇인지는 이해했다고 반복했다. 당신들이 바라는 대로 하겠다고.

미안해, 내가 역겨운 사람이라서.
나도 노력하고 있어. 모르겠어?
나도 '퀴어처럼 걷는' 내 걸음걸이를 없애려고
노력해. 두 팔을 양쪽으로 구부리고 늘어뜨리는
것을, 내 손이 움직이는 방식을, 내가 자리에 앉는
방식을, 아버지 말대로 "숙녀답지 못한" 자세를.
목소리를 누그러뜨려, 조용히 해.
스크린 속이 내 불쾌한 모습으로 가득하면 곤란하겠지.
'남자 같은' 모습들, '레즈비언 같은' 모습들. 나도 알아.
처음부터 알고 있었어.

며칠 뒤, 스크린 테스트를 위해 스튜디오로 갔다. 오디션과는 다른, 카메라 테스트 비슷한 것이다. 평범한 날인 것처럼 일터에 출근한다. 헤어와 메이크업을 받으러 가서, 어떤 모습을 해야 할지, 어디서부터 시작할지 캐릭터 아크(이야기가 진행되는 동안 인물에게 발생하는 내적, 외적 변화. 인물호라고도 한다.—옮긴이)인가 뭔가를 논의하게 된다. 거울을 마주 보고 앉아서, 아이라이너와 마스카라가 칠해지면, 거울 속에 비친 내 모습은 불가사의한 수수께끼다. 나는 거울을 보고 싶지 않았다. 그 속엔 내가 없으니까. 그리고 언젠가는 진짜 내가 될 수 있을 거라는 희망은 사라졌다.

어린 시절에도, 어른이 되어서도, 나는 욕실 거울에 얼굴을 대고 누르곤 했다. 마지막으로 그런 것은 「엄브렐러 아카데미」 두 번째 시즌을 촬영할 때 내 트레일러에서였다. 눈을 크게 뜨고 최대한 거울에 바짝 다가가 내 얼굴을 바라보면서 때때로 거울 속 내 얼굴에 가볍게 버터플라이키스를 했다. 그러면 내 모습이 하나도 보이지 않았고, 나는 내가 모르는 사람이었으며, 나는 마치 내 눈이 그 자체로 하나의 행성처럼 보이는, 우주처럼 느껴지는 공간을 바라보았다. '난 저기 어딘가 있겠지.' 생각했다.

마침내 확정한 여러 의상 중 한 벌로 갈아입었다. 베이스캠프에서 세트로 걸어가서 스태프 중 대다수를 처음으로 만났다. 촬영장엔 이미 조명이 들어와 있었다. 나는 내 자리에 앉아 마치 지시를 받은 것처럼 천천히 돌았다. 정면. 느리게 돌기. 측면. 느리게 돌기. 후면. 느리게 돌기. 반대쪽 옆모습. 느리게 돌기. 앞모습. 렌즈 교체. 광각 렌즈에서 표준 렌즈로, 다시 돌기, 표준 렌즈에서 클로즈업 렌즈로, 다시 돌기.

스태프들이 작은 조정을 하는 동안 나는 카메라 앞에 서서 처음 만나는 스태프들과 잡담을 나누었다. 물론 의상은 마음에 들지 않았지만 그 정도 조율은 내가 감당할 수 있는 것이었다. 문제를 해결했다는 데에, 내가 나 자신을 위해 목소리를 냈다는 데에 안도했다. 그냥 삼키지 않았다는 것을.

한 제작자가 내게 함박웃음을 지은 채 다가와 핸드폰을 내밀었다. 그러더니 핸드폰을 내 얼굴까지 들어 올려서는…… 내 사진을 보여 주었다. 그는 구글 이미지에 뜬 내 사진들을 내게 보여 주며 마치 내가 나 자신의 모습을 본 적이 없다는 듯 천천히 스크롤을 내렸다. 물론 어떤 면에서는 맞는 말이기도 했지만. 그 사진들은 전부 공통점이 있었다. 길고 곱슬거리는 머리였다.

나는 "엘런 페이지 긴 머리"라고 검색창에 입력하는 그의 손가락을 상상했다.

"스튜디오에서 붙임머리는 어떨까 생각 중이야. 긴 머리를 하면 좀 더…… 부드러워 보이니까."

"암호 같은 말씀이네요, 정말로 저한테는 암호처럼 들려요." 내가 쏘아붙였다.

내 머리카락은 그렇게 짧지도 않은, 어깨까지 오는 길이였다. 그게 무슨 뜻이건 간에, 내가 맡은 인물은 '부드러운' 인물이 아니었고, '부드러워' 보일 이유도 없었다.

“스튜디오에서 생각하기로는…….” 그는 다시 핸드폰으로 눈을 돌렸다. 그가 스크롤하는 내 얼굴 사진들, 긴 머리, 메이크업, 공허한 눈을 둘러싼 긴 속눈썹. 슬라이드쇼. 그들이 그토록 바라는 ‘부드러운’, 그리고 ‘예쁘장한’ 외모를 모아 놓은 콘셉트 자료.

“제가 어떻게 생겼는지는 저도 알아요.” 나는 그렇게 말한 뒤 그 자리를 떠났다. 그런 적은 처음이었다. 그때, 바로 그 자리에서 영화를 하차했으면 좋았을 것이다. 하지만 그러는 대신 당시의 내 에이전트에게 전화했고, 에이전트는 내 상황을 이해하고 함께 화내주었다. 툭툭 털어 버리라는 말 대신 나를 이해해 주는 사람이 있다는 게 고마웠다. 그때까지는 그 자리를 그대로 떠나거나, 누군가에게 전화를 걸어 “이건 괜찮지 않아요.”라고 말할 수 있다는 생각은 거의 들지 않았다. 나를 보호해야 할 사람들이 내게 아무 일도 해 주지 않거나, 오히려 내 침묵을 더 부추긴 적이 너무 많았기 때문이다.

23장
유턴

나는 언제나 남들로부터 동성애자라고, 다이크라고 놀림 받았다. 퀴어 여성들이 있는 환경에서 더욱 편안함을 느꼈지만, 마음속 깊은 곳에서는 내가 트랜스젠더임을 알고 있었다. 처음부터 알았지만 표현할 단어가 없었고, 그런 나 자신을 포용하도록 스스로에게 허락할 수 없었다.

"나는 소녀가 아니었어, 여성이 되지도 않을 거야. 그럼 나는 어떡하지?" 나는 그렇게 말하곤 했다. 늘 그렇게 말하곤 했다.

내가 트랜스라는 사실을, 추측을 넘어 처음으로 확실하게 의식한 것은 서른 살 생일 즈음이었다. 대중 앞에서 트랜스젠더로 커밍아웃하기 4년 전이었다.

"너는 내가 트랜스라고 생각해?" 나는 절친한 친구들에게 물었다. 그러면 그 누구도 타인을 위해 그런 결론을 대신 내려 주어서는 안 된다는 것을 알았던 내 친구들은 머뭇거리면서도 말 없는 인정의 눈빛으로 나를 쳐다보며 말했다. "내가 보기에는 그런 것 같아……." 문틈으로 새어 드는 빛처럼, 확고함이 배어드는 말.

그러다가 내가 아닌 다른 사람이 그런 말을 하는 시기가 찾아왔다. 모두 모두가 수영장에 풍덩 뛰어들고 야외용 가구 위에서 서로 끌어안는 작은 파티에서였다. 나는 뒤뜰에 내 친구 스타와 둘이 앉아 대화하고 있었다. 스타를 만난 건 「게이케이션」 첫 시즌, 미국에서 촬영한 네 번째 에피소드에서였다.

우리는 트랜스여성들을 위한 샌프란시스코의 어느 클리닉에서 스타와 인터뷰를 했다. 스타는 그곳에서 의료 서비스와 지원에 접근할 수 없는 LGBTQ+에게 서비스를 제공하는 일을 했다. 「게이케이션」을 촬영한 뒤 클리닉은 다른 곳으로 옮겨야 했다. 트위터가 그 구역을 사들였기 때문이다.

스타와 나는 마치 미래를 언뜻 바라보는 것처럼, 상서로운 시작을 알리는 것처럼 가까워졌다. 우리는 계속 연락을 나누며 좋은 친구가 되었다. 스타는 나보다 더 많은 역경과 장벽을 경험한 사람이었음에도 나를 위한 공간을 만들어 주고 나를 지지하고 진정한 내 모습을 봐 주었다. 그녀의 이름과 같은 제목을 가진 앨범 「스타*Star*」를 처음 들었을 때 스타의 목소리에 매혹된 것을 기억한다. 그 뒤로 몇 주 동안 내 머릿속에서는 그녀의 노래 「하트브레이커Heartbreaker」의 가사가 울려 퍼졌다.

너무 행복해지는 게 두려워
네가 알면 떠나 버릴까 봐 겁이 나
너무 행복해지는 게 두려워
네가 알면 떠나 버릴까 봐 겁이 나

물이 첨벙이는 소리와 음악 소리가 배경에서 한데 뒤섞이는 가운데 우리는 큼지막한 의자 하나에 함께 앉았다. 우리는 젠더에 대해 이야기했고, 나는 내 불편함이 얼마나 큰지, 심지어 배역을 연기하고 있을 때조차도 더는 여성스러운 옷을 입을 수가 없다는 이야기를 털어놓았다. 옷을 겹겹이 껴입을 수 없는 여름이면 티셔츠 아래로 두드러지는 가슴 때문에 목을 구부정하게 내밀고 시선을 내리깔 수밖에 없단 이야기도 했다. 셔츠를 끌어당겨 몸을 감쌌고 자세도 구부정해졌다. 인도를 걷고 있다가 가게 유리에 비치는 내 옆모습을 보면 머릿속이 엉망이 되었다. 유리에 비친 내 모습을 외면하는 수밖에 없었다. 사진도 볼 수 없었다, 사진 속에 있는 건 내가 아니었으니까. 모든 게 나를 괴롭히고 있었다. 나는 이곳에 있고 싶지 않았다. 이곳에서 빠져나가고 싶었다. 젠더 디스포리아가 나를 서서히 짓누르고 있었던 것이다.

"그건 배역이잖아, 넌 배우고. 그런데 어째서 그런 게 불만이야?" 사람들은 그렇게 말했다.

"나라면 치마를 입을 텐데." 어느 시스 이성애자 남성이 선의의 비판자 노릇을 하며 그렇게 말하기도 했다. 나는 내가 느끼는 괴로움을 설명하려 노력했지만, 그는 물어보지도 않은 자기 의견을 자꾸만 떠벌리면서 내가 "너무 감정적이라고" 비난했다. 심지어 "히스테리컬"하다는 표현을 썼을 것이다.

그 단어는 내가 기억나지도 않을 정도로 오래전부터 지녀 온 깊은 수치심을 자극했다. 나 역시 혼란스러웠으므로, 다른 누구도 아닌 내 경험을 틀린 것으로 돌렸다. 어째서 아주 약간 여성스러운 옷을 입는 것만으로도 죽고 싶을까? 나는 배우잖아, 그러면 그게 문제가 되어서는 안 되잖아. 어째서 나는 이렇게 고마운 줄 모르는 놈인 걸까?

상상할 수 있는 가장 불편하고 수치스러운 옷을 상상해 보라. 피부 속에서부터 몸을 뒤튼다. 너무 딱 붙어서 몸에서 벗겨 내고, 찢어 버리고 싶지만, 그럴 수가 없다. 그렇게 매일매일이 지나간다. 그런데 그 안에 무엇이 있는지 사람들이 알게 된다면, 그 고통 없는 당신의 진정한 모습이 무엇인지 알게 된다고 생각하면, 수치심은 더는 버티지 못하고 홍수처럼 쏟아져 나간다. 그 목소리가 맞았던 거다. **너는 그런 수치심을 느껴 마땅해. 너는 혐오스러운 존재야. 너는 너무 감정적이야. 너는 진짜가 아니야.**

"넌 네가 트랜스라고 생각해?" 스타가 내 눈을 빤히 들여다보며 물었다.

"응, 음, 아마도. 그런 것 같아. 맞아." 우리는 부드러운 미소를 주고받았다.

거의 다 왔다. 거의 닿을락 말락 했지만, 나는 공황을 느꼈다.

그러자 그것은 내가 피우고 있던 조인트처럼 타 버려서 재떨이 속에서 잊혀 썩어 갈 오래된 담배꽁초가 되어 버렸다. 모든 것이 너무 크게 느껴졌다. 트랜스혐오가 만연하고, 엄청난 힘과 플랫폼을 가진 사람들이 트랜스 커뮤니티를 적극적으로 공격하는 문화 속에서, 그것을 공공연하게 헤쳐나간다는 생각만으로도.

세상은 우리가 트랜스가 아니라 정신병자라고 말한다. 내가 레즈비언이라는 사실이 수치스러워 내 신체를 훼손했다고, 나는 영영 여성일 것이라고 말하며 내 몸을 나치의 실험에 비유한다. 병에 시달리는 것은 트랜스가 아니라 이런 혐오를 길러내는 사회다. 배우이자 작가 젠 리처즈Jen Richards는 이렇게 표현한 적 있다.

> 10년 전에 트랜지션을 한 뒤, 그 어느 때보다도 행복하고 건강하며, 친구와 가족들과의 관계도 좋아졌고, 더 나은, 더 참여하는 시민으로 살고, 그뿐 아니라 더 생산적인 삶을 살고 있다가…… 모르는 사람들이 내 선택을 병적인 것이라 말하는 모습을 보면 초현실적인 기분이 든다. 내가 트랜스라는 걸 생각할 일은 거의 없다시피 하다. 그것은 나를 사회 정의에 더욱 공감하고 참여하는 사람으로 만들어 주었다는 것 외에는 내 현재와 거의 관련이 없는, 내 과거에 관한 사실일 뿐이다. 어떻게 그것이 다른 이에게 해를 끼치는가? 어째서 나의 평화에 독설, 폭력, 보호가 필요한가?

수영장 옆에 스타와 함께 앉아 있을 때, 나는 진실을 차마 건드릴 수는 없었지만, 그럼에도 울음을 터뜨리지 않고 나의 젠더에 대해 말할 수 있었다. 그것이 한 걸음이었다. 그 한마디가 나오기까지도 아주 오랜 시간이 걸렸기 때문이다. 심리치료를 받을 때 그 주제가 나오면 나는 과잉반응하며 정신없이 울어댔다.

"왜 이런 기분이 드는 거죠?" 나는 애원하듯 물었다. "절대 가시지 않는 이 기분이 대체 뭐냐고요? 어째서 항상 이렇게 지독하게 불편할 수가 있지요? 사는 게 이렇게 고통스러울 수가 있나요?"

그러나 서른 살 생일이 지나고 얼마 되지 않아, 나는 유턴했다. 그 자리를 급히 떠나고, 그 말을 누구에게도 하지 않게 됐다. 눈을 감고 숨겨 버렸다. 내가 영영 찾을 수 없는 곳에. 그리고 진짜 나를 드러내기까지는 4년이 더 걸렸다.

그즈음 전 배우자 에마를 만났다. 에마를 만나면서 나는 그 모든 일을 흐릿한 기억 속으로 떠나보낼 수 있었다. 미친 듯이 사랑에 빠졌던 그때의 에너지는 반박의 여지가 없는 진실이었고, 단순한 포옹 한 번만으로도 온몸이 덜덜 떨렸다. 나는 그 사랑에 풍덩 뛰어들었고 우리는 곧바로 결혼했다.

내 안의 어떤 부분을 늘 외따로 떨어뜨려 놓을 때, 내 몸속에 존재하기를 견딜 수 없는 기분이 들 때, 사랑은 저항할 수 없는 도피처다. 사랑은 철학자도, 과학자도, 작가도, 도대체 그것이 무엇인지, 존재하기는 하는 것인지 의견이 분분한, 표현할 수 없는 초월적 감각이다. 때로 나는 내가 깊은 사랑을 실제 경험한 적 있는지 궁금하다. 그런 것 같으면서도, 내가 그 자리에 없었다면 그 경험이 진짜일까? 진실을 숨기려 나 자신을 무감각하게 만든 채라면?

사랑은 부지불식간에 쓰게 되는 정서적인 가면이었고, 내가 사랑과 맺는 관계는 또다시 변신할 또 하나의 근육이다. 나는 사라지고 싶지 않다. 이 새로운 가능성들과 함께 내 몸속에 존재하고 싶다. 가능성들. 어쩌면 그것은 제대로 재현되지 않았기 때문에 잃어버리게 된 삶의 주요 요소 중 또 하나인지 모르겠다. 상상으로부터 지워진 선택지들. 우리가 깨부수려고 영원히 노력하는, 우리에게 주입된 서사들. 그 사실을 풀어헤치는 것은 고통스럽지만, 그렇게 우리는 우리 자신을 발견한다.

결혼생활을 하는 동안 나는 심리치료를 받지 않았고, 2018년 말 로스앤젤레스에서 뉴욕으로 이사하면서는 아예 그만두었다. 뉴욕에서 새로운 심리치료사를 찾게 된 것은 2년 뒤 우리의 관계가 무너지고 나의 젠더 디스포리아가 극도로 심해진 뒤였다. 나는 말할 준비가 되어 있었다.

도저히 언어를 찾을 수 없었지만, 찾았다. 마치 그 말들이 스스로 내 몸속에서 꿈틀꿈틀대다가 쏟아져 나온 것만 같았다. 내 몸은, 내 몸속 깊은 곳에서는 알고 있었다. 무언가가 바뀌었다. 지금이 아니면 영영 안 되는 것이었다. 죽기 아니면 살기의 문제였다.

24장 하늘에 있는 네 아빠

2014년 동성애자로 커밍아웃한 뒤 나는 커밍아웃 전에는 할 수 없었던 경험들의 목록을 머릿속으로 떠올려보았다. 내가 원하는가의 여부를 떠나 중요하다는 생각이 드는 특정한 활동들이었다. 커밍아웃을 한 뒤로 부쩍 세상이 편안하게 느껴졌고 자신감도 늘었다. 이곳은 내 궁극적인 종착지는 아니었으나, 그럼에도 나는 아주 오랜만에 용감해진 기분이 들었고, 그렇게 느껴 마땅했다. 그 시점에 커밍아웃은 선택이라기보다는 다른 대안이 없는 것으로 여겨졌다. 진실한 나로 살아갈 것인가, 아니면 시도조차 하지 않고 죽어 버릴 것인가. 내 안 어딘가에서 무언가가 서서히 생겨나고 있었다. 목소리였다. 7년 뒤, 그 목소리는 또다시 내게 속삭이게 된다.

'이건 네 삶이야. 그들의 이야기를 믿지 마. 그건 그들이 만들어 낸 서사야. 이건 네 커리어고. 왜 그들의 말에 동조하지? 그들의 말을 믿어? 그들이 옳은 게 아니야. 사실, 그들이 틀린 거야. 이건 드레스 리허설이 아니라고. 이건 네 삶이야.'

내 가슴이 '라이언' 때문에 갈기갈기 찢어지기 직전, 나는 경이로운 로저 로스 윌리엄스의 뛰어나고, 고통스러우며, 극도의 노여움을 불러일으키는 다큐멘터리 「갓 러브스 우간다」를 보았다. 이 다큐멘터리는 미국 복음주의가 우간다에서 한 역할, 그리고 그것이 최근 도입되어 추진력을 얻어가던 법안인 우간다 동성애 반대법(LGBTQ+들을 사형에 처할 수 있게 만드는 법안)과 맺은 연관을 분석했다. 영화는 선교사, 복음 지도자, 그리고 존재할 권리를 위해 싸우는 우간다의 LGBTQ+들을 따라간다.

우간다의 활동가들은 잔혹한 억압과 수사학, 그리고 서구에서 도입되어 끊임없이 지속하는 개념들에 맞서 싸우고 있었다. 미국 선교사들은 '선행'이라는 미명하에 대중을 세뇌할 수 있는 기반 구조를 만들었고, 이로 인해 LGBTQ+에 대한 폭력과 혐오를 불붙였다. 활동가들에게 너무나 커다란 짐이었지만, 현실에서는 선택지가 그 싸움뿐이었기에 쉴 수 없었다. 활동가들은 미국이 수출한, 복음주의에 바탕을 둔 LGBTQ+혐오적인 종교적·사회적 원칙들 때문에 발생한 극단적이며 잔혹한 결과를 마주해야 했다. 미국의 가장 취약한 이들에게도 이는 마찬가지다. 그저 그보다 더 낫다는 가면이 씌워져 있을 뿐이다. 어떤 이들에게는 나 같은 사람들이 유명 잡지 표지를 장식한다는 사실만으로도 모든 게 다 괜찮다는 의미여야 했다. 아직도 불평할 게 남았어? 그것이 핑크워싱(정치적 또는 상업적 목적을 위해 성소수자 인권을 내세우는 것—옮긴이)의 효과다.

'엘런, 이 사람들이 얼마나 큰 위험을 무릅쓰는지, 얼마나 엄청난 것들에 맞서는지 봐. 넌 겁쟁이야.' 나는 스스로를 꾸짖었다. 이기적인 나 자신, 특히 평온과 특권을 유지하고자 숨어 있는 나 자신을 불러내야 할 것 같았다. 어쩌면 내가 나에게 박하게 굴고 있는 것인지도 몰랐다. 여태까지의 내 삶도 충분히 고단하고 힘겨웠기에 나는 지쳐 있었고, 겁에 질렸고, 자기혐오에 시달렸으니까. 하지만 그러면서도 동시에 내가 얼마나 많은 특권들을 지녔는지 이해하고, 그 이해를 통해 올바른 선택, 불편한 선택을 하기 위한 행동과 돌봄의 필요성을 말할 수 있을 터였다. 앞에 나서는 것은 그저 나 개인을 위한 일이 아니었다. 내가 커밍아웃한 채로 살아갈 수 있는 것은 내가 지닌 특권들이 없는, 앞으로도 잡지 표지에 실릴 일 없을 무수히 많은 타인들이 존재하기 때문이다.

'사람들에게 네가 동성애자라고 밝히는 것 정도는 너도 할 수 있잖아.' 나는 스스로에게 말했다.

커밍아웃은 쉬운 일이 아니었다. 지금에 와서 생각하면 당혹스러울 정도지만, 그건 우리가(어쩌면 내가) 지난 10년간 얼마나 많은 변화(그리고 그것의 결핍)가 있었는지를 잊어서일 것이다. 퀴어로 커밍아웃하는 일이 도저히 불가능할 거라고 믿으며 심리치료사의 상담실에 앉아 있던 시절에서부터, 내가 이렇게 오랫동안 말도 안 되는 헛소리를 안고 살아야 했다는 것이, 내 퀴어함을 숨기는 게 당연했고 내 고통 역시 당연하다고 받아들였다는 것이 혼란스럽고 또 화가 나는 지금에 이르기까지 말이다. 고통은 그저 머릿속에만 존재하는 것이 아니라, 온몸을 돌아다니면서 안에서부터 나를 무너뜨린다.

내게는 '감정'을 표현하기 위해, 아니, 단지 그런 감정이 존재한다는 사실을 인정하기 위해 절벽 끝까지, '거의' 떨어지기 직전까지 스스로를 한껏 밀어붙이는 습관이 생겼다. 하지만 가장 최악이던 순간에조차, 내 안의 작고 작은 어떤 부분은 점점 더 선명해졌다. 미약하고, 손에 잡히지조차 않는 가느다란 틈. 그리고 그 틈을 통해 모든 것이 쏟아져 들어온다. 순식간에. 붙잡아야 한다. 그 안에서 속삭이는 목소리가 있다.

눈을 감고 걸어 나와.

커밍아웃을 한 뒤, 충격적이게도, 세상은 끝나지 않았고 내 삶은 나아졌다. 나는 가슴 주머니에 그 경험을 추천서처럼 넣고 다닌다. '이 일을 해냈으니 세상에 두려워할 건 아무것도 없어.' 나는 스스로에게 그렇게 중얼거리곤 했다.

한번은 누군가와 헤어지기 위해 101번 도로를 타고 북쪽으로 달려가는 동안 두려움을 이겨내려고 내 커밍아웃 연설을 들은 적도 있다. '이 일을 해냈으니 세상에 두려워할 건 아무것도 없어.' 부끄러운 일이지만, 효과는 있었다.

아마 놀랍지 않은 일일 테지만, 커밍아웃 후 처음으로 대담해졌던 시기는 내 삶에서 가장 난잡하게 지냈던 시기이기도 했다.

그전까지 나는 한 번도 원나잇 스탠드를 해본 적이 없었다. 애초에 깊은 관계가 아닌 사람과 잔 적도 거의 없었다. 소개팅은 물론 남들 앞에서 데이트한 적도 없었다. 어색하고, 엉망이고, 경솔하고, 나답지 않은 일이더라도, 모험을 해 보고 싶어졌다. 꼭 마법처럼, 커밍아웃을 하자마자 나는 갑자기 여태껏 그토록 바랐던 자기 확신을 갖게 되었고, 여자들과 자연스럽게 대화하고 플러팅도 할 수 있는 사람이 되었던 거다. 직설적으로 행동했고, 거절당할지 모른다는 생각은 하지 않았다. 겁이 나거나 망설여져도 그저 밀어붙였다. '그냥 계속 이야기하면 돼. 살짝 웃으면서. 때로는 매력적으로 침묵하면서.'

첫 원나잇 스탠드는 지금 이 순간까지도 처음이자 마지막 경험으로 남아 있다. 라이언과 헤어진 뒤, 처음으로 같이 잔 상대가 그녀였다. 실연의 아픔에 시달리면서도 무감각하던 그때, 친구 섀넌을 만나러 실버레이크의 선셋 대로에 있는 바에 갔다. 우리는 그 바의 작은 야외 공간에서 자주 만나곤 했었다. 피어오르는 담배 연기처럼, 덩굴이 높은 벽을 타고 구불구불 기어 올라갔다. 우리는 탄산수와 라임을 넣은 테킬라를 홀짝이고 있었다. 테킬라 한두 잔이면 더더욱 무뎌질 수 있을 테니까. 섀넌은 내가 얼마나 힘들어하는지 몰랐다. 친구들에게도 차마 말할 수가 없었던 것이다. 심지어 섀넌은 내가 2년 가까이 누군가와 사귀었다는 사실도 몰랐다.

그때 한 여자가 이쪽으로 다가와 앉으려 하기에, 나는 몸을 비켜 옆자리를 내주었다. 긴 갈색 머리에, 호기심 많고 쾌활한 눈빛과 그 눈빛에 어울리는 장난스러운 미소를 가진 여자였다.

"안녕하세요." 내 옆에 앉으면서 그녀가 말했다.

이미 약간 취해 있는 것 같았다. '일부러 기대는 걸까, 아니면?'

"안녕하세요." 나는 아주 살짝 미소를 지으며 대답했다.

그렇게 우리는 대화를 시작했다. 한참을 이야기하던 도중 갑자기 정신이 들면, 모르는 사람과 어째서 이렇게 편안하게 대화를 나눌 수가 있는지 혼란스러워지는 그런 자연스러운 대화였다. 그녀는 섹시했고, 나에게 플러팅을 했고, 나 역시 마찬가지였다. 다른 친구가 등장했는데, 곧 그 친구와 섀넌은 내가 새 친구와의 대화에 온전히 집중할 수 있도록 자리를 비켜 주었다.

우리에게는 별다른 공통점이 없었지만 그건 전혀 중요하지 않았고, 우리 둘 다 같은 생각이었던 것 같다. 오래지 않아 우리는 딱 붙어 앉았다. 그렇게 시간이 지나갔다. 내가 화장실에 다녀올 겸 술을 더 주문하려고 몸을 일으켰을 때야 나는 내 이름을 말하며 그녀에게 이름이 뭐냐고 물었다.

"라이언." 그녀가 대답했다.

"뭐라고요?"

"라이언이라고요." 그녀가 다시 한번 말했다.

잘못 들은 줄 알았다. 꼭 영화 속에서 인물이 상상을 하면서 장면이 전환되는 것처럼 말이다. 그럴 리가 없었다. 그녀와 완전히 똑같은 이름이라니. 동명이인이라니.

나는 바 안에 모여든 힙스터들 사이를 뚫고 화장실을 향했다.

카우보이모자를 쓰고 핸드폰을 들여다보고 있는 여자 뒤에 줄을 서서 기다렸다.

'그 이름을 불러도 될까?' 알 수 없었다. 우리는 한참이나 대화를 나눴다. 그녀는 매력적이었다. 이 흐름에 몸을 맡기고 싶었다. 마음 가는 대로 행동하고 싶고, 여태 한 적 없는 일을 해보고 싶었다…… 아무리 그래도 이름이 똑같은데?!

"당연히 그렇겠지." 나는 화장실 칸 안으로 들어가 문을 잠그면서 혼잣말했다. "당연히 그녀의 이름은 라이언이겠지."

나는 바지를 내리고 변기에 앉았다. 오줌을 누면서 곱씹어 보았다. '무슨 상관이야.' 나는 깊이 생각하지 않기로, 그냥 털어버리기로, 이 시가 펼쳐지게 내버려 두기로 마음먹었다! 힘주어 변기 물을 내렸다. 오늘은 나의 밤이었다.

새로 주문한 술을 들고 돌아갔지만, 우리는 그걸 다 마시기도 전에 바를 나왔다. 그녀의 집은 서쪽으로 그리 멀지 않은 곳에 있는, 오래된 낮은 건물에 있는 2층 콘도였다. 1930년대 아니면 1940년대에 지어진 것 같은 그 집은 아르데코 양식도 크래프츠먼 양식도 아닌 예스러운 모양새였다. 잠시 거실에 앉아서 대화를 나누는 동안 그녀는 샴페인을 병째로 들이켰다. 바에서의 편안한 설렘은 간데없이, 그녀의 에너지는 완전히 달라졌다. 이 주제에서 저 주제로 정신없이 휙휙 옮겨가며 횡설수설했다. 나중에야 그 생각이 들었다…… **아아아아 코카인!** 난 코카인의 존재를 늘 잊곤 한다.

그녀가 "방을 보여 주겠다고" 해서 우리는 2층으로 올라갔고,

침실 문 안으로 들어서자마자 함께 침대로 뛰어들었다. 그녀는 워밍업 없이 이를 마구 부딪쳐 가며 내게 맹렬하게 키스했다. 옷이 벗겨지기 시작했다. 그녀는 강압적이었다. 입안에 곧바로 그녀의 가슴이 틀어박혔다. 나는 완벽하게 둥글고 부드러운 두 개의 가슴을 움켜쥐었다. 그녀의 젖꼭지를 빨고 삼키고 혀로 괴롭혔다. 입안에서 젖꼭지가 단단해지면서 그녀가 신음하기 시작했다. 그러더니 나를 밀쳐 눕힌 다음 입고 있던 짧은 치마를 들어 올린 채 내 위에 올라탔다. 팔을 뻗어 내 허벅지를 짚은 채, 고개를 뒤로 젖히며 몸을 마찰하기 시작했다. 그러더니 다시 몸을 일으켜 동공이 풀린 텅 빈 눈빛으로 나를 빤히 바라보았다. 그녀가 한 손을 내 목에 댔고, 코카인에 취한 눈으로 나를 차갑게 내려다보면서 움직이는 동시에 점점 더 손에 힘을 주었다.

잠깐만, 난 목을 손으로 잡는 건 괜찮았다. 어느 정도 힘을 주는 것도, 꽉 죄는 것까지도 괜찮았다. 재미있으니까. 하지만 온 힘을 다해서 날 질식시키려 하는 거? 처음인데? ……그건 아니지. 나는 싫다고 말하지 않았다. 나는 싫다고 말하는 일이 거의 없었다. 그리고 싫다고 말할 때조차 내 말은 큰 힘을 발휘하지 않거나 사태를 더 나쁘게 만들었다. 그만하고 싶었지만 아무 말도 할 수 없었다. 그녀의 손이 내 목을 조이고 있어서만은 아니었다. 마치 고함을 지르고 싶은데 입에서 아무 소리도 나오지 않는 꿈, 달리려는데 다리가 땅에 단단히 붙박인 것처럼 움직이지 않는 꿈 같았다. 그녀의 손에 점점 더 힘이 들어가며 숨이 막혀오려던 순간 내 위에 있던 그녀가 절정에 다다랐다. 요란한 소리를 내며, 나와는 동떨어진 채로. 그녀는 몸을 푹 수그린 뒤 내 몸에서 굴러 내려가 베개를 베고 풀썩 누웠다.

나는 커튼 주위가 서서히 밝아지고 해가 떠서 내 길을 밝혀줄 때까지 잠든 그녀 옆에 그대로 누워 있었다.

커밍아웃한 후 제대로 한 첫 번째 소개팅은 그보다는 성공적이었다. 함께 하는 친구들이 엮어 준 우리는 바워리의 어느 바에서 만났다. 진 세버그를 닮은 여자였다. 짧고 산뜻한 금발과 타고난 스타일 감각은 편안함과 우아함을 물씬 풍겼다. 우리는 바 실내에 앉아 인생, 예술, 책에 관해 대화했다. 시간이 지날수록 우리는 점점 더 가까이 붙어 앉았다. 단순하기 그지없는 행동이었다. 그저 바에 앉아 나누는 평범한 대화. 평범한 데이트. 그럼에도 내게는 기념비적인 순간이었다. 불안도, 어깨 너머로 눈치를 보며 '사람들이 알아보는 건 아닐까?' 생각하는 것도…… 모두 사라지고 없었다.

우리는 바가 닫는 시간까지 함께 있었다. 그러고서 나는 호텔에 방을 잡자고 제안했는데, 당시 내가 친구 집에서 묵고 있어서였다. 나도 **안다.** 하루 저녁을 보내는 것치고 어처구니없을 정도로 사치스러운 일이었지만, 커밍아웃을 한 뒤 처음으로 남들 눈앞에서 하는 데이트였는걸! 우리는 서로의 어깨를 감싼 채 바워리 북쪽을 향해 걸었다. 그때 인도에서 술 취한 남자가 우리에게 뭐라고 소리를 쳤고, 나는 전과는 달리 "꺼져!" 하고 받아쳤다.

알고 보니 내 데이트 상대는 유단자였다. 그 일에 끼어들지 않고 자리를 떠날 걸 그랬다. 오리의 등에서 물방울이 굴러 내려가는 것처럼 그냥 내버려 두는 게 나았다. 불에 불쏘시개를 던져 넣는 대신, 드라마와 유해함으로부터 자신을 평화롭게 분리해 내는 쪽이 나았다. 그 자리를 떠난 뒤 그녀는 길에서 호신술 동작들을 가르쳐 주었다. 비록 내 체구가 작지만 그럼에도 상대를 쓰러뜨릴 수 있음을 시범 보였다. 그녀는 (부드럽게) 나를 등 뒤로 업어치고, 팔을 비틀고, 항복하게 만들었다. 작은 체구에도 불구하고 상대의 공격을 무용하게 만들 수 있는 이런 기술들이 있음을 알게 되자 마음이 편안해졌다. 교육적인 전희! 목숨을 구하는 전희!

우리는 바워리 호텔에 체크인했다. 라이언과 사귈 때와는 딴판이었다. 현실에서 펼쳐질 리 없는 영화 속 장면에 들어온 것처럼 짜릿했다. 라이언을 만날 때는 싱글 룸에 체크인하고 나서 호텔 프런트에 간이침대를 요청한 적도 있었다. 폴라와 만날 때는 그녀가 내 어시스턴트였기에 각자 다른 방에 묵었다. '이럴 수도 있는 건데, 참 이상한 일이었네.' 하는 생각이 들었다.

우리는 호텔 방의 작은 테이블에 앉아 대화를 이어갔다. 두꺼운 벨벳 커튼을 걷자 낡고 큼직한 창이 드러났다. 도시의 불빛이 유리창을 통과해 들어왔다.

"네 억양이 마음에 들어." 그녀가 말했다.

시간이 멈췄다. 나는 그녀의 말을 꿀꺽 삼키면서, 목구멍을 타고 전율하며 내려가는 그 말의 촉감을 느꼈다. 들어가고 싶은 침실 같은 눈빛을 가진 그녀의 부드럽고 선명한 목소리.

그녀는 의자에 앉은 채로 나를 향해 몸을 기울였다. 그녀가 내 다리에 손을 얹고 키스하자, 나도 그녀에게 키스했다. 곧 우리는 함께 침대에 누웠고 아침 해가 밝을 때까지 그곳에 머물렀다. 매번 그렇듯 처음에는 어색하게 단추를 더듬더듬 풀고, 딱 붙는 청바지를 벗기며 미묘하게 비틀거리다가, 두 몸이 서로를 읽으면서 연결되고, 하나가 되고, 흐름을 찾아갔다. 자연스럽고, 안전했고, 무엇보다도 활짝 열린 것 같았다. 새로운 세계였다.

우리는 잠들었지만 그리 오래 자지는 않았다. 눈을 뜨니 숙취와 허기가 밀려왔다. 붉은색 술이 달린 금빛 키를 프런트에 반납하고 체크아웃한 뒤 요기할 곳을 찾았다. 호텔에서 얼마 떨어지지 않은 본드 스트리트 지하에 시골풍의 힙한 식당이 있었다.

여자와 처음 먹는 아침식사.

끝내준다.

예전엔 불가능할 거라고 생각했는데.

떨어진 당이 다시 올라오고 혈관에 카페인이 돌기 시작하자 우리는 소호의 프린스 스트리트에 있는 맥널리 잭슨 북스라는 독립서점으로 갔다. 그녀는 내게 매기 넬슨의 『블루엣』을 선물하고 싶어 했다. 매기 넬슨의 글을 처음 읽은 것이 그때였다. 넬슨이 사랑하는 푸른색에 대한 사색을 담은 『블루엣』은 장르를 분류하기 어려운 책으로, 회고록, 상심, 역사, 철학, 이론이 시와 산문을 통해 매끄럽게 혼합된 책이었다. 경이로운, 마음을 활짝 열어 주는 책이었다. 그 순간, 그 공간에서 선물받기에 완벽한 책이었다.

비가 오기 시작했지만 우리는 발걸음을 멈추지 않았다. 비를 맞으며 계속 이야기하면서 걷다 보니 어느새 맨해튼 반대편 웨스트빌리지였다. 그녀는 제인 스트리트와 웨스트 스트리트가 만나는 곳에 있는 아주 오래된 호텔인 제인 호텔의, 지금은 문을 닫은 카페 지탄에서 커피를 마시자고 했다. 바닥이 흑백 체스판 무늬인 카페 지탄은 매력적인 곳이었다. 파리의 카페를 연상시키는 분위기와 벽에 붙은 악어 장식 같은 독특한 인테리어가 혼재했다. 나는 아메리카노를 주문했지만 속이 좋지 않아 반이나 남겼다. 그제야 우리 둘 다 피로감을 느끼고 그날의 데이트를 끝내게 됐다. 우리는 자리에서 일어나 작별 인사를 나누었다. 그녀가 내게 키스했다. 카페 안, 바로 그 자리에서 말이다. 처음 있는 일이었다.

그 순간들은 아무리 복잡한들 아름다웠다. 내 인생에서 큰 의미를 지닌 순간들이었으므로.

하지만 라이언과 이별한 뒤 내가 처음으로 정말 사랑한 사람은 케이트 마라였다. 그 당시 케이트에게는 사랑스럽고 재능 넘치는 남자친구 맥스 밍겔라가 있었다. 작은 저녁 식사 자리에서 두 사람을 처음 만났다. 그날 밤에는 케이트에 대해 그리 깊이 생각하지 않았다. 물론 그녀는 매력적이고 아름다웠지만 그 옆에는 남자친구가 있었으니까. 나는 내가 제작하고 연기도 하기로 예정한 영화에 맥스를 캐스팅하고 싶었기에 그와 친해지려 애썼다. 그런데, 그러다가 케이트를 또 한 번 만나게 되었다.

아카데미 시상식 시즌, 친구인 키위 스위스가 「가장 따뜻한

색 블루」의 스타 아델 에그자르코풀로스를 위해 로스펠리스에 있는 자택에서 파티를 열어 주었다. 시상식 시즌에 표를 얻겠다는 생각으로 아카데미 멤버들을 초청해 사람이나 영화를 위한 파티를 여는 일은 흔했다. 나는 거의 매일 밤 드레스와 하이힐에 메이크업까지 마친 차림으로 그런 파티에 참석했다. 송골송골 땀방울이 맺힌 나이 든 남자들이 지나치게 가까이 앉아서, 지나치게 취한 채로, "당신의 꿈이 이루어지고 있군요." 하는 자리였다.

그러나 아델 에그자르코풀로스를 위한 파티는 그런 파티와는 다른, 키위 자신과 마찬가지로 진심이 한껏 담긴 자리였다. 한 배우와 그 배우의 명연기를 기념하고, 이토록 힘든 시기에 등장한 새로운 배우를 환영하는 자리였다. 사람을 고갈시키는 이 도시에서 키위의 파티는 덫이 아닌 휴식처 같은 곳이었다.

라이언과 헤어진 뒤 고작 몇 달밖에 지나지 않았을 때였다. 우리는 헤어진 뒤에도 이따금 같이 잤다. 복잡하고 고통스러웠지만 나는 자꾸만 나 자신에게, 그리고 그녀에게 전부 괜찮다고 했다. '괜찮아, 우리가 그저 함께 있는 건 괜찮잖아, 난 괜찮아, 너와 나 모두에게 최선을 바랄 뿐이야……' 온갖 개소리를 늘어놓으면서 말이다. 관계가 완전히 끝날 때까지 나는 엉망진창이었다. 그 뒤로 한동안 우리는 연락하지 않았다.

라이언이 너무 그리웠다. 땀과 선크림 냄새가 섞인 그녀의 체취, 그녀의 미소, 그녀의 손놀림, 그녀가 생각할 때 함께 춤추듯 움직이던 손, 그녀의 지성, 그녀의 웃음, 그녀의 모호함, 그녀의 눈썹,

그녀의 성실함, 그녀의 호기심, 그녀의 입술, 그녀가 내던 소리, 그녀의 그림, 그녀의 목, 그녀가 목을 뻗던 움직임, 그녀의 너드 같은 면, 그녀가 보여 주던 경이감, 그녀의 눈빛, 그녀가 나를 바라보던 방식, 그 모든 것이 빠짐없이 그리웠고, 멈출 수 없었다, 멈춰지지 않았다. 그녀를 잊으려고 안간힘을 썼다.

"무엇보다도, 당신을 그리워하는 일을 멈추고 싶다." 매기 넬슨은 『블루엣』에 이렇게 썼다.

나 역시 이 모든 것을 내 머릿속에서 싹 지워줄 「이터널 선샤인」이 필요했다.

키위의 집에 도착한 나는 높은 천정과 웅장한 계단이 달린 입구를 지나 조금 더 작은 고딕풍의 식당을, 작고 밝고 아름답게 설계된 부엌을 지나 뒷마당으로 갔다. 파티 참석자들은 물론 케이터러와 전문 바텐더들까지 있어 부산했다. 파티 장소를 눈으로 훑었다. 확인 완료. 나는 상심한 마음을 숨길 작정이었다. 키위를 비롯해 파티에 참석한 누구도 내가 라이언과 사귀었다는 사실을 몰랐다. 보고 싶은 사람은 오로지 라이언뿐이었지만, 라이언이 결코 나타나지 않기만을 빌었다. '오늘 밤 내가 아무렇지 않은 척할 수 있을지 잘 모르겠어.'

케이트는 파티 참석자들 속에 서서 자연스레 대화를 나누고 있었다. 오른손에 레드와인이 담긴 잔을 들고 있었다. 그녀의 옆모습, 턱에서 눈을 뗄 수 없었다. 케이트는 지난번 저녁 식사에서는 보지 못한 눈빛으로 나를 따뜻하게 맞아 주었다. 지난번보다 한층

풀어진 듯 보였지만 알코올 때문은 아니었다. 그녀가 말을 할 때 잔 속의 와인이 함께 출렁였고, 나는 과연 그 액체의 움직임이 관성 때문이라고 할 수 있을까 생각했다. 그러면서 케이트에게는 남자친구가 있다고 스스로에게 다시 한번 되뇌었다. 그녀가 내게 플러팅하기 시작했을 때, 나는 장난이라고 생각했다. 남자친구의 존재는 그렇다 쳐도, 케이트 마라가 나를 원한다는 건 도저히 상상조차 할 수 없었던 일이기 때문이다.

우리는 대놓고 플러팅을 주고받으며 대화를 나누었다. 그러면서도 나는 자꾸만 어깨 너머로 맥스의 눈치를 보았다.

"아, 맥스는 신경 안 써." 내 눈치를 알아차린 케이트가 그렇게 말했다.

"뭐, 그렇다면 자고 가. 내일 아침에 두부 스크램블 만들어 줄게." 반만 농담이었다.

그녀가 웃었다. 내가 그녀를 웃게 만들다니. 우리는 어깨가 스칠 만큼 가까이 붙어 서 있었다.

꿀꺽. 다시 맥스 쪽을 흘낏 보았다.

우리의 대화는 자연스럽게 끝이 났고, 손님들의 흐름과 움직임이 이동하는 새떼들의 패턴으로 움직이다 보니, 나는 어느새 마당 한구석에 놓인 기다린 나무 벤치에 앉아 담배를 피우면서 알지도 못하는 이들과 이야기를 나누고 있었다. 케이트와 플러팅을 주고받으며 한껏 들떴다가, 아무 의미도 없는 일이라는 생각에 다시 따분한 잡담으로 돌아온 것이다.

대화가 잠시 끊겼을 때, 로고가 보이는 곳까지 타들어 간 담배를 마지막으로 두어 모금 빨아들이고 있는 나에게 한 남자가 다가왔다. 익숙한 얼굴이었다.

"안녕하세요!" 남자가 묻지도 않고 내 옆에 앉으면서 신나게 떠들어댔다. "라이언이랑 제일 친한 친구 중에 한 분, 맞으시죠?! 저는 맷이라고 해요!"

나는 당황한 표정으로 그를 바라보았다. 그러자 그는 짜증 날 정도로 멍청하고 환하게 웃으며 나를 바라보았다. 다음 순간, 머릿속에서 무언가가 맞물렸다. 본능적인 깨달음이 찾아오며 가슴이 철렁했다.

"아, 그럼 혹시 두 사람이……?" 나는 '사귄다'라는 의미로 손짓하며 물었다.

"맞아요! 아, 라이언이 말 안 했나 봐요?"

배를. 주먹으로. 두들겨. 맞은. 기분. 귀가. 울리고. 심장이. 멎는다. 지금.

숨 쉬어.

"아, 저는, 음…… 언제부터……?" (아까와 같은 손짓)

"한 달 됐어요! 저도 라이언을 사랑하고, 라이언도 절 사랑하죠." 그가 벤치에 앉더니 온몸을 들썩였다. "사랑에 빠져 본 적 있어요?"

나는 바닥만 내려다보았다. 세상이 일그러지며 멀어지는 것만 같았다.

어떤 미친놈이 이딴 걸 물어봐?

그는 자꾸만 떠들어댔다. 「피너츠」에 나오는 어른 인물이 말하는 것처럼 들렸다.

나는 울지 않으려고, 억지 미소를 지으려고 애썼지만, 그렇다고 지나치게 애쓰지는 않았고 때때로 고개를 주억거렸다.

"라이언은 어디 있어요? 오늘 밤 여기 와요?" 나는 그를 쳐다보지 않은 채 물었다.

"아뇨, 종일 미팅을 하느라 지쳐서 지금 저희 집으로 가고 있어요."

배를. 주먹으로. 두들겨. 맞은. 기분. 귀가. 울리고. 심장이. 멎는다. 지금.

숨 쉬어.

"미안해요, 화장실에 가야겠어요. 만나서 반가워요, 나중에 봐요." 나는 그가 입고 있는 타이다이 후디만큼이나 화사하고 생기가 넘치는 희열을 마음껏 느끼라고 그를 그 자리에 둔 채 자리를 떠났다.

공황이 밀려오면서 눈앞이 흐려졌고, 이 파티에는 내가 의지할 사람이 아무도 없었기에, 나는 주층에 있는 작은 화장실로 달려 들어갔다. 변기에 앉아서 곧바로 모든 걸 쏟아 내기 시작했다. 온몸 구석구석에 슬픔과 수치심이 들어찬 것 같았다. 눈앞에서는 치웠지만 완전히 없애지는 못한, 러그 아래로 쓸어 넣은 흙먼지처럼.

거울에 비친 내 얼굴을 쳐다보았다(절대 도움이 안 되는 일). 그

다음에는 파티장을 나왔다. 술을 마시지 않았기에 운전을 했지만, 내 손은 운전대를 붙든 괴상한 작은 외계인처럼 내 몸에서 분리된 듯 허공을 떠다녔다. 모두 쏟아 냈고, 이젠 그 자리를 떠나 그저 둥둥 떠가고 싶었다.

집에 돌아온 뒤 나는 레너드 코언의 레코드를 틀고(도움이 안 됐다.) 담배를 뻑뻑 피웠다.(해로운 일이었다.) 왜 우리는 가슴이 아플 때 그 고통을 이어가려 하는 걸까? 스스로를 벌하려고?

마침내 탈수 상태를 벗어나기 위해 부엌에 물을 마시러 갔을 때, 핸드폰에서 띵 하고 알림 소리가 났다. 케이트에게서 온 이메일이었다.

와, 작별인사 한 번 로맨틱하네?

나는 풋 웃었다. 미소가 좀처럼 내 얼굴을 떠나지 않았다. 답장하기를 눌렀다.

너무 고통스러워서 작별 인사를 할 수가 없었어.

나는 베개를 베고 누운 채 그가 집에 있는 그녀에게로 돌아가는 모습을 생각했다. 그녀가 그를 기다리는 모습을 상상했다.

무엇보다도, 당신을 그리워하는 일을 그만두고 싶다.

그러다 마침내 잠들었다.

케이트와 나는 그 뒤로도 연락을 주고받았고, 그러다 보니 우리가 주고받는 플러팅이 우리 둘 다에게 그저 장난인 것만은 아니라는 사실을 깨닫기 시작했다. 우리는 만나서 산책을 하거나 생일 언저리에 저녁 식사를 하는 게 어떤지 이야기를 주고받았다. 우리 둘 다 물고기자리였다.

그러다 두어 주 뒤, 밸런타인데이에 나는 동성애자로 커밍아웃했다. 그 연설을 할 거라는 이야기를 거의 누구에게도 하지 않았다. 가십과 추측에는 진력이 나서 그 일이 나의 것, 나를 위한 것이기를 바랐다. 내 연설의 반응은 엄청나서 요즘 애들 말로는 '바이럴'되었다.

케이트에게서 이메일이 왔다.

잠깐만, 너 동성애자야?!

나.

응, 그러니까 이제 직진해.

동성애자로 커밍아웃한 다음날, 나는 「엑스맨: 데이즈 오브 퓨처 패스트」의 짧은 재촬영을 위해 몬트리올로 갔다.

"많이 달라 보여." 한 제작자가 내게 말했다.

그 말대로였다. 벽돌이 가득 담긴 자루를 내려놓았으니까. 이

전보다도 더욱 내 몸에 깃든 채로 고개를 한껏 치켜들고 있었으니까. 미간이 절로 찌푸려지던 고민에서 마침내 벗어난 나는 덜 괴롭고, 더 상냥해졌다. 나는 나의 길을 가고 있었다.

며칠 뒤 로스앤젤레스로 돌아가는 비행기 안. 내가 좌석에 앉는데 한 신부와 부제가 내 옆을 지나쳐 가더니 내 뒷자리에 앉았다. 부제는 나를 알아보고 친절한 말을 건넸다. 생각지도 못한 일이었다.

나는 대본을 읽으면서 졸다 깨다 했다. 비행을 시작한 지 두 시간쯤 됐을 때 누가 내 왼쪽 어깨를 톡 두드렸다. 아까 본 신부와 부제가 내 옆을 지나가며 접힌 종이를 건네준 것이다. 쪽지라니. 나는 기분 좋게 미소를 지은 다음 몸을 돌려 쪽지를 읽으려 했다.

LGBTQ+를 지지하는 진보적인 종교 지도자가 보낸 친절한 메시지를 예상하며 쪽지를 펼쳤다.

염치 불고하고 당신을 구글에서 검색해 보았습니다. (이런.)

그러더니, 나라는 존재는 진짜가 아니라는 말을 이어갔다. 그건 그저 나의 믿음일 뿐이라고.

당신의 영혼은 고통에 시달리고 있습니다. 하늘에
계신 우리 아버지의 품이 당신에게 꼭 필요합니다.

농담이 아니라, 그 뒤에는 정말로 이렇게 쓰여 있었다.

서명,

하늘에 있는 너희 아빠가.

아직 비행은 두 시간쯤 남아 있었다. 도대체 뭘 해야 할지 알 수 없었다. '무슨 말을 해야 하지? 답장을 써야 하나?' 하지만, 그게 무슨 소용인가 하는 생각이 들었다. 짧은 대화로 사제의 마음이 바뀔 리도 없었고, 이 일에 시간을 써 본들 유해할 뿐이었다. 그래서 나는 쪽지를 도로 접어 주머니에 집어넣은 뒤 하던 일로 돌아갔다. 비행기가 착륙했다. 마침내 집이었다.

한 달쯤 뒤, 케이트는 실버레이크 봉우리 꼭대기에 있는 자신과 맥스의 집에서 열리는 바비큐 파티에 나를 초대했다. 맥스가 「인투 더 포레스트」 출연 제안을 승낙했기에, 그를 만나 축하하는 시간을 가질 생각을 하니 신이 났다. 맥스는 영화 속에서 내가 사랑하는 상대를 연기하게 될 터였다. 두 사람이 사는 곳은 집다운 아늑함이 있고, 설계부터 멋들어졌으며, 무척 사적인 공간이었다. 거실 소파는 그 속에 폭 파묻혀 사라지고 싶게 생겼다. 흰색이었는데, 그런 소파를 무슨 수로 티 하나 없이 관리하는지 도저히 모를 일이었다. 나는 온 사방에 얼룩을 묻히면서 사니까. 작은 부엌은 집이 1930년대에 집을 지을 때의 모습 그대로인 것 같았다. 개수대도, 얼룩 방지판도 완벽했다. 부엌에서 문을 열고 나가면 사방으로 뻗어 나간 가파른 비탈로 된 뒷마당이 있었다. 거실 바깥쪽에 데크가 있었고, 그 아래에는 화덕, 그리고 케이트가 키우는 보스턴 테리어 두 마리가 생활하는 공간이 있었다.

우리는 길게 포옹했다. 그리고 자기소개가 이어졌다. 그 파티에 온 사람 중 내가 아는 사람은 거의 아무도 없었다. 케이트와 맥스는 채식 버거와 일반 버거를 그릴에 구웠다. 케이트와 나는 집과 화덕을 잇는 계단에 앉아 대화를 나누었다.

우리는 이번에도 바짝 붙어 앉아 플러팅을 주고받았다. 맥스는 근처에 있었지만 딱히 우리를 신경 쓰지 않았다. 자석처럼 이끌리는, 말을 하지 않는 쪽이 더 나은 그런 기분이었다.

며칠 뒤, 우리는 마침내 단둘이 시간을 보내게 되었다. 함께 산책하려고 그녀의 집까지 차를 몰고 갔다. 우리는 케이트의 SUV에 올라 뒷좌석에 두 마리 개를 태운 채로 실버레이크 저수지를 향했다. 예전과 똑같았다. 미소를 애써 숨기고, 눈이 마주치면 눈길을 피했다.

그녀의 집 차고로 돌아왔을 때 케이트는 시동을 껐다. 침묵 속에 앉아 있는 잠시간, 텔레파시처럼 우리의 마음이 연결되었다.

“조만간 같이 저녁 먹자.” 케이트가 말했다.

나는 잠시 침묵했다.

“그러면 안 될 것 같은데.” 나는 대답했다. **그래야 할 것 같은데**라고 말하는 내 방식이었다.

또 한 번의 침묵. 차 안이 밀폐된 공간처럼 느껴졌다.

"맥스한테 얘기하고 물어볼게, 내 생각엔 맥스는 신경 안 쓸 거 같아."

절로 나오려는 미소를 숨기느라 턱이 가슴에 닿을 것만 같았다. 그런 말을 예상한 건 아니었지만, 내가 듣고 싶은 말은 그게 다였다. 짜릿하면서도 따뜻한, 의심의 여지가 없는 감정. 나는 간절히 그녀와 함께하고 싶었다.

"뭐, 맥스만 괜찮다면 상관없지." 나는 말했다.

정말 그랬다. 맥스는 개의치 않았고 케이트가 나와 더 가까워지도록 응원했다.

그렇게 우리는 바로 다음 주, 웨스트할리우드에서 저녁 식사를 하며 첫 데이트를 하기로 했다.

케이트가 먼저 우리 집으로 왔다. 문을 열자 그녀가 그 표정, 그 미소. 다정한 동시에 확신이 넘치는 그 눈빛으로 서 있었다. 우리의 입술이 처음으로 맞닿자 몸이 덜덜 떨렸고 다리에 힘이 풀려 무릎이 꺾일 것 같았다. 우리는 혀를 뒤섞으며 소파를 향했다.

케이트가 먼저 물러났다.

"아직은 안 돼. 일단 저녁부터 먹자."

우리는 로럴을 타고 올라 멀홀랜드를 지나 웨스트할리우드로 갔다. 우리가 탄 우버는 예전에 라이언의 포스터가 나를 바라보고 있었던 모퉁이에서 우회전했다. 케이트가 도착했을 때는 정신이 없어 제대로 보지 못한 그녀의 모습이 가로등 불빛을 받아 생생히 드러났다. 노란색과 빨간색 불빛에 휩싸인 그녀가 불붙은 듯 빛나 보였다. 더티 블론드 색 머리카락이 지나가는 빛을 받아 미세하게 반짝였다. 딱 붙는 검은 바지가 그녀의 허벅지를 조이고 있었다. 나는 그녀의 다리를 내려다보지 않으려고 애썼다. 케이트는 회색 티셔츠 위에 단추를 잠그지 않은 셔츠를 입고 그 위에 검은 재킷을 걸치고 있었다.

그 모습을 누군가 보았더라면 아마 평범한 데이트라고 생각했을 것이다. 우리가 서로를 만지는 손길, 우리가 서로를 바라보는 눈빛, 지나치게 자주 터뜨리는 웃음. 샐러드와 감자튀김과 테킬라와 와인. 그녀의 존재감은 뚜렷했고, 자세는 확신에 찬 듯 꼿꼿했다. 그녀가 눈을 한 번 찡긋하기만 해도 다른 모든 것이 사라지는 것만 같았다.

그날 밤, 우리가 집으로 가는 우버에 오르는 모습이 파파라치의 사진에 찍혔다. 꼭 다른 차원으로 온 것 같았다. '들킬까 봐' 느끼던 두려움이 더는 느껴지지 않았다. 내 집에 도착하자마자 우리는 침실을 향했다. 케이트는 침대에 누운 채로, 나는 침대 발치에 선 채 우리는 옷을 벗었다. 내가 그녀의 위로 올라갔다. 우리의 입술이, 우리의 몸이 처음으로 만났다. 나는 그녀의 목에 키스하면서 그녀의 허벅지 안쪽에 손을 대고는 손가락으로 느릿느릿 허벅지를 더듬어 올라갔다.

성공적인 첫 데이트였다. 그래서 데이트는 계속 이어졌다.

우리는 함께 아는 친구들을 만나거나 파티에 갔고, 사람들은 우리가 사귀는 사이라고 짐작했다. 수치심도, 숨기는 일도 더는 없었다. 그저 한 점 부끄러움 없이 그녀에게 끌릴 뿐이었다. 이 감정은 그저 육체적 욕망이라는 화학작용에 불과한 게 아닌 깊은 애정이었다. 여전히 그렇다. 우리는 지금도 서로를 사랑한다.

첫 몇 번의 데이트 이후, 나는 그녀에게 푹 빠져 버렸다. 도저히 그녀 생각을 멈출 수가 없었다. 미팅을 하러 가는 차 안에서 갑자기 번뜩 떠오른 기억 때문에 갑자기 웃음을 터뜨리기도 했다. 문자메시지를 보내고, 또 멈추고. 단어 선택을 72시간 동안 고민했다. 케이트는 그렇게 내 마음속에 들어왔다.

첫 데이트가 있고 얼마 지나지 않은 어느 날 아침, 지진을 느끼고 잠에서 벌떡 깼다. 심장이 튀어 나가는 것 같았다. 문틀 위에서 있어야 한다던 말이 떠올라 그렇게 했지만, 나중에 알고 보니 그러면 안 된단다. 그럼에도 불구하고 나는 흔들림이 잦아질 때까지 기다렸다가 안도의 한숨을 쉬었다. 이제는 무엇을 해야 하는지 안다. 우리 모두가 같은 자리에 있을 수 있게, 질병관리국에서 말해 준 조치를 알려 주겠다.

> 가능하다면 튼튼한 식탁이나 책상 아래에 몸을 숨기시오.
> 외벽, 창문, 벽난로, 벽 장식 가까이 다가가지 마시오. 침대나
> 의자에서 움직일 수 없는 상태라면 담요와 베개로 몸을
> 감싸 떨어지는 물건들로부터 스스로를 보호하시오.

지진이 잦아들고 맥박이 정상으로 돌아오자 핸드폰을 집어

들었다. 처음에는 케이트가 괜찮은지 문자메시지를 보내야겠다는 생각이 본능적으로 찾아왔지만, 그러면 안 될 것 같았다. 그건 좀 과한 것 같았던 데다가, 내겐 모든 게 새로운 일이었고, 또 남자친구의 존재도 떠오르면서 나쁜 놈이 되어서는 안 된다는 책임감이 들었다. 커피를 마시겠다 마음먹고 핸드폰을 내려놓고 부엌을 향하던 찰나였다. 핑! 다시 돌아가 화면을 확인하니 괜찮으냐고 묻는 케이트의 문자메시지였다. 그 문자메시지를 바라보고 있자니 또다시 무의식중에 웃음이 났다. 이런 젠장.

영영 잊지 못할 어떤 순간이 있다. 스파이크 존즈가 합동 생일 파티에 우리를 초대했다. 낡은 학교 건물에서 열린 그 파티는 스파이크 친구의 쉰 살 생일 겸 다른 친구의 딸의 열여섯 살 생일을 축하하는 자리였다. 주층에 있는 강당은 성인들을 위한 파티 장소였다. 다들 밴드의 라이브 연주를 들으며 술을 마시고 춤을 췄다. 학교의 갈색과 베이지색 배경 덕분에 그날 밤은 시간이 지나도 빛이 바래지 않는 광채가 덧입혀졌다.

우리는 팔짱을 낀 채 열여섯 살 생일 파티 장소인 옥상으로 올라갔다. 높다란 철조망이 옥상의 농구장을 둘러싸고 있었고, 십 대들이 여기저기 서 있었다. DJ가 끝내주는 음악을 트는데 십 대들은 단 한 명도 춤을 추지 않았다. 아마 술이라든지, 로스앤젤레스의 십 대들이 원하는 뭔가를 구할 꿍꿍이를 논의하고 있었던 게 아니었을까.

DJ의 음악은 강당의 밴드 연주보다 더 우리 취향이었다. 비욘

세, 미시 엘리엇…… 우리는 말 한마디 없이 음악에 몸을 맡겼다. 내 눈에 들어오는 건 오로지 춤에 흠뻑 빠진 케이트가 전부였다. 우리 두 사람 말고는 그 무엇도 보이지 않았다. 우리는 흔들림 없는 눈으로 서로를 바라보았고, 서로의 몸을 한껏 채워주며 말로는 할 수 없는 이야기를 나누었다. 그 어떤 신체 접촉보다도 더 친밀한, 수치심도, 거리낌도 없는 춤이었다. 케이트가 이토록 자유로워 보이는 건 처음이었다. 우주가 쪼개져 열리고, 그 속에 내가 있는 기분이었다. 나는 답도 없는 깊은 사랑에 빠지고 만 것이다.

일주일 뒤, 우리는 실버레이크 저수지 북동쪽의 잔디밭에 앉아 우리 둘만의 비눗방울 속에 갇힌 채로 작은 몰스킨에 메모를 써 내려갔다. 함께 영화, 그것도 사랑 이야기를 만드는 건 환상적인 아이디어 같았다. 케이트와 나는 각자의 에이전트에게 이메일을 보내 우리가 함께할 수 있는 작업을 알아봐 달라고 했다.

그렇게 우리의 프로젝트가 궤도에 올랐다. 금세 조 바튼의 각본이 도착했다. 80페이지가 조금 넘는 짧은 각본은 추가 작업과 확장이 필요한 상태이기는 했지만, 그 속에 이미 고통스럽지만 아름다운 영화의 뼈대가 담겨 있었다. 우리는 충격적일 정도로 섬세한 여성 퀴어 인물들을 그려낸 사랑스러운 영국인 각본가인 조와 스카이프로 대화를 나누었다. 스토리, 인물, 우리가 손봐야 한다고 생각한 부분들을 논의했다.

"너무 옛날에 쓴 각본이어서요. 한 달의 시간을 주시면 고쳐 써 오죠." 조가 말했다.

그리고 그는 정말로 한 달 뒤 완전히 새로운 차원의 각본을 가져왔고, 그렇게 프로젝트가 진행되기 시작했다.

케이트가 곁에 없는 시간이 고통스럽게 느껴지기 시작했다. 함께 있는 시간은 하늘을 나는 것 같은 짜릿한 고양감 속에서 지나갔지만, 그 시간에는 언제나 끝이 존재했다. 우리가 함께 갈 수 없는 장소들이 있었다. 내가 감히 바라지조차 않아야 하는 자리였다. 친구들은 내게 그만두라고 했고, 당연한 말이었다. 이번에도 나는 가질 수 없는 사람을 원했다. 커밍아웃을 한 뒤에도, 나를 방해하는 요소는 여전히 있었다.

"널 보고 있으면 유부남만 만나는 내 친구들이 생각난다." 한 친구는 그렇게 말했다. 손에 넣을 수 없는 사람을 찾아 높이 올라갔다가, 아래로 뚝 떨어졌다가, 또다시 그런 사람을 찾아 나선다고.

나중에 그 친구는 우리가 함께 있는 모습을 보자마자 곧바로 우리 사이를 알아차렸는데, 확인받는 기분인 동시에 짜증이 났다. 우리 사이의 사랑은 눈에 보일 만큼 분명했다. 함께 있을 때 우리는 빛났다.

하지만 맥스. 맥스! 맥스가 있었다. 정말 멋진 사람이자, 여태까지 내게 너무나도 잘해 주었던 맥스. 케이트는 그를 사랑했다. 어떻게 안 사랑할 수가 있었겠는가? 그러나 케이트와 나 사이의 관계는 새로운 언어를 찾아 균열 사이로 서서히 스며들고 있었다. 뭐, 내가 그렇게 내버려 두었다는 것이다. 그러면 안 되는 거였다. 진지한 관계의 두 사람 사이에 끼어든 사람은 나였다.

처음으로 큰 아픔을 느꼈던 건, 케이트와 내가 뉴욕에서 시간을 보내기로 약속했다가 일정이 꼬이는 바람에 맥스가 케이트와 동행하게 되었던 때다. 나는 로맨스로 가득한 뉴욕에서의 행복한 이틀을 기대하고 있었다. 아팠다. 정말 아팠다. 그럼에도 나는 그게 두 사람 사이에 끼어든 내 탓이라 생각했다.

「엑스맨: 데이즈 오브 퓨처 패스트」 홍보를 위해 뉴욕을 찾았다. 내가 영화 속에서 의식을 잃은 울버린을 연기하는 휴 잭맨의 뒤, 그의 관자놀이 언저리에 앉아서 그의 머리 양쪽에 손을 대고 있는 모습으로만 등장하다시피 하는 영화였다. 휴 잭맨의 관자놀이 언저리라니, 매일같이 있기에 그만한 장소도 없었다. 그는 짜증 날 정도로 사람이 좋고, 여태 함께 일해 본 배우들 중에서도 가장 친절했으며, 그가 기분이 안 좋은 걸 본 적은 맹세코 단 한 순간도 없었다.

하지만 케이트에게서 만날 수 없게 되었다는 소식을 들은 나는 상당히 기분이 나빠졌다. 두 사람이 함께 뉴욕을 돌아다니는 모습을 찍은 파파라치 사진을 본 뒤에는 더욱더 기분이 나빠졌다. 그리고 두 사람이 섹스하는 모습을 상상했을 때도. 조시 호로비츠와 인터뷰를 하던 도중, 케이트라는 이름의 어느 팬에게서 바나나에 대해 어떻게 생각하느냐는 질문이 들어왔다. 그건 우리 두 사람만 아는 농담에서 나온 것이었다. 케이트는 조시와 친구였고, 이런 질문이 재미있을 거라고 생각한 모양이었다. 잠시 생각한 뒤에야 상황을 이해했다. 하지만 하나도 재미있지 않았다. 나는 그녀가 그리워서 괴로웠다.

나는 화가 났다. 성이 났다. 조종당하는 기분이 들었다. 끊임없이 생각을 되풀이하면서 스스로에게 수치심을 안기는 것은 내게 이미 익숙한 패턴이었다. 어느새 나는 그녀를 탓하고 있었다. '나와 함께할 수 없으면서 내 영역, 내 마음에 들어오는 다른 방법을 자꾸만 찾아내잖아.' 나는 자꾸만 그렇게 같은 자리로 돌아와 이 관계가 건강한 관계라고, 내 갈망이 내 온전함을 서서히 갉아먹고 있는 게 아니라고 믿으려 애썼다. 케이트가 나를 경솔하게 대한다고, 내 감정을 배려하지 않는다고 생각한 건 아니었다. 그저 그녀가 내 마음을 읽어 주기를 바라며 고집을 부렸던 거다. 나는 매번 "당연히 다 괜찮지." 하면서도 그녀가 그 말을 반대 의미로 해석해 주기를 바랐다.

여러 면에서 그쯤에서 내가 물러나는 쪽이 좋았을 것이다. 무엇보다도, 두 사람의 관계를 존중하는 좋은 사람이려면 그래야 했다. 하지만 그때의 나는 좋은 사람이라기보다는 그저 누군가를 원할 뿐인 이기적인 사람이었던 것 같다. 케이트와의 관계에서 생긴 것과 같은 진실한 유대감은 흔치 않았기에 끝내기가 힘들었다. 나는 바워리의 호텔 방 발코니에서 담배를 피웠다. 케이트와 함께 묵은 적 있는 방이었다. 그녀가 벌거벗은 나를 책상 위로 들어 올려서는 거울에 비친 내 엉덩이를 보면서 나와 섹스하던 기억이 자꾸만 떠올랐다.

케이트와 연관된 모든 것이 자꾸만 더 복잡하고, 더 부담스러워졌다. 실망스러웠다. 어쩌면 우리 관계에서 느끼는 어려움이 흥분감을 넘어선 것인지도 모르겠다. 애초에 이런 상황을 만든 것도, 점점 커지는 균열을 무시하고 내 마음을 돌보지 않기로 한 것도 다름 아닌 나였다. 나는 닿을 수 없는 무언가를 쫓아 육체적 욕망이나 자신을 압도하게 두기를 택한 것이다.

이런 상호작용은 낯설지 않았다. 함께 있을 땐 행복하고, 비밀스럽고, 안전하게 느껴지지만, 떨어져 있을 때면 마치 무시당한 것 같았다. 한순간에 모든 걸 잃어버린 것 같은, 상대에게 무가치한 존재가 된 것 같은 기분이 들었다. 나는 **제발 날 사랑해 줘**라는, 시간이 지난 뒤에야 떨칠 수 있게 된 내 패턴과 서사를 그녀에게 투사하고 있었던 것이다.

케이트는 내 고통과 아픔을 알아차렸는데, 그녀는 정말 내게 상처를 주고 싶지 않아 했다. 일 때문에 떠나 있는 와중에도 시간을 내서 나와 대화를 했다. 나는 뉴욕에서 내가 느낀 괴로움을 털어놓았다.

"널 만난다는 생각에 들떴다가 만날 수 없게 되어서 너무 그리웠어. 너는 연락조차 없다가 그런 일을 했잖아." 그 인터뷰 이야기였다. "기분이 정말 더러웠어."

"알았어. 정말 미안해. 재미있을 거라고 생각했어." 케이트는 잠시 침묵했다. 화면 속 그녀의 얼굴이 잠시 멈췄다. "나도 네가 보고 싶어. 너를 못 보는 게 나도 괴로워."

그 말이 둑을 터뜨리기라도 한 듯 나는 울기 시작했고, 그녀도 울기 시작했다. 우리는 마음에 있는 말을 전부 쏟아 냈다. 서로를 얼마나 사랑하는지, 우리의 관계가 얼마나 유기적이고 의미 있게 느껴지는지, 서로를 향한 애정이 얼마나 깊은지.

“하지만 나는 맥스도 사랑하고, 우리한테는 함께하는 삶이 있어.” 케이트가 말했다. “예전에는 두 사람을 동시에 사랑할 수 있다는 사실을 믿지 못했어. 그런데 지금은 믿어.”

서로를 떠나보내는 슬픔과 애도를 나누는 한편으로, 우리에게 무엇보다 중요했던 것은 그것이 어떤 모습이건 간에 우리의 미래를 다시 만드는 것, 새로운 관계를 이루는 것이었다. 우리는 거리를 두기로, 적어도 한 달은 서로 연락하지 않기로 했다.

거리가 얼마나 중요한 것인지 나는 자꾸만 잊어버리곤 한다. 거리를 두자고 제안한 사람이 나 자신이더라도 고통스러울 수 있다. 스스로를 속이기는 쉽다. 연락해도 괜찮다고, 그게 건강하고 성숙한 일이라고 스스로를 설득하기도 한다. 하지만 아무리 머리로는 이해한다 해도 감정이 자꾸 새어 나오고, 가면을 쓰고, 속삭이고, 쿡쿡 찌르기 때문에, 결국 더 많은 걸 원하게 되는 법이다.

“널 보고 있으면 유부남만 만나는 내 친구들이 생각난다.” 지금은 그 말을 더 잘 이해할 수 있다.

그 말이 맞다. 나는 세로토닌이 폭발적으로 분비되기를 갈구하다가 거절당한 아픔에 흠뻑 젖곤 했다. 그 과정에서 스스로를 버리고 없애 버리는데, 어쩌면 우리가 원한 건 애초부터 그것이 아니었을까? 충족되지 않는 사랑이, 함께할 수 없는 사람을 원하는 것이 더 안전하기 때문에.

그로부터 얼마 뒤, 그리고 내가 맥스와 함께 출연하기로 한 영화 촬영이 시작되기 얼마 전, 맥스와 케이트가 헤어졌다. 두 사람이 헤어진 건 케이트가 나와 함께하기로 해서가 아니라, 둘 다 이제는 이 관계를 놓아 주어야 한다는 점을 서로 이해했기 때문이었다. 케이트와 나는 계속해서 거리를 유지했다. 맥스는 나에게 너무나 잘해 주었고, 영화에서도 뛰어났고, 동료로서는 너그럽고 현재에 충실한 배우였다. 우리 두 사람의 섹스 신이 있었는데 내가 여태까지 했던 다른 섹스 신보다도 더 친밀한, 거의 벌거벗은 상태인 데다가 내가 가슴을 드러낸 모습까지 나오는 장면이었다. 솔직히 말하면 이상한 일이긴 했으나, 그럼에도 이상하다기보다는 안전하고 편하게 느껴졌다.

나는 여전히 케이트에게 감정을 느꼈고, 그녀를 욕망했고 그녀와 함께하고 싶었다. 거리를 두기로 한 게 도움이 되었다. 그녀를 잊을 수 있겠다는 생각이 들 무렵, 우리 둘 다 로스앤젤레스로 돌아왔다. 같은 도시에 있다고 생각하니 또다시 마음이 동요했다. 혼란스러웠고, 절망스러웠고, 심지어 화까지 났다. '이제는 나와 함께할 수 있잖아. 그런데 그녀는 나와 함께하고 싶어 하지 않아.'

"사랑이 있다고 해서 관계를 이룰 수 있는 건 아니에요." 내 심리치료사였다면 그렇게 말했을 것이다.

나는 또 한 번 고통에 시달렸다. 분노가 자꾸만 새어 나왔다.

느릿느릿 시간이 흐르는 가운데 나는 나아졌다. 대화도, 문자메시지도 주고받지 않는 게 도움이 되었다. 서서히 그 상황을 나와 분리할 수 있게 되어서, 지난 일을 돌아보고 해명할 수 있게 되었다. 나의 집착이 사라지자, 나와 함께할 수 있는 커밍아웃한 사람과 제대로 된 연애도 할 수 있었다. 친구들이 소개해 준 서맨사와는 2년쯤 사귀었다. 케이트와 내가 함께 제작하고 출연한 영화 「자비로운 날들」 촬영 중에 서맨사가 오하이오 신시내티 외곽까지 찾아온 적 있었다. 서맨사는 질투하는 대신 우리를 응원해 주었고, 셋이서 주 경계 너머 켄터키에서 열린 에이미 슈머의 공연을 함께 보러 가기도 했다. 케이트가 지금은 그녀의 남편이 된 제이미와 사귀고 있을 때였다.

당시의 상황을 감안하면 촬영은 잘 진행되었다.

케이트와 내가 만난 지 9년이 되었다. 우리 사이의 어떤 케미스트리는 사라지지 않고 남아 있지만, 시간이 지난 지금 우리는 서로 공통점이 하나도 없었다는 사실을 이야기하며 웃곤 한다. 이제와 돌아보면, 우리는 주로 섹스를 하는 사이였다. 그러나 아직 변하지 않았고, 앞으로도 변함없을 한 가지는 우리 사이의 사랑이다. 충실하고, 너그럽고, 정서적으로 현재에 충실한 케이트는 그저 좋은 친구가 아닌, 진정한 친구다.

나는 실제로 일어나는 일을 바라보고 반응하기보다는 환상에 빠지는 경향이 있었다. 나는 **귀를 기울이지** 않았다. 그러니까, 거칠게 말하면 나는 공의존적이었다. 지금에 와서야 벗어날 수 있었다. 나는 이제 선을 더 잘 긋고, 두려움을 덜 느끼고, 더 열린 마음을 가진 사람이 되었다. 예전에는 없었던 자신감이 피어나면서 더 강해졌다. 우리의 가장 고통스러운 순간으로부터 배움과 교훈이 탄생하며, 이를 잊어버려서 다시금 기억을 되살려야 하는 날도 분명 올 것이다. 그러나 기억을 되살리는 쪽이 낫다. 아픈 쪽이 아프지 않은 쪽보다 낫다. 적어도 나는 당신을 사랑하게 되었고, 나에 대한 당신의 사랑을 느꼈으니까. 매기 넬슨은 이렇게 썼다.

> 이 푸른색이 존재한다는 사실, 그 색을 보았다는
> 것만으로도 내 삶은 기억에 남을 만한 것이 된다. 그렇게
> 아름다운 것들을 보았다는 것만으로도. 그 속에 자리한
> 나 자신을 발견했다는 것만으로도. 선택의 여지 없이.

25장 내가 선택한 가족

“난 그냥 엄마랑 살고 싶어요.” 열세 살 때 나는 어머니에게 말했다. “더는 두 집을 왔다 갔다 하며 살고 싶지 않아요.”

더 이상 16일이 될 때까지 날짜를 거꾸로 세어 가고 싶지 않았다. 그저 매일 어머니와 함께 살고 싶었다.

어머니의 눈이 반짝였고, 자세가 꼿꼿해졌고, 나는 어머니가 신이 났다는 걸 알 수 있었다. 어머니는 기쁨을 숨기려 애썼는데, 내 결정에 영향을 주고 싶지 않아서였을 것이다. 어머니가 행복하다는 사실을 알 수 있었고, 그 때문에 나도 행복해졌다. 환하게 웃던 어머니의 얼굴이 조금 더 진지해지더니, 왜 그렇게 바꾸고 싶으냐고 물었다.

나는 초조해져 더듬었다. 고개를 숙이고 이유를 찾아 헤매면서, 죄책감이 나를 사로잡는 사이 이유 따위는 필요 없었더라면 좋았을 텐데 하고 생각했다.

"그냥 한집에 있고 싶어요. 왔다 갔다 하는 것도 지쳤고요. 물건도 자꾸 잃어버려요."

아버지 집에서 내가 어떤 기분으로 지내는지를 완전하게 털어놓기란 불가능하게 느껴졌다. 설명할 수 없는 두려움이 내 몸에서 박동하면서 나를 막았다. 다시는 복구할 수 없는 대격동을 일으킬 엄두가 나지 않았기 때문이다.

나의 억울함은 극에 다다랐고, 학교에 다녀와 린다와 단둘이 집에 있을 때면 집 안에 무럭무럭 안개가 피어나는 기분이었다. 심지어는 우리 집에 놀러 온 친구에게 물어본 적도 있다. 너희들도 느껴져?

"그 사람 기운이 좀 이상하지 않아?" 나는 말했다. 린다의 에너지. 그 말투. 그 표정. "날 싫어하는 것 같아." 친구들도 내 말이 맞는 것 같다고 했다.

친구를 집에 데려오는 일은 거의 없었다. 아주 가끔, 축구팀 친구들이 우리 집에 올 때면 그 애들이 무슨 생각을 하는지 궁금했다. 그 애들이 중학교에서 집으로 돌아올 때, 차 안에서 우리 아버지가 '장난으로' 그 애들한테 희롱의 말을 던지곤 했기 때문이다.

"거기 아가씨들, 근사한데!" 아버지가 고함을 쳤다.

"으으으으, 데니스!" 친구들은 웃음기 없는 얼굴로 그렇게 받아쳤다. 조수석에 있던 나는 얼굴을 찌푸리고 몸을 숨겨야 했다.

아버지는 옆에 있는 사람이 누구인가에 따라 달라지는 사람이었다. 린다와 있을 때면 나에게 관심을 주지 않았지만 나와 단둘이 있을 때는 깊은 사랑을 표현하며 우리 사이의 경계를 흐리게 만들었다. 어쩌면 가능할 때 우리 둘만의 사랑을 간신히 끄집어내 지키는 것만이 나와 멀어지지 않을 수 있는, 아버지가 아는 유일한 방법이었는지도 모르겠다.

아무튼 당시의 나는 무슨 말을 해야 할지 알 수 없었으며, 여전히 그 감정을 붙들고 씨름하는 중이었다. 마치 흙의 마찰력에 의지한 채로 얼음장 위를 달리는 기분이었다.

생각만 해도 속이 조여 들어오는 기분이었기에, 나는 아직은 아버지에게 말하지 말라고 어머니에게 부탁했다. 아버지는 얼마나 언짢아하고, 또 상처를 받을까. 그 죄책감이 나를 괴롭혀댔다.

"네 아버지는 이해할 거다." 어머니가 나를 안심시키는 투로 말해 주었다. 아버지가 상처를 받지 않을 거라는 뜻은 아니었다. 당연히 아프겠지만, 결국은 내 결정을 존중해 줄 거라는 뜻이었다.

나는 그럴 리 없다는 걸 알았다. 아버지가 이해하지도 못하리라는 것도 알았다. 아버지가 노발대발하리라는 것도 알았다. 표정이 날카로워지겠지. 하지만 그런 말을 어머니에게 어떻게 하면 좋을지 알 수 없었다.

그날 저녁에는 축구 시합이 있었다. 우리의 홈 구장인 댈하우지 대학교의 잔디 구장에서 티나와 나는 공을 이리저리 패스하면서 워밍업을 했다. 라이트윙 미드필더였던 나는 코너킥에 집중하고 싶었고, 정확한 타이밍에 달려가 목을 꺾으면서 헤딩을 해 네트에 내리꽂히는 공을 보고 싶었다. 그러나 나는 자꾸만 어깨 너머를 돌아보며 부모님을 찾았다. 두 분이 동시에 같은 장소에 있다는 걸 알았으니까.

그러다 나란히 앉아 대화를 나누는 두 분의 모습이 보였다. 나는 공에 집중하지 못하고 가까이 앉아 있는 부모님에게 자꾸만 신경을 썼다. 스로인 준비를 할 때도, 패스를 받으려고 속도를 낼 때도, 공을 놓고 이리저리 발재간을 부릴 때도 머릿속에는 '어머니가 아버지한테 무슨 말을 하는 건 아니겠지?'라는 생각뿐이었다.

어깨에 축구 가방을 들쳐 메고, 입안에 물을 쏟아부으면서 잔디 구장을 가로질러 걷자 미끄럼 방지용 밑창에 잔디가 철퍽철퍽 으깨지는 게 느껴졌다. 어머니와 아버지가 상당히 바짝 붙어 서 있었다. 90분간 달린 것보다 그 모습에 더 진이 빠졌다.

내가 다가가자 두 분은 서로에게서 떨어져 섰다. 큼직한 계단을 올라가니 지친 다리가 아려왔다. 아버지 집으로 가야 하는 그달 1일이었기에 나는 어머니를 끌어안고 작별 인사를 건넸다.

"사랑해요, 엄마." 아버지와 함께 걸음을 옮기며 내가 말했다.

"나도 사랑한다, 얘야."

가슴이 아팠지만 나는 아픔을 숨기려 애썼다. 축구 시합을 끝낸 직후가 감정을 숨기기에 제일 좋은 타이밍이다. 허리, 무릎, 허벅지까지 쓰라려 오니까…… 감정을 숨길 곳도 그만큼 많았다.

아버지 차의 조수석에 풀썩 주저앉은 나는 바닥에 가방을 놓고 고개를 어깨까지 푹 숙였다.

‘아무 말도 안 한 거 아닐까? 그냥 잡담을 나눈 거 아닐까?’

침묵 속에서 너무 긴 시간이 흘러가자 ‘아마도’는 모두 쓸모없게 느껴졌다.

아버지는 아무 말도 없이 퀸풀 로드를 따라, 해안을 따라 호스슈섬을 지나, 암데일 로터리를 돌았다. 피자 가게에서 좌회전을 해 퍼셀스 코브 로드로 진입했다. 우리 동네가 가까워졌는데도 아버지는 속력을 늦추지 않았다. 살짝 아버지의 얼굴을 보자, 내 눈길을 알아차린 게 분명한데도 아버지는 꼿꼿이 앞만 보았다. 입을 꽉 다물고 있었다.

우리는 그대로 5분을 더 달려 세인트조지스 크리크 정교회 교회, 요트 클럽, 데드맨섬을 지나 좁은 딩글 로드로 접어들었다. 울창한 숲속에 드문드문 집이 있을 뿐인 이곳에서 아버지는 주로 ‘딩글’이라는 이름으로 불리는 서 샌드퍼드 플레밍 파크에 차를 세웠다.

공원 아래는 바다였다. 아버지는 20세기 초반에 세워진 40미터 높이의 돌탑에서 멀지 않은 자갈 깔린 주차장에 차를 세웠다. 몇 년 전 린다, 스콧, 애슐리와 함께 올라간 적 있는 탑이었다. 입구 양옆에는 올라타지 않고 배길 수 없게 생긴 커다란 청동 사자상이 하나씩 자리 잡고 있었다. 계단은 지나치다 싶을 정도로 많았지만 탑에서 내려다보는 경치만으로도 고생할 가치가 충분했다. 탑을 내려온 뒤 먹었던, 그때까지는 노바스코샤에만 있는 것인 줄 몰랐던 문 미스트 아이스크림의 맛만으로도.

아버지는 그늘 속에 차를 세운 뒤 시동을 껐다. 이른 저녁이라 사람들이 별로 없었고 널찍한 주차장에 다른 차라고는 단 두 대뿐이었다. 아버지는 운전대를 그대로 잡은 채 앞을 바라보았다. 나는 잠자코 앉아 있었다. 아버지가 나를 바라보았다. 눈에 눈물이 고여 있었다.

"네 엄마한테 가서 살고 싶니?"

아버지는 울기 시작했다. 나는 너무 겁이 나서 뭘 해야 할지 모르는 채로, 다음에 무슨 일이 벌어질지 모르는 채로 그저 쳐다보기만 했다.

"왜 더는 우리랑 살고 싶지 않은 거니?"

아버지가 고개를 푹 숙였다. 울음은 어느새 흐느낌이 되었다.

"나보다 네 엄마를 더 사랑하는 거냐?"

흐느낌은 그칠 줄 몰랐다. 어깨가 들먹였다. 나를 바라보는 아버지의 슬픈 눈은 꼭 돌을 집어 던지는 것처럼 아팠다. 그 돌의 무게가 느껴졌다.

"날 사랑하지 않니?"

가슴에 공황이 가득 차고, 배 속은 롤러코스터를 탄 것처럼 쿵 떨어져 내리고, 귓가가 윙윙 울렸다.

아버지는 울음을 그치지 않은 채로 고개를 돌렸다.

나는 안전벨트를 푼 다음 우리 사이의 콘솔 너머로 팔을 뻗어 아버지를 안았다. 우는 아버지를 두 팔로 끌어안고 등을 토닥였다. 대체 내가 무슨 짓을 저지른 건가 하는 생각에 온몸이 덜덜 떨렸다. 나는 눈을 감고 아버지를 꼭 끌어안으면서, 내가 한 말을 주워 담고 싶을 만큼 후회했다.

“아빠, 사랑해요. 죄송해요. 앞으로도 두 집을 오가며 지낼게요. 죄송해요.” 나는 애원하듯 말했다.

“음, 확실하냐?” 아버지가 대답했다. 아버지는 눈물을 훔쳤고, 들먹이던 어깨도 서서히 원래대로 가라앉았다.

“네, 확실해요. 엄마, 그리고 아빠랑도 같이 살게요.”

아버지가 감정을 가라앉힌 뒤 코를 훌쩍이자 나는 다시 제자리에 앉아 안전벨트를 채웠다.

“정말 사랑한다.” 아버지가 시동을 걸며 말했다.

후진하는 차 바퀴 아래서 자갈들이 으스러지는 소리를 냈다.

“저도 사랑해요.”

그렇게 우리는 집으로 돌아왔다.

집에 돌아왔을 땐 마치 아무 일도 없었던 것만 같았다. 그저 한순간이었던 것 같았다. 차 안에 있을 때는 아버지가 간절히 나를 필요로 하는 것만 같았지만, 집으로 돌아와 저녁 식탁에 앉은 지금은 달랐다. 아버지는 시무룩한 표정으로 접시 위 음식을 잘랐다. 침묵 때문에 식욕이 씻은 듯 사라졌다. 아니면 죄책감 때문이었을까? 사라지고 싶은 심정이었다.

그날 밤 아버지는 어머니에게 전화해 내가 마음을 바꾸었다고 알렸다. 애초에 내가 어머니 집에서 살겠다고 한 건 개가 그리워서라고 했다. 아마 아버지의 찌푸린 얼굴은 그 소식을 어머니에게 전하는 게 신이 나서 비웃음으로 바뀌었을 것이다.

어머니는 다시는 그 이야기를 꺼내지 않았다. 우리 둘 다 그 이야기는 더 이상 하지 않았다. 너무 겁이 나서 그 이야기는 더는 한마디도 할 수 없었다. 차 안에서 나는 아버지의 심장에 금이 가고, 여태 한 번도 본 적 없는 감정이 넘쳐흘러 무너지는 모습을 보았다. '내가 정말 끔찍한 짓을 저질러서 상처를 준 거야.' 나는 그렇게 생각했다. 다시는 아버지가, 그 누구도 그런 감정을 느끼게 만들어서는 안 된다는 생각이 들었다. 그래서 계속 두 집을 오가며 지냈다. 그러자 모든 게 원활하게 흘러가는 것처럼 보였다.

이제 와 돌아보면 나, 어머니, 아버지 사이의 이런 순간들이 조용히 미래에 내가 관계에서 겪게 될 역동들의 초석을 만들었음을 알 수 있다. 나는 내 감정을 한쪽으로 치워 버리고, 내 감정 때문에 곤란한 상황이 생겨날까 봐 걱정하고, 필요한 것보다 더 오랫동안 곤란한 상황에 머무르고, 진심을 숨겼다. 이 때문에 결국 더 고통스럽고 해로운 일들이 벌어졌다. 타인과의 관계에서 내가 갑자기 마음을 바꾸거나, 마음을 닫아 버리는 한편으로 도망가고 싶은 충동을 느끼거나, 비합리적인 공포감 때문에 솔직하지 못했던 것도 마찬가지였다.

진흙탕 속을 헤집는 건 그만한 가치가 있는 법이다.

당분간 아버지와 연락을 끊기로 한 것은 서른 살 생일 얼마 뒤였다. 감정을 억누르는 능력이 동나기 시작했다. 정신적인 폭풍, 충돌이 일어나고 있었다. 나는 무의식중에 조금씩 조금씩 내 마음 가장 깊은 곳까지 내려가 있었던 것이다. 처음으로 내가 트랜스라는 것을 솔직하게 인정하고, 그 앎을 통해서 잠깐이나마 아무런 방해물 없이 숨을 쉬고, 불꽃을 손가락으로 스치는 대신 꽉 잡았다. 이런 이해는 비단 내 젠더 문제에서 그치지 않았다. 마침내 나는 유해한 가족 역동에서 스스로를 분리해 낼 준비가 되어 있었다. 적어도 이를 설명할 수 있는 언어를 찾을 수 있었다.

아버지에게 거리가 필요해 당분간 집에 갈 수 없다는 짧고 직설적인 이메일을 보냈다. 나는 한 번도 아버지에게 그 집에서 내가 했던 경험과 그때의 일이 지금까지도 내게 미치는 영향을 솔직히 말한 적이 없었다. 아버지의 반응은 내가 생각한 그대로였다. 좋지 않았다. 내가 무슨 말을 해도 아버지는 자신의 책임을 받아들일 수가 없는 것 같았다.

이십 대 초반, 커피를 마시며 내가 린다 이야기를 꺼냈을 때, 아버지는 린다가 나를 심하게 대했던 것을 인정했다. 우리 사이의 거리는 꽤 벌어져 있었다. 내가 집으로 돌아오는 일은 드물었고, 아버지와 나는 핼리팩스 시내 홀리스 스트리트의 작은 카페에 단둘이 앉아 있었으니까.

"넌 꼭 우리가 보고 싶지도, 우리를 만나고 싶지도 않은 것 같구나." 아버지가 말했다.

나는 내 몫의 더블 아메리카노를 내려다보며 뭐라고 대답해야 할지 망설였다. 의붓남매들의 아버지가 세상을 떠났을 때도 나는 장례식에 가지 않았다. 심리치료를 받을 때도 그 이유를 설명할 수 없었다. 할 말이 없었으니까. 나는 몸속에 못이 가득 들어찬 것 같은, 원인을 알 수 없는 예리한 아픔을 느끼며 바닥에 누워 엉엉 울었다. 당연히 내 의붓남매들이 그런 나를 용서할 리 없었다.

"너와 내 사이가 단절된 것 같다." 아버지가 말을 이었다.

나는 이런 대화를 할 계획이 아니었다. 그저 나도 모르게 나온 말이었다.

"어린 시절 린다는 저에게 끔찍하게 굴었고, 그게 저한테 영향을 미쳐서 집에도, 아버지한테도 가기 힘들어요." 내가 말했다.

아버지는 곧장 내 말에 동의했다. 아직까지 아버지에게 다른 이야기들은 털어놓지조차 못한 채였다. 아버지는 눈에 띄게 안도한 표정으로 모든 잘못을 린다에게 돌렸다.

"알고 있었으면 왜 아무것도 해 주지 않았어요?" 나는 아버지에게 물었다.

"아무 일도 안 하긴. 우리 싸움의 90퍼센트는 너 때문이었다." 아버지는 어린 시절 수없이 들어 익숙한 말을 되풀이했다.

잠깐이지만 나는 희망이 있다고 생각했다. 하지만 아버지는 이 이야기를 곧바로 린다에게 전했고, 그 때문에 난리가 났다. 린다는 곧장 나에게 사과의 말을 담은 장문의 편지를 썼는데, 내 눈에는 사과라기보다는 자기가 어째서 그렇게 적대적인 행동을 하게 되었는가 하는 이유들을 전부 주워섬긴 변명문이나 다름없었다. 그때 난 어린아이였다. 린다가 말하는 이유들은 궁극적으로 나와는 아무 상관도 없었다.

48시간 뒤 아버지가 말했다. "린다를 용서하렴. 그게 너한테도 좋아."

나는 울적해졌다. 용서한다고 말하는 수밖에 없었다. 적어도 당시에는 그게 내 의무인 것처럼 느껴졌다. 그들에 대한, 그러나 대체로 아버지에 대한 의무 말이다. 또 한 번 그 순간이 찾아왔다. 온몸이 얼어붙고 자동 모드로 움직이고, 진심이 아닌 말들이 튀어나오는 것. 그들에게 생일 카드를 쓰는 손이 마치 내 손이 아닌 것처럼 느꼈을 때처럼. 우리는 울면서 서로를 끌어안았다.

린다는 미안하다고, 사랑한다고 했다.

"용서할게요." 그렇게 말했지만, 아니었다. 아직은 아니었다.

하지만 내가 서른 살이 되자 아버지의 통제력 역시 약해졌다. 문득 나는 감정을 숨기고 스스로를 사라지게 만들기 위해 이용했던 자동 반사들을 모두 벗겨내고, 모든 것을 꿰뚫어 보면서, 여태까지 이런 것들을 미처 보지 못했다는 사실에 스스로 경악했다.

아버지와 5년하고도 반 동안 연락을 끊었다. 거리가 필요하니 당분간 집에 가지 않겠다는 이메일을 처음 보냈을 때 우리의 대화는 순탄히 흘러가지 않았다. 때때로 우리 사이에 유쾌하지 않은 내용의 이메일이 오가기는 했지만 그게 다였다. 얼마 전 나는 아버지에게 일종의 가족 심리치료사와 함께 줌으로 대화를 나누자고 제안했지만, 아버지는 단둘이 만나야 한다며 거절했다. 나중에는 결국 아버지도 동의했지만 우리의 대화는 실망스러울 만큼 예전과 다를 바 없이 흘러갔고 해결된 것도 거의 없었다.

솔직히 말하면 아버지와의 관계를 회복하는 건 상상조차 되지 않는다. 데니스와 린다는 거대 플랫폼을 이용해 전 세계 사람들이 다 볼 수 있도록 나를 공격하고 조롱한 이들을 지지한다. 과거에 있었던 일들을 빼고 생각하더라도, 내 부모가 내 존재를 부정하는 이들을 지지한다고 생각하니 고통스럽다.

나는 해로운 농담을 해서가 아니라 트랜스라는 이유로 엄청난 혐오와 맞닥뜨리게 된다. 때로는 잔인한 폭력에 마주한 트랜스들을 지지하려 나서는 사람들보다 혐오자들을 변호하려 나서는 사람들이 더 많은 것처럼 느껴진다.

나에 대한 잔인한 트윗을 올린 조던 피터슨이 다시 트위터에 돌아왔을 때 그는 자기 머리가 프레임을 한가득 차지한 영상을 올렸다. 카메라를 위협적인 눈으로 노려보며 그는 말했다. "누가 누구를 캔슬하는지 지켜보도록 합시다." 내 아버지가 그 영상에 '좋아요'를 눌렀다. 아버지가 지금 자신의 아들을 어떻게 생각하는지, 뭐라고 말하는지, 나의 부재를 어떻게 설명하는지 나는 전혀 모른다. 이 소동을 일으킨, 작은 스키드마크를 남긴 나를 탓한다는 것만은 잘 안다.

내 삶에서 가장 힘들었던 순간은 아버지와의 연락을 끊은 직후에 찾아왔다. 어린 시절부터 지고 온 짐들이 마침내 쏟아져 더는

숨을 수 없게 되었다. 내 삶에는 늘 파도와 같은 기복이 존재했는데, 이번에 찍은 최저점은 배우로서의 커리어를 본격적으로 시작한 열아홉 살 때를 떠올리게 했다. 그때 나는 집이라 할 곳 없이 그 누구와도 같이 살지 않는 상황이었다. 여행이 잦았고, 늘 혼자서 다음 프로젝트로, 다음 홍보 투어로 옮겨 다녔다. 외로움의 무게가 내게 타격을 입히고 있었다.

어린 시절부터 알고 지내던 한 여자가 앞으로도 내가 영영 잊지 못할 친절을 베풀어 내가 브루클린에 있는 그 집에서 지낼 수 있게 해 주었다. 그녀는 내 고등학교 친구의 어머니와 사귀기 시작한 뒤로 핼리팩스와 포트그린을 오가며 살고 있었다. 친구 어머니와 그녀의 관계가 내게는 매혹적이기 그지없는, 그 어떤 경계도 없는 그들만의 리그처럼 느껴졌다. 열여섯 살이던 나는 그들의 집 침실 바닥에 누워 얼마 전 삭발한 머리에 후디를 뒤집어쓴 채로 담요로 둥지를 만들고 그 안에 들어가 누워 잘 준비를 하고 있었다. 그녀가 침실로 들어오자 나는 그녀를 올려다보며 웃었다. 다정한 눈빛을 가진 그녀는 내가 신뢰할 수 있는 존재였다. 그녀는 내가 숨기고 있는 비밀을 알아차렸다. 나는 그녀가 안다는 사실을 감지했고, 덕분에 마음이 편안해졌다. 그녀와 함께 있을 때면 늘 편안하고 돌봄 받는 기분이 들었다.

줄리아는 나에게, 어디서도 완전히 풀지 못하다시피 하는 나의 짐을 브루클린에 있는 자신의 집에 가져다 놓고 그곳을 집으로, 베이스로, 촬영 중간중간 돌아갈 곳으로 삼으라고 말해 주었다. 떠돌이가 된 느낌을 덜 받을 수 있도록. 브루클린에 위치한 그녀의 집 안쪽에는 침실이 두 개 있었는데, 줄리아는 두 침실 사이에 차이나타운에서 우리가 함께 사 온 병풍을 두 개 세워 나만을 위한 작은 공간을 만들어 주었다. 일 때문에 끝없이 세상을 돌아다니는 동안 돌아갈 곳이, 그것도 퀴어한 장소가 있다는 것은 내게 무엇보다도 큰 힘이 되어 주었다.

줄리아도 나도 몹시 일찍 일어나는 사람이었다. 줄리아는 입에 침이 고일 정도로 진한 커피를 끓여 주었다. 우리는 스쿠비와 둘리라는 두 마리 개를 데리고 이제 막 동이 트기 시작한 거리로 나가 포트그린 파크 주변을 한 바퀴 산책했다. 우리의 사이는 점점 발전했다. 고등학교 시절 친구들보다도 줄리아와 더 친해졌다. 줄리아와 함께 시간을 보내는 게 즐거웠고, 사실 다른 이들과 보내는 시간보다도 이쪽이 더 좋았다. 열 살 이후로 삶의 상당한 시간을 어른들과 보낸 나는 또래 친구들보다는 그녀와 함께 있는 게 더 편안하게 느껴졌다. 짝사랑 상대나 나의 퀴어함 같은, 남들과는 나눌 수 없는 온갖 이야기를 할 수 있는 사이였다.

줄리아는 내 가장 친한 친구 중 한 사람이 되었고, 사실은 가족이라 부르는 게 더 마땅한 사람이다.

나중에 그 집을 떠나 결국 로스앤젤레스에 정착했다. 그럼에도 홍보 활동 때문에 뉴욕에 갈 때면 나는 내게 배정된 고급 호텔 객실로 줄리아를 초대해 함께 시간을 보내곤 한다. 리젠시, 머서, 런던, 만다린 오리엔탈, 크로스비, 바워리…… 줄리아는 내가 벽장 속에 숨은 채 성인이 될 때까지 내게 주어진 역할을 지속하던 시절 생명줄 같은 존재였다.

아버지와 연락을 끊은 뒤 나는 끝없이 아래로 떨어졌다. 정신건강이 바닥으로 곤두박질치는 아슬아슬한 상태에 놓여 있었다. 더는 이 세계에 살고 싶지 않았다. 어떻게 살아야 할지 알 수 없었다. 혼자 있으면 무슨 일이 벌어질지 알았던 나는, 줄리아에게 연락해 로스앤젤레스로 와 내 곁에 있어 달라고 부탁했다. 타인에게 도움을 요청하는 법이 거의 없는 나의 전화에 줄리아는 충격을 받았다. 그녀는 그대로 모든 일을 내던지고 직장에 일주일 휴가를 내고 로스앤젤레스로 날아와 주었다.

줄리아가 내 곁에 있어 준 일주일 동안, 우리는 처음 만난 그 때처럼 거실에 담요로 포근한 둥지를 만들고 앉아 있었다. 줄리아는 내가 몸을 돌볼 수 있게 도와주었고, 웃을 수 있게 해 주었다. 똑같은 이야기를 아무리 지껄여도 내 말에 귀를 기울여 주었다. 줄리아와 함께 있으면 내가 아무리 날것이고, 슬프고, 화가 나도 상관없다는 기분이 들었다.

퀴어하다는 이유로 혈연을 나눈 사람들로부터 소외되는 일이 너무나 많은 이 세계에서, 나는 줄리아, 그리고 내가 선택한 가족들의 존재가 고마울 뿐이다. 그들이 없다면 나는 지금 이 자리에 있을 수 없었을 테니까.

26장 마스크

"파흐동, 므슈." 대여섯 살로 보이는 아이가 작은 파란 스쿠터를 탄 채 비탈을 내려오다가 하마터면 나의 개 모를 칠 뻔하자 아이의 아버지로 보이는 남자가 말했다.

팬데믹 속에서 시작된 뉴욕의 첫 봄, 아이는 스쿠터에 몸을 싣고 쏜살같이 달렸다. 텅 빈 거리, 공간, 사이렌 소리와 때때로 지나가는 자전거들의 스피커에서 쏟아지는 음악들 외에는 고요했다. 나는 마스크를 쓰고 있었고, 그 남자와 아이가 마스크를 쓰고 있었는지는 기억나지 않는다. 공기가 쌀쌀했고 강바람은 얼굴을 매섭게 후려쳤지만 마스크가 도움이 되었다. 나는 청바지와 후디 위에 체크무늬 안감의 칼하트 재킷을 입은 차림이었다. 그리고 모자, 나는 언제나 모자를 썼다. 후드 안에 꼭 들어맞는 비니였다.

모와 나는 허드슨강가에서 어퍼웨스트사이드 리버사이드 파크의 중간층으로 이어지는 길을 따라 산책하고 있었다. 리버사이드 파크는 뉴욕에서 내가 가장 좋아하는 장소 중 하나다. 72번 스트리트에서 158번 스트리트까지 이어지는, 세 개의 층으로 된 공원이다. 강가로 난 산책로에는 녹지, 놀이터, 그리고 웨스트 79번 스트리트 보트 정박지라는 이름의 작은 정박지가 있다. 내가 '어느 보트를 고를까요' 놀이를 하는 동안(어느 배를 자신의 배로 정할지 결정해야 하는 아주 까다로운 게임이다.) 진녹색 작고 낡은 보트 한 대가 소리 없이 물 위를 지나갔다. 나는 이 작은 친구를 내 것으로 하기로 정했다. 산책로와 바로 위를 지나가는 중간층이 있는 이 공원은 파리에 있는 공원들과 비슷한 설계였다. 길고 널찍한 산책로, 머리 위로는 뻗어 나와 서로 얽히는 나뭇가지. 시멘트 산책로 테두리에는 오래된 가로등이 서서 로맨스를 뿜어내고 있었다. 근사한 절벽들, 덩굴이며 이끼를 가득 품은 돌담들은 산책로에서 시작해 리버사이드 드라이브를 따라가는 최상층까지 닿는 높이로 솟아 있었다. 공원이 감정을 건드릴 수 있을까? 홀릴 것 같은 아름다움을 지닌 이 공원에서라면 그럴 수도 있다는 기분도 들었다. 에드거 앨런 포가 리버사이드 파크에서 영감을 얻어 「갈까마귀」를 썼다는 글을 읽은 적이 있다. 말이 된다.

"괜찮아요." 방심하고 있던 모의 목줄을 홱 잡아당긴 채로 나는 대답했다. 그 자리를 떠나는데, 아버지가 아이에게 매섭지는 않지만 단호한 프랑스어로 말하는 소리가 들렸다. 그 말 속에서도 **므슈**라는 단어가 한 번 더 들렸다.

나는 마스크 속에서 미소를 지었다. 이런 일이 종종 일어나곤 했다.

"요, 맨."

"브로."

"남성분sir."

내 목소리를 들은 뒤에야 상대방은 당황해서 덧붙였다.

"아, 죄송해요, 여성분miss."

"죄송해요, 여성분ma'am."

뉴욕을 걸어 다니며 나는 내 그림자를 주시할 때가 많았다. 그림자는 태양과 나 사이 고요한 순간 속, 인도 위, 내 발밑, 납작한 모양으로 존재했다. 내 눈에 보이는 것은 소년이었다. 소년, 소년의 몸, 소년의 걸음걸이, 볼캡을 쓴 소년의 옆모습. 발로 짓밟으려 해도 매번 피해 가는, 나보다 더 진짜처럼 느껴지는 땅 위의 그림자.

가게 유리창과 나는 늘 적대적인 사이였다. 그림자와는 달리 유리창은 내 얼굴, 티셔츠를 입은 내 상체를 보여 주었다. 가을과 겨울은 그렇게 나쁘지는 않았지만, 여름철엔 절로 목을 구부리게 됐다. 옷을 겹쳐 입기에는 너무 더웠기에, 강박적으로 몸을 돌려 유리에 비친 내 모습을 확인하고 옷매무시를 가다듬었다. 큼직한 흰색 티셔츠를 아래로 끌어당기고, 더 딱 붙는 스포츠브라를 사야겠다고 생각했다. **그러면 좀 낫겠지.**

팬데믹 초기에는 마스크와 초봄의 옷차림 덕분에 유리창에 비치는 내 모습도 달라졌다. 그림자를 볼 때와 마찬가지로, 소년이 보였다. 그림자와는 달리, 소년은 나를 마주 보았다.

예기치 못한 짜릿한 감각이 내 온몸을 타고 흘렀다. 마음을 불편하게 하지만, 좋은 쪽인 기쁨이었다.

'이게 어떻게 된 일이지?! 유리에 비친 내 모습이 '기쁨'을 주다니?'

나는 나와 평행을 이룬 채 똑같은 방식, 똑같은 속도로 걸어가는 소년을 흘끗 보았다. 당혹스러운 동시에 전혀 그렇지 않기도 했다. 봐도 봐도 지치지 않았다. 모를 데리고 산책을 나갈 때마다 그 소년이 보였다. 유예. 희망일까?

내 두 발바닥은 자신감 있게, 안정적으로, 확고하게 땅을 딛으며 나아갔다. 둥둥 떠다니는 기분이 아니라, 중력과 한층 더 긴밀한 유대가 생긴 것만 같은 기분이었다. 드물기 그지없게도, 나 자신의 모습을 보는 게 만족스러웠다. 불꽃이 튀었고, 씨앗이 뿌려졌고, 무언가가 동요하기 시작했다. 내 몸은 앞으로 뻗어 나갔지만, 거기서 멈춰서는 안 된다는 것을 내 정신보다도 더 빨리 감지해서 알고 있었다. 몸이라는 그릇은 늘 나보다 훨씬 더 영리했다. 내 몸에 귀를 기울이는 것이 어렵다는 점만 빼면. 갑자기 하나의 길이 생겨나서 나의 본능을 유혹하기 시작했다. 벽장 안쪽 벽을 똑똑 두드리자 새로운 세계, 내가 나 자신을 버리지 않아도 되는 새로운 현실로 이어지는 입구가 나타난 것이다.

산책하는 나를 알아보는 사람은 아무도 없었다. 심지어 지나쳤다가 혹시나 하는 마음으로 돌아보는 사람조차 없었다. 내가 로

버트 패틴슨만큼 유명하지는 않지만, 마치 또 다른 차원으로 들어온 기분이었다. 사람들은 길에서 불러세우거나 사진을 찍어 달라고 부탁할 때가 아니더라도 나를 쳐다본다. 또 기차 안이나 식당에서 내 사진을 '몰래' 찍는데, 대부분 내가 상대의 행동을 알아차린다는 사실은 모른다.(이상한 일이지만, 그런 행동은 꽤 사랑스럽게 느껴진다.) 사람들은 대체로 친근하고 친절하게 나를 대하고, 강요하지도 않는다. 내가 냉정해지는 것은 그들이 내 동의 없이 몸을 만지거나 내 예전 이름을 부를 때다. 사람들 사이의 선은 중요하고, 그 선을 그으면서 죄책감을 느끼지 않는 법을 배우는 것은 더 중요하다. 그것을 배우기까지도 이미 긴 시간이 걸렸으니까.

나는 완전히 새로운 나만의 우주 속에서 도시를 떠돌아다녔다. 이제 나는 낯선 이들이 투사한 내가 아닌, 그저 나로서 편안하게 존재할 수 있었다. 열 살 이후 처음으로 사람들이 나를 친구dude라고 불렀다. 나는 말은 거의 하지 않고 그저 그 순간을 이어갈 수 있도록 작게 끙끙 소리를 내는 것으로 대답을 대신했다. 열 살 때의 내 목소리는 내 비밀을 폭로하지 않았지만, 서른세 살의 내 목소리는 사정이 달랐으니까.

내가 아는 건 단단하던 무언가가 헐거워졌고, 이 균열을 내가 점점 더 키울 수 있다는 사실뿐이었다. 지금 나에게는 서둘러 가야 할 일터도, 연기해야 할 여자도 없었다. 「엄브렐러 아카데미」 시즌 3 촬영은 일러야 초가을에 시작될 터였다. 이렇게 오랫동안 일이 없었던 건…… 기억나지 않을 정도로 먼 옛날 이후엔 처음이었고, 내게는 몇 년 만에 찾아온 휴식기이기도 했다. 내 결혼생활은 무너져 가고 있었다. 우리는 별거 중이었으며, 하루하루가 예전만큼 드라마와 방해 요소와 억압으로 끝나지는 않았다. 가만히 앉아 생각에 잠길 시간이 생겼다. 처음에는 그 여유가 불편함을 더욱 증폭시켰다. 오랫동안 나는 감정을 숨기고, 내 몸에서 빠져나가고, 나를 무감각하게 만들 방법을 찾아다녔다. 그런데 이제, 내면에서 무언가가 서서히 뜨거워지며 곧 부글부글 끓어오를 준비를 하고 있었다. 겉보기에 나는 옷을 껴입고 얼굴을 가린 채로 아무렇지 않게 한가로운 시간을 즐기고 있었지만, 속마음은 달랐다. 마스크를 벗고, 재킷을 벗으면 단꿈에서 깨는 기분이었다. 도저히 옷을 갈아입을 수가 없었다. 스포츠브라를 입고 벗는 일을 생각하는 것만으로도 얼굴이 절로 일그러지는 바람에 샤워조차도 할 수 없었다. 희망의 씨앗, 더 나은 미래가 있다는 속삭임은 내가 집으로 들어가는 순간 증발해 버렸다. 겉과 속이 이루는 대조 때문에 불편한 마음은 점점 더 커졌다. 마치 서서히 올라가는 그래프 위 직선이 오래지 않아 아래로 곤두박질칠 것이 뻔한 것처럼. 나는 또다시 절벽 끝을 향하고 있었고, 아무리 힘들더라도, 또 불안정하더라도, 두려움을 버릴 수 있도록, 나 자신을 사랑할 수 있도록, 이 감정을 온전히 느낄 필요가 있음을 알았다.

심리치료를 받으면서, 나는 내가 젠더와 맺는 관계를 솔직하게 털어놓았다. 끝없이 울음을 쏟아내지 않고서도 해야 할 말을 하는 기술이 차츰 생겨나기 시작했다. 이제는 완전히 무너져 버리지 않고서도 내가 느끼는 고통을 이야기했고, 먼 곳에서 들여다보면서, 왜 그것이 그토록 고통스러워야만 하는가를 질문할 수 있었다. 왜 그저 심호흡한 뒤 탐구할 수 없는 걸까? 왜 이토록 엄청난 수치심을 느껴야 하는가?

에마와 별거하기 시작하면서 불안감은 어느 정도 덜어졌다. 상대의 감정에 집착하고 집중하느라 나는 지쳐 버린 상태였다. 우리 사이에서 에마의 감정은 늘 내 감정보다 우선이었다. 내 입장에서는 의도적인 것이었다. 회피, 도피, 무감각, 분리, 내가 가진 쓸 만한 기술들은 기껏해야 그게 다였으니까. 내게도, 상대에게도 해로운 것들이었다. 또 궁극적으로는 에마 때문이 아닌 감정이었다.

여름이 찾아오자 나는 또다시 큼직한 티셔츠를 입어야 했고, 자꾸만 옷매무시를 가다듬고, 거울에 비친 내 모습을 신경 쓰기 시작했다. 가게 유리창이 내 발걸음에 활기를 불어넣는 일도, 나를 내 젠더에 맞는 호칭으로 부르는 사람들도 없어졌다. 상체 수술을 진지하게 고려하기 시작한 것은 그때부터였다. 사실 몇 년 전부터 생각하던 일이었다. 첫 단계는 의사에게 연락하는 것이었다. 상담을 잡았지만, 결국 가지는 않았다. 두려움 때문이었는지, 상황 때문이었는지, 그 이유를 꼬집어 말하기는 어렵다.

어느 날 아침, 「엄브렐러 아카데미」에 함께 출연하던 마린을 첼시에 있는 그녀 집에서 태워 같이 코니아일랜드로 향했다. 우리는 마스크를 쓴 채 차창을 내리고 안부를 나누었다. 꽤 오랜만에 만나는 날이었다. 마린은 내가 연기하는 인물이 「엄브렐러 아카데미」 시즌 2에서 사랑하게 되는, 1960년대 텍사스의 여자 시시 역이었다. 마린과의 작업은 다른 배우와 함께한 작업들 중 손에 꼽을 정도로 좋은 경험이었다. 마린은 영리하고 너그러웠으며, 드물게 진지하고도 현재에 충실한, 작품에 몰입하는 배우였다. 마린을 만난 뒤로 나는 그녀에게 나의 젠더와 불편감을 털어놓게 되었다. 우리는 빠른 속도로 친해졌다. 실제로 만나기도 전에 처음 한 전화 통화는 두 시간이나 이어졌다. 마치 몇 년이나 알고 지낸 사이처럼 느껴졌다. 「엄브렐러 아카데미」 시즌 2는 내게 양가감정을 느끼게 만들었다. 내가 연기하는 인물은 더욱 남성적으로 변했으며, 의상 역시 시즌 1에서보다 내가 선호하는 형태로 바뀌었지만, 거울을 보면 나는 여전히 그 자리에 있었다. 마치 의상이 나를 마법처럼 변신시켜 주기를 바라기라도 했던 것 같다. 실제로, 아주 잠깐이지만 정말 그런 것만 같았으나, 거울에 비친 내 모습이 곧장 내 생각을 고쳐 주었다. 내 얼굴, 내 머리카락. 다 뜯어내서 갈기갈기 찢고 싶었다.

그 시절 마린은 내게 의지할 수 있는 바위 같은 사람이었다. 나는 괴로워했지만 내 고통을 타인에게 전달할 방법을 알지 못했다. 그때 마린은 나를 도와주고 지지해 주었으며, 내가 여유를 가지고 내 행복에 집중할 수 있도록, 스스로에게 공간을 내어 줄 수 있도록 힘을 주었다. 서서히 진실에 다가갈수록, 무의식 속에 자리 잡은 수치심은 고개를 바짝 쳐들고 내게 전부 그만두라고 을러댔다. 우회로가 없는 채로 존재한다는 건 힘겨웠다. 혼자 있으면 표류하는 기분이었다. 난 소파와는 잘 맞지 않아서, 주로 바닥에 앉아 대마초를 피우며 시간을 보냈다. 너무 오래 제자리에 멈춰 있고, 너무 편안해지면, 결국 원치 않았음에도 필요한 대답을 얻게 된다. 나의 뇌는 그 대답을 피해가려고 기를 썼고 그 대답이 진실이 아니기를 바랐다. 생각해야 할 것들이 너무나도 많았으니까. 나는 배우니까, 탄탄한 경력을 가졌으니까, 사람들은 트랜스젠더를 혐오하니까…… 기타 등등.

판자가 깔린 산책로는 한 발 디딜 때마다 텅 텅 울리는 소리가 났다. 판자 산책로는 왜 이런 기분을 자아내는 걸까? 7월 초, 뜨거운 날씨였다. 구름 사이로 해가 바다를 향해 천국의 빛줄기를 쏘아 보냈다. 코니아일랜드의 시설 대부분은 판자를 대 폐쇄해 놓은 상태였고, 놀이공원은 유령의 집처럼 적막했다. 여름의 코니아일랜드는 거의 매일 사람들로 넘쳐났지만, 팬데믹 덕분에 그것도 멈췄다. 그럼에도 아이들은 고함을 지르며 바다에서 물놀이를 하고 있었다. 아버지들이 버거와 감자튀김을 사다 날랐다. 꼭 슬로모션으로 전개되는 영화 속 장면 같았다. 길에서 지나친 남자들이 마린을 너무 오래 쳐다보는 것 같아서 나는 화가 났다.

주차를 어디에 했는지 잊어버린 바람에 한참이 걸려서야 차를 찾았다. 그날 느낀 스트레스가 부글부글 끓어올랐다. 마침내 차를 찾았을 때 나는 울음을 터뜨리고 말았다.

마린에게 물었다. “넌 내가 트랜스라고 생각해?”

“음. 내가 대답하기에는 어려운 문제지만, 그래도 여태까지 네가 나한테 한 모든 이야기를 들었고, 여전히 그 괴로움이 누그러지지 않았고, 네가 얼마나 고통스러워하는지를 보면, 그래, 아마 그런 것 같아. 나는 네가 맞는 길을 가고 있다고 생각해. 힘들겠지만, 넌 혼자가 아니야. 이 문제를 이겨낼 수 있을 거야."

숨을 내쉬었다.

내 결혼생활은 법적으로는 아니었지만 사적인 차원에서는 그해 6월 완전히 막을 내렸다.

나는 우리가 함께 임대해 살고 있던 아파트를 포기하기로 했다. 노바스코샤 숲속에 빈 오두막을 하나 가지고 있는 친구가 그곳에서 지내게 해 주었다. 어머니를 못 만난 지 오래였기에, 고향으로 돌아가는 건 무척 좋은 생각으로 느껴졌다. 미국에서 출국하는 절차는 예전과는 딴판이었다. 국경은 폐쇄되었고, 내가 캐나다 시민이 아니었더라면 출국 자체가 불가능했을 것이다. 차에 짐을 챙기는 사이 눈물이 쏟아지기 시작했다. 미지의 것들로 가득했던 팬데믹 초기는 우리가 겪은, 여전히 겪고 있는 전대미문의 사건이었다. 당시에는 친구들을 다시 만날 날이 언제가 될지 알 수 없었다.

여행을 떠날 준비를 마친 뒤 모는 카시트에 자리를 잡고 나는 운전석에 앉았다. 차로 뉴욕 안팎을 드나들 때마다 나는 늘 약간 겁이 났다. 하지만 코네티컷에 가까워지면서 나무들이 사방을 둘러싸기 시작한다. 메인주의 해안이 나타나면 소금기 묻은 공기에 긴장감이 누그러지고, 열린 창을 통해 쏟아져 들어오는 바다 냄새를 맡으면 곧 집에 도착한다는 생각이 든다. 나는 약 열세 시간에서 열네 시간이 소요되는 여정을 이틀로 쪼개기 위해 뱅고어에서 하룻밤을 묵었다. 호텔은 적막했으나 흠 하나 없이 깨끗했다. 다음 날 아침, 일찍 일어난 모와 나는 오전 6시에 또다시 여정에 올랐다.

에마도 뉴욕의 집을 처분하고 몬트리올로 갔다. 우리는 거의 연락하지 않았기 때문에, 그때 에마가 어디에서 지내고 있었는지는 정확히 모른다. 노바스코샤에서는 입국자에게 2주간의 격리 기간을 요구했다. 어머니와 친구분들이 친절하게도 나를 위해 오두막에 식량을 가져다주셨다. 식료품을 사다 주는 것은 물론 직접 만든 수프와 쿠키까지 전해 주셨다.

내가 머물렀던 오두막은 포장되지 않은 도로에서 역시 흙길인 진입로를 통해 연결되는 곳에 있었다. 오두막에 도착하는 순간 마치 살아 있는 동화 속으로 들어오는 기분이 들었다. 길가에는 자작나무, 단풍나무, 소나무가 즐비했다. 수십 년간 사람의 손이 닿지 않은 작은 과수원도 있었다. 마음껏 자란 배와 사과가 바닥에 뚝뚝 떨어져 있었다. 높이 자란 풀 속으로는 사슴이 내어 놓은 길이 구불구불 이어져 있었다. 오두막 곳곳에서 독이 없는 뱀들이 꿈틀거렸다. 그중 몇 마리는 온실에 살고 있어서, 나는 토마토, 스쿼시 호박, 고추, 케일 따위에 물을 주러 온실에 들를 때마다 뱀들에게 인사를 건넸다.

오두막은 지어진 지 오래되지 않은 곳이었다. 침대 하나, 데크 체어 두 개 말고는 가구도 없었다. 홍보 활동을 해야 했기에 컴퓨터를 푸른색 콜먼 아이스박스 위에 올려놓고 그 뒤에 링 모양 조명을 두었다. 인터넷 연결이 약해서 넷플릭스 홍보팀이 스트레스를 받았지만, 그럭저럭 잘 끝났다. 결국은 낡은 빨간색 크롬 식탁을 가져왔다. 스무 살 때, 핼리팩스에 처음으로 아파트를 빌렸을 때 산 물건이었다. 기차역 근처, 사우스 스트리트와 배링턴 스트리트가 만나는 곳에 있는 아파트였다. 예전에 그 식탁을 니키에게 주었는데 이제 니키는 그 식탁이 필요 없어졌다. 우리는 다시 가까워졌고, 그녀는 식탁을 내게 돌려주었다. 딱 맞는 타이밍이었다.

2주의 격리 기간은 순식간에 지나갔고, 그 사이에 「엄브렐러 아카데미」 시즌 2를 위한 수많은 홍보 활동을 해야 했으므로, 내 몸이 아무렇게나 잠들 수 있을 정도로 침묵과 어둠이 가득한 숲 한가운데 있는 것이 오히려 다행이었다. 인터뷰를 한 뒤에는 잠을 많이 자야 했다. 모는 행복해서 어쩔 줄 몰랐다. 오두막에서 보낸 처음 며칠 동안, 모는 충격에 사로잡힌 것처럼 뒤뜰에 가만히 앉아 숲을 빤히 바라보기만 했고, 그러다 숲속에서 까마귀나 다람쥐, 사슴의 기척이 들리면 귀를 움찔거리면서 고개를 홱 돌렸다. 모가 지금처럼 자연 속에서 시간을 보내는 건 내가 아는 한 처음이었다. 모는 몸무게가 간신히 3킬로그램을 넘는 작은 개였으므로 잘 지켜볼 필요가 있었다. 그 애가 숲을 마음껏 달리게 해 주고 싶은 마음이 굴뚝 같았지만, 숲속에는 모를 잡아먹을 코요테와 여우, 모를 낚아챌 매와 독수리, 까마귀가 넘쳐났다. 지금까지 개와 이토록 깊은 유대감을 느낀 것은 모가 유일했다. 예전에 키웠던 개들도 사랑했지만, 모는 특별하다. 우리는 한 몸이나 마찬가지고, 나는 가슴이 미어질 정도로 그 애를 사랑한다. 그 애는 온종일, 매 순간 사랑을 내뿜는, 무한한 기쁨을 안기는 작은 존재다. 모와 함께 살면서 나는 많은 걸 얻었다. 루틴이라거나 책임감, 산책하는 습관. 그러나 무엇보다도 모는 내 마음을 더 크게 넓혀 준 존재다. 내가 모에게 느끼는 한없는 애정은 모가 나에게 알려 준 것이다. 말 한마디 하지 않으면서 나를 도와준 모, 나는 모가 준 사랑을 나 자신에게도 조금 내어 주고, 그 사랑을 받아들이겠다고 마음먹기 시작했다.

홍보가 다 끝나자 방해 요소가 사라졌다. 나는 모를 데리고 돌아다녔고, 책을 많이 읽었고, 산책도 많이 했다. 집안일, 장작 쌓기, 식물에 뿌리덮개를 덮어 주는 일, 온실 가꾸는 일이 즐거웠다. 순수하게 일에 집중하자 평화가 온몸을 감쌌다. 그러나 내 몸속에서 일어나는 갈등, 나를 활활 태워 버리고 모든 걸 가려 버리는 뇌의 긴장은 대조적으로 더 뚜렷해졌다. 나는 옷을 갈아입지 않고, 샤워도 하지 않고, 입던 옷차림으로 잠든 채 그대로 깨어나는 상태로 다시 돌아갔다. 양말과 속옷은 갈아입을 수 있었지만, 윗옷은 불가능했다.

주말에 니키가 나를 찾아왔고, 우리는 오두막에서 차로 30분쯤 걸리는 블루 시 비치를 향했다. 니키는 여름철이면 항상 해변에 갈 준비가 되어 있었다. 프리우스 차 트렁크에 파라솔, 해변 의자, 담요를 늘 챙겨 놓았다. 노바스코샤의 별명, '캐나다의 바다 놀이터'가 보여 주듯 여기는 근사한 해변들이 수없이 많다. 우리는 주차를 마친 뒤 짐을 모두 챙겨서 1.6킬로미터 정도 길이로 펼쳐진

해변으로 갔다. 사람이 적은 곳에 우리 자리를 마련했다. 니키는 원피스 수영복을 입었고, 나는 복서 팬티에 스포츠브라 차림이었다. 오래전부터 나는 수영복 없이 살고 있었다.

윗옷을 벗고 가슴을 내려다보았다. 가슴은 꽉 끼는 나이키 스포츠브라로 짓눌려 있었다. 「엄브렐러 아카데미」 시즌 1을 촬영할 때 산 것이었다. 첫 의상 피팅이 있던 날 나는 말했다. “가슴을 납작하게 눌러야 해서 꼭 스포츠브라를 착용해야 해요.” 아주 오랫동안 신체적인 요구나 의상에 대한 의견을 솔직하게 말한 적이 없었다. 그러나 「엄브렐러 아카데미」 사람들과 함께 있으면 안전하다는 기분이 들었고, 재단되거나 멸시당한다는 기분 없이 소통할 수 있었다.

니키와 나는 서로에게 선크림을 듬뿍 발라 주었다. 햇볕을 쬐는 니키는 자신의 몸속에서 자신감 있게 존재하는 것 같았다. 반면 나는 좀처럼 편한 기분이 들지 않았다. 자꾸 이쪽저쪽으로 돌아누우며 내 가슴과 배를 내려다보았다. 나는 코어 운동을 늘 열심히 했는데, 상체의 다른 부분들도 배만큼 납작했으면 좋겠다는 생각이 들었다. 우리는 감자칩과 아이스크림을 먹으며 선크림이 스며들기를 기다렸다. 해가 이글이글 타오르는 날이었기에 파라솔의 존재가, 니키의 준비성이 고마울 뿐이었다.

몸이 뜨겁게 익어 바다에 들어갈 준비가 되자 나는 일어서서 파도를 향해 걸어갔다. 그러다 달리기 시작했다. 발이 닿을 때마다 놀랄 만큼 따뜻한 바닷물이 튀었다. 노섬버랜드 스트레이트는 버지니아주 북쪽의 바다 중에서 가장 수온이 높다고 하는데, 수심이 17미터에서 69미터 사이인 얕은 바다이기 때문이다. 노바스코샤와 프린스에드워드섬 사이에 위치한 이곳에서는 매일같이 경이로운 석양이 펼쳐졌다. 바닷물에 풍덩 뛰어들었다. 정말 오랜만에 들어가는 바다였다. 로스앤젤레스에서 사는 동안 2년 정도 서핑을 즐겼다. 그 당시 사귀던 서맨사와는 만나는 내내 매일같이 서핑을 하러 갔다. 두려우면서도 동시에 평온하던 서핑의 감각이 지금도 그립다. 사람들이 왜 서핑에 중독되는지도 알 수 있었다. 그 기쁨, 그 연결감, 서핑을 하면 바다를 완전히 새로운 눈으로 바라보게 된다.

따뜻하지만 여전히 상쾌한 바다를 향해 나는 더 멀리 헤엄쳐 나갔다. 눈이 따끔거려서, 해변에 가는 날을 위해 트렁크에 수경을 챙겨 놓아야겠다고 머릿속에 기록해 놓았다. 수면 위로 나오자 포니테일로 묶은 머리카락이 물에 푹 젖어 등에 물방울을 뚝뚝 떨어뜨리고 있었다. 그 순간 온몸이 차디차게 얼어붙었다. 추워서가 아니라, 또다시 내 시선이 내 몸에 닿았기 때문이다. 그럴 때마다 누가 나를 쥐어짜서 현재로부터 빠져나가는 것만 같은 기분이 들었다. 나도 모르게 턱이 목에 닿을 정도로 고개가 푹 수그러졌다. 매일같이, 해가 떠 있는 시간 내내 그랬다. 도저히 계산해 낼 수 없는 내 몸이 혼란스러워 속이 조여들고, 미간이 일그러졌다. 내 몸은 도저히 답을 알 수 없는 틀린 계산이었다. 진이 빠질 정도로 힘들었고, 그 감정은 점점 더 심해지기만 했다. **어떻게 평생 이렇게 살지?**

내가 물 밖으로 나오자 곧 니키가 물에 들어갔다. 나는 타월로 몸의 물기를 훔쳐내는 동안에도 내내 가슴을 숨겼다. 그늘 속에 담요가 펼쳐져 있었다. 담요에 엎드리자 가슴이 납작 짓눌리면서 나를 조롱했고, 자꾸만 내 기억을 들쑤셔 떠올리고 싶지 않은 것들을 상기시켰다. 눈을 감자 파도 소리에 편안해진 나는 그대로 잠에 빠졌다.

바닷가에서 함께 낮잠을 자다가 눈을 뜨자 떠나야 할 시간이었다. 티셔츠를 입고 물건을 챙겼다. 다시 차로 돌아가면서 주변을 둘러보니 모두 해변에서의 시간을 한껏 즐기고 있었다. 모래성을 만드는 아이들. 윗옷을 벗고 반바지 수영복만 입은 채로 축구공을 서로 주거니 받거니 하고 있는 남자 두 명. 공은 완벽한 회전을 하며 날아갔다. 간이 텐트를 쳐 놓은 여자가 간식을 준비하자 아이들이 팩에 든 주스며 케첩 칩을 먹겠다고 뛰어왔다. 내 머릿속이 모래만큼이나 뜨겁게 달아올랐다.

다른 사람들은 어떻게 저럴 수 있지? 어떻게 하면 이 소음을 잠재울 수 있어? 그러니까, 저 사람들이 '행복하다'는 이야기가 아니야. 행복하지는 않을 수도 있겠지만, 적어도 존재할 수는 있잖아.

사람들은 내가 간절히 바라는 유려함을 지닌 채 존재했다. 현재와 긴밀하게 연결된, 내가 오래전 잃어버린 생명력이 충만한 움직임으로. 내게는 루틴이 필요했다. 정해진 음식이 필요했다. 변화나 혼란이 찾아오면 나는 번번이 무너졌다. 통제욕을 지닌 나로서는 도저히 허락할 수 없는 일이었기 때문이다. 내가 할 수 있는 일이라고는 매달리는 것이 다였다. 꽉 붙잡고 온 힘을 다해 매달리는 것. 그것은 일종의 폐쇄와 마찬가지인 일이었다. 상처에서 고름을 짜내야 하리라.

밤이 되자 우리는 모닥불을 피우고 나란히 앉아 조인트를 나눠 피우면서 몸을 뒤로 젖혀 별을 올려다보았다. 달빛을 받아 반짝이는 과수원 쪽을 바라보았다. 나무들 뒤에 자리 잡은 어둠을 보자, 내가 쓸모없다는 생각이 들었다. 나에게는 별들의 언어가 없었으므로 그 어떤 별도 나를 안전한 곳으로 데려다줄 수 없었다.

니키와 나는 몇 년이나 떨어져 지내다가도, 다시 만나 잠깐 함께 시간을 보내는 것만으로도 곧바로 하나가 될 수 있는 사이다. 이 글을 쓰는 지금, 나는 다음 주에 노바스코샤를 향할 계획이다. 내가 트랜스라는 사실을 세상에 밝힌 뒤 처음으로 핼리팩스에 가게 된다. 꽉 붙잡던 손에 힘을 풀자 마음도 누그러지고 마침내 그 모든 것을 담을 만한 공간이 생겼다. 얼른 니키를 만나고 싶다. 그녀를 끌어안고, 눈을 마주 보면서, 지금의 내 모습을, 내가 마침내 해냈다는 걸 보여 주고 싶다. 지금은 7월, 해변에서 트렁크 수영복은 유용하게 쓰일 테지. 이번에는 포니테일도, 빌어먹을 스포츠브라도 없을 것이다. 그저 오래된 친구와 함께 해변을 찾아 생명력을 한껏 들이마시기만 하면 된다.

니키가 떠난 뒤 나는 다시금 숲속에 혼자 남았고, 그게 좋았다. 내가 몇 달씩 숲 한가운데서 혼자 살 수 있는 사람인지 확신이 없었지만, 알고 보니 무척이나 그런 사람이었다. 내 머릿속을 밑바닥까지 샅샅이 들여다보기 위해서는 이런 시간이 꼭 필요했던 것 같다. 내게는 혼자만의 시간, 누군가에게 무엇이 되거나, 무엇에게 누군가로 존재하지 않는 혼자만의 시간이 필요했다. 무엇이 잘못된 것인지를 온 힘을 다해 생각하느라, 여기저기를 뛰어다니면서 이렇게 하면 답을 찾을 수 있을 거라고 스스로를 속이느라 나는 지쳐 버렸다. 하지만 답은 침묵 속에 있었다. 내가 귀를 기울이겠다는 선택을 해야만 들을 수 있는 답이었다.

27장
입구

오두막에 머무르면서 나는 다시금 창조성을 되찾았다. 카메라 앞에서 쓰는 데 익숙하던 근육이 별안간 여태 몰랐던 가능성들을 품게 되었다. 오래된 친구 비어트리스 브라운과 함께 각본을 쓰기 시작했다.

우리가 만난 건 열여섯 살 때였다. 노바스코샤 셸번에서 영화 촬영을 마친 다음 날 나는 대서양을 건너갔다. 영국, 독일, 포르투갈에서 촬영할 예정인 「마우스 투 마우스」라는 영화의 주연을 맡게 되어서였다. 런던은 물론 유럽에 가는 것도 처음이었다. 내가 연기한 배역은 열여섯 살 셰리라는 인물로, 가출해 캠든타운의 SPARK라는 급진주의 단체에 들어간 뒤 이들과 함께 리스본 외곽의 코뮨에서 생활한다. 영화의 흔한 전개가 그렇듯, 일은 틀어지기 시작하고, 셰리는 통제적이고 가학적인 리더에게서 벗어나려 고군

분투한다.

비가 연기한 인물은 실제의 자신과 마찬가지로 불법 거주 건물에서 자란 십 대 낸시였다. 사실 낸시라는 인물의 일부는 작은 RV 차량에 몸을 싣고 유럽 전역을 돌아다니며 공터나 버려진 산업단지를 전전하며 살아간 비의 실제 경험에서 따온 것이기도 했다. 케타민, 불법 레이브 파티와 펑크 음악이 넘쳐나는 삶. 비는 리치 키즈, 이기 팝, 제너레이션 엑스와 함께 무대에 서기도 한 전설적인 기타리스트 스텔라 노바와 함께 비스텔라비스트라는 밴드를 결성해 활동하고 있었다. 살면서 비 같은 사람을 만나는 일은 흔치 않고, 아마 대부분에겐 전혀 없을 것이다. 비는 남들의 멍청한 편견 따위는 겁내지 않는, 겁을 먹는다 한들 될 대로 되라는 태도로 인생과 정면승부하는 사람이었다.

런던에서의 첫날 밤, 비는 내게 달스턴에 있는 다양한 불법 거주 건물들을 보여주었다. 불법 거주 건물에 가 본 건 그날이 처음이었다. 비의 친구들이 사는 건물은 벽이며 바닥이 온통 회색과 흰색의 콘크리트로 되어 있었고 조명은 없다시피 했다. 커버 없는 매트리스, 침낭, 담요들이 바닥에 흩어져 있었다. 그곳을 떠나려는 우리를 향해 마약에 취한 것처럼 보이는 한 남자가 전구를 집어던졌다. 전구는 바닥에 부딪혀 산산조각이 났고, 우리는 급히 그 자리를 떠났다. 개들이 걸어 다니다 발을 다치지는 않을까 하는 걱정이 들었다.

"여긴 일명 머더 마일Murder Mile이라고 불리는 곳이야." 녹색과 흰색의 찢어진 빈티지 드레스에 난 구멍 사이로 젖꼭지를 훤히 드러낸 비가 말했다.

다음으로 찾은 곳은 아까와는 분위기가 딴판으로 고급스러운, 커다란 뒷마당이 딸린 낡은 타운하우스였다. 수선하다 만, 금이 간 창문으로 빛이 새어 드는 개성 넘치는 공간이었다. 이곳에는 사람들이 넘쳐났다. 몇몇은 벽을 스크린 삼아 프로젝터로 영화를 보고 있었고, 음악에 맞춰 춤을 추는 사람들, 어슬렁거리는 사람들도 있었다. 다들 우리에게 이런저런 것들을 권했다.

내가 처음으로 섹스 신을 찍은 것도 「마우스 투 마우스」 촬영장에서였다. 상대는 나보다 나이가 두 배 더 많은, 코뮨 리더 역을 맡은 에릭 탈이었다. 로맨틱하고 친밀한 것이 아니라, 강압적이고 가학적인 장면이었다. 촬영 장소는 포르투갈의 어느 포도원이었다. 바깥, 본채 뒤편에서는 닭들이 바닥을 쪼며 돌아다니고 있었다. 나는 반삭한 머리에 검은 마커로 그림을 잔뜩 그려 놓은 너덜너덜한 데님 조끼 차림이었다. 웃옷을 벗어 넓은 어깨와 튼튼한 상체를 그대로 드러낸 에릭이 내 몸 위로 올라왔다. 머리카락을 짧게 깎은 덕에 그의 얼굴이 그대로 드러나 보였다. 에릭은 나는 물론 어느 누구와도 딱히 대화를 나누지 않았는데, 억지로 사교적인 척할 필요는 없으니 당연히 상관없었다. 그럼에도 내심 그가 일부러 배역과 자신을 분리하는 메소드 배우인 건 아닌가 의심스럽기는 했다.

가혹한 촬영이었다. 나는 벌거벗다시피 한 차림으로, 등은 딱딱하고 차가운 바닥에 짓눌린 채였고, 에릭은 알 수 없는 이유로 자꾸만 내 얼굴에 대고 고함을 쳤다. 그러다가 몸을 일으켜 저쪽으로 가서 앞뒤가 안 맞는 소리를 고래고래 지르더니 또다시 내 위로 올라왔다. 이 상황을 나 외에는 아무도 불편해하지 않는 것 같았다. 마지막 장면의 마지막 테이크를 찍고 난 뒤, 감독은 내 옆, 자갈길에 앉아 울음을 터뜨렸다. 나는 그녀를 위로해 주었다.

어른이 된 비어트리스와 나는 그때 일을 이야기하면서 우리의 행동을, 그들의 행동을 되짚어 보곤 한다. 그 시절에는 분명하고 또렷하게 느껴졌던 일들은 이제 와 돌아보면 흐릿하고 탁하기만 하다. 그렇지만 견딜 수 있고, 그것 또한 내 삶에서 가장 중요한 순간 중 하나임을 안다.

픽업트럭 짐칸에 탄 채로 포르투갈의 시골을 헤치고 나갔던 기억이 난다. 포니테일로 묶은 머리가 바람에 흔들렸고, 오디오에서 울려 퍼지는 밥 딜런의 노래를 들으면서, 코르크의 원료이자 이 나라 산림 중 4분의 1을 차지하기에 어디서나 볼 수 있는 코르크참나무들 사이를 달렸다. 이 나무에서 추출한 두껍고 울퉁불퉁한 껍질은 전 세계로 수출된다. 프린스에드워드섬의 붉은 흙을 연상시키는 색이다. 2미터에 가까운 이 나무의 가지들은 이리저리 뒤틀리며 하늘을 향해 뻗어 나가는데, 그 가지에 달린 가죽을 닮은 질감의 나뭇잎들은 가을에도 떨어지지 않는다. 자꾸만 껍질을 재생하고 또 재생해 내는 놀라운 회복탄력성. 나는 길을 따라 끝없이 늘어선 코르크참나무들을 경이에 찬 눈빛으로 바라보았다. 나무의 모양도, 그 당당함도, 불완전한 아름다움도 좋았다. 영영 잊고 싶지 않아서 숨을 힘껏 쉬며 기억에 새겨 넣은 순간 중 하나다.

때로 양가적인 감정들이 공존하면서, 오래된 감상이 밀려올 때마다 떠올리게 될, 그 무엇과도 바꾸지 않을 완전하고 충만한 순간을 만들어 내기도 한다.

오래전부터 비와 함께 창작 프로젝트를 하고 싶었는데, 비가 옥스퍼드에 있고 나는 모와 함께 오두막에서 지내고 있는 지금이 딱 좋은 때였다. 우리는 루틴과 규칙을 만들었고, 막막해지는 순간이 오면 서로를 채찍질해 주기도 했다. 즐거웠다. 상상력이 새로운 방향으로 뻗어 나갔다. 오두막에 게시판을 두고 색색깔 노트카드를 붙였다. 비와 몇 시간씩 대화를 나누며 글을 썼다. 생각했다.

이전에는 우리가 얼마나 쉽게 집중력을 잃어버렸는지, 다른 무언가를, 다른 누군가를 위해 자신의 삶을 등한시했는가 생각하면 충격적일 정도였다. 건강하지 못한 관계에 둘러싸여서, 그것만이 우리가 나누는 대화의 끝없는, 그리고 유일한 주제가 되도록 하는 것 말이다. 주의를 분산시키는 것, 방해하는 것이 되도록. 내 머릿속에 여태까지 그런 것들을 담을 만한 공간이 있었다는 사실 자체가 놀라울 지경이었다. 정신을 뒤덮었던 구름이 걷히고 나면, 진실이 그 속을 들여다보게 된다. 어깨 너머까지 진실이 다가왔음을 알면서도, 너무 겁이 나서 돌아볼 수 없었다.

뉴욕의 의사와 처음 잡은 상담을 취소했고 그 뒤 새로 일정을 잡지 않았다. 나는 은연중 그 대화를 피하고 있었고, 나에 대해 아는 친구들에게도 입을 열지 않았다. 오로지 심리치료사에게만 말할 수 있는, 때로는 그녀에게조차 말할 수 없는 격렬한 소용돌이 속에서 길을 잃은 상태였다.

난 그저 편안해지는 법을 배우기만 하면 돼.

난 너무 극단적으로 생각하고 있어.

그냥 더 타이트한 스포츠브라만 있으면 돼.

넌 그래선 안 돼, 배우잖아.

받아들여.

받아들여.

받아들여.

나는 또 한 번 유턴하게 될까? 어쩌면 또 한 번의 유턴이 나를 집으로, 열차에 오르기 직전 마지막 순간 발을 헛디뎠던 그 순간으로 나를 돌려보낼지도 모르겠다.

나는 포치에 놓인 작은 파란색, 초록색, 흰색 정원용 의자에 앉았다. 비공식적으로 내 자리로 정한 곳이었다. 아마 대부분의 시간을 그곳에서 보냈을 것이다. 그리고 이 글을 쓰는 지금, 나는 또 그곳에 앉아 똑같은 창밖을 내다보고 있다. 그사이 잡초가 더 높이 자라 창틀 위로 30센티미터쯤 올라와 있다. 마당의 낮은 경사가 시작되는 곳에는 나무들이 담처럼 우뚝 서 있다. 밝은색 여름 잎들이 의연한 상록수 이파리들과 뒤섞여 정오의 푸른빛 속에서 살랑살랑 흔들린다.

나를 아는 사람, 진짜 나를 아는 사람을 만날 때마다 자꾸만 같은 의문이 들었기에, 나는 비에게 물어보았다. "내가 트랜스일지도 모른다는 말을 내가 네게 처음 했던 게 언제였지?"

스무 살 생일 직전이었다는 대답을 듣자 그토록 오래전이었다는 게 놀라웠다.

"처음 네가 그 이야기를 했던 건 내가 스트라우드에 살던 시절이었어. 너는 긴 침묵 끝에 네가 트랜스라고 생각하느냐고 물었어. 네게서 뜨거운 쓰나미 같은 감정이 쏟아져 나오고 있었고, 시간이 느려졌고, 모든 것이 확장되었어. 그리고 일종의 안도감 같은 게 찾아왔어. 그건 커 가는 동안 내내 우리가 감춰왔던 대화였지. 그 시절 우리에겐, 적어도 나에게는 감각만이 존재했을 뿐 그 감각을 표현할 수 있는 언어가 없었거든. 그러다 그 언어가 흘러나오기 시작했어. 처음엔 말하기 힘들었던 무언가를 그저 늘어놓는 것만 같았지만, 세계가 너 자신의 생명력과 공명하는 숨결을 찾아가는 듯한 그 감각은 한편으로는 아주 쉽고 가볍게 느껴지기도 했어."

비가 없었다면 지금의 나는 결코 존재하지 못했을 것이다.

젠장, 여태까지 너무나 많은 유턴을 한 나머지 현기증이 나 기억을 잃었던 게 분명했다. 비의 말을 듣는 순간 지난 일들이 플래시백처럼 펼쳐졌다. 나는 친구들에게 질문했고, 이야기하기도 했다. 그런데도 나는 진실을 억누르고 또 억누르길 거듭했다. 새로운 배역으로, 새로운 화보 촬영으로, 새로운 연애로, 새로운 공항으로, 새로운 타이트한 스포츠브라로 옮겨가면서. 나는 이 사실을 똑바로 마주봐야 해.

파란색, 초록색, 흰색 정원용 의자는 내 몸이 움직일 때마다 삐걱거렸다. 한밤중이면 아주 작은 움직임조차도 어둠 속에 서 있던 수사슴을 놀라게 했다. 수사슴이 겁에 질려 내달리면 모가 유능한 경비견답게 온 힘을 다해 짖어댔다.

내 두뇌는 멈출 줄 몰랐다. 낮이면 나는 글을 쓰고, 책을 읽고, 혼자 가지 않는 게 좋았을 긴 하이킹을 혼자 떠났다. 저녁이 찾아오고 숲의 기슭까지 밤에 물들면 저 멀리 지나가는 트럭 소리 외에는 아무 소리도 없는 완전한 침묵이 찾아왔다. 적막 속에서 머릿속을 이리저리 들쑤셔도 이제 더는 할 말도, 할 일도 떠오르지 않았다. 나는 갑갑한 기분으로, 옷을 벗지도 못한 채, 신발을 신은 채로 잠들었다. 창가에 놓인 촛불이 너울거리며 내 모습을 비췄다. 한 손을 내려다보다 주먹을 꽉 쥐었다. 머릿속에 떠오르는 말들은 늘 같았다. 입을 꽉 닫아 버리는 것 말고는 할 수 있는 게 없었다.

주먹을 꽉 쥐고 내 얼굴을 세게, 아프게 때렸다. 그다음에는 방금 한 무모한 짓에 놀라 또다시 주먹을 내려다보았다. 이쪽저쪽으로 주먹을 뒤집어 가며 자세히 보다가, 또 한 번, 퍽! 또 한 대, 또 한 대, 더 세게, 더 아프게. 나는 내 얼굴, 눈 옆을 주먹으로 강타했다. 생각을 떨쳐 버리기 위해서는 외부의 힘이 필요했던 것이다.

멍이 생겼다. 며칠 뒤, 근처 다른 오두막에 친구들이 와서 지내기로 했기 때문에 그 친구들을 만나게 될 테고, 그러니 어째서 얼굴에 멍이 들었는지를 설명하거나, 멍을 감출 방법을 만들어 내야 했다.

발을 헛디뎌서 넘어지는 바람에 식탁 모서리에 부딪쳤다고 할까?

지어낸 변명 같았다. 나는 멍에 얼음을 대고 누르면서 강박적으로 거울을 확인했다.

누워서 핸드폰을 보다가 얼굴에 떨어뜨렸다고 하는 건?

그러기에는 멍이 너무 컸다.

그냥, 누군가에게 솔직하게 말하는 게 나을지도?

아니, 그런 일은 없을 것이다. 나는 시퍼런 멍을 파운데이션으로 감춰 보려 시도했다. 손가락에 파운데이션을 찍어서 여러 방법으로 톡톡 발라보았다. 어느 정도는 효과가 있었다.

얼굴이 아팠지만, 수치심과 죄책감에서 나온 아픔이 더 컸다. 내 몸에 이런 일을 저질렀다는 게, 자기학대를 일삼는 나 자신을 숨기며 사는 게 고통스러웠다. 신발을 신은 채로 잠드는 것도 문제였지만, 자기 얼굴에 주먹질을 하는 것은 또 다른 문제이고 일촉즉발의 한계이기도 했다. 그렇게 나는 또 절벽 끝에 서 있었다. 나보다 똑똑한 내 몸 덕분이었다.

며칠 뒤, 나는 좋아하는 의자에 앉아 시계태엽이 돌아가듯 휘몰아치는 돌풍에 흔들리는 나무들을 바라보았다. 흔들리는 가지들이 늦은 오후의 태양을 가리고 있었지만, 햇빛은 아무렇지도 않게 가지들을 통과해 내리쬐었다. 주먹에 남은 상처는 어느 정도 가라앉긴 했으나 여전히 아팠다. 레코드 플레이어에서는 브라이언 이노의 「디스크리트 뮤직*Discreet Music*」이 흘러나오고 있었다.

그때, 니키와 함께 해변에 있었던 기억이 플래시백으로 지나갔다. 내 가슴, 가슴을 자꾸만 내려다보던 내 눈, 더 큰 압박을 필요로 하면서도 그 생각을 떠올리는 것조차도 싫었던 것. 내 몸은 항상 무언가를 떠올리게 만들었다. 그래서 샤워를 할 수도, 후드를 벗을 수도, 불안한 마음 없이 음식을 먹을 수도 없었다. 아니, 음식을 먹는 것 자체가 불가능했다. 슬픔에 휩싸였다. 내가 그저 존재할 수조차 없다는 게 미치도록 화가 났다. 애도, 분노, 고통으로 지쳐 버린 뇌에 서서히 금이 가기 시작했으나 여기 대응할 수 있을지조차 확신할 수 없었다.

그리고 그때 무슨 일인가가 벌어졌다.

꼭 이런 기분으로 살 필요는 없잖아.

그 목소리.

그런 기분으로 살지 않아도 된다고?

그 빌어먹을 목소리.

이런 기분으로 살지 않아도 돼.

난 이런 기분으로 살지 않아도 돼.

기적의 샘물처럼 우연히 솟아난 일이 아니었다. 길고 힘든 여정을 거쳐 왔으므로. 그러나, 스스로를 사랑하기로 마음먹는 순간은 이토록 단순했다. 내 여정에는 여러 갈래의 길이 있었고, 나는 몇 번이나 잘못된 길을 택했지만, 바라보는 관점을 바꾼다면 잘못된 길이 아니었을지도 몰랐다. 고통스럽고 구불구불한 길이었으나, 그 길은 나를 내게로 데려다주었다.

드디어 눈앞에 입구가 보이기 시작했다. 이제는 그 안으로 들어갈 때였다.

28장 그 어떤 말로도

「엄브렐러 아카데미」 시즌 3 촬영이 1월에 시작될 예정이었다. 3개월 내로 수술을 받지 못하면 일 년을 더 기다려야 한다는 뜻이었다. 이제 의심할 여유는 없었고, 이미 한 선택을 망설이며 돌아볼 여유도 더는 없었다. 나는 서른세 살이었다. 결정을 내린 순간부터 나는 단 한 번도 회의하지 않았고, 후진 기어를 넣으라는 작은 속삭임 역시 더는 들려오지 않았다. 한 달 뒤, 상담을 잡았지만 병원에서는 이 타이밍에 수술이 가능할 것 같지는 않다고 했다.

그러다가, 취소된 예약이 생겼다. 의사와의 첫 상담이 2주 앞당겨졌고, 아슬아슬한 시점인 11월 17일에 수술을 잡을 수 있다고 했다. 줌으로 상담을 하면서 내가 감정에 휩싸여 어쩔 줄 모를 거라 생각했지만, 실제로는 이보다 더 침착할 수가 없었다. 상담 내내 미소만 나왔다. 상대가 내 말에 귀를 기울인다는 느낌, 안전해진 느낌이 들었다. 내 온몸이 깊은 숨을 들이쉬었다.

이런 문제에 대해서 글을 쓸 때는 고민하게 되는데, 이 책을 읽는 사람들 중에는 수년을 기다린 끝에야 수술을 받을 수 있는 이들도, 성확정수술을 영영 받을 수 없는 이들도 있기 때문이다. 내가 가진 특권, 그리고 그 특권이 내게 허락해 준 일들 때문에 화가 나고, 원망스럽고, 무척이나 괴로워지는 사람도 있을 것이다. 나는 팬데믹의 시기를 일하지 않고 스스로를 돌아보는 시간으로 쓸 수 있었다. 성확정수술이 불법이 아닌 곳에 산다. 사설 클리닉에 약 1만 2000달러의 비용을 지불할 수 있었다. 나를 돌봐 줄 에너지를 가진 친구가 있었다. 수술 후에 곧 내가 나 자신으로 존재할 수 있는 일터로 돌아갈 예정이었다. 몇 년씩 수술을 기다리게 만드는 의료 시스템에 의지하지 않을 수 있었다.

내가 극도로 운이 좋은 것이 사실이기는 하지만, 고작 이런 사소한 것들, 지금껏 우리가 얻기 위해 힘겹게 싸워 왔고, 여전히 싸우고 있는 것들을 얻었다고 해서 트랜스가 **운이 좋다고** 느끼게 만드는 서사는 뒤틀린 서사, 우리를 조종하는 서사다. 그러니까, 나는 여기까지 오지 못할 수도 있었다. 지금의 내가 마침내 갖게 된 현재가 예전의 내 눈에는 보이지 않았다. 그때의 내가 아는 것이라고는 영영 풀지 못할 수수께끼 같은, 끝없는 공허함 뿐이었다. 도저히 그칠 줄 모르는, 언어로 표현할 수 없는 깊고도 깊은 절망감. 내 모든 것이 수치스럽게 느껴졌고, 밤에 꾸는 꿈조차도 수치심으로 이루어져 있었다. 두려움에 휩싸인 채 가라앉을 수밖에 없었다. 내 앞에 기다리는 미래가 도저히 보이지 않았다. 그러니까, 내가 감사한 마음으로 굽신거려서는 안 되는 거다. 감사하느냐고? 그래, 그렇긴 하다! 그러나 성확정을 통해 사람의 목숨을 구하는 의료 서비스에는 모든 사람이 접근할 수 있어야 한다.

11월 12일 오전 6시, 나는 오두막을 나섰다. 차에 짐을 모두 싣고, 모는 카시트에 태우고, 아이스크림과 땅콩버터 잼 샌드위치를 아이스박스에 챙기고, 연료 탱크를 가득 채운 나는 토론토를 향하는 이틀간의 여정에 오를 준비를 마쳤다. 온타리오에서 열 달을 보내게 될 걸 감안하면 짐은 거의 없다시피 했다. 맨해튼에서 노바스코샤로 올 때는, 내가 이렇게 오랫동안 이곳에 있게 될 줄 몰랐었다. 그때는 코로나바이러스가 곧 진정되고 여름이 끝날 무렵이면 다시 국경이 열릴 거라 생각했다. 아니, 그건 시작일 뿐이었다.

공기는 서늘했고, 동이 트기 직전이던 하늘에서, 웬트워스를 지나 애머스트로 접어들 무렵 안개가 걷혔다. 해가 떴고, 구름이 밀려오면서, 화창해졌다가 다시 비가 내리기를 반복했다. 뉴브런즈윅 경계를 넘는 순간 거대한 쌍무지개가 하늘을 가득 채웠다. 의기양양하게. 나는 무지개를 향해 손을 흔들었다. 원래 계획은 열여섯 시간 정도 걸리는 여정을 이틀로 똑같이 나누는 것이었지만, 11월 12일, 토론토로 가는 길, 내 온 존재가 설렘으로 가득 찼다. 도저히 속도를 늦출 수가 없었던 나는 음악도, 팟캐스트도 듣지 않고, 전화 통화조차도 전혀 하지 않으면서 운전을 했고 원래 하룻밤을 보낼 생각이었던 곳을 그대로 지나쳤다. 차 안에서 열세 시간을 보낸 끝에 퀘벡으로 진입해 올드몬트리올의 한 호텔에 차를 세우자 오후 6시였다. 모와 나는 짧은 산책을 나섰는데, 이토록 텅 비고 고요한 몬트리올은 처음이었다. 다음 날 아침에는 다섯 시간만 운전하면 될 터였다. 부츠 바닥을 통해 느껴지는 자갈의 감촉이 기분 좋았다.

수술 전에 혈액검사와 심전도검사를 해야 했다. 퀘벡 스트리트 동쪽을 향해 성큼성큼 걷는 걸음마다 라이프랩스가 점점 더 가까워졌다. 수술일인 11월 17일, 나는 홀로 클리닉을 찾았다. 코로나 바이러스로 인해 동반인은 출입할 수 없었다. 마크가 나를 태워다 주었다. 이상하게도, 초조한 기분은 들지 않았다. 그저 어서 시간이 지나 주길, 환한 불빛 아래서 천장과 점점 멀어지는 것을 느끼는 그 순간이 어서 찾아오기를 바랄 뿐이었다. 내 수술은 오후 1시 정각, 그날의 두 번째 수술이 될 예정이었다. 물을 비롯한 그 무엇도 먹거나 마실 수 없었지만 식욕이 전혀 없어 상관없었다. 나는 작은 침대와 텔레비전, 태평하게 생긴 램프 하나가 놓인 협탁이 있는 방에서 수술 전까지 대기했다. 간호사가 들어와 나의 활력 징후를 측정한 뒤 전체적인 수술 과정을 설명해 주었다. 오전 수술이 예상보다 오래 걸리고 있어서 아마 좀 더 기다려야 할 거라고 했다. 나는 침대 위에 웅크리고 누웠다. 텔레비전도, 책도, 음악도 없이 수술 시간이 될 때까지 그대로 세 시간 동안 가만히 기다렸다. 동성애자로 커밍아웃하기 직전, 마음을 가라앉히려 했던 시간과 비슷했다.

수술대 위. 머리 위의 조명. 입이 천으로 덮인다. 아래로, 아래로, 아래로.

세 시간 정도 걸린 수술이 끝난 뒤 마크가 데리러 왔다. 병실 안으로 들어오자마자 마크는 내 사진을 찍었다. 사진 속 나는 젖꼭지를 제거했다가 다시 붙여 놓은 가슴 위에 검은 조끼형 압박복을 입고 반쯤 일어나 앉은 채, 황홀하기 짝이 없는 표정을 하고 있다. 내 얼굴. 눈에 담긴 미소. 내가 발산하는 어마어마한 만족감, 휴.

마크는 나를 차에 태우고 요크빌의 클리닉을 떠나 퀸 스트리트와 배서스트 스트리트가 만나는 곳에 있는 마린의 집으로 데려왔다. 토론토에서 촬영 중이었지만 그달에는 뉴욕에 머무를 예정이었던 마린이 우리에게 집을 내준 덕분이었다. 우리는 낮은 천장이 달린 아늑한 거실에 간이침대를 끌어다 놓고 내 자리를 만들었다. 마크는 2층에 있는 침실을 썼는데, 한쪽 벽이 온통 유리창으로 되어 있어 종종 너구리에게 점령당하는 아름다운 목조 테라스가 내다보이는 방이었다.

큰 수술이었음을 생각하면 회복에 걸린 시간은 적절했던 것 같다. 첫 이틀 정도는 약에 취해 있었고, 내 몸에 꽂힌 배액관을 타고 흘러나가는 피처럼 감정이 뚝뚝 새어 나왔다. 지금까지 잃어버린 시간을 향해, 여태 느낀 자기혐오를 향해, 내가 가질 수 있었지만 그러지 못했던 그 모든 것을 향해 터뜨리는 슬픔과 분노를 불쌍한 마크가 다 받아 주어야 했다. 마크는 내 옆에 앉아 내 이야기를 들어 주고, 등을 문질러 주면서, 참을성 있게 나를 보살펴 주었다. 내가 약을 제때 먹는지 확인했고, 양쪽 겨드랑이에 작은 구멍을 뚫어 꽂아 놓은 두 개의 배액관으로 배출되는 피의 양을 쟀다. 배액관 끝에는 피주머니가 연결되어 있었는데, 일부는 붉고 일부는 투명한 구형의 주머니는 내 허리 양쪽에 하나씩 매달려 있었다.

진통제가, 「샤크 탱크」가, 「가이의 식료품 게임」이 있어서 정말 다행이었다. 나는 마크의 요리 솜씨가 「가이의 식료품 게임」이나 「촙트」에 출연해도 충분할 정도라고 진심으로 생각한다. 조리법을 보지도 않고 하는 요리인데도 매번 맛있었다.

마크는 일주일하고도 절반을 내 곁에 있어 주었다. 수술 후 이틀쯤 지나자 나도 드디어 정신을 차렸다. 식사를 마친 뒤, 마크는 1981년 만들어진 악기인 옴니코드를 꺼내서 연주하기 시작했다. 무릎에 올려둘 수 있는 이 크지도 않은 악기는 드럼에서 기타, 오르간에 이르기까지 온갖 소리를 전부 낼 수 있는, 조그만 전자음악 세계나 마찬가지다. 멜로디가 쌀과 함께 익어가고, 식탁 위에서 박자가 저절로 펼쳐졌고, 반쯤 남은 팝콘 봉지가 구겨지는 소리마저도 그 자체로 흥미로운 음악이었다. 우리는 작은 방 하나에 녹음할 수 있는 공간을 만들어 놓고 언어와 흐름, 톤과 마음을 찾아갔다. 마크가 챙겨온 4트랙 레코더와 마이크로 함께 노래를 만들어 가기 시작했다. 카펫 위에 쪼그리고 앉아 머리를 맞댄 채로 녹음한 것을 돌려 듣고, 다시 녹음하고, 가사를 끄적이고, 단어를 바꾸고, 웃고, 서로를 놀래 주면서, 꼭 아이가 된 것처럼 창조에, 서로에게, 그 순간에 빠져들었다. 앞으로도 이 노래들이 우리에게 영영 남아 있으리라는 사실이 얼마나 다행한 일인가. 사랑하는 마크가 내 곁에 있다는 사실이 얼마나 다행인가.

마크와 내가 동유럽 배낭여행 이후로 가장 오랫동안 함께 시간을 보낸 게 그때였다. 「주노」의 첫 시사회에서 시작된 길고 두서없는 여정이 13년 뒤, 토론토 퀸웨스트의 얼어붙을 만큼 추운 겨울날 속 우리 둘에게로 이어진 것이다. 나는 「주노」의 첫 시사회가 열렸던 토론토 국제영화제에 마크를 게스트로 초대했었다. 그날, 헤어와 메이크업 손질까지 끝낸 내 모습을 본 순간 마크가 지은 표정은 앞으로도 영영 잊지 못할 것이다. 가슴이 철렁하기라도 한 것처럼 눈을 휘둥그레 뜬 그는 누가 봐도 걱정스러운 표정이었다. 나는 마크를 한쪽으로 데려가서 설명하고 싶은 충동을 느꼈지만, 대체 뭐라고 하겠는가?

그 뒤로 우리는 한동안 멀어졌다. 이제는 사는 도시도 달랐던 데다가, 스스로를 점점 숨기면서 나는 계속해서 사라졌다. 마크가 지었던 그 표정을 보고 싶지도 않았고, 이미 잘 알고 있는 사실을 또다시 상기하고 싶지도 않았다. 모든 게 선택의 여지 없는 것으로 느껴졌다. 그리고 우리는 그 이야기를 제대로 한 적이 한 번도 없었다. 부끄러웠고, 수치스러웠고, 나 자신을 배신하는 게 꼭 마크를 배신하는 일이기도 한 것처럼 느꼈기 때문이다.

마크는 그때의 내가 진짜 내가 아니었음을 알았다. 이제는 지금의 내가 나라는 것도 안다.

수술 후 이틀 뒤, 우리는 십 대 시절 자주 찾던 하이 파크를 향했다. 내 신체 능력을 과신했던 나는 산책이 끝날 때쯤 체력이 축났다. 계속 걸을 수 없을 것 같다고 인정하고 싶지 않았던 나는 심호흡을 하며 시간을 끌었다. 비탈을 오르기 시작하자 얼굴이 절로 일그러졌다. 눈을 감자, 마크가 내 손을 꼭 잡는 게 느껴졌고, 그렇게 우리는 집으로 돌아갔다.

2주쯤 지나자 나는 다시 (어느 정도) 기력을 되찾았다. 그저 앞으로 두 달 정도는 2킬로그램이 넘는 그 무엇도 들어 올릴 수 없을 뿐이었다. 나는 혼자 있었고, 혼자서 젖꼭지 밴드를 교체하는 일은 일종의 적응 과정이었다. 멍이 들어 알아볼 수 없는, 작은 핏방울들이 맺혀 있는 젖꼭지를 볼 때마다 매번 내가 뭔가 잘못한 게 아닌가 하는 생각을 하고, 그때마다 매번, 그렇지 않다는 것을 확인하는 과정. 조만간 압박복을 완전히 벗고, 가슴을 드러내고, 앞으로 내밀고, 더 이상 그 무엇에도 구속받지 않게 된다니…… 도저히 말로 표현할 수 없는 신비로운 일이었다. 하지만 이제 그건 내 상상이 아니었다. 마침내 그 일이 일어난 거다. 이제는 한없이 느리게 지나가는 것만 같은 시간을 기다리는 것만 남았다. 몇 주만 기다리면 된다.

가장 고통스러웠던 건 배액관을 제거하는 순간이었다. 겨드랑이에 난 작은 구멍 주위를 마취하기 위해 굵직한 주삿바늘을 몇 번이나 찔러야 했다. 내가 아픔을 참고 견디려 애쓰는 동안 간호사가 옆에 앉아 차분한 목소리로 말을 걸어 주었다. 양쪽 모두 마취가 끝나자 의사가 관을 제거할 준비를 했다. 간호사가 카운트다운을 시작했다. 셋…… 둘…… 하나, 의사가 관을 잡아당기자 몸속에서 성난 벌레를 잡아빼는 것처럼 관이 피부에서 쑥 빠져나왔다.

나는 온라인 쇼핑으로 버튼다운 셔츠를 너무 많이 샀다. 대부분 너무 컸지만 몇 개는 잘 맞았다. 셔츠를 한 벌씩 입어보면서, 거울에 비친 내 옆모습을 바라보면서, 목에서 배까지를 손으로 쓸어내리며 씩 웃었다. 혼자만의 작은 패션쇼, 지나칠 정도로 오래 이어지는 몽타주 시퀀스 같았다. 매끈해진 가슴 사진들이 자꾸만 새로운 각도로 내 핸드폰 사진첩을 가득 채웠다. 그리고 내 미소도. 수술 부위는 계획한 대로 잘 아물었고, 오른쪽보다 왼쪽이 좀 더 오래 걸렸다.

그러다 마침내 압박복을 벗고 젖꼭지 밴드까지 떼어낸 순간…… 음, 그 순간의 감정은 어떤 말로도 표현할 수 없다.

트랜스이자 공개적으로 그 사실을 밝힌 사람으로서 나는 늘 사람들에게 나를 믿어 달라고 애원하는 것 같은 기분이 드는데, 아마 대부분의 트랜스라면 공감할 것 같다. 눈을 찡긋하고 고개를 주억거리는 사람들의 반응에 지쳐 버렸다. 2014년 커밍아웃했을 때에는 대부분이 나를 믿었고 증거를 요구하지 않았다. 그러나 그 당시에 내게 쏟아진 혐오와 백래시는 지금 당하는 것에 비하면 아무것도 아니다. 비교할 만한 수준조차 아니다. 동성애자로 커밍아웃할 때는 친한 친구들에게 털어놓을 때 긴장하지 않았지만, 트랜스라는 사실을 밝힐 때는 달랐다. 아직도 어떤 친구들이 내 뒤에서 뭐라고 말하고 다닐지, 나를 보면서 진심으로 어떤 생각을 하는지가 궁금할 때가 있다.

나는 내 몸에 쏟아지는 징그러운 관심, 나를 어린아이 취급하고자 하는(늘 겪어 오긴 했지만 지금 느끼는 것에는 비할 바가 아니다.) 충동에 진력이 난다. 그리고 이런 일은 온라인의 사람들이나 길에서 마주치는 사람들, 파티에서 만난 낯선 사람들뿐 아니라, 친한 지인들이나 친구들 사이에서도 일어난다.

"너무 귀엽다." 어느 시상식 애프터파티에서 한 친구가 말했다. 퓰리처상을 받은 진보인사였다. 여태까지 행사에 참여한 이래 한 번도 없었던 끝내주는 기분을 느끼는 중인데, 어떤 친구가 굳이 찾아와 이런 말을 한다고 생각해 보라. "귀엽다"니, 닥쳐 줬으면.

"와, 내 절친 중에 트랜스가 있다니?!" 가장 친한 친구 중 하나가, 내가 나 자신이라는 사실에 대해 보인 반응이다.

"이런 건 아마 다른 사람이 뭐라고 의견을 덧붙이지 않는 게 나은 그런 사안인 것 같아." 상체 수술을 하겠다는 결심을 처음으로 털어놓은 상대였던 친한 친구 중 한 사람이 긴 침묵 끝에 한 말이었다. 그 친구는 "의견을 덧붙이지 않으"면서 "의견"을 말한 셈이었고, 그다음에는 내가 묻지도 않았는데 계속 자기 의견을 덧붙여댔다. 오랫동안 그 친구에게 차마 연락할 수가 없었다.

"혹시 네가 다른 수술도 할 건지 내 친구가 물어보던데……."

"네 목소리를 들었을 때 놀랐지만 아마 금방 적응하겠지."

아니면 뻔하고도 뻔한 말. "이게 모든 문제의 해답은 아닌 거 알지?"

당연히 그렇다. 그 무엇도 모든 문제의 해답은 될 수 없다.

친구들은 내 얼굴에 털이 자라는 걸 장난삼아 입에 올린다. 내가 어떤 이름을 골랐으면 좋았을까 하는 농담도 해댄다. 1년하고도 반이 지나도록, 어떤 사람들에게 성별 지칭 대명사는 아직도 그토록 어려운가 보다. 나는 참을성 있게 기다린다. 우리는 모두 끝없이 배워 가는 존재들이고, 나 역시 같은 실수를 저지른 적이 있으니까. 하지만 때로 인내심이 뚝 끊어질락 말락 하는 순간이 온다. 물론 이 사례들과 말들이 별 것 아닌 것처럼 보일 수도 있겠지만, 자신의 존재가 끊임없이 논쟁과 부정의 대상이 되는 일은 우리를 고갈시키고 만다. 헐벗고 널브러져 누운 채 나는 상냥함을 갈구한다.

사실, 여러 면에서 내 이야기는 아직 펼쳐지는 중이다. 테스토스테론 요법을 시작한 지 이제 1년이 조금 지났다. 매주 금요일, 나는 설레면서도 만족스러운 기분, 내 삶에 찾아온 새로운 차분함과 함께 잠에서 깬다. 내 몸에 40밀리그램의 테스토스테론을 직접 주사한다. 나는 변하는 중이다, 자라는 중이다, 이제 막 시작이다.

그저 내가 그 어느 때보다도 행복한 채로 여러분과 함께 존재할 수 있게 해 주길.

29장
피치스

마크와 나는 퀸스 스트리트 동쪽 오페라 하우스에 이르디 이른 시각 도착했다. 지금까지 그 어느 행사에도 이렇게 일찍 도착해 줄 거의 맨 앞에 선 적이 없었다. 얼어붙을 것 같은 토론토의 겨울, 우리는 덜덜 떨며 서 있었다. 피치스의 공연이었다. 그녀의 두 번째 앨범인 「파더퍼커*Fatherfucker*」를 발매한 뒤에 시작한 투어였다. 나는 그 음악에 맞춰 파더퍼커처럼 춤을 추곤 했다. 블라인드를 내리고, 웃옷을 벗고, 꽉 죄는 스포츠브라 차림으로.

우리는 입장하자마자 무대로 달려가 거의 매달리다시피 했다. 오프닝 공연이 펼쳐지는 내내 초조하게 기다렸다. 오프닝 밴드의 실력도 뛰어났지만 그들의 공연이 끝나고 피치스가 등장하기까지의 시간이 너무나도 길게 느껴졌다. 공연장에는 사람들이 계속해서 자리 잡았고, 보라색과 빨간색의 조명이 켜졌다. 공연은 매진이었다. 그리고, 수도 없이 많은 퀴어들이 이 자리에 함께했다. 그때까지 내가 가본 가장 퀴어한 공간이었다.

스트랭글러의 노래 「피치스」가 들려오더니 조명이 낮아지며 그녀의 공연이 곧 시작될 것을 알렸다.

해변을 걸으며, 복숭아들peaches을 바라보지

고작 4분이 조금 넘는 곡인데도 훨씬 길게만 느껴졌고, 피치스의 등장을 간절히 기다리던 나에게는 적어도 7분은 되는 것 같았다. 마침내 곡이 끝나고, 피치스가 무대에 등장했다. 맹렬하고, 당당하고, 섹시하고, 용감무쌍한 모습으로. 딱 붙는 분홍색 팬티와 검은 브라 외에는 거의 아무것도 걸치지 않았다. 노래 「셰이크 여 딕스Shake Yer Dix」가 시작되자 백업 댄서들의 가랑이에서 딜도가 불쑥 튀어나와 덜렁이고 있었다. 온 사방이 아찔하고 흥미진진한 퀴어함으로 가득했다.

여자들, 남자들, 모든 걸 원하지
누워서 전화해
뒤집기가 필요해, 그것도 아주 빨리
그러면서도 아플 만큼 천천히
고추를 흔들어 가슴을 흔들어
나는 내가 될게 너는 네가 돼

고추를 흔들어 가슴을 흔들어

그리고 나 역시 네가 되게 해 줘

땀, 스모크 머신의 연기, 음경과 가슴…… 엄청난 쇼였지만 공연이 절반쯤 흘러갔을 때 피치스가 얼굴을 찌푸리면서 앞으로 살짝 몸을 숙이더니 균형을 잃은 듯 살짝 비틀거렸다. 관중 사이에 걱정이 퍼졌다. 피치스가 양손으로 무릎을 짚고 고개를 숙인 채 힘겹게 마른 숨을 쉬기 시작했다. 음악이 멈췄다. 피치스는 무대 끝까지 비틀거리며 걸어가더니, 관객들을 향해 피를 흩뿌렸다. 음악이 다시 시작되고 모두가 환호성을 질렀다. 내 온몸이 가짜 피로 흥건히 젖었다. 양손을 높이 쳐들고 있는데 피치스가 내 팔꿈치를 붙잡고 그대로 손목까지 손을 미끄러뜨려 내 팔을 온통 새빨간 피로 물들였다.

피치스는 대부분의 사람들, 적어도 내가 살면서 만난 대부분의 이들에게는 불가능한 방식으로, 극도로 자기 자신이었다. 그렇게 날것으로 스스로를 드러낼 수 있는 능력이 경이로웠다. 피치스는 거침없이 섹슈얼하고 대담하고 공격적이었으나, 그녀의 음악에는 아름다운 취약함의 순간들이 깃들어 있었다. 그녀처럼 당당하고 자유로워지고 싶었고, 나를 붙드는 두려움을 버리고 싶었다.

공연의 짜릿한 여운에 젖은 마크와 나는 전차를 타지 않고 퀸스 스트리트를 따라 서쪽으로 5킬로미터를 걸어서 집으로 가기로 했다. 팔뚝에 묻은 '피'가 가로등 불빛에 빛났고, 우리는 공연의 유물인 그 피를 즐기면서 길에서 신나게 뛰어다녔다. 피치스, 그리고 내가 여태까지 본 것 중 가장 퀴어한 장면이던 그 공연이, 그 가능성의 세계가 여전히 우리와 함께 있었다. 잃고 싶지 않았다. 이 유물을 영영 간직하고 싶었다.

그날 나는 샤워 커튼 바깥으로 한 팔을 내민 채 샤워했다. 겨울이었기에 어차피 긴소매 옷을 입어야 할 터였다. 그렇게 그 피를 2주간 간직했다. 열여섯 살의 트랜스 청소년인 나에게 그녀는 내가 그 어디서도 얻을 수 없는 무언가를 주었다. **수치심 따위, 젠더 스테레오타입 따위, 자신의 욕망을 거부하는 일 따위, 자신의 주인으로 살지 않는 것 따위 다 집어치워 버려**라고 말하는 목소리.

콘서트로 인해 달라진 내가 집으로 가져온 것은 그저 가짜 피가 아니라, 발견의 감각이었다. 내가 내 퀴어함을 감각할 수 있는, 나를 닮은 사람들 속에 뛰어들어 허우적거릴 수 있는 새로운 차원으로 다녀온 것이었다. 그곳은 조롱이 아닌 기쁨의 공간이었다.

콘서트가 끝난 뒤 오페라하우스 문을 나서다가 머리를 반삭한 여자가 우리에게 이렇게 물은 기억이 났다. “너희들은 몇 살이야?”

“열여섯 살, 열다섯 살이요.” 한껏 들떠 있던 우리가 대답했다.

“잘됐네.” 너무나도 당당하고 행복해 보이던 그녀가 외쳤다. 마치 세상 모든 것이 다 잘되었다는 듯이.

나는 그 감정을 그대로 붙잡고 있고 싶어서, 이 짧고 덧없는 자기애의 순간, 그 기쁨을 주머니에 넣어 두고 싶어서 발가락 끝까지 호흡이 꽉 찰 기세로 숨을 크게 들이마셨다. 추운 날을 헤치고 마크와 함께 집을 향하는 내 발이 한 발, 한 발, 차례차례 바닥에 단단히 닿는 게 느껴졌다. 내가 맞는 방향으로 가고 있다고 느꼈다.

감사의 말

제가 현재에 충실할 수 있도록, 살아 있을 수 있도록, 그래서 이 책을 쓸 수 있도록 도와준 모두에게 감사합니다. 그중에서도 어린 시절 제게 퀴어 롤모델이 되어 주고 그 뒤로도 줄곧 곁을 지켜준 줄리아 샌더슨에게 특별한 감사를 전하고 싶습니다. 당신의 끝없는 사랑과 지지가 없었더라면 이 책을 쓸 수도, 어쩌면 이 자리에 있을 수도 없었을 것입니다. 저를, 이 책을 믿고, 현실로 만들어 준 훌륭한 편집자 브라이언 클라크에게 감사합니다. 어떻게 이렇게 운이 좋을 수 있었을지 모르겠어요. 뛰어난 능력, 통찰력, 그리고 마음씨를 지닌 영국 편집자 보비 모스틴오언에게 감사합니다. 이 책의 가능성을 저보다 먼저 생각하고, 기간 내에 완성할 수 있도록 재촉해 준 UTA의 제 담당 편집자 앨버트 리, 파일러 퀸에게 감사합니다. 노력과 성실함으로 임해 준 메러디스 밀러, 조 넬슨에게 감사합니다. 지금까지 제 여정을 함께 해 준 제 매니저 켈리 부시 노박이 지금까지 해 준 모든 일, 여전히 해 주고 있는 모든 일에 감사합니다. 코트니 배럿, 어맨다 펠티어를 비롯한 IDPR의 모두에게 감사합니다. 늘 든든한 존재가 되어 준 케빈 욘에게 감사합니다. 저를 담당한 의료진들에게도 감사합니다. 여러분이 없었더라면 지금 이 감사의 말을 쓰고 있을 수도 없었겠지요. 이 책을 쓰는 동안 제가 연락해 도움과 지지를 구했던 모든 친구들에게 감사합니다. 토머스 페이지 맥비, 체이스 스트랜지오, 로런 매터슨, 키어시 클레먼스, 매디슨 리틀랜드, 마크 렌달, 스타 아메라수, 닉 애덤스, 폴라 로빈스, 브릿 말링, 마린 아일랜드, 캐지 데이비드, 케이트 마라, 이언 대니얼, 캐서린 키너, 비어트리스 브라운. 그리고 엄마에게, 온 마음을 다해 사랑합니다. 마음을 열고 이해해 주셔서 고맙습니다. 엄마에게서 용기를 얻었어요. 이 세상에 제가 존재할 자리를 내어 준 모두에게, 글쎄요, 제가 얼마나 큰 행운을 누린다는 기분이 드는지 차마 말로 표현할 수조차 없어요. 제가 여태 만난, 또는 한 번도 만난 적 없는 수많은 사람들이 있었기에 이 책을 쓸 수 있었을 뿐 아니라, 힘과 기쁨, 연결감을 얻을 수 있었습니다. 우리 모두는 구불구불한 길 위에 서 있지만 서로와 함께이고, 여러분과 이곳에 함께 존재한다는 사실에 감사합니다.

옮긴이의 말

2014년 처음 퀴어로 커밍아웃했던 엘리엇 페이지의 연설을 보고 들으며 나와 내 친구들만큼 감동과 용기를 얻은 이들도 있을 것이다. 그가 2020년 인스타그램을 통해 트랜스로 커밍아웃한 순간에, 얼마 뒤 상체 수술의 흔적을 드러낸 채로 환하게 웃는 사진을 공개했을 때, 안도감을 느낀 사람들도 있었을 것이다. 엘리엇이 오랫동안 꺼내지 않은 경험과 감정들을 천천히, 대체로 비선형적으로(퀴어적으로!) 꺼내 놓은 회고록 『페이지보이』가 이런 사람들에게는 또 한 번의 기억할 만한 용감한 순간으로 남을 것 같다.

한편으로 어떤 이들에게는 앞서 말한 모든 순간들이 성소수자를 향한 혐오와 미움, 무지를 그라는 개인 또는 성소수자 집단을 향해 쏟아부을 기회로 느껴지기도 했을 것이다. 커밍아웃에 기쁨과 가능성만큼 위험과 두려움이 따르는 것은 그 때문이다. 나는 그들도 『페이지보이』를 함께 읽어 주었으면 좋겠다. 트랜지션, 또는 자신의 진실을 묻고, 확인하고, 자신에게 그리고 나아가 세상에 말하는 일이 평생에 걸쳐 이루어지는 일임을 그들도 알았으면 좋겠다. 다른 사람이 하는 말에 귀를 기울이고, 그 안에서 이해할 수 있는 말들을 찾아내면 좋겠다.

퀴어의 삶을 다룬 책들을 옮길 때 자주 느끼지만, 특히 『페이지보이』를 옮길 때는 용어를 두고 오랫동안 상의할 일이 많았다. 예를 들면, 영어에는 그he/him 또는 그녀she/her라는 이분법적 성별 대명사가 존재하며 이는 트랜스젠더와 논바이너리의 자기표현에서도 쟁점이 된다. 성별 불특정적 대명사인 그들they/them을 단수형으로 사용하여 이분법의 경계를 넘어서는 방법도 있다. 『페이지보이』에서도 이런 대명사들은 다채롭게, 그리고 '정확히' 쓰였다.

그러나 우리말에는 '그'라는 성별 불특정적 대명사가 이미 존재한다. 번역자이면서, 책을 옮기는 일이 한편으로는 언어를 더 나은 방식으로 사용하는 방법을 제안하는 일이고, 때로는 고집을 부릴 필요도 있다고 믿는 나는 여태 인물의 성별을 반드시 명시해야 하는 맥락이 아니라면 '그녀'라는 단어의 사용을 최대한 자제하고자 해 왔다. 그러나 젠더 이분법에 의문을 제기하고 이를 가로지르고자 하는 사람의 이야기를 옮기기 위해서는 결국 이미 존재하는 문제적인 범주들을 끌어와 강조할 필요가 있었다.

한편으로는 퀴어를 비롯한 소수자와 약자를 가리키는 비하의 말과 금기 표현의 경우 가급적 원어를 그대로 가져오되 우리말로 다시금 옮기지 않고자 했다. 새로운 금기어를 만들어내고 싶지 않았고, 이미 그런 말이 있다면 덜 쓰이다 잊히기를 바랐기 때문이다. 다른 부분들은 최대한 주석 없이 읽을 수 있도록 다듬었다. 번역 과정에서 한 모든 선택들이 완벽하거나 올바른 것인지는 잘 모르겠지만 앞으로 우리가 퀴어의 이야기를 어떻게 읽고 옮길지에 대한 고민을 하고 나름의 방법들을 내어놓는 것, 그 과정에서 새로 배우는 것 역시 번역자의 역할이라고 생각했다.

이 과정의 처음부터 끝까지 반비의 최예원 편집자와 대화하며 세세한 고민과 감상들까지 함께 나누었다. 특별한 동시에 어떤 면에서는 이미 우리가 아는 수많은 사람 중 하나이기도 한, 우리가 참 좋아하는 사람인 엘리엇 페이지의 이야기를 함께 잘 만들어 보여주고 싶어서였다. 번역을 시작하고부터 늘 다른 사람들을 이해하기 위해 이 일을 한다고 말해 왔다. 서로를 외로움으로부터 구해주고 조금 더 낫게 살 수 있는 방법이라 생각해서였다. 『페이지보이』를 만드는 과정도, 여러 사람들과 함께 완성해 내놓는 마음도 그런 생각들을 확인하는 일이었다.

'먼저 온 모든 사람들에게'라는 엘리엇의 헌사에 '다음에 올 사람들에게'라는 말을 덧붙이고 싶다. 타인을 기꺼이 이해하고자 하고, 자신을 발견하고자 하고, 이를 위해 한참을 걸어 빛을 향해 나아갈 용기가 있는 사람들, 이미 그렇게 하고 있는 사람들, 아주 나중에 함께 올 사람들에게. 나와 내 친구들이 계속해서 걸어가고, 자신의 이야기를 하는 일을 멈추지 않기를 바란다.

2023년 9월

송섬별

인용 출처

다음의 기존 출판물들의 사용을 허가해 주셔서 감사합니다.

Lyrics from “A Song and Many Moons,” words and music by Beverly Glenn Copeland (Granny Mabel Leaf’s Retirement Fund Music Pub), copyright © 2004 by B. Glenn-Copeland SOCAN. International copyright secured. All rights reserved. Reprinted by permission of Third Side Music.

Lyrics from “Barbie Girl,” words and music by Johnny Mosegaard, Karsten Dahlgaard, Claus Norren, Soren Rasted, Rene Dif, and Lene Nystrom, copyright © 1997 by Warner/Chappell Music Denmark A/S and MCA Music Scandinavia AB. All rights in the U.S. and Canada for Warner/Chappell Music Denmark A/S administered by WB Music Corp. All rights reserved.

페이지 보이

1판 1쇄 찍음 2023년 9월 20일
1판 1쇄 펴냄 2023년 10월 13일

지은이 엘리엇 페이지
옮긴이 송섬별

편집 최예원 조은 최고은
미술 김낙훈 한나은 김혜수
전자책 이미화
마케팅 정대용 허진호 김채훈
홍수현 이지원 이지혜 이호정
홍보 이시윤 윤영우
저작권 남유선 김다정 송지영
제작 임지헌 김한수 임수아 권순택
관리 박경희 김지현 김도희

펴낸이 박상준
펴낸곳 반비

출판등록 1997. 3. 24.(제16-1444호)
(06027) 서울시 강남구 도산대로1길 62
강남출판문화센터
대표전화 515-2000 팩시밀리 515-2007
편집부 517-4263 팩시밀리 514-2329

Printed in Seoul, Korea.

ISBN 979-11-92908-82-3 03840

반비는 민음사출판그룹의 인문·교양 브랜드입니다.

만든 사람들
책임편집 최예원
디자인 한나은
조판 순순아빠

PAGE BOY